Kriminalroman

Stephan Leenen

Dreckiges Geld

Ralf Ziethers fünfter Fall

Die Deutsche Nationalbibliothek verzeichnet diese Publikation in der Deutschen Nationalbibliografie; detaillierte bibliografische Daten sind im Internet über http://dnb.dnb.de abrufbar.

Dreckiges Geld ist nach *Blutroter Wahn, Missbrauchte Seelen, Ikarus* und *Der Tibeter* der fünfte Krimi aus der SPREENEBEL-Reihe. Freuen Sie sich auf die nächsten Kriminalromane dieser Reihe.

Auch als E-Book erhältlich.

© Juli 2019 Stephan Leenen
ISBN: 978-3-748189-61-9
Herstellung und Verlag: BoD Norderstedt | bod.de
Lektorat: Sabine Dreyer | tat-worte.de
Coverillustration: Fred-Jürgen Rogner | juergenrogner.com
Cover und Satz: Matthias Gerschwitz | www.gerschwitz.com
Gesetzt aus der Jenny und der Formata.
Alle Rechte vorbehalten.

Prolog

Ralf Ziether, Hauptkommissar bei der Berliner Mordkommission, war in Eile. Endlich hatte er sich aufgerafft, sich bei diesem Internetdienst angemeldet und – wenn auch für eine horrende Summe, wie er fand – ein erstes Date verabredet. Sabine hieß sie. Viel mehr wusste er nicht. Aber das Foto hatte ihm zugesagt. Verrückt. Da zahlte man zweihundertfünfzig Euro Einstandsgebühr, um sich die Porträtaufnahmen fremder Frauen anzusehen, die genau wie er auf der Suche nach einem andersgeschlechtlichen Kontakt, möglicherweise einem neuen Partner waren. Wo traf man all diese Frauen sonst? Ralf hatte sich noch nie ernsthaft die Frage gestellt, wie und wo Single-Frauen neue Bekanntschaften schlossen. Aber das war letztlich auch völlig unerheblich. Denn wenn er ehrlich zu sich war, hatte er davon sowieso keine Ahnung. Seit der Trennung von Marie – und das lag schon Jahre zurück – hatte er sich nicht mehr um einen privaten Freundeskreis gekümmert. Aber nun musste er sich selbst eingestehen, dass er in den letzten Jahren ausschließlich für seinen Job gelebt hatte und so sehr darin aufgegangen war, dass er gar nicht wusste, wann und wie er sonst die Bekanntschaft einer dieser Frauen hätte machen können. Anfangs war ihm das mehr als recht gewesen. Aber dann hatte er an sich diesen Prozess der Vereinsamung wahrgenommen, eine Entwicklung, die ihm erst in der Zusammenarbeit mit seiner Kollegin Britt Bredehorst wirklich bewusst geworden war. Nach ihrem letzten großen Fall war er im Überschwang einer alkoholisierten Nacht mit Britt im Bett gelandet, was ihm im Nachhinein die Zusammenarbeit mit seiner attraktiven Kollegin nicht gerade erleichterte. Zwar hegte er große Sympathien für Britt, aber ...

Er schob den Gedanken schnell beiseite. Privates und der knallharte Job, das passte einfach nicht zusammen. Seit einer Woche schon war Britt mit ihrem Sohn in Paris. Bildungsurlaub. Na ja. Aber im Grunde gönnte er es ihr.

Ralf Ziether musste sich eingestehen, wie nervös er war vor diesem ersten Zusammentreffen mit der Unbekannten. Innerlich schüttelte er immer noch den Kopf über sich und den Weg, den er gewählt hatte, um jemanden kennenzulernen. Konnte man es verlernen, im echten Leben einfach so und unvorbereitet irgendwo einen Kontakt zu knüpfen, jemanden anzusprechen? Das Internet bot da ganz andere Möglichkeiten. Dass er Beamter war, hatte er in seinem Profil zwar angegeben, aber eher seine Hobbys und Interessen in den Vordergrund gestellt. Das war an sich schon schwierig genug gewesen, denn außer Reisen und Spazieren gehen war da nicht viel übrig geblieben nach all den Jahren. Hätte er zugeben müssen, dass er Polizeibeamter und dazu noch bei der Mordkommission war – unvorstellbar. Jedenfalls hatte er sich vor diesem ersten Treffen in eine ungeahnte Nervosität hineingesteigert und viel zu viel Zeit im Bad und damit zugebracht, sich mehrmals umzuziehen, bis er mit seinem Outfit einigermaßen zufrieden gewesen war. Dabei war er so in Zeitverzug geraten, dass er erst jetzt, am Freitagabend, nachdem die Banken längst geschlossen hatten, noch schnell bei der kleinen Filiale in einer der Nebenstraßen vorbeimusste, da er sonst für das Treffen in dem kleinen Café gar kein Bargeld mehr bei sich gehabt hätte. Und gleich beim ersten Mal zu spät zu kommen, den Eindruck wollte er unbedingt vermeiden.

Neunzehn Uhr. Eine halbe Stunde hatte er noch. Zum Glück lag das kleine Bistro nur zwei Straßen weiter. Den Treffpunkt hatte Sabine vorgeschlagen. Daraufhin hatte er das Foto noch einmal eingehend betrachtet. Womöglich stammte sie ja sogar aus seinem Viertel. Aber wenn dem so sein sollte, aufgefallen war sie ihm bisher jedenfalls nicht.

Ziether hastete durch die geöffnete Glastür in den Vorraum der Filiale. Er achtete nicht darauf, dass die Deckenbeleuchtung in dem kleinen Raum offenbar defekt war, registrierte nur eine breitschultrige Gestalt an einem der zwei Geldautomaten, die ihm den Rücken zuwandte. Er hörte, wie der Geldautomat ratterte, wunderte sich über das lang anhaltende Geräusch der Geldausgabe, trat nach einem Blick auf das Display des zweiten Automaten, das ein großes, rotes Stoppschild zeigte, zwei Schritte zurück und hörte nun aber, dass dieser doch defekte Automat nun seinerseits anfing zu rattern – ein Zeichen, dass die Geldzählmaschine eine Ausgabe vorbereitete –, sah, wie der Mann am anderen Automaten ein ganzes Bündel Scheine aus dem Geldfach nahm und in eine weiße Stofftasche steckte, während sich an dem zweiten Automaten das Fach ebenfalls öffnete und den Blick auf einen ganzen Stapel grüner Einhundert-Euro-Scheine freigab. Als der gebückte Mann sich aufrichtete, registrierte Ziether innerhalb eines Sekundenbruchteils, dass er die aus den Medien bekannte Guy-Fawkes-Maske der Occupy- und Anonymous-Bewegung trug, ein grinsendes, weißglattes Gesicht. *Ein Überfall! Das ist ein Überfall*, dachte er noch. Dann traf ihn hinterrücks schon ein harter Schlag, der ihn ohnmächtig zu Boden gehen ließ.

1

Vorsichtig betastete Ralf Ziether den frischen Kopfverband, den der Notarzt ihm angelegt hatte. *Warum eigentlich immer auf den Kopf? Und warum passiert immer wieder mir so etwas?* Er traute sich nicht, sich zu bewegen. Dafür war ihm noch zu schwindlig, und von seinem Hinterkopf sandte ein pochender kleiner Hammer harte Schallwellen durch seinen Schädel.

»Aaah!« Er stöhnte auf. Dankbar nahm er das Glas Wasser an, das der Sanitäter ihm reichte.

Später vernahm ihn ein uniformierter Kollege. Aber da er selbst kaum etwas gesehen hatte, waren seine Angaben zum Überfall auf die Bankfiliale nicht besonders aufschlussreich.

»Na, die Kollegen vom Raubdezernat werden sich sicher morgen noch einmal bei Ihnen melden«, meinte der Beamte freundlich.

Ziether sah auf seine Uhr. *Mist! Schon acht.* Wenigstens nahm ihm der Sani den Kopfverband ab. Die Wunde war geklammert worden und nur zu sehen, wenn man genau hinsah. Auch das Schwindelgefühl hatte etwas nachgelassen, nur der hämmernde Kopfschmerz war geblieben. Aber wenn er sich vorsichtig bewegte, würde es schon gehen. Er wollte wenigstens noch einmal in dem Café vorbeischauen. Vielleicht war Sabine ja noch da? Dann würde er sich für sein Zuspätkommen entschuldigen, nach Hause gehen und sich ins Bett legen.

In dem kleinen Bistro herrschte Hochbetrieb. Ziether war froh, als er die Dunstschwaden der Raucher auf dem Bürgersteig im Außenbereich hinter sich gelassen hatte. Allein der Geruch des Zigarettenrauchs verursachte ihm schon Übelkeit. Dafür erwartete ihn drinnen ein Geräuschpegel, den er ebenso wenig vertrug. Suchend blickte er sich um. *Da! Am Tresen. Das muss sie sein.*

»Sabine?«

Jetzt sah sie von ihrem Glas auf und legte den Kopf leicht schief. Aber sie lächelte und entblößte eine Reihe kleiner, weißer, ebenmäßiger Zähne.

»Entschuldige. Ich bin viel zu spät. Aber ...«

»Jetzt bist du ja da«, fiel sie ihm ins Wort.

Ralf lächelte zurück. »Was trinkst du denn da?«

»Och, ich habe mir die Wartezeit mit etwas Weißweinschorle vertrieben. Gerade wollte ich zu etwas Stärkerem übergehen.«

Ralf sah sie fragend an.

»Na ja.« Sie sah ihn herausfordernd an. »Der Platz am Tresen. Hier sitzen oft Menschen allein vor ihrem Bier. Einerseits ist es ein guter Platz, um sich mit dem Barkeeper oder Wirt zu unterhalten, andererseits aber eben gerade deshalb auch der Platz der Einsamen. Da ich aber nicht drei Stunden bleiben wollte, hatte ich mir gerade überlegt, bevor ich einen halben Liter Schorle trinke, auf Wodka umzusteigen.«

Ziether war irritiert. »Oh. Also doch, weil ich zu spät gekommen bin.«

Sabine zuckte mit den Schultern, und Ralf sah, als der Träger ihres Sommerkleides verrutschte, einen schmalen weißen Streifen auf ihrer glatten braunen Haut. »Nein, das war ein Scherz! Zum einen wäre es ja meine Entscheidung gewesen, mich zu betrinken, ganz unabhängig von dir. Und andererseits: Ich hasse Wodka!« Sie ließ ein glucksendes Lachen hören.

Ziether grinste. Dabei erinnerte ihn sein Kopf schmerzhaft daran, dass er keineswegs voll auf der Höhe war. »Übrigens habe ich eine super Entschuldigung«, meinte er und ließ ein leises Stöhnen hören. Sabine beugte sich interessiert vor. Ihr Blick hatte sich verändert.

»Was ist mit dir?«, fragte sie.

»Ich wurde überfallen, oder nein, eher so: Ich kam den Tätern bei einem Überfall in die Quere und wurde niedergeschlagen. Sonst wäre ich wirklich pünktlich hier gewesen.« Er verzog sein Gesicht, da der Schmerz offensichtlich beschlossen hatte, sich wieder heftiger in Erinnerung zu bringen.

Sabine starrte ihn ungläubig an. Ziether drehte den Kopf und zeigte auf die geklammerte Wunde.

»Oh, du blutest ja!«

Jetzt spürte Ralf auch selbst, dass sich sein Hemdkragen bereits feucht am Nacken festgesaugt hatte. Entschlossen warf Sabine einen Zehn-Euro-Schein auf den Tresen. »Los! Ich fahre dich ins Krankenhaus!«

Also wurde die Wunde nun doch genäht. Der Arzt in der Notaufnahme hatte gerade angesetzt, mit ihm zu schimpfen, als Ziether seinen Dienstausweis zückte und nur meinte, dies sei bei einem »Einsatz. Raubüberfall« passiert. Als er aus der Notaufnahme kam, saß Sabine im Vorraum, einem fensterlosen Schlauch mit Linoleumfußboden, der nicht mal eine Ahnung des herrlichen Sommerabends von draußen zuließ.

Sie hakte sich bei ihm unter, und kaum waren sie durch die Drehtür am Ausgang nach draußen getreten, veränderte sich ihrer beider Stimmung, und der laue Sommerwind ließ sie den trostlosen Krankenhaustrakt sofort vergessen.

»Und? Was jetzt?« In Sabines Stimme lag etwas Herausforderndes.

»Da die Spritze noch wirkt, die mir der Arzt verpasst hat, wird es wohl nichts mit dem Wodka.« Ziether blickte ebenso herausfordernd zurück. »Aber bevor ich mich in die Rekonvaleszenz begebe, würde ich mich gerne noch etwas mit dir unterhalten. Jetzt, wo wir schon so viel gemeinsam erlebt haben.«

Irgendwie passte alles zusammen. Sie spazierten durch den kleinen Park und setzten sich auf eine Bank. Ziether fühlte sich einfach wohl. Im Kopf immer noch etwas matschig, aber so gut wie lange nicht mehr.

»Über 400.000 Euro? So viel?«

Ziether konnte es kaum glauben. Ihm brummte immer noch der Kopf, aber die Kollegen vom Raub hatten auf einem Gespräch mit ihm, dem einzigen Zeugen, bestanden. Und das an einem Samstagmorgen!

»Eine genaue Bestandsaufnahme haben wir noch nicht. Aber Freitagabend ist das nichts Ungewöhnliches.« Paul Zettner, Oberkommissar im Raubdezernat, lehnte sich in seinem Bürostuhl zurück. »So ein Geldautomat fasst leicht bis zu 500.000 Euro. Da sind 400.000 für zwei Automaten nicht unbedingt viel.«

»Und wer macht so was? Bisher kannte ich nur die brutalen Varianten, der Geldautomat wird an einer Anhängerkupplung angekettet und rausgerissen oder mit einer chemischen Lösung aufgesprengt.«

»Das haben bis vor ein paar Jahren vor allem die osteuropäischen Banden gemacht. Das ging ja durch alle Medien. Aber mit den neuen Verschluss- und Sicherheitssystemen ist da nicht mehr viel zu holen. Und jetzt, wo auch die letzten Filialen auf dem Land technisch aufgerüstet werden, ist das fast kein Thema mehr.«

»Aber so, maskiert, in einer Filiale mitten in der Stadt ...«

»Das stimmt. Diese Art der Geldbeschaffung läuft normalerweise anders ab, rein elektronisch. Da hacken sich Computerfreaks in das Sicherheitssystem irgendeiner Bank ein, melden sich als Administrator an und verschieben enorme Geldbeträge von einem Konto auf das andere. Da war diese Aktion in Berlin-Mitte schon ziemlich ungewöhnlich. Vielleicht so eine Art Testlauf.« Zettner rieb sich nachdenklich das Kinn.

»Und wie viel Geld wird so auf elektronischem Wege gestohlen und verschoben?«

»Das dürfte weltweit jährlich in die Milliarden gehen, US-Dollar, versteht sich. Aber die Banken reden darüber nicht so gerne, schon gar nicht öffentlich. Die Jungs vom Betrugsdezernat wissen da besser Bescheid. Ich bin hier nur involviert, weil es ein Überfall war. Du warst doch selbst mal bei der Wirtschaftsabteilung. Habt ihr euch da nicht mit der Internetkriminalität befasst?«

»Stimmt. Aber das ist auch schon wieder ein paar Jahre her. Wir hatten auch eher die Firmen auf dem Kieker, die billige Kopien von Markenartikeln unters Volk gebracht haben. Bestechung und Korruption waren auch große Themen. Aber die Internetsachen liefen damals schon über die Kollegen vom Betrug.«

Als Kommissar Jan Meyer vom Betrugsdezernat hinzukam, ein junger Beamter mit einer dicken, schwarzen Hornbrille, was irgendwie gut zur Vorstellung eines Nerds passte, der vierundzwanzig Stunden am Tag vor irgendwelchen Bildschirmen saß und Hacker und andere Internetbetrüger jagte, bekam Ziether noch ein paar detailliertere Informationen.

»Also. Diese Maskentypen, die du, oder besser gesagt, die *dich* getroffen haben«, Meyer wies mit seinem Tablett-Stift auf Ziethers Kopf, »die sind schon seit ein paar Wochen in Berlin und im Umland aktiv. Leider wissen wir nicht, wer dahintersteckt. Jedenfalls war dies bereits der vierte Überfall in zwei Wochen. Und die Jungs sind einfach nicht dingfest zu machen.«

»Aber warum dieses Risiko? Paul hat mir schon erzählt, dass Unsummen übers Netz elektronisch verschoben werden. Warum dann in einer richtigen Bankfiliale öffentlich auftauchen und das Geld abholen? Da kann doch jederzeit jemand dazwischenkommen, so wie ich gestern.«

»Das stimmt. Wir wissen nicht, warum. Noch nicht. Es ist ein Riesenakt, elektronisch einen Geldautomaten anzuweisen, das gesamte Geld auszuschütten. Und das dauert ja auch seine Zeit. Du musst zum richtigen Zeitpunkt in der Filiale sein, und gerade dann darf eigentlich niemand anderes dazukommen. Dann ist da auch noch die Kameraüberwachung, und in der Bankzentrale geht natürlich eine elektronische Meldung ein, wenn der Automat leer ist.«

Ziether schüttelte den Kopf. »Also wenn ich mich schon in das

System gehackt und es geschafft habe, mir die Administratoren-rechte zuzuschanzen, dann gehe ich doch dieses Risiko nicht mehr ein, oder? Das kapier ich nicht.«

»Wie gesagt. Wir sind da auch noch nicht viel weiter. 2018 gab es in den USA die ersten Fälle dieser Art an einer bestimmten Marke von Geldautomaten. Dabei wird mit einer Malware, einem kleinen, speziellen Schadprogramm, der Automat manipuliert. Jackpotting nennt man das. Aber in Deutschland hatten wir das noch nicht. Hier werden Geldautomaten eher mit einem eingeleiteten Gasgemisch gesprengt. Ich befürchte, lange können wir diese Aktionen nicht mehr aus der Öffentlichkeit raushalten.«

»Was dann in den Medien los sein wird, dürfte wohl klar sein!« Ziether erinnerte sich nur ungern an die eine oder andere Pressekonferenz, in der die Medienvertreter die Polizei heftig kritisiert und unter Druck gesetzt hatten.

»Ein enormer Vertrauensverlust für die Banken«, warf Zettner ein.

»Genau. Und anstatt in Ruhe ermitteln zu können, werden wir uns mit den Anrufen tausender besorgter Bürger befassen müssen. Na ja.« Meyer winkte ab. »Im Moment gehen wir davon aus, dass die Täter lediglich einzelne Geldautomaten ansteuern und jede Änderung der Administratorenpasswörter durch die EDV-Sicherheitsbeauftragten mit einem Trojaner nachvollziehen können, der bei den Sicherheitschecks noch nicht enttarnt werden konnte. Hinzu kommt, dass bisher auch nur die Filialen einer Bank betroffen sind.«

»Das heißt, die haben nur bei einem Geldinstitut ein Sicherheitsleck gefunden und sich eingehackt?«

»Jedenfalls wäre es hilfreich, wenn wir schnell genauere Informationen über das Vorgehen der Hacker erhalten würden«, meinte Zettner.

Meyer nickte. »Aber die betroffene Bank ist leider nicht besonders kooperativ«, seufzte er. »Die verstecken sich hinter dem Bankgeheimnis und fürchten nur, dass weitere Details an die Öffentlichkeit dringen. Jahrelang hat man die Kunden dazu gedrängt, auf

Online-Banking umzusteigen, um Personal in den Filialen abzubauen. Wenn jetzt rauskommt, wie leicht irgendwelche Kriminellen die Sicherheitssysteme austricksen können, ist der Teufel los!«

Internetkriminalität. Ziether gingen die Gedanken an das Gespräch mit den beiden Kollegen auch am Nachmittag noch nicht aus dem Kopf. Damals, in der Abteilung Wirtschaft, hatte er damit nur am Rande zu tun gehabt. Aber seitdem war die technische Entwicklung längst mit Riesenschritten weitergegangen. Vor neun Jahren hatte er noch nicht mal ein Smartphone gehabt. Und heute? Sämtliche Daten, die er eingab, wurden irgendwo registriert und wahrscheinlich ausgewertet. Immer, wenn sie ihre Wohnung auch nur kurz verließen, schlossen die Leute ihre Wohnungstüren ab, drehten den Schlüssel sogar gleich zweimal herum. Aber in den sozialen Netzwerken ließen sie alle Hüllen fallen. Onlinebanking, Fotos, intimste Details … und mit einem Handy konnten gewiefte Hacker laufend feststellen, wer sich wo aufhielt und das Gerät sogar zu einer Abhörstation umfunktionieren. Bewegungsprotokolle, persönliche Vorlieben, die am häufigsten gewählten Nummern. Alles kein Problem. Jeder legte eine unübersehbar breite Spur auf den elektronischen Datenbahnen, die Google und Facebook bis ins Kleinste zurückverfolgen konnten – genauso wie gewiefte Hacker, Kriminelle, die mit den geklauten Informationen enorme Schäden anrichteten.

Trotz seiner Kopfschmerzen hatte er im Keller in den alten Kartons gewühlt, der Nachlass aus seinem Elternhaus, ein mickriger Rest an Erinnerungen, von dem er sich bis heute nicht hatte trennen können. Er suchte die Textstelle in dem alten Leinenband, den er damals aus dem Regal seiner Eltern gemopst und heimlich völlig fasziniert durchgelesen hatte. Damals hatten die erotischen Stellen in ihm neue, fremde Bilder hervorgerufen. Denn mit zwölf Jahren hatte er davon noch überhaupt keine Ahnung gehabt. Aber das war jetzt nur noch eine schwach glühende Erinnerung irgendwo in seinem Hinterkopf. Jetzt suchte er aber nach einer anderen Textstelle. Da war sie: *Ein Mann mit einem Aktenkoffer kann mehr stehlen als tausend Männer mit Pistolen.* Das waren die Worte von Don Corleone gewesen, dem New Yorker Mafia-Paten. Die deutsche Fassung stammte aus den frühen Siebzigern, und das Buch hatte wohl ein paar Jahre lang unbeachtet im elterlichen Bücherschrank gestanden. Der Aktenkoffer stand für die vielfältigen Optionen illegaler Geschäftspraktiken von Anwälten. Von den ungeahnten Möglichkeiten des Internets hatte der Autor, Mario Puzo, damals noch nichts wissen können.

Seine Gedanken schweiften ab. Was für ein verrücktes Date. Erst der Überfall und sein Zuspätkommen und dann die gemeinsame Fahrt zum Krankenhaus … witzig und schlagfertig war Sabine gewesen, und zudem sah sie gut aus. Er reckte sich, stand auf und schüttete noch einmal Kaffee nach. Es juckte ihn in den Fingern, sie anzurufen. Aber jetzt schon? War das nicht ein wenig zu früh? Nur nichts überstürzen. Außerdem war er, gerade nach den gestrigen Ereignissen, heute viel zu zeitig aufgestanden, um den Kollegen Rede und Antwort zu stehen. Er gähnte, reckte sich noch einmal und trollte sich zurück ins Bett.

Sabine Meiring summte leise vor sich hin, während sie auf ihrem kleinen Balkon die Kräuter schnitt und die heute Morgen neu gekauften Balkonpflanzen in die Kästen und Töpfe setzte. Eigentlich Unsinn, jetzt noch ein paar Blüher einzupflanzen, lange würde sie davon wohl nichts mehr haben. Der Sommer hatte seinen Zenit bereits überschritten, und die Tageshitze machte es den Pflanzen so schon schwer genug. Aber heute Vormittag auf dem kleinen Markt war ihr einfach danach gewesen, es sich noch einmal richtig hübsch zu machen.

Hauptkommissar also. Und dann noch Morddezernat. Verrückt. Auch wenn sie noch so in ihren Erinnerungen herumkramte, einen Kripobeamten hatte sie noch nie privat kennengelernt. Und dann gleich so was. Frisch verwundet von einem Überfall ins Krankenhaus. Bei dem Gedanken daran musste sie unwillkürlich lachen. Das würde ihr keine ihrer Freundinnen glauben. So etwas gab es doch nur im Film. Hatte er gesagt, welche Filiale es gewesen war? Nein. Und sie hatte auch nicht gefragt. In der Samstagsausgabe des Tagesspiegels hatte jedenfalls nichts darüber gestanden.

Im Geiste ging sie die verschiedenen Filialen in der näheren Umgebung durch. Das konnte wer weiß welche gewesen sein. Einen ganzen Automaten voller Geld elektronisch so zu steuern, dass er mit einem Mal seinen gesamten Inhalt ausschüttete, das war ein hochkomplexer Vorgang, den man erst einmal hinkriegen musste. Davon hatte sie bisher auch noch nie gehört. Na ja, die Banken würden das auch unter dem Deckel halten wollen. Und im Zeitalter der totalen Elektronisierung des Alltags gab es eben auch immer wieder Risiken und Sicherheitslücken. Was hatte ihr Informatiklehrer damals gesagt? Je komplexer die Systeme, desto anfälliger sind sie auch.

Vielleicht sollte sie sich mit Ralf verabreden, aber auf neutralem Boden, in einem Café. *Nicht so hastig,* mahnte sie eine innere Stimme. *Du willst doch nicht, dass er denkt, du läufst jetzt schon hinter ihm her.* Sabine kniff die Lippen zusammen. Mann, diese lustfeindlichen Botschaften wurde sie wohl nie los! Sie wusch sich die Hände, schnappte sich ihr Handy und schickte ihm eine SMS. *Lust auf ein zweites Frühstück? Vielleicht in Kati's Café?* Das war zwar veggie, aber klein und wirklich gemütlich.

Sabine? Das schrille Klingeln seines Handys riss Ralf Ziether aus seinem süßen Traum. Sein Kopf saß noch in der Erinnerung an den

gemeinsamen Nachmittag fest. Nach dem späten Frühstück im *Kati's* –
sie hatten sich angeregt unterhalten und waren dann spontan raus-
gefahren an die Spree, ins Brandenburgische – hatten sie beim Spazieren gehen den halben Nachmittag sanft und entspannt verfließen
lassen. Es kostete ihn Mühe, sich von der Erinnerung zu lösen. Im
Dunkeln angelte er nach dem Störenfried und nahm das Gespräch
an. Die Zentrale, um vier Uhr früh! Na klasse!

Die Nächte waren schon empfindlich kühl, vor allem am Wasser.
Der Fluss gab die am Tag gespeicherte Wärme als aufsteigende
Feuchtigkeit ab, ein nasser Dunst, der die Nähe der Menschen, die
am Ufer standen, zu suchen schien, ihnen kühl unter die Jacken
kroch und in den Hosenbeinen aufstieg. Ziether fröstelte im kalten
Licht der Scheinwerfer, die den schmalen Anlegesteg in grellweißes
Licht tauchten, auf dem Männer in weißen Overalls geschäftig jeden
Zentimeter der Holzplanken nach Spuren absuchten.

Der Tote, den ein später Heimkehrer aus der nahen Kneipe im dif-
fusen Licht des fahlen Mondes am Ufer erspäht hatte, erschrocken
über den von den Füßen bis zum Hosenbund aus dem Wasser ragen-
den Körper, war noch jung. Vielleicht Mitte Zwanzig, wie der Gerichtsmediziner Dr. Schmalberg konstatierte, nachdem er dem
Leichnam die weiße Guy-Fawkes-Maske vom Gesicht gezogen hatte.
Ziether blickte in das graue Gesicht des Toten und verfluchte innerlich seine Profession. So ein junger Kerl, der das ganze Leben noch
vor sich gehabt hätte. Die Maske lag neben ihm, im Scheinwerferlicht eine höhnische Fratze, deren erstarrtes Grinsen ihn schaudern
ließ. Gehörte der Tote zu dieser Bande, die die elektronische Steu-
erung der Banken in der Hauptstadt und im Umland manipulierte
und die Filialen heimsuchte, wenn die Geldautomaten mit einem
Mal anfingen, ihren gesamten Inhalt auszuspucken? War womöglich
gerade dieser junge Mann bei dem gestrigen Überfall dabei gewesen,
bei dem der Hauptkommissar hinterrücks niedergeschlagen worden
war? Aber warum hatte er sterben müssen? Und wie?

»Also, ertrunken ist er nicht«, meinte der Doktor. »Der Todeszeitpunkt dürfte zwischen einundzwanzig und dreiundzwanzig Uhr gelegen haben. Aber da wir nicht wissen, wie lange der Leichnam im Wasser gelegen hat, ist das nur eine vorläufige Annahme. Genaueres kann ich erst nach der Obduktion sagen.« Der Gerichtsmediziner gähnte herzhaft.

Ziether unterdrückte selbst ein Gähnen und meinte lakonisch: »Dass Sie mal nur von einer Annahme ausgehen, Doktor, kenne ich ja gar nicht von Ihnen!« Er sparte sich eine Bemerkung darüber, dass er den Mediziner zum ersten Mal in all den Jahren nicht geschäftsmäßig wach erlebte.

»Wir waren gestern in der Oper, Parsifal. Wirklich beeindruckend.« Er gähnte schon wieder. »Wagner. Der Heilige Gral, Sie wissen schon ... Die Nacht war ziemlich kurz.«

»Sechs bis sieben Stunden«, dachte Ziether laut nach. »Und woran ist er ...«

»Das kann ich erst sagen, wenn ich ihn auf dem Tisch gehabt habe«, unterbrach ihn Schmalberg. »Aber hier«, er wies auf die roten Flecken an den Oberarmen und drehte die Handgelenke des Toten herum, sodass der Hauptkommissar die bräunlichen Streifen gut erkennen konnte, »ein gewaltsamer Tod. Das steht wohl schon mal fest.«

»Sechs bis sieben Stunden«, wiederholte Ziether. Die meisten Gewalttaten wurden innerhalb der ersten zweiundsiebzig Stunden aufgeklärt. Noch waren sie früh dran. Wenn der Doktor schnell mehr über die Todesursache herausfand ...

»Das sagten Sie bereits.«

»Wie?« Ziether tauchte aus seinen Gedanken auf.

Schmalberg sah Ziethers Blick. »Ja, ja. Ich mach mich gleich an die Arbeit.« Er winkte den zwei Männern mit der geschlossenen Transportbahre zu. »Unsereins hat ja kein Privatleben, auch nicht am Wochenende«, grummelte er leise, aber doch gut hörbar vor sich hin. Damit wandte er sich ab und stiefelte zu seinem Auto, das er in

Sichtweite, vor der Absperrung des Fuß- und Fahrradweges, der am Ufer entlang führte, abgestellt hatte.

»Unsereins. Da geht's mir nicht anders«, seufzte Ziether vernehmlich auf. Während der Leichnam aufgebahrt und die geschlossene Box an ihm vorbeigetragen wurde, kam ihm die Erinnerung an die vergangenen zwei Tage erneut in den Kopf, selbst jetzt, am frühen Morgen und unter diesen unerfreulichen Umständen, musste er auf einmal an Sabine denken. Aber sein nächster Gedanke galt seiner Kollegin Britt Bredehorst. Mit einem Mal fühlte sich Ralf irgendwie ertappt, drängte den Gedanken aber gleich wieder zurück. Britt. Sie hatte Urlaub und begleitete ihren Sohn auf einer Reise nach Paris. Sprachlernurlaub. Ziether war das ganz recht. Aber auch diesen Gedanken schob er schnell beiseite.

»Martin Dreyer, vierundzwanzig Jahre alt, wohnhaft in Berlin-Wilmersdorf.« Piet Wieczorek, der Leiter der Kriminaltechnik, war neben ihn getreten und hielt den Ausweis des Toten in der Hand.

Ralf Ziether hatte sich allein zur Wohnung des Toten aufgemacht. Allem Anschein nach hatte der noch bei seinen Eltern – Cornelia und Helmut Dreyer – gewohnt. Als er vor der Eingangstür des Mehrfamilienhauses stand und auf den Klingelknopf drückte, es war fast Mittag, ein jetzt schon verdorbener Sonntag, fluchte er innerlich. Warum war Britt auch nicht da? Der Moment, wenn man den Angehörigen eines Gewaltopfers direkt gegenübertrat, das war das Allerschlimmste an seinem Job. Nachdem der Summer ertönt und er durchs Treppenhaus in den zweiten Stock gestiegen war, stand er vor der verschlossenen Wohnungstür. Er hörte Schritte dahinter. Jetzt wurde er sicherlich durch den kleinen Türspion gemustert. Ziether hielt seinen Ausweis hoch.

»Frau Dreyer?«

Die kleine, adrette Frau nickte. »Oh, ich dachte, Martin … manchmal vergisst er seinen Schlüssel.« Ihr lächelndes Gesicht verzog sich, und eine nachdenkliche Falte erschien auf ihrer Stirn. »Aber … Kriminalpolizei? Er hat doch nichts angestellt, hoffe ich?« Sie setzte ein unsicheres Lächeln auf.

Der Satz, den er jetzt sagen musste – Ziether hasste und fürchtete diese Situation, die niemals zur Routine für ihn werden würde. Er schluckte und sagte mit großer Ernsthaftigkeit seinen Spruch auf, sah die Veränderung, die im Gesicht der Frau einsetzte, schon als er die ersten Worte herausgebracht hatte, wie sie sich wegdrehte und »Helmut! Helmut!« nach hinten rief, mit einer Stimme, die bereits von freundlicher Verunsicherung in nackte Verzweiflung gekippt war. Abwehrend streckte sie ihm ihre Arme entgegen, als könnte sie damit den Überbringer der schlimmen Botschaft zurückdrängen, die Situation ungeschehen machen. »Nein, das kann nicht sein. Das muss ein Irrtum sein!« Ihre Stimme. Die Mutter kämpfte sichtlich um ihre Selbstsicherheit. »Helmut! Helmut! Wo bleibst du denn?«

Jetzt trat der Mann hinzu. Dann der gemeinsame Weg durch die Wohnung zum Zimmer des Sohnes. Das Öffnen der Tür. Das unberührte Bett. Jetzt realisierte Frau Dreyer, dass es wirklich stimmen musste, sein konnte, zumindest eine Möglichkeit war. Ihr Martin … tot. Sie brach innerlich zusammen.

Hauptkommissar Ziether wartete im Wohnzimmer der Eltern auf die Kollegen der Spurensicherung, eine unhaltbare Situation. Erklären, wo sie den Jungen gefunden hatten und dass jemand ihn identifizieren musste.

»Ich versteh das nicht …« Frau Dreyer fand als Erste die Worte wieder und hielt die Hände vors Gesicht. »Wenn es stimmt … ich meine, wenn es wirklich so ist …« Wieder kamen ihr die Tränen. Ihr Mann hatte seinen Arm um ihre Schulter gelegt, aber trotzdem wirkte die schmale Frau ganz einsam und alleingelassen. »Was wollte Martin denn da am Spreeufer?«

»Das wissen wir nicht.« Was konnte er darauf auch antworten? Wenn es wirklich ihr Sohn war, der jetzt in der kalten Halle des Gerichtsmedizinischen Instituts lag, und das war für Ziether mehr als nur wahrscheinlich, dann würden viele Fragen letztlich nicht beantwortet werden, offenbleiben. Was wusste man wirklich vom anderen, auch wenn man ihn täglich sah, einen großen Teil des Alltags mit ihm teilte? Immer blieb da ein Rest, etwas Unerklärliches, Fremdes. Den Tathergang, hoffentlich auch den Täter, das würden sie ermitteln. Aber das Warum? Womöglich nicht.

Während Piet Wieczorek das Zimmer des jungen Mannes durchkämmte, fuhr Ziether mit den Eltern in die Gerichtsmedizin. Ihm war übel, Trauer und Betroffenheit wühlten ihn auf, sein Mitleid, das ins Leere lief, neben den versteinert schweigenden Eltern, denen das Entsetzen aus sämtlichen Poren stieg. Er versuchte, das erdrückende Schweigen im Auto während der Fahrt zu überwinden, indem er seine Gedanken auf seinen ersten Eindruck vom Zimmer des Toten fokussierte. Er hatte nicht schlecht gestaunt: mehrere Laptops und große Bildschirme, irgendwelche technischen Apparaturen und überall Kabel, das Zimmer hatte mehr einer Computerwerkstatt geglichen als einem Wohnraum. Dass dort auch jemand wohnte und nächtigte, davon hatte lediglich die in eine Ecke gedrängte, sparsame Möblierung gezeugt. Ein Schrank, ein Bett, mehr war da nicht gewesen. Auf den ersten Blick nichts Persönliches, nicht mal ein Poster an einer der Wände.

In der Rechtsmedizin war alles längst für die Leichenöffnung vorbereitet. Schmalberg hatte die äußerliche Leichenschau bereits abgeschlossen. Ängstlich vor der definitiv abschließenden Gewissheit hatten die Eltern den kühlen Raum nur zögerlich betreten, wie zwei Kinder im finsteren Wald eines Märchens. Nur war dies hier die harte Realität, keine Geschichte, aus der man aussteigen, das Buch einfach zuklappen konnte. Eine Ahnung der schrecklichen Einsamkeit des *Danach* hatte die Eltern schon erfasst, noch gepaart mit einer verzweifelten Hoffnung. Das grüne Laken, das zurückgeschlagen wurde, dann der Schock der Gewissheit und der Zusammenbruch. Ziether brachte die beiden verlorenen Seelen wieder nach Hause in ihre jetzt schon erstarrte, kalte Welt, ihr neues, entleertes Leben, das dort auf sie wartete. Er konnte es ihnen nicht ersparen, noch ein paar Fragen zu stellen, die ihm Ansätze für die weitere Ermittlungsarbeit lieferten. Wann hatten sie Martin zuletzt gesehen? Sein Freundeskreis? Wo hielt er sich häufig auf? Hatte er Feinde oder wussten die Eltern von irgendwelchen Menschen, mit denen er Konflikte gehabt hatte?

Es stellte sich heraus, dass die Eltern nicht viel vom Privatleben ihres Sohnes wussten. Er lebte zwar noch zuhause, war aber eher verschlossen gewesen und hatte wohl aktuell auch keine Freundin. Mit Anna-Laura Schneyder, einer Neunzehnjährigen aus dem Kiez, war er drei Jahre zusammen gewesen. Die junge Frau hatte sich vor einem Vierteljahr überraschend von Martin getrennt, wohl wegen eines anderen. Seitdem hatte sich Martin noch mehr in sein Zimmer zurückgezogen, war abends aber oft weggegangen, ohne dass seine Eltern wussten, wohin er ging und ob er sich mit jemandem traf. Martin Dreyer hatte an der Humboldt-Universität Betriebswirtschaft und Informatik studiert und gehörte wohl zu einer Clique junger Kommilitonen. Die waren ein paar Mal auch bei den Dreyers gewesen und trafen sich sonst ab und an abends in einer Studentenkneipe. Mehr war aus den Eltern nicht herauszubringen.

Ziether war froh, als er die Wohnung verlassen hatte, die Stimmung dort war ihm merklich auf den Magen geschlagen. Müde und schlecht gelaunt kam er zuhause an. Er hatte sich gerade hingelegt, um irgendwie den fehlenden Schlaf nachzuholen, als sein Handy klingelte. Missmutig blickte er auf das Display – Dr. Schmalberg – und nahm das Gespräch an.

»Das sollten Sie sich unbedingt ansehen«, begann der Doktor ansatzlos.

Ziether seufzte hörbar auf und fuhr zurück zur Gerichtsmedizin.

»Hier, das haben wir im Magen des Toten gefunden.« Dr. Schmalberg hielt dem Hauptkommissar eine silbrige Nierenschüssel hin, der sah angewidert auf den Inhalt, eine schwarzbraune Masse, durchsetzt mit giftgrünen und gelben Sprengseln. »Und das hier steckte in seinem Rachen.« Der Doktor hielt Ziether mit einer langen Pinzette ein grünes Kunststoffplättchen direkt vor die Nase.

Für diesen Job muss man auch geboren sein, dachte der Hauptkommissar, bemüht, sein Ekelgefühl wegzudrängen, indem er sich angestrengt auf den etwa drei mal zwei Zentimeter großen Gegenstand konzentrierte. »Eine Platine.«

»Stimmt!« Schmalberg nickte. »Daran ist der junge Mann erstickt. Aber erst nachdem er durch einen allergischen Schock schon bewusstlos war. Das da ...«, er wies auf die Metallschale, »sind klein gemahlene elektronische Bauteile. Kunststoff, durchmischt mit Kabelresten und verschiedenen Metallen, Kupfer, Gold, Iridium und so weiter.«

»Aber wie ...?«

»Jemand hat den armen Kerl mit diesem Brei aus Elektronikschrott gewaltsam vollgestopft. Das sieht man auch an den Rötungen und Abschürfungen im Kiefer und in der Mundhöhle.« Der Gerichtsmediziner wandte sich erneut dem Leichnam zu, aber Ziether winkte dankend ab. »Diese hoch toxische Masse hat eine allergische Reaktion des Körpers ausgelöst. Der Mann muss einen heftigen Krampfanfall erlitten haben. Dann hat man ihm die Platine in die Kehle gestopft und er ist erstickt.«

»Uuh!« Der auf den Stuhl gefesselte Mann stöhnte auf. Die Schläge klatschten jetzt in kurzer Folge rechts und links in sein Gesicht. Haltlos, ohne eine Chance ausweichen zu können, flog sein Kopf hin und her. Seine Wangen brannten, und in seinem Mund spürte er den leicht metallischen Geschmack von warmem Blut. Zu Anfang, als er noch die Zähne zusammengepresst hatte, musste er sich mehrfach auf die Zunge gebissen haben. Aber jetzt überwog der Schmerz in seinem Gesicht. Erschöpft keuchend wartete er auf den nächsten Schlag, ließ seinen Kopf hängen. Aber der andere riss ihn an den Haaren unsanft nach oben und stieß ihm einen Metalllöffel in den Mund. Die Stimme sagte nur »Schlucken!«, und der eklig metallische Brei vermischte sich mit dem Geschmack des Blutes. Wieder wurde sein Kopf hochgerissen und eine Wasserflasche grob auf seine Lippen gepresst. Gleichzeitig drückte ihm sein Gegenüber die Nasenlöcher schmerzhaft zusammen. Er schnappte nach Luft, verschluckte sich, würgte und spuckte einen Teil des rotbraunen Breis wieder aus, als die Flasche abgesetzt wurde. Aber sofort wurde sein Kopf wieder hochgerissen, ein weiterer Löffel mit neuem Brei folgte, ein Schlag ins wunde Gesicht, die Wasserflasche, der schmerzhafte Druck auf die Nasenflügel. Er bekam keine Luft mehr, schluckte, würgte und fürchtete, zu ersticken.

Japsend tauchte Ziether aus dem dunklen Albtraum auf, das Oberbett in verkrampfter Haltung fest umklammert. Die Sonne färbte die Rollos seines Schlafzimmers hellbeige. Er rollte sich auf die Seite, setzte sich auf und versuchte die dunklen Bilder abzuschütteln. Noch ganz benommen stakste er in die Küche, schenkte sich von dem warm gehaltenen, scharf verbrannt schmeckenden Kaffee ein und blickte aus dem Küchenfenster in den hellen Nachmittag.

Eine ganze Weile hatte er hin und her überlegt und dann doch ihre Nummer gewählt. Vielleicht war das die einzige Möglichkeit, um diesem beschissenen Tag noch eine andere Wendung zu geben. Sabine war zuhause. Er hatte nur kurz angesetzt und irgendetwas von vier Uhr früh und einem neuen Fall gesagt, als sie ihn schon unterbrochen hatte. »Komm her«, hatte sie nur gesagt, und er hatte sich Wasser ins Gesicht geschüttet, sich rasiert, angezogen und war aus dem Haus und durch die Straßen geeilt. Ralf hatte nur zwanzig Minuten gebraucht, dann stand er schon vor ihrer Tür und klingelte. Als sich die Wohnungstür öffnete, stand sie da, in einer Art rotem

Kimono, zog ihn in den Wohnungsflur, an sich heran. Ihre Lippen kamen seinen ganz nah. Ein Kuss. Er umarmte sie, spürte durch den samtigen Stoff ihren warmen, weichen Körper und schlug mit dem Fuß nach hinten ausholend die Tür zu.

2

Die Sonne schien bereits hell durch die Tüllgardinen und warf, bewegt von einem leichten Luftzug, breitstreifige Lichtbahnen in den Raum. Von unten, von der Straße, schallte das gedämpfte Brausen des frühen Pariser Berufsverkehrs herein, ein eintöniges Rauschen, auf- und abschwellend beim Anfahren an der nahen Kreuzung. Meeresrauschen.

Ein empörter Hupton durchbrach die einförmige Brandung. Britt Bredehorst schlug die Augen auf. Die Schwere in ihrem Kopf hielt sie auf dem Kissen fest. Sie traute sich nicht, ihn anzuheben. Es war gestern wohl doch ein Glas Wein zu viel gewesen, dachte sie. Sie horchte auf die gleichmäßigen Atemzüge ihres Sohnes aus dem schmalen Bett, das das Servicepersonal des Hotels unter die helle Fensterfront gerückt hatte. In ihrem Kopf formte sich die Erinnerung an diesen wundervollen Abend, und sofort prallten ihre Gedan-ken hart aufeinander. *Bist du völlig verrückt geworden*, stach eine kritische Mahnung mitten in ihre wohligen Erinnerungen hinein. *Wie kannst du den anderen beim Frühstück eigentlich noch in die Augen schauen, diesem Richard und seinem Sohn? Vor allem aber deinem eigenen Kind? Du trägst doch die Verantwortung!* Sie drängte die vorwurfsvollen Gedanken zurück. Hatte sie nicht ein Recht auf ein eigenes Leben? Das konnte doch nicht alles sein, die ganzen Jahre, bis Nikki achtzehn war oder noch länger, immer nur als braves, fürsorgliches Muttertier zuzubringen! Aber ...

Britt seufzte und knuddelte sich wieder in ihr Kopfkissen zurück. Unvermittelt giggelte sie wie ein Teenager. Irgendwie waren dieser Französischlehrer und sie gestern Abend allein an der Bar zurückgeblieben. Und anstatt nach Nikki zu sehen, der sich mit seinem

Tablet in ihr gemeinsames Zimmer verzogen hatte, war sie mit ihm versackt. Richard. Und nicht nur das. So wie er ihren Namen ausgesprochen hatte. *Brit*, mit langem *i*, einfach süß. So gut hatte sie sich schon lange nicht mehr gefühlt. Und dann … hatte er ihre Hand ergriffen, dieser tiefe Blick, und sie war mit ihm mitgegangen in sein Hotelzimmer. Sein Junge war schon zwei Jahre älter als Nikki und hatte ein eigenes Zimmer auf demselben Flur. Sie war mit Richard im Bett gelandet und erst im Morgengrauen in ihr kleines Hotelzimmer zurückgekehrt. Nikki war da längst über dem Tablet eingeschlafen gewesen.

Ach, Paris. Britt schloss die Augen und hing noch ein wenig ihren Träumen nach. Jetzt waren sie und Nikki schon fast eine Woche hier. Ein Traum, den sie sich schon viel früher hätte gönnen sollen. Aber jetzt war sie ja hier, in Paris! Der indignierte Blick, den der hyperkorrekte Staatsanwalt Adrian Middelberg aufgesetzt hatte, als er ihr die unterschriebene Genehmigung ihres Bildungsurlaubs ausgehändigt hatte, einfach köstlich. Den würde sie ihr Leben lang nicht vergessen. Alleinerziehend und immer voll im Job. Es war wirklich Zeit gewesen, dass sie mehr an sich und ihr Kind dachte.

»Gut gemacht, Britt!«, lobte sie sich selbst. Was Ralf jetzt wohl machte? Ach der! Bei allem Wohlgefühl, das sie spürte, gab ihr der Gedanke an ihren Kollegen doch einen Stich. Ralf, der sollte mal schön sehen, wie er ohne sie klarkam.

Beim Frühstück saß Britt mit den Erwachsenen an einem Tisch, so brauchte sie wenigstens nicht Nikki in die Augen zu sehen. Es war doch ein komisches Gefühl, heute Morgen dazusitzen, als wenn nichts gewesen wäre. Obwohl sie spät in den kleinen Frühstücksraum gekommen waren, war Richard auch noch nicht aufgetaucht. Die Kinder alberten zum Glück laut herum und waren ganz mit sich beschäftigt, so konnte Britt noch ein wenig ihren Gedanken nachhängen und sich mit den zwei anderen Eltern, einer Mutter und einem Vater, die mit an ihrem Tisch saßen, auf etwas Small Talk beschränken, auf Französisch natürlich, wie es im Sprachkurs verabredet war.

Als Richard zum Frühstück erschien, das Haar verwuschelt, bekam sie doch Herzklopfen und spürte die Röte in ihren Gesicht aufsteigen, als er sie anlächelte, bevor er sich auf den freien Platz direkt ihr gegenüber setzte. Richard hörte gar nicht mehr auf zu lächeln und warf ihr einen tiefen Blick zu. Britt erwiderte ihn und spürte zugleich eine leichte Panik in sich aufsteigen. Es musste doch jeder sehen, was zwischen ihnen beiden los war, dachte sie und spürte, wie ihr die Hitze in den Kopf stieg. Schnell wandte sie sich ihrem Croissant zu, das sie umständlich aufschnitt und mit Orangenmarmelade beschmierte. Sie schalt sich einen dummen Teenager. Verdammt! Es war doch alles in Ordnung, so wie es war. Sie war schließlich eine erwachsene Frau. Sollten die anderen doch denken, was sie wollten!

Britt atmete hörbar durch und konnte das Gefühl von Zugewandtheit und Begehren endlich wieder mehr zulassen. Als sie ihr Gegenüber ansah, waren ihre Augen feucht und ein Lächeln umspielte ihre Lippen.

Ralf Ziether schlug die Augen auf und streckte sich. Der Schlafzimmerschrank hob sich nur matt von der grauen Umgebung ab; es musste noch früh am Morgen sein, das Licht des Tages schickte gerade die ersten dämmerigen Vorboten des neuen Morgens durch die Fenster. Er drehte den Kopf zur Seite und blickte auf den Wecker. Aber die Leuchtziffern – er konnte sie nicht erkennen. Er wandte den Kopf zur anderen Seite und stockte mitten in der Bewegung: Er war nicht allein! Neben ihm, da lag jemand. Jetzt hörte er auch leise Atemzüge, dann, im Halbdunkel, ein Gesicht: Sabine! Sie schlief noch tief und fest.

Ralf betrachtete ihre entspannten Gesichtszüge. Die Decke war etwas heruntergerutscht. Er stützte seinen Kopf auf und fuhr mit den Augen ihre Körperlinie hinab, vom Kopf über den schmalen Hals bis zum Ansatz ihrer nackten Brüste, die von der Decke nur halb bedeckt waren. Ein wohliges Gefühl breitete sich in seinem Bauch aus. Sabines Schlafzimmer. Ihre Wohnung. Letzte Nacht … Sie hatten nur kurz für ein Glas Rotwein und ein paar Cracker das Bett verlassen und sich in der Küche vor dem Kochfeld nebeneinandergestellt. Aber selbst dort hatten sie die Finger nicht voneinander lassen können, hatten dagestanden, nackt, aneinander gelehnt und sich zwischen jedem Schluck und Bissen weiter zärtlich berührt. Er hatte ihre weiche Haut gestreichelt, ihr eine vorwitzige Strähne aus dem Gesicht gestrichen und sie so an sich gedrückt, dass Sabine fast ihren Wein verschüttet hatte, sie weiter geküsst, gelacht … Er schloss die Augen und spürte wieder ihren Körper, wie sie ihn umschlang und festgehalten hatte, so fest, als wollte sie ihn nie wieder loslassen.

Er seufzte wohlig auf und spürte erneut seine wachsende Erregung. *Ich habe nicht geträumt. Keine Albträume.* Er tastete nach seinem Handy, aber auf dem Nachttischchen lag nichts. Kopfüber suchte er mit den Händen auf dem Boden nach seiner Hose, zog das Handy heraus. *Sechs Uhr dreißig. Heute ist … Montag. Schade.* Vorsichtig zog er seine Beine an und bewegte sich zur Bettkante hin. Dann spürte er ihre Arme, die sich um seine Hüften schlangen. Ihre Hand ergriff seinen Schwanz und hielt ihn fest. Aufstöhnend rollte er sich rechts herum zurück ins Bett, ließ dabei das Handy auf den Boden fallen und wandte sich ihr zu, ihrem verschlafen lächelnden Gesicht. *Scheiß auf die Arbeit. Das kann warten.*

Am Montagmorgen erschien Hauptkommissar Ralf Ziether erst spät im Büro. Er war unrasiert und hatte noch die Sachen vom Vortag an, zwar war er frisch geduscht, aber in sich trug er noch den Geruch von Sabine bei sich, und die Bilder der letzten Nacht und vom frühen Morgen begleiteten ihn. Gut gelaunt stellte er die Espressomaschine an. Er registrierte das rote Blinklicht auf seinem Dienstapparat und ignorierte es geflissentlich. Lieber beobachtete er den italienischen Kaffeeautomaten, wie er erst die Bohnen mahlte und dann das Wasser zum Kochen brachte, hörte den Dampf austreten und sah zu, wie die heiße, braune Flüssigkeit aus dem schmalen Metallstutzen in die Tasse hinabfloss.

Die erste Nachricht war vom Vorzimmer des Staatsanwalts. *Na klar*, dachte er, *wer sonst*. Es war die Antwort auf die kurze Meldung, die der Hauptkommissar am Sonntagmorgen über die Zentrale abgesetzt hatte. Der Leichenfund. Middelberg wollte wissen, wie der Stand der Ermittlungen war. Aber der konnte erst einmal warten. Der zweite Anruf war von Piet Wieczorek. Piet hatte lediglich die Nachricht hinterlassen, dass er erst heute mit der Spurenauswertung weitermachen würde. Da war also auch noch nichts Neues zu erwarten.

Ziether schnappte sich die Zeitungen. Die Presse berichtete ausführlich von den modernen Bankraubmethoden, die in Berlin und Brandenburg um sich griffen, von einer unbekannten Bande, die die Geldautomaten scheinbar nach Belieben so manipulierte, dass diese ihren gesamten Inhalt ausschütteten. Na, ihre Hoffnung, dass die Medien nicht so bald über diese neue Art des Bankraubs berichten würden, hatte sich nicht erfüllt. Aber wenigstens standen keine Details zum Vorgehen der Täter und einer möglichen Verbindung zu dem Mord in einem der Blätter. Die Ereignisse vom Freitagabend wurden nur als einer von einer ganzen Reihe von Überfällen dieser *Maskenbande* erwähnt, ein Name, der von der Boulevardjournaille herausgeschrien, von anderen Blättern übernommen worden war. Aber der Leichenfund wurde nirgends mit der Bande in Verbindung gebracht. Offensichtlich hatten die Journalisten zu dem aktuellen Todesfall nur eine dürre Mitteilung der Pressestelle der Berliner Polizei aufgegriffen und noch keine intensiveren eigenen Recherchen dazu angestellt.

Noch lange saß Ralf Ziether an seinem Arbeitsplatz. Er hatte die Zeitungen beiseitegelegt und rührte gedankenverloren in seiner

Espressotasse. *Sabine. Ob das schon etwas Ernstes ist oder etwas Ernsthaftes daraus werden kann?* Dann rief er Jan Meyer vom Betrugsdezernat an. Zum Glück war der junge Kollege auch gleich selbst am Apparat. Ziether berichtete von dem Leichenfund und dass die Möglichkeit bestand, dass es sich um ein Mitglied der Bande handelte, die die Geldautomaten knackte. Er schilderte seinen ersten Eindruck vom Zimmer des Toten. »Wieczorek hat die Computerfestplatten und Laptops allesamt mitgenommen. Vielleicht kommen wir ja damit weiter.« Sie verabredeten sich für den Nachmittag, wenn der Leiter des Kriminaltechnischen Dienstes hoffentlich schon mehr herausgefunden hatte.

Als er aufgelegt hatte, rührte Ziether nachdenklich in seiner leeren Espressotasse herum. Sein abgründiger Traum vom Sonntagvormittag fiel ihm wieder ein. Der oder die Täter hatten den jungen Mann gefoltert, mit Elektronikmüll vollgestopft und ihm eine Platine in den Hals gepresst. Außerdem hatten sie dem Toten diese weiße Maske aufgesetzt. Das musste mit den Banküberfällen zusammenhängen und als sichtbare Warnung verstanden werden. Nur von wem und an wen gerichtet?

Middelberg empfing den Hauptkommissar in seinem Büro, eine seltene und eher zweifelhafte Ehre. Und noch bevor Ziether den Raum betreten konnte, hatte ihn Middelbergs Vorzimmerdame telefonisch angekündigt. Lächerlich! Als er dann eintrat, hob der Staatsanwalt nicht einmal seinen Blick aus irgendeiner Ermittlungsakte, die er gerade studierte. Ziether setzte sich unaufgefordert auf den unbequemen Besucherstuhl vor dem Schreibtisch und musste schmunzeln. An der Wand hinter Middelbergs Schreibtisch hing dieser alte Schinken, ein schrecklich kitschiges Ölgemälde, das die Kollegen der Kripo ihm einmal aus Jux geschenkt hatten. Middelberg hatte das Pferdeporträt dort aufhängen lassen, und jetzt sah es wirklich so aus, als sähe ihm der Schimmel mit gebleckten Zähnen und großen, seitlich vorstehenden Augen leicht schielend über die Schulter, direkt in den aufgeschlagenen Aktenordner. Nein, Humor zählte sicherlich nicht zu den hervorstechenden Eigenschaften des überkorrekten Staatsanwaltes.

Jetzt blickte der endlich auf und fragte grußlos: »Was können Sie mir zu dem Toten sagen, den Sie gestern aus der Spree gezogen haben?«

Ziether fasste den bisher noch dünnen Ermittlungsstand zusammen, erwähnte dabei auch die weiße Maske und den Mageninhalt des Opfers, sparte sich aber jegliche Spekulationen, und Middelberg hörte ihn wirklich bis zum Ende an, ohne ihn zu unterbrechen.

Der Staatsanwalt nickte nur und meinte: »Wann ist Hauptkommissarin Bredehorst wieder im Dienst?«

»Am Montag in einer Woche.«

Middelberg nickte erneut. »Und bis dahin ...«

»Komme ich klar. Sonst melde ich mich. Rechtzeitig.« Das letzte Wort war Ziether einfach so herausgerutscht.

»Und Sie halten mich auf dem Laufenden. Zeitnah.«

Jetzt nickte der Hauptkommissar.

Die Berichterstattung in den Tageszeitungen war nicht zu verhindern gewesen. Da standen der Telefonzentrale der Berliner Polizei wohl einige hundert Anrufe besorgter Berlinerinnen und Berliner bevor.

»Aber vielleicht ergibt sich daraus auch der eine oder andere brauchbare Hinweis. Hauptsache, dass jetzt nicht auch noch der Tote in diesen Zusammenhang gestellt wird«, meinte der Staatsanwalt. »Andererseits, wenn das Opfer schon mit dieser Maske präsentiert wurde ...« Middelberg blickte Ziether mit seinen graublauen Augen durchdringend an. »Wenn das nicht durch den Blätterwald rauscht, wie soll dann die Warnung, die Sie dahinter vermuten, die anderen Mitglieder der Bande erreichen?«

Diese Frage hatte sich der Hauptkommissar auch schon gestellt und darauf keine Antwort gefunden. Und damit war Ziether wieder entlassen. Ohne Streit, wunderte er sich.

Er genoss es, allein in seinem Büro zu sitzen. Ziether hatte beide Fenster weit aufgerissen. Die Sonne strahlte ins Zimmer, und über den Straßenlärm, der von unten heraufschallte, hatte sich ein Hauch von Natur gelegt, Blätterrauschen und Vogelstimmen.

Sein Blick fiel auf den verwaisten Stuhl seiner Kollegin, und er dachte mit einem schlechten Gefühl daran, wenn sie wieder dort sitzen und zu ihm herüberschauen würde. Aber verdammt! Hatte er nicht ein Recht auf ein bisschen Privatleben? Die vergangenen Jahre hatte er fast ausschließlich für seinen Job gelebt, und Britt hatte ihn dabei begleitet, Tag für Tag und so manche Nacht hindurch. Sie wusste mehr über ihn als jeder andere Mensch. Dass er mit ihr im Bett gelandet war, war ein Fehler gewesen. Das hatte er ja auch klargestellt. Aber ob sie das auch so sah? Da war er sich keineswegs sicher. Das mit Sabine, das war etwas anderes. Und trotzdem hatte er ein schlechtes Gewissen. Aber Britt hatte auch ein zweites Leben neben der Arbeit, immer schon gehabt: einen Sohn, Freundinnen wie Frau Müller. Soweit er wusste, hatte sie derzeit keine Beziehung, zumindest war das sein letzter Kenntnisstand. Wenn es andersherum gewesen wäre, hätte er es ihr nicht auch gegönnt? Aber auch der Gedanke gefiel ihm irgendwie nicht. Ärgerlich über sich selbst schob er seine Grübeleien beiseite.

Am frühen Nachmittag saßen Jan Meyer, Ralf Ziether und Piet Wieczorek in dessen kleinem Büro, das mit seinen Apparaturen auf dem Metalltisch und dem eloxierten Schreibtisch eher wie ein Laborarbeitsplatz wirkte. Aber so, wie Wieczorek seine Arbeit auffasste, war es auch mehr ein Labor, das nebenbei als Büroarbeitsplatz genutzt wurde.

Der Leiter des Kriminaltechnischen Dienstes fasste die bisherigen

Untersuchungsergebnisse zusammen. Dabei hielt er einzelne Plastikbeutel mit den Fundstücken und Fotos von der Auffindesituation am Spreeanleger dozentenhaft hoch. »Der Tote ist mit einem Fahrzeug, vermutlich einem Caddy oder anderem Kleintransporter, vom Tegeler Weg über den schmalen Uferstreifen ans Wasser gebracht und so, wie wir ihn aufgefunden haben, abgelegt worden. Die Reifenprofile, die wir gesichert haben, sind von der Qualität nicht besonders. Wenn ihr ein Fahrzeug sicherstellen könnt, müssen wir sehen, ob wir noch Sandpartikel oder Pflanzenreste finden, die wir zuordnen können. Das Profil selbst gibt nämlich nicht viel her. Auf dem gepflasterten Seitenstreifen haben wir nichts gefunden. Und die wenigen Spuren im Randbereich der Uferböschung ... dafür ist dort der Untergrund denkbar ungeeignet, verbranntes Gras und Sand. Bisher haben wir auch keine fremden Fasern an der Leiche finden können. Wir werden uns die Kleidung des Toten aber noch einmal ganz genau vornehmen. Dr. Schmalberg wird seine Fingernägel auch noch einmal auf Spuren untersuchen. Vielleicht findet er ja noch ein paar Hautpartikel, die nicht zu dem Toten gehören. Bis auf die Platine« ... er hielt die Plastiktüte mit dem grünen Plastikchip hoch ... »und den Mageninhalt des Toten haben wir im Moment so gut wie gar nichts.« Er seufzte und blickte sichtlich unzufrieden in die Runde. »Die Platine ist US-amerikanischen Ursprungs, ein handelsübliches Fabrikat, eingebaut in Computer, die auch in Deutschland millionenfach verkauft worden sind. Die Laptops und Festplatten des Toten sind sämtlich abgesichert, und wir haben noch keins der Passwörter knacken können. Ein Spezialist vom Landeskriminalamt wird sich noch heute Nachmittag damit befassen. Aber das kann dauern.«

»Hattest du nicht mal so einen Stick, mit dem du Passwörter geknackt hast?«, erinnerte sich Ziether.

»Ja, das stimmt«, seufzte Wieczorek. »Aber das Spezialprogramm ist für diese Sicherungssoftware, die auf den Festplatten und Laptops des Toten eingesetzt worden ist, wohl längst überholt. Einen normalen Code kann man damit herausfinden, aber das da ...«, er wies mit der Hand auf die elektronischen Gerätschaften, die auf dem Metalltisch standen, »da wurde keins der handelsüblichen Programme verwendet, wie es bei jedem Betriebssystem mittlerweile zum Standard gehört.«

Wieder im Büro fand Ziether den vorläufigen Obduktionsbericht von Dr. Schmalberg vor. Der hatte sich sichtlich beeilt. Zwar standen einige Labortests noch aus, aber die Todesursache, Erstickung nach einem allergischen Schock, hatte Schmalberg schon abschließend feststellen können. Den Todeszeitpunkt konnte er, aufgrund der Lage des Oberkörpers im Wasser, allerdings nicht noch weiter eingrenzen. Zwischen zweiundzwanzig und dreiundzwanzig Uhr ... Um Viertel nach drei hatte der Zeuge den Toten gefunden und die Polizei angerufen. Nähere Angaben hatte er nicht machen können, weil der Leichnam da schon mehrere Stunden im Wasser gelegen hatte und niemand anderes um diese Zeit dort am Spreeufer unterwegs gewesen war. Außerdem war der Mann ziemlich alkoholisiert gewesen und hatte sichtlich unter Schock gestanden.

Ziether schnappte sich seine Autoschlüssel und verließ das Büro. Am Tegeler Weg, unweit der Bushaltestelle, hielt er an, stieg aus und blickte nachdenklich auf die hellen, modernisierten Mietshäuser auf der anderen Straßenseite. Tag und Nacht rauschte der Verkehr hier mehrspurig am Rand des Mierendorff-Kiezes entlang. Die Buslinie zum Zoologischen Garten kam hier bis Mitternacht alle zwanzig Minuten vorbei, und die Bushaltestelle lag fast unmittelbar am Anleger, an dem ein Ausflugsschiff der Reederei Wolff festmachte. Auch nach Mitternacht wurde die Bushaltestelle jede halbe Stunde bedient. Dass hier in der ganzen Zeit niemand etwas vom Ablegen der Leiche mitbekommen haben sollte, war eigentlich nicht vorstellbar. Die zuständige Polizeidirektion 2, Abschnitt 25 an der Bismarckstraße, war gerade mal drei Kilometer von hier entfernt. Er würde den Kollegen von der Schutzpolizei einen Besuch abstatten und sich dann erst um den Busfahrer der BVG kümmern, der nachts diese Strecke bedient hatte, bevor er die frühere Freundin des Toten, Anna-Laura Schneyder, aufsuchte.

Ziether fuhr über den Ernst-Reuter-Platz und parkte gegenüber der Wache auf dem Mittelstreifen in der Bismarckstraße. Silke Bending, eine diensterfahrene Hauptkommissarin, leitete die kriminalpolizeiliche Sachbearbeitung für den Bezirk. In ihrem Büro türmten sich die Aktenberge.

Ziether musste unwillkürlich grinsen. »Das sieht bei Ihnen ja genauso aus wie in meinem Büro«, meinte er. »Die Bürokratie bringt uns noch um.«

»Aber leider ist sie notwendig, wenn unsere Ermittlungen vor Gericht Bestand haben sollen, Herr Kollege.« Die Antwort klang sehr reserviert. »Unser Bezirk umfasst zwar nur fünf Quadratkilometer, aber hier leben fast vierzigtausend Menschen und ...«, sie wies auf die vielen Ermittlungsakten, »hier ist Tag und Nacht nicht wenig los.«

Ziether musterte die große, mittelblonde Frau. Aber ihr Gesichtsausdruck war nicht zu deuten. »Jedenfalls ...«

»Sie sind wegen des Toten hier, der am Rande des Mierendorff-Kiezes aufgefunden wurde«, unterbrach ihn Bending. »Leider kann ich Ihnen auch nicht wirklich weiterhelfen. Die Streifenkollegen haben in den gegenüberliegenden Häusern die Bewohner befragt. Aber es ist, als hätte niemand irgendetwas mitbekommen. Eigentlich unerklärlich.« Sie reichte Ziether einen schmalen Hefter. »Hier die Liste der befragten Anwohner, soweit sie zuhause angetroffen wurden.«

Unzufrieden hatte Ziether das Dienstgebäude verlassen und war wieder bei seinem Wagen angelangt. Bending hatte recht. Ein Toter, unmittelbar neben einer viel befahrenen Straße abgelegt, spätabends am Rande eines dicht bewohnten Viertels. Wenn er mit einem Caddy transportiert worden war, wie Wieczorek annahm, dann musste doch irgendjemand etwas gesehen haben. Bending hatte ihm noch den Namen des eingesetzten Busfahrers der Linie N7 mitgeteilt, Sigmar Schulze. Die Kollegen der Schutzpolizei hatten den Fahrer, der gerade eine Freischicht hatte, aber nicht erreicht. Ziether würde versuchen, ihn kurz vor dessen Dienstbeginn bei der BVG abzupassen.

Nachdenklich blieb er neben seinem Wagen stehen. Martin Dreyer war zwischen zweiundzwanzig und dreiundzwanzig Uhr gestorben. Wie lange der Tote im Wasser gelegen hatte, konnte Schmalberg nicht eindeutig sagen. Um Viertel nach drei hatte der Zeuge den Toten gefunden. Der mögliche Zeitraum betrug also gut fünf Stunden, ab dem Martin Dreyers Leichnam am Uferrand gelegen hatte, ohne dass dies irgendjemanden aufgefallen war.

Der Omnibusbetriebshof der BVG in der Müllerstraße lag im Wedding. Also los, in die *Straßenbahnstadt*, wie der Berliner sagt. Bis Schulzes Schicht begann, war noch etwas Zeit. Aber jetzt, gegen halb eins, waren die Straßen auf dem Weg durchs Zentrum überfüllt. Als Ziether vor der Zufahrt zum BVG-Hof anlangte und tatsächlich einen Parkplatz fand, hatte er noch ein paar Minuten Zeit. Hungrig enterte er einen Imbiss, der mit einem Angebot an frischen Suppen neu aufgemacht hatte, direkt gegenüber dem expressionistisch verklinkerten Turm, der die Einfahrt zum Betriebshof markierte. *Rote Linsen, vegan und scharf* stand draußen auf dem Aufsteller. Früher hatten die Straßenbahner hier Currywurst, Unmengen an Schweinefleisch mit scharfem Curry oder Brathähnchen verschlungen. Aber zu seiner Überraschung gab es heute gar keine Suppe. »Suppe is' aus«, meinte der junge Mann, der aus dem Fahrradladen kam, ihn einließ und sich erst mal die schwarze Schmiere von den Fingern wusch. Buletten und Leberkäse gab es, dafür aber mit Blick auf die historische Fassade des Straßenbahnerkomplexes mit seinen dreihundert Wohneinheiten.

Er fand Sigmar Schulze, den Busfahrer, der am Sonntag mit der Nachtlinie N7 an der Haltestelle am Tegeler Weg vorbeigefahren war, im Sozialraum der BVG. Schulze, ein Mittfünfziger mit Halbglatze und Übergewicht, kaute auf einer dicken Stulle, Schinkenbrot mit Gurkenscheiben, herum. »Kriminalhauptkommissar? Na sowat.« Er aß unbeirrt weiter. »Det hat man ja ooch nich jeden Tach, wa.«

»Ist Ihnen am vergangenen Sonntag gegen zwei Uhr am Schiffsanleger am Tegeler Weg irgendetwas Ungewöhnliches aufgefallen?«

Schulze schaute den Kommissar an. Aber lange zu überlegen brauchte er offenbar nicht. »Wissen Se, det is die Nachtlinie, da sammel ick allet Mögliche auf, alkoholisiert un in Feierlaune, aba ooch Leute, denen Se nich ma im Mondschein begegnen wolln, so abjerissene Typen, oft ziemlich respektlos, wa. Da hab ick jenuch zu tun mit, wa. Ick achte uff 'n Verkehr, klar. Aba denne da draußen noch irjendwat Unjewöhnliches? Um die Zeit bin ick der reinste Partybus, vastehn Se? Da versuch ick janz ruhig zu bleiben un bin froh, wenn ick mein Törn zu Ende hab. Det hätte schon besonders unjewöhnlich sein müssen, dat mir det uffjefallen wär.«

Na, gesprächig war der dicke Busfahrer jedenfalls, der während seiner Ausführungen ungerührt weiter die Reste seiner Schinkenstulle verschlang. Ziether gab ihm noch seine Karte und sagte sein Sprüchlein auf, wenn ihm noch etwas einfallen würde. Er erinnerte sich, dass er selbst vor Jahren nach einem Junggesellenabschied auch mit einem der Nachtbusse gefahren war. Das eine Mal hatte ihm gereicht. Partybus. Der Begriff war noch harmlos für den Lärmpegel und Alkoholdunst auf den Linien, die die zumeist noch jugendlichen Nachtschwärmer von einer Disko zur nächsten karrten.

Auf der Rückfahrt ins Präsidium, Ziether war in Gedanken längst wieder mit dem toten Martin Dreyer und dessen Ex-Freundin beschäftigt, kam ihm der übergewichtige Busfahrer noch einmal in den Sinn. Schulze war gar nicht neugierig gewesen, mehr über den Hintergrund seiner Frage zu erfahren. In den Zeitungen war von einem ertrunkenen jungen Mann die Rede gewesen, nur eine kleine Meldung, aber trotzdem ... Na, vielleicht interpretierte sein kritischer Kopf da wieder mal zu viel hinein, dachte er.

Die mehrstöckigen Mietshäuser am Tegeler Weg waren in den letzten Jahren saniert worden. Berlin platzte aus allen Nähten. Auch wenn hier Tag und Nacht der Verkehr vorbeirauschte, die zentrale

Lage, die Nähe zum Wasser – in der Großstadt durchaus eine beliebte Wohnlage. Nils Kramer wohnte in einem der Mietshäuser, Parterre links. Ziether drückte auf den Klingelknopf. Nach Aussage des uniformierten Beamten, der Kramer in unmittelbarer Nähe der Fundstelle hatte befragen wollen, war der Zeuge ziemlich betrunken gewesen, zu betrunken für eine verwertbare Aussage. Der Beamte hatte ihn nach Hause gebracht und eine eingehendere Befragung für heute angekündigt. Mittlerweile sollte der Zeuge seinen Rausch wohl ausgeschlafen haben, dachte Ziether. Mehrmals klingelte er energisch, dann ertönte der Summer, und er wurde in den kühlen Hausflur eingelassen. Kaum war er durch die Eingangstür getreten, als ein mittelalter, dunkelhaariger Mann an ihm vorbeistürmte und ihn dabei fast umriss, so eilig hatte er es. Ziether wich aus und sah, dass der Mann eine dicke, schwarze Umhängetasche trug. Eine Kameratasche? Er drehte sich um, wollte dem unhöflichen Kerl die Meinung sagen, aber der war schon aus der Tür und auf dem Fußweg. Hinter ihm schlug die Haustür zu. Ziether wandte sich der Wohnungstür Kramers zu. Sie war verschlossen, und er klingelte erneut. Nichts geschah. Hinter der Tür war alles ruhig. Genervt klingelte Ziether Sturm, dann klopfte er energisch an die Tür. Endlich hörte er Schritte, und die Wohnungstür wurde geöffnet. Vor ihm stand ein übernächtigter Mann mit leicht glasigen Augen. Er trug einen Anzug mit Krawatte, und die Haare waren feucht in Form gelegt.

Ziether zückte seinen Dienstausweis. »Die Presse war also schon da, ja?« Nils Kramer nickte, offenbar unangenehm berührt.

Ziether trat ein und schloss die Tür hinter sich. »Was haben Sie denen denn erzählt, was die Polizei noch nicht weiß? Letzte Nacht waren Sie ja noch nicht wirklich vernehmungsfähig.«

Kramer schwieg.

»Es geht um die Aufklärung eines Gewaltverbrechens, Herr Kramer. Wenn Sie Informationen weitergegeben haben, die ermittlungsrelevant sind und nicht in die Öffentlichkeit gehören, machen Sie sich strafbar.«

»Ermittlungsrelevant?«

»Stellen Sie sich nicht dümmer, als die Polizei erlaubt!« Ziether war jetzt echt genervt. »Wie kommt die Presse überhaupt auf Sie?« Der Kommissar war durch den Flur in die kleine Küche getreten. Auf dem Küchentisch lag die Visitenkarte des Reporters. Das rot-weiße Logo des Boulevardblattes stach ihm ins Auge. Auch das noch! Ausgerechnet. Na, das konnte ja morgen eine schöne Schlagzeile geben. »Was haben Sie denen erzählt und wie viel dafür bekommen?«

Eingeschüchtert zeigte Kramer auf den Briefumschlag, der auf der Anrichte lag. Fünfhundert Mäuse. Das war für ein Interview mit Foto verdammt viel. Normalerweise versuchten Journalisten, das kostenlos zu bekommen. Da musste schon mehr dahinter stecken. »Also los! Was haben Sie dem denn erzählt?« Ziether wies mit der Hand hinter sich in den Flur. Er war echt sauer.

»Ich … wie ich den Toten gefunden habe. Und ein Foto hat er von mir gemacht.«

»Und? Haben Sie Ihrer doch sehr zurückhaltenden Aussage von letzter Nacht noch etwas hinzugefügt?«

»Na ja. Ich habe erzählt, dass ich total erschrocken war und dann näher rangegangen bin, weil ich meinen Augen nicht getraut hab, und dass ich dachte, dass er, so wie er dalag, halb im Wasser, tot sein muss. Ich … ich hab noch gesagt, dass ich den Toten am Bein angefasst habe und der schon ganz kalt war. Aber das stimmt nicht. Ich habe den Mann nicht angefasst, ehrlich.«

Dafür 500 Euro? Das schien Ziether doch ein bisschen dünn. Aber aus Kramer war nicht mehr herauszukriegen. Er erfuhr noch, dass der Zeuge seit gut einem Jahr arbeitslos war. Er hatte zuletzt als Aufstocker zur Aushilfe in einem Elektrobetrieb gearbeitet, war aber nicht übernommen worden. Schon im Flur hatte Ziether diesen typischen Geruch wahrgenommen, den er aus so vielen Wohnungen kannte, in denen nur selten gelüftet und wenig gereinigt wurde. Und in der Küche hatte er auf den ersten Blick ein paar Flaschen Hochprozentiges gesehen, die hier ganz offen herumstanden. Überhaupt machte Nils Kramer mit seiner dicken Brille und dem strähnigen Haar einen nicht sonderlich gepflegten Eindruck. Er war bestimmt nicht nur ein Gelegenheitstrinker, eher schon auf der Stufe Alkoholiker angekommen.

Er ließ den Brief mit dem Geld liegen, als er ging.

Missmutig hatte sich Ziether von seinem Büro im Dienstgebäude der Polizeidirektion 32 in der Keibelstraße auf den Weg nach Hause gemacht. Seine Gedanken kreisten um den toten Martin Dreyer, und es wurmte ihn, dass er in seinen Ermittlungen irgendwie kein Stück weiter kam. Was brachte einen jungen Studenten aus geordneten Verhältnissen dazu, Bankräuber zu werden? Dreyer hatte Informatik studiert. Vielleicht lag da ein Ansatzpunkt. Irgendwie mussten er und einige andere darauf gekommen sein, wie sie die hochkomplexen Sicherheitssysteme der betroffenen Bank überlisten konnten. War es der Reiz gewesen, die eigenen Kenntnisse in der Praxis anzuwenden und so zu viel Geld zu kommen? Unmengen wurden tagtäglich in den Bankautomaten bereitgestellt. Das Geld lag quasi auf der Straße. Man musste nur geschickt genug sein, um es aufzuheben – oder besser: abzuheben.

Am Abend fühlte sich Ziether in seiner Wohnung ziemlich allein. Aber er widerstand der Versuchung, schon wieder Sabine anzurufen. Er machte den Fehler, den Fernseher einzuschalten. An der Frankfurter Börse war es zu einem spürbaren Kursrutsch gekommen, und die Berichterstattung über die wirtschaftliche Lage in Deutschland und Europa erschien ihm so, als wolle der Nachrichtensprecher die TV-Gemeinde mit aller Macht beruhigen, dass alles gar nicht so schlimm sei. Dabei machte der Mann einen höchst verkrampften Eindruck. Die Nachrichten der vergangenen Wochen waren alles andere als gut gewesen. Griechenland würde seine Schulden bei der Europäischen Zentralbank nicht zurückzahlen, die Wirtschaftsdaten des Mittelmeeranrainers waren – wie hieß das? – *hinter den Erwartungen zurückgeblieben.* Die deutschen Autobauer schlugen sich mit Strafzahlungen als Folge des Diesel-Abgas-Betrugsskandals herum, und in Italien war mal wieder ein Reformer als Regierungschef gescheitert. Frankreich hatte die Schuldenobergrenze verpasst, und die Wirtschaftskrise in Großbritannien nach dem Brexit schlug nun auch beim deutschen Export durch. Die südeuropäischen Staaten forderten einen Schuldenfonds, und die Nordeuropäer, allen voran Deutschland, weigerten sich strikt, die Schulden der EU-Staaten ganz Europa aufzuhalsen – *zu vergemeinschaften,* nannten sie das. Ziether dachte dabei, es konnte doch nicht immer nur aufwärts gehen mit immer neuen Steigerungsraten der Wirtschaftsleistung, irgendwann mussten die Märkte doch gesättigt sein, oder? In einem Kommentar hatte er zuletzt gelesen, dass mit der Kreditfinanzierung der Schulden vieler EU-Staaten und dem Ankauf von Staatsanleihen durch die EZB eigentlich die Exporte der wirtschaftsstarken EU-Staaten, in erster Linie Deutschlands, finanziert wurden. Die finanziell klammen Staaten bekamen günstiges Geld und zeitlich gestreckte Rückzahlungsbedingungen, damit sie weiter investierten und die Produkte der Staaten kauften, die diese Kredite im Wesentlichen mitfinanzierten. Er hatte sich schon immer gefragt, wie die schwächeren Staaten so jemals auf eigenen Füßen stehen sollten. Dieses ganze Wachstum und der Euro, war das nicht ein Riese auf tönernen Füßen, für den letztlich sie, die Steuerzahler, den Kopf hinhalten mussten?

Nun folgte auch noch ein *Brennpunkt* zur Börse und den schlechten Wirtschaftsmeldungen. Da schaltete er den Kasten lieber gleich ab. Er machte sich auf den Weg auf ein Bier in seine Stammkneipe um die Ecke. Wenigstens war der Ton des Flachbildschirms, auf dem eine Fußballübertragung lief, leise gestellt. Ziether starrte hin und wieder auf die bewegten Bilder. Aber lieber sah er den anderen Gästen zu, die das Spiel mehr oder weniger intensiv verfolgten. Einige der anderen Stammgäste hatten ihn gegrüßt, als er sich seinen Platz am Ende der Theke gesucht hatte, alte Bekannte, vom

Sehen, die wie er hier im Kiez wohnten. Sein Blick fiel auf die Musikbox, die heute ausgeschaltet war. Hier hatten sie an ihrem ersten gemeinsamen Abend gestanden, seine Kollegin und er, gequatscht und Musik gehört. Jetzt war sie in Frankreich, Paris. Was sie wohl gerade machte? Dann tauchte das Gesicht von Nils Kramer aus seinem Gedächtnis auf. Er trank sein zweites Bier aus, zahlte und ging.

Nur langsam tauchte Ralf Ziether aus den Tiefen seiner Traumbilder auf. Sie waren in dem kleinen Café gewesen, wo sie so oft ihre Mittagspause gemeinsam verbrachten. Britt. Sie hatte seine Hand gehalten. Bei dem Gedanken an seine Kollegin spürte er wieder dieses warme Gefühl im Bauch.

Der Kellner war an ihren Tisch herangetreten, aber etwas hatte nicht gestimmt. Sein Gesicht, es war nur unscharf zu erkennen, dann hatte er genauer hingesehen. Das war kein Gesicht gewesen, sondern diese weiße Maske mit dem plastinierten Grinsen. Britt hatte seine Hand ganz fest gehalten, viel zu fest, und seinen Arm umgedreht. Er starrte auf sein Handgelenk. Auf der Innenseite seines Unterarms war ein Tattoo: ein Strichcode! Der Kellner war mit seinem Lesegerät darüber gefahren, und sein Plastikmund hatte sich bewegt, als er sprach. Was hatte er gesagt? »Herr Hauptkommissar, Ihr Konto ist erschöpft.« Mit kaltem Blick hatte er ihn angesehen.

Ralf starrte auf sein Handgelenk, weil Britts Griff ihm so wehtat, dann folgte er dem automatischen Impuls, seinen Arm wegzuziehen, aber es ging nicht. Britts Hand war fest wie ein Schraubstock. Auf einmal steckte in seinem Unterarm eine Spritze, mit der der Maskierte Blut aus seinem Körper zog. Ralf konnte deutlich sehen, wie sich der Kolben langsam füllte, begleitet von einem widerlich ziehenden Gefühl im Arm.

Nur mühsam wichen die schrecklichen Bilder zurück, schüttelte er die beängstigenden Schatten der Nacht ab. Halb fünf zeigte der

Wecker. Blut und Geld. Irgendwie passte das zum aktuellen Fall. Instinktiv griff er sich an den rechten Unterarm und strich sanft über sein Handgelenk, als könnte er so die körperliche Erinnerung wegstreichen. Und warum Britt? Dieses warme Gefühl. Britt war weit weg. Und Sabine?

Eine Zeit lang blieb er grübelnd einfach so liegen, entschloss sich dann doch aufzustehen und nahm nur einen Schluck Wasser direkt aus dem Hahn, um sofort loszulaufen. Joggen. Das war eine gute Idee. Die Nacht aus den Beinen, aus dem Körper schütteln. Es konnte wirklich nicht schaden, wenn er etwas mehr für sich tat, um fit zu bleiben.

Am frühen Morgen, auf dem Weg zur U-Bahn-Station, sah er schon aus mehreren Metern Entfernung die überbreiten Lettern des Boulevardblattes. *Erster Mordfall in der Maskenbande* schrie ihm das Blatt geradezu entgegen. Er drückte dem pakistanischen Zeitungsjungen ein 2-Euro-Stück in die Hand und vergaß, als er das Foto auf der Titelseite sah, das Wechselgeld anzunehmen. Kurz blieb ihm direkt der Mund offen stehen, dann ballte er die Fäuste vor Wut und knüllte dabei den Zeitungsrand zusammen. Das Foto zeigte den Toten, Martin Dreyer, der mit dem Oberkörper im Wasser lag. Allerdings lag die Leiche auf dem Rücken, und die weiße Maske, die sein Gesicht bedeckte, schien knapp oberhalb der Wasserlinie direkt in die Kamera zu grinsen. Am rechten Bildrand war ein kleines Porträtfoto von Nils Kramer abgebildet mit dem Text: *So fand Nils K. den Toten.*

BILD hatte ja schnell die Verbindung des Mordopfers zu der kriminellen Bande hergestellt, so wie Ziether es nach dem gestrigen Zusammentreffen mit dem Fotojournalisten auch erwartet hatte. Trotzdem ärgerlich, sehr ärgerlich, dachte er. Er sah sich das Bild des Toten noch einmal genauer an. Aber wer hatte den Leichnam umgedreht und für das Foto in Position gelegt? Wer hatte überhaupt das Foto gemacht? In der U-Bahn las Ziether den ganzen Artikel.

Gestern Nacht, als Nils K. seinen Hund ausführte, traute er seinen Augen nicht. Nahe seiner Wohnung in Charlottenburg schlug sein Hund an und führte ihn ans Ufer der Spree. Hier fand er den toten Martin D., halb im Wasser liegend, das Gesicht mit dieser Guy-Fawkes-Maske der Bande verdeckt, die seit Wochen rund um Berlin Geldautomaten knackt. Ein Mord aus Streit um die Beute?

Ziether spürte, wie ihm die Hitze in den Kopf stieg. Das durfte doch nicht wahr sein! Im Innenteil ging es noch weiter. Der Reporter hatte ein Foto des Mietshauses gemacht, in dem Nils Kramer wohnte, und diesen noch einmal abgelichtet, wie er am Ufer der Spree entlangspazierte und auf den Schiffsanleger zeigte. Der Text beschränkte sich auf Bildunterschriften und ergab keine weiteren Informationen. Aber der Kommentar auf der zweiten Seite war interessant. Der Kommentator spekulierte über interne Streitigkeiten unter den Mitgliedern der so genannten Maskenbande.

Ziether ließ das Blatt sinken. Dann sprang er auf und drängte sich aus einer der Türen des Waggons, die sich gerade wieder schlossen. Fast hätte er seine Station verpasst. Wer hatte die Leiche bewegt und das Foto gemacht? Wie war die Presse überhaupt auf den Zeugen gekommen, und woher hatte der Journalist den Namen des Toten erfahren? Im Büro missachtete Ziether das blinkende rote Lämpchen an seinem Telefon, wühlte in seinem Bürocontainer, zog die große Lupe hervor und betrachtete die Fotos noch einmal genauer. Die Bilder waren jetzt ziemlich pixelig, aber das Bild des Toten war mit Sicherheit nachbearbeitet worden. Es war so aufgehellt, dass nicht mehr erkennbar war, dass es nachts im Mondlicht aufgenommen worden war. Der Fluss und die Uferzone lagen im Halbdunkel, aber der Tote stach mit seiner weißen Maske grell aus der Bildmitte hervor. Erst jetzt sah er nach dem Anrufer, der ihn nicht erreicht hatte. Middelberg, der Staatsanwalt. Bestimmt hatte der die Zeitung heute Morgen gleich als erstes gelesen. Ziether stellte den Kaffeeautomaten an und drückte die Wiederwahltaste.

Der Staatsanwalt war sofort selbst dran. Und er tobte. Woher die Presse das Foto hätte. Er, Ziether hätte den Zeugen doch sicherlich gleich Sonntagnacht vernommen und auf seine Verschwiegenheitspflicht in einem laufenden Verfahren hingewiesen. Der Hauptkommissar kam gar nicht zu Wort. Innerlich ließ er einen Stoßseufzer los. Er hätte doch erst den Espresso trinken sollen, dachte er. Dann begann er mit seinen Erläuterungen und versuchte sich möglichst kurz zu halten. Er erwähnte, dass die Ermittlungen zunächst von den Kollegen der Schutzpolizei übernommen worden waren und dass der Zeuge für eine intensive Befragung zu betrunken gewesen war. Kramer habe erst am Sonntag mit einem Reporter gesprochen. Ja, und er würde diesen neuen Fakten sofort nachgehen und den Staatsanwalt umgehend über das Ergebnis informieren.

Ziether stand auf und nahm sich seinen Espresso. Der kleine, starke Kaffee war nur noch lauwarm. Was für ein unerfreulicher Dienstagmorgen. Über den Rand des Laptops hinweg blickte er in den grauen Berliner Morgenhimmel.

Nils Kramer hatte ihn schon erwartet. Die Zeitung mit den übergroßen Lettern lag aufgeschlagen auf dem Wohnzimmertisch.

»Ich habe den Toten nicht angefasst. Wirklich nicht. Er lag auf dem Bauch. Die Maske habe ich gar nicht gesehen«, sprudelte es aus ihm heraus. »Und jetzt sprechen mich alle darauf an. Ich hätte ja gar keinen Hund … der Koscilniacek nebenan hat mich nach Hause kommen hören und meinte, ich sei ja wohl wieder ganz schön besoffen gewesen, wenn ich schon nicht mehr allein nach Hause gekonnt hätte. Ein schrecklicher Kerl! Aber die Wände hier sind dünn.« Kramer machte einen wirklich unglücklichen Eindruck. Trotzdem kam Ziether noch einmal auf dessen Aussage zurück. Aber letztlich glaubte er ihm. In der Ecke hatte er einen alten PC herumstehen. Der Hauptkommissar setzte sich, tippte Kramers Aussage gleich noch mal ein, druckte sie aus und ließ ihn unterschreiben. Als er sich zum Gehen wandte und Kramer den PC herunterfahren wollte, starrte der wie gebannt auf den Bildschirm und sackte sichtlich auf seinem Stuhl zusammen.

»Was ist?« Ziether trat hinter ihn.

Kramer wies auf den Bildschirm. Er hatte wohl das E-Mail-Programm geöffnet. Ziether las die aktuelle Mail. *Glaub bloß nicht, dass du damit durchkommst! Wir beobachten dich, du Scheiß-Lügensack!* Er nahm Kramer die Maus aus der Hand und klickte eine weitere E-Mail an, die gerade aufpoppte. *Du Arsch! Pass auf, dass du nicht bald selbst in der Spree liegst!* Jetzt gingen laufend neue Meldungen ein. Alle mit ähnlichen Schmähungen.

Kramer saß stocksteif da und rührte sich nicht.

Der Presse so'n Scheiß erzählen … das wird dir noch leidtun! Das war noch eine der freundlicheren.

Der Hauptkommissar druckte einige der Nachrichten aus und leitete die E-Mails weiter an seine Büroadresse. Die Absender waren allesamt Zahlenkombinationen, ergänzt mit verschiedenen der gängigen Anbieterkennungen.

Als er wieder ins Präsidium nach Mitte fuhr, ließ er einen ziemlich betroffenen Nils Kramer zurück. Er hatte ihm geraten, auch sämtliche noch nachfolgenden Mails an ihn weiterzuleiten. Mehr konnte er im Moment nicht tun. Kramer war nach eigener Aussage in keinem der gängigen sozialen Netzwerke aktiv und hatte noch eine alte T-Online-Adresse. Woher hatten diese Leute, wenn es überhaupt mehrere waren und nicht ein Einzelner mit einer ganzen Reihe unterschiedlicher E-Mail-Accounts, Kramers Kontaktadresse?

Vom Büro aus rief er gleich bei Piet Wieczorek an, sandte ihm einige der Mails und bat ihn, der Sache auf den Grund zu gehen.

Es dauerte nicht lange, bis sein Telefon klingelte. Ohne weitere Einleitung kam Wieczorek gleich zur Sache: »Übrigens hat der Kollege vom LKA die Festplatten von Dreyer noch nicht geknackt«, meinte er, und seiner Stimme war die Enttäuschung deutlich anzuhören. Ziether kannte den Leiter des Kriminaltechnischen Dienstes seit Jahren. Mit einem technischen Problem nicht weiterzukommen, das war für Piet Wieczorek ein unerträglicher Zustand. »Aber wir bleiben dran«, fügte er hinzu. »Deine Hassmails muss ich erst noch einmal checken«, sagte er dann und beendete abrupt das Gespräch. War da nur ein ironischer Unterton gewesen oder maß Wieczorek den E-Mails keine besondere Bedeutung zu? Na, wie auch immer. Es machte wenig Sinn, darüber nachzudenken, auf jeden Fall hatte er die Mails bekommen.

Ziether blickte auf seine Uhr. Halb zwölf. Der Staatsanwalt ließ pünktlich um zwölf den Stift fallen und ging in die Mittagspause. Er seufzte und wählte dessen Nummer. Frau Schneyder, seine Vorzimmerdame, stellte den Hauptkommissar gleich durch.

»Was gibt's?«, schnaubte Middelberg ins Telefon.

Ziether fasste das Ergebnis seiner erneuten Zeugenbefragung zusammen. »Wenn Kramer den Toten so auf dem Bauch liegend vorgefunden und kein Foto geschossen hat, wer hat die Leiche dann umgedreht und fotografiert? Dann muss vor ihm schon jemand vor Ort gewesen sein ...«

»Der Täter«, sekundierte Middelberg.

»Genau, aber dann wäre das Foto gezielt an die Presse lanciert worden, vielleicht als Warnung.«

»Sie wissen, die Pressefreiheit ist eine heilige Kuh«, griff der Staatsanwalt Ziethers unausgesprochenen Gedanken auf. »Fahren Sie hin und reden Sie mit denen. Zur Not müssen wir einen Deal machen. Aber eine Durchsuchung bei der Zeitung kommt nicht in Frage. Ich werde den Oberstaatsanwalt informieren.«

Ziether machte sich auf zum Redaktionsgebäude des Boulevardblattes, das mit seiner schier allumfassenden Verbreitung und den dicken Lettern mehr Macht ausübte als jede andere Zeitung in Deutschland. Das hatte er selbst schon empfindlich zu spüren bekommen. Gerne machte er diesen Besuch weiß Gott nicht.

Mit Richard Paris kennenzulernen, das bedeutete, die traumhaft schöne Großstadt abseits der Touristenströme zu erleben. Nicht überall ließ sich das ganz vermeiden, dafür waren um diese Jahreszeit einfach zu viele Besucher in der Stadt, aber an einem lauen Abend unweit des Parks Jardin du Luxembourg zu zweit in einem kleinen Café bei *Madame* zu sitzen, ein Glas Wein und eine Kleinigkeit dazu, gefüllte Oliven und Salamischeiben ... was brauchte es mehr, um glücklich zu sein? Sie spazierten durch den Park, unter Bäumen, mieden die Tennisplätze, auf denen noch reichlich Betrieb herrschte, und liefen um die kleine halbrunde Wasserfläche unterhalb des Palais.

Berlin. Ralf und Berlin waren ganz weit weg.

»Ich wohne in Nantes. Ich ...«

Britt legte ihren Zeigefinger auf Richards Mund. »Ne parlez pas plus loin. Je ne veux pas savoir. (*Sprich nicht weiter. Ich will es nicht wissen.*)« Warum nur hatten sie diese Gewissensbisse und meinten, sich erklären zu müssen, zwei erwachsene Menschen? Warum konnten sie nicht einfach das genießen, was da war? Den Augenblick. Jetzt. Sie zog ihren Zeigefinger zurück und küsste ihn.

Der Pförtner hatte ihn eingelassen. Der Chefredakteur selbst empfing ihn in den Redaktionsräumen und geleitete ihn in einen mit dunklen Kunstledersesseln spärlich möblierten Besprechungsraum. »Was kann ich für Sie tun?«, fragte er.

Ziether begann, sein Anliegen so neutral wie möglich vorzutragen. Der Tote aus der Spree, die Ermittlungen und schließlich das abgedruckte Foto. Ob er mit dem zuständigen Redakteur sprechen könne? Der grau melierte, etwas übergewichtige Redaktionschef gab sich jovial. Er verließ kurz den Raum und ließ nach dem Verfasser des

Berichts telefonieren. Ziether fühlte sich unwohl. Das hier war feindliches Gebiet, vermintes Gelände. Gerade *diese* Zeitungsredaktion profilierte sich gern, indem sie sich so gab, als setzte sie sich für die Interessen der Bürger, für ihre Leserschaft ein. Gerne auch auf Kosten anderer, und zu diesen anderen zählte eben auch die Berliner Polizei.

Der Redaktionsleiter kehrte zurück und meinte: »Da haben wir aber Glück. Der Redakteur Paul Harnstorn ist schon auf dem Weg. Kann ich Ihnen in der Zwischenzeit etwas anbieten?«

Ziether lehnte ab.

Der Small Talk verlief schleppend, bis plötzlich ein junger Mann eintrat, der Journalist, der gestern an der Haustür an Ziether vorbeigestürmt war. Er sah, dass der Redakteur ihn auch wiedererkannte. Das Gespräch verlief zwar weiterhin in einer freundlichen Atmosphäre, aber als Ziether auf das Foto zu sprechen kam, wurde es schwierig. Er musste dem Journalisten mehrfach eindringlich erläutern, dass es um die für die Ermittlungen eminent wichtige Auffindesituation des Toten ging. Wer hatte den Leichnam bewegt, bevor Kramer die Polizei alarmiert hatte? Wer hatte das Foto geschossen und an die Presse weitergegeben? Natürlich musste er sich die üblichen Argumente anhören: Schutz des Informanten, Pressefreiheit … Ziether biss sich auf die Zunge, um darauf nicht mit den juristischen Tatbeständen der Behinderung einer Ermittlung und des Vorenthaltens von Beweismitteln zu kontern. Das war alles richtig, führte aber zu nichts. Stattdessen blieb er weiter auf der Verständnistour. Schließlich ließ sich der Chefredakteur dazu herab, ihm Zeitpunkt und Absender der Mail zu nennen, mit der das Foto im Postfach der Redaktion eingegangen war. Wie die Zeitung auf den Namen des Zeugen gekommen war und was dieser ihnen genau erzählt hatte, erfuhr er aber nicht.

Der Absender der Mail war wieder nur eine Ziffernfolge vor der Endung eines bekannten Internetdienstleisters. Das Foto war gegen zwei Uhr am Sonntagmorgen im elektronischen Briefkasten der

Berlin-Redaktion eingegangen. In der Mail hatten nur die Worte *Mord in Berlin* und die GPS-Daten des Leichenfundortes gestanden. Ein Mitarbeiter, der Nachtdienst in der Redaktion hatte, hatte die Mail gegen halb drei Uhr früh gelesen, als er das Mailkonto checkte, sie an Harnstorn weitergeleitet und den Journalisten aus dem Bett geklingelt. Harnstorn hatte sich sofort auf den Weg gemacht und die Polizei am Tatort aus der Entfernung beobachtet. Mehr war aus dem Journalisten nicht herauszukriegen. Mit Mühe presste Ziether sich die Zusage ab, dass er sich, wenn es Neuigkeiten gab, die von öffentlichem Interesse waren, zuerst an Harnstorn wenden würde.

Mit einem unguten Gefühl verließ er die Redaktionsräume. Wie weit durfte man sich verbiegen, um von der Presse ermittlungsrelevante Informationen zu erhalten, die jeder Bürger als Zeuge sowieso preiszugeben hatte? Schließlich musste er einen brutalen Mord aufklären! Vermutlich war Harnstorn Kramer gefolgt, als der von einem Beamten nach Hause begleitet worden war, und dann am Nachmittag zurückgekehrt, um von Kramer weitere Informationen abzuschöpfen. Für 500 Euro! Es war unfassbar. Warum hatten die Beamten den Journalisten in der Nacht nicht bemerkt?

Aber gut, das hätte vermutlich auch nichts geändert. Jedenfalls hatte Harnstorn auf Ziether keineswegs so gewirkt, als sei die Berichterstattung über diesen Fall damit beendet. Im Gegenteil: *Die Maskenbande.* Das könnte *das* Thema für die sonst eher laue Sommerberichterstattung in der Hauptstadt werden. Wahrscheinlich hatte der Journalist noch mehrere eigene Fotos in der Hinterhand, um das Thema weiter hochzukochen.

Die fette Schlagzeile in der deutschen Zeitung, die an der Rezeption auslag, verfolgte sie. Ein Toter war in der Spree aufgefunden worden, Mitglied der *Maskenbande*, die in Berlin und Brandenburg Geldautomaten ausraubte, tönte das Blatt. Ralf hatte bestimmt genug zu tun. Sie sah ihn vor sich. Sein Gesicht. Er lächelte schief. Das Bild löste einen leichten Druck in ihrem Magen aus, ein saures Unwohlsein stieg ihre Speiseröhre hoch. Zuviel Kaffee und Wein, tat sie die Ahnung eines Schuldbewusstseins ab, die sich in ihre Gedanken drängte. Aber der Fall war sicher nicht ohne. Wenn sich die Presse jetzt schon so darauf stürzte, würde der öffentliche Druck schnell zunehmen. Ob Ralf mit Middelberg klarkam? Der hatte doch bestimmt schon wieder mindestens einen cholerischen Anfall gehabt.

Irritiert tauchte sie aus ihren Gedanken auf. Richard. Er saß ihr gegenüber und sah sie über den mit kleinen Törtchen und runden, henkellosen Kaffeeschalen gedeckten Tisch an. »Deutschland? Berlin?«, fragte er mit seinem süßen französischen Akzent.

Britt musste unwillkürlich lächeln. Sie nickte. In fünf Tagen war sie ja wieder zuhause. Zärtlich ergriff sie seine Hand.

Schon neunzehn Uhr. Ziether verspürte überhaupt keine Lust, noch mehr Überstunden anzuhäufen. Aber um einen abschließenden Besuch in seinem Büro kam er wohl nicht herum. Er wollte zumindest die E-Mail-Adresse mit denen der anderen Mails abgleichen, die Nils Kramer zugegangen waren.

Im Präsidium lagen die meisten Räume schon im Dunkeln. Die Kollegen hatten bereits Dienstschluss gemacht. Ziether nahm vom Parkplatz aus den hinteren Eingang, winkte dem Pförtner zu und nahm die Treppe nach oben. Er hörte nur den üblichen Geräuschpegel aus der Telefonzentrale, wo die Kollegen der Nachtschicht gerade die Tagschicht ablösten. Im dritten Stock erwartete ihn ein bereits im Dämmerlicht liegender menschenleerer Flur. Er schloss die Tür zu einem Büro auf, ließ die Jacke an, beugte sich zu seinem Laptop hinab, fuhr den Rechner hoch und checkte kurz seine Mails. Kramer hatte noch eine ganze Reihe weiterer Hass-Nachrichten an ihn weitergeleitet. Ziether verglich die Absender. Alles unterschiedliche Ziffernfolgen. Er markierte die ganzen Mails und schickte sie an Wieczorek. Sollte der sich doch mit der Entschlüsselung der zugehörigen IP-Adressen herumschlagen.

Wieczorek hatte auch schon gemailt. Er las, dass Piet den Absender der ersten Mail, die er an ihn weitergeleitet hatte, noch nicht hatte zurückverfolgen können. Aber er schickte ihm einen Link auf eine Homepage namens *Rapethemoney* mit einer ihm unbekannten Endung. Auf dem Bildschirm erschien übergroß die grinsende, weiße Guy-Fawkes-Maske der Occupy-Bewegung.

Ziether setzte sich.

Warum hatte sie nicht einfach alles so lassen können, wie es gewesen war? Warum fiel es ihr so schwer, einfach nur da zu sein, im Hier und Jetzt und zu genießen, was das Schicksal ihr geschenkt hatte? Noch am Abend nach dem Diner hatte Nikki sie auf ihrem Zimmer mit den Worten empfangen »Es ist okay, Mama. Geh zu Richard. Ich komme schon zurecht.« Zuerst war sie sprachlos gewesen. Dann war ihr spontan herausgerutscht: »Du hast es bemerkt?«, was ihr einen typischen Blick des Dreizehnjährigen eingetragen hatte, der nur lakonisch meinte: »Ich bin doch nicht blöd, Mama! Ich spiele erst noch mit den anderen Tischtennis im Fitnesskeller, dann bin ich mit Antoine verabredet.« Nikki hielt seinen Tablet-PC hoch.

Britt hatte ihren Sohn an sich gedrückt, ihrem Kuss war er ausgewichen – wie so häufig in letzter Zeit – und war zu Richard gegangen, mit klopfendem Herzen wie ein Teenager. Jetzt ruhte ihr Blick auf ihrem Liebhaber, der selig neben ihr eingeschlafen war. Drei Uhr. Leise rutschte sie aus dem Bett, setzte sich in die kleine Sitzecke und klappte ihr Notebook auf. Sie hatte den kleinen PC mitgenommen, um eventuell Vokabeln und Redewendungen nachschlagen zu können, wenn sie mit Richard sprach. Aber eigentlich war das nur ein Vorwand gewesen. Ehrlich gesagt hatten sie wenig geredet, und wenn sie miteinander sprachen, ging es besser ohne dieses Hilfsmittel, mit Händen und Füßen, Umschreibungen und Erklärungen ...

Mit dem Benutzerkennwort rief sie ihr E-Mail-Konto auf. Das war der wahre Grund gewesen, warum sie ihr Notebook mit zu Richard genommen hatte. Sie konnte sich von außen nicht in das Berliner Polizeiinformationssystem POLIKS einloggen, aber Ralf hatte ihr die Berichte des KD und aus der Gerichtsmedizin zugeschickt, ohne Kommentar. Sie ärgerte sich, dass er nicht ein Wort der Erläuterung geschrieben hatte. Nicht mal eine Anrede. *Blöde Kuh*, schalt sie sich. Vielleicht war dafür keine Zeit gewesen. Außerdem war sie auf einem Sprachurlaub im Ausland. Wahrscheinlich hatte er die Berichte mit einem Klick weitergeleitet, damit sie nicht völlig uninformiert zurückkam. Außerdem kannte er ihre starke Neugier. Aber er hätte trotzdem ein paar Worte dazu schreiben können ... Vermisste sie ihren brummigen Kollegen etwa?

Sie klickte die Online-Ausgaben verschiedener deutscher Tageszeitungen durch, die mehr oder weniger ausführlich von den Ereignissen in Berlin berichteten. Bis auf eine. In großen Lettern berichtete die Berliner Ausgabe des Boulevardblattes über den Fall, das Top-Thema: *Der Tote – Mitglied der Maskenbande – Kripo bittet BILD um Hilfe!* Darunter waren Nachtaufnahmen vom Leichenfundort, hell angestrahlt vom Blaulicht der Polizeieinsatzfahrzeuge, im Großformat montiert. Daneben das etwas unscharfe Konterfei ihres Kollegen. Der Bericht hatte es in sich. Der Hauptkommissar der Berliner Mordkommission Ralf Z. habe an die Redaktion des Blattes ein Hilfeersuchen gerichtet. Die Polizei käme bei der Aufklärung des Verbrechens nicht voran. Die Berliner Redaktion der Zeitung helfe natürlich gern und riefe hiermit alle Berlinerinnen und Berliner zur Mithilfe auf. Sie sollten alle möglicherweise relevanten Beobachtungen direkt an die Redaktion richten.

Na klasse, jetzt mischte sich die Journaille direkt in die Ermittlungsarbeit ein. Britt konnte sich nicht vorstellen, dass Ralf irgendeine Zeitung um Unterstützung bei seinen Ermittlungen bat. Und bei *dem* Blatt schon mal gar nicht. Mit der Presse und gerade mit dieser Zeitung hatte Ziether in den vergangenen Jahren keine guten Erfahrungen gemacht. Im Gegenteil: Die Redaktion in der Hauptstadt hatte keine Gelegenheit ausgelassen, um die Berliner Polizei und speziell Ralf Ziether vorzuführen. Der Kommentar auf der ersten Innenseite war dann auch eindeutig. Stellenkürzungen und ein unfähiger Innensenator. Jetzt müsse die Öffentlichkeit die Polizei schon aktiv unterstützen, bla bla bla …

Sie blickte auf, weil sie ein Geräusch gehört hatte. Richard. Er stand vor ihr, sah sie schief an und meinte: »Café, ma Cher?«

Britt fühlte sich ertappt und musste doch spontan lächeln. »Plus tard (*später*)«, sagte sie, stand auf, löste den Gürtel ihres Morgenmantels und umarmte ihn.

3

Es war schon spät, als Ralf Ziether aus dem Präsidium heraus- und nach Hause kam. Nur zu gern hätte er die aktuellen Ermittlungen hinter sich gelassen, aber seine Wohnung empfing ihn mit einer spürbar deprimierenden Leere. Er schaltete das Licht an, aber eine kalte Verlorenheit hatte auf ihn gewartet, schien in den Ecken des kleinen Flures zu hocken. Aus sämtlichen Poren der Tapete sickerte eine abweisende Kälte in den schmalen Raum, die ihn frösteln ließ. Einsamkeit. Dieses vertane, beschissen einsame Leben griff nach ihm, drang unter sein Hemd und kroch ihm eisig den Rücken hoch. Er spürte eine schwer fassbare Furcht davor, weiter in den Flur zu treten und eine der davon abgehenden Türen zu öffnen. Das Gefühl seiner gelebten Einsamkeit lähmte ihn. Der tote Junge mit der wei-ßen Maske, deutlich sah er ihn vor sich, halb im Wasser liegend.

Ziether musste schlucken und riss sich zusammen. Was für ein Scheiß-Job das war. Andere genossen die wenigen warmen Abende, saßen in den Straßencafés und vertrieben sich die Zeit. Er kehrte nach einem viel zu langen, ermüdenden Tag in diese gottverdammt leere Wohnhöhle zurück und schlug sich immer noch mit diesem Fall herum. Entschlossen trat er in den Flur und warf die Tür so laut hinter sich zu, dass der Knall durch das leere Treppenhaus schallte. Ein blinkendes rotes Licht weckte seine Aufmerksamkeit. Der An-rufbeantworter! Sabine. Sie hatte eine Nachricht hinterlassen. Vor zwei Stunden schon. Sie sei jetzt zuhause und er könne sie ja anru-fen. Ohne zu überlegen drückte er die Rückruftaste.

Wann hatte er zuletzt eine so wärmende, versöhnliche Zufriedenheit gespürt? Nackt, an Sabines Rücken geschmiegt, lag er wach da und horchte auf ihre gleichmäßigen Atemzüge. Ralf genoss das Gefühl tiefer Befriedigung. Wenn er diesen Augenblick nur festhalten könnte … Aber schon dieser Gedanke war zu viel. Das grinsende Maskengesicht drängte sich in seine Gedanken. Ralf drückte seine Nase in ihren Nacken, direkt unter den Haaransatz, sog ihren Duft ein. Sabine schnaubte leicht im Schlaf.

Mittwoch

Eine innere Unruhe weckte ihn auf. Ralf konnte sich nicht erinnern, geträumt zu haben. Aber er war irgendwie alarmiert. Im Schlaf hatten sie sich gedreht. Jetzt spürte er Sabines weichen Körper an seinem Rücken. Der Wecker zeigte halb sechs. Sei's drum. Heute wurde es nichts mit einem gemeinsamen Frühstück.

Er seufzte und rutschte vorsichtig aus dem Bett. Ralf erinnerte sich, wie Sabine ihn vorgestern festgehalten und zurück ins Bett gezogen hatte. Unwillkürlich musste er lächeln. Heute aber schlief sie seelenruhig weiter, als er vorsichtig aufstand und seine Sachen zusammensuchte. Schade. Dann stand er in der Küche, suchte einen Zettel, um ihr einen liebevollen Gruß zu schreiben, überlegte es sich anders, huschte nackt ins Bad und malte mit einem ihrer Lippenstifte mitten auf den Spiegel ein großes Herz. Was für eine Kinderei. Aber er fühlte sich gut dabei. Erst im Flur zog er sich leise an und verließ die Wohnung.

Auf dem Weg zur U-Bahn holte er sich einen *Café to go*, hatte den Becher erst zur Hälfte ausgetrunken, als er im Tunnel der Station anlangte und den Pappbecher fast fallen gelassen hätte. Die Zeitung von heute. In einer übergroßen Schlagzeile schlachtete das Blatt seinen gestrigen Besuch in der Redaktion aus. Er griff sich ein Exemplar, warf die Münze auf den Tresen, las den ganzen schockierenden

Artikel noch in der Bahn, jetzt, um sechs Uhr dreißig im Stehen im Gedränge der Frühpendler, und hastete verärgert und hellwach ins Präsidium. Staatsanwalt Middelberg hatte die heutige Ausgabe des Blattes wohl noch nicht zu Gesicht bekommen. Jedenfalls hatte er noch nicht versucht, ihn telefonisch zu erreichen.

Diese Journaille, ärgerte er sich. Dann gab er sich einen Ruck, schaltete den Laptop ein und las den ganzen Artikel noch einmal in der Online-Ausgabe. Der Text war derselbe wie in der Papierversion. Substantiell Neues war also keinem der beiden zu entnehmen. Er unterdrückte den Impuls, in der Redaktion anzurufen und diesem Harnstorn ordentlich die Meinung zu geigen. Stattdessen besuchte er noch einmal die *Rapethemoney*-Homepage dieser radikalen Gutmenschen, die er gestern zum ersten Mal angeklickt hatte. Die Internetseite gab nicht viel her. Wenn man auf die weiße Maske klickte, die zunächst fast den gesamten Bildschirm einnahm, erschien eine langatmige Erklärung einer unbekannten Aktivistengruppe – lauter antikapitalistische Floskeln –, die sich hauptsächlich gegen die Macht der Banken richtete und ihnen als globalen Finanzjongleuren den Kampf ansagte. Das Dokument gab es in allen möglichen Sprachen. Am Bildrand war ein Log-in-Feld für einen internen Bereich, in den man nur mit einem Benutzernamen und einem Kennwort gelangen konnte. So lange Wieczorek oder das LKA den Code nicht knackten, kam er hier nicht weiter. Da es aber keine Verdachtsmomente gegen die Betreiber der Webseite gab, würde daraus wohl so schnell nichts werden. In der Erklärung wurden zwar auch praktische Aktionen gegen die Macht des Kapitals angekündigt, aber dieser eine Halbsatz war zu vage. Parolen wie *Kampf dem Kapitalismus* und *Banken jetzt angreifen* konnten nicht wirklich als verwertbare Hinweise für einen Aufruf zu Straftaten angesehen werden.

Kramer hatte in der Nacht noch einen ganzen Schwung E-Mails an Ziether weitergeleitet, sämtlich nichtssagende Ziffernfolgen als Absender mit unterschiedlichen Anbieterkürzeln. Die Liste war mittlerweile auf weit über zweihundert Mails angewachsen. Das schien sich ja zu einer Art Lawine entwickeln. Bevor er die Mails an Piet Wieczorek weitersandte, sah er im Vorschaufenster, dass sie durchgängig mit lediglich drei verschiedenen Texten versehen waren. Wurden in der einen Version Kramer nicht näher ausgeführte persönliche Konsequenzen angedroht, sprach die zweite konkreter von Schlägen, während er in der dritten Variante davor gewarnt wurde, weiter diese Lügen zu verbreiten. Die Mailtexte waren also vorgefertigt und keine individuellen Nachrichten.

Das Telefon riss ihn aus seinen Betrachtungen, aber es war nicht der Staatsanwalt, sondern Piet Wieczorek.

»Gut, dass ich dich erwische«, begann er grußlos. »Bevor du mir weitere Mails von diesem Kramer schickst, lösche die bitte einfach alle, ohne sie zu öffnen.«

»Wie?«, fragte Ziether ungläubig.

»Weil da ein kleiner Anhang dran hängt mit einem fiesen Trojaner, der dafür sorgt, dass die Mails mit den Absendern sämtlicher Kontaktadressen in deinem Mailprogramm erneut versandt werden.«

»Ein Trojaner?«

»Ja. Ein fieses, kleines Programm. Siehst du nicht diese Attachement-Datei, das kleine AT oben, neben der Betreffzeile? Die Datei ist nur ein paar Kilobyte groß, und unsere Firewall hat sie nicht als Schadprogramm erkannt und durchgelassen!«

Jetzt erst fielen Ziether die kleinen angehängten Dateien auf, die er vorher gar nicht beachtet hatte.

»Du hast doch hoffentlich noch keine dieser Dateien geöffnet?«, hörte er Wieczorek fragen.

»Nein. Mir waren die noch gar nicht aufgefallen.«

Wieczoreks erleichtertes Aufseufzen drang aus dem Lautsprecher. »Das ist gut. Sehr gut. Sonst hätte der Kramer wohl schon ein paar Tausend mehr von diesen Mails erhalten.«

»Aber wir haben doch einen Virenscanner, dachte ich.« Die Frage war ihm spontan rausgerutscht, obwohl er die Antwort doch wissen sollte.

Wieczorek seufzte erneut auf. »Na, ich glaube, du könntest dein Wissen zum Thema Schadsoftware auch mal auffrischen. Also: Virenscanner suchen immer nur nach verdächtigen Dateien, das heißt nach Virenprogrammen, die in einer ähnlichen Struktur schon einmal aufgetaucht sind. Dieser Trojaner ist neu und offenbar so aufgebaut, dass er bisher nicht als Schadprogramm erkannt wird.«

»Und die ganzen nummerierten Absender? Ich habe von Kramer heute Nacht schon wieder über zweihundert Mails erhalten, und alle haben diese Ziffernfolgen als Absender.«

»Da scheint ein großer Server infiziert worden zu sein, der jetzt eine umfassende Liste von anonymisierten Mitarbeiterkonten abarbeitet, vermutlich irgendein Großbetrieb.«

Ziether löschte sämtliche Mails, die Nils Kramer an ihn weitergeleitet hatte, und schmiss ihn um Viertel nach sieben aus dem Bett, als er ihn anrief und über den Sachverhalt in Kenntnis setzte. Er sagte Kramer zu, dass er, sobald sie einen Virenschutz gegen den Trojaner gefunden hatten, ihm diesen zukommen lassen würde. Bis dahin sollte er keine dieser Mails öffnen. Kramer war von der Flut an Hassnachrichten, die kontinuierlich bei ihm eintrafen, wohl so betroffen, dass er bisher auch keine geöffnet hatte. Er hatte die Zeitung von heute noch nicht gelesen und fragte nach dem Stand der Ermittlungen. Ziether vertröstete ihn auf einen späteren Zeitpunkt und beendete das Gespräch.

Kaum hatte er aufgelegt, rief der Staatsanwalt an, der äußerst ungehalten auf den Pressebericht reagierte. »Was haben Sie denen denn erzählt, Ziether? Ein Hilfeersuchen der Berliner Polizei? Das darf doch wohl nicht wahr sein!«

Ziether hatte größte Mühe, dem aufgebrachten Staatsanwalt den Sachverhalt einigermaßen ruhig und objektiv darzulegen. Schließlich forderte Middelberg sogar noch eine schriftliche Erklärung des Hauptkommissars, was er gegenüber der Presse geäußert hatte und wie er sich die Darstellung in der Zeitung erklären würde. »Bis heute Mittag!«, forderte er und beendete abrupt das Gespräch.

Na, der Tag fing ja schon mal super an! Ralf Ziether setzte die Espressomaschine in Gang. Dann stand er eine ganze Weile vor den beiden Fenstern, die kleine Tasse in der Hand, und sah zu, wie die Morgensonne ihre ersten Strahlen durch den grauen Berliner Himmel schickte. Wieczorek würde mithilfe des Landeskriminalamtes versuchen, die IP-Adresse des infizierten Firmenservers herauszubekommen, der unverdrossen seine interne Mitarbeiterdatenbank abarbeitete und Kramer weitere Hassmails zustellte. Wenn er dieses Treiben erst mal auf die externen Firmenkontakte ausdehnte und damit andere Server infizierte, gab es wohl kein Halten mehr. Das schmale Rinnsal an E-Mails würde schnell zu einer Riesenwelle anwachsen, die eine ungeahnte Anzahl an elektronischen Datenautobahnen lahmlegen konnte.

Er ging zurück an seinen Arbeitsplatz und zog die Ausdrucke der ersten drei Mails, die Kramer erhalten hatte, aus dem Papierstapel hervor. Wer war der Urheber? Irgendwo verbarg sich der Erstversender, der womöglich auch der Entwickler dieses Trojaners war. Die Mails hatten zwar anonymisierte Ziffern als Absender, stammten aber von drei verschiedenen Anbietern. Nachdenklich stellte sich Ziether wieder vor die Fenster. Wer konnte ein Interesse daran haben, Kramer mit solchen Mails einzuschüchtern, und wie hatte er dessen E-Mail-Adresse herausgefunden? In den Zeitungen und in der Pressemitteilung der Polizei wurde Kramer an keiner Stelle namentlich genannt. Erst im Bericht der BILD-Zeitung war von einem Nils K. die Rede gewesen.

Er nahm sich noch einmal das Blatt vor, auf dem Paul Harnstorn die Mailadresse notiert hatte, über die der Zeitung das Leichenfoto zugespielt worden war. Auch dieser Absender bestand nur aus einer Nummernfolge von acht Ziffern, genau so lang wie die auf den Firmenabsendern. Ob das die Verbindung zwischen den Absenderadressen war? Aber wie hingen die Mails dann zusammen?

Das Telefon klingelte. Ziether schrak aus seinen Gedanken auf. Piet Wieczorek war am Apparat. »Gibt's was Neues?«, fragte er.

»Kann man so sagen«, meinte Wieczorek. »Geh doch noch mal auf die *Rapethemoney*-Webseite. Da gibt es was Interessantes zu sehen. Ich habe die Datei schon runtergeladen und dir zugeschickt. Aber schau erst mal selbst.«

Ziether rief erneut die Seite auf. Wieczorek machte es ja echt spannend. Mit der Maus klickte er auf die weiße, grinsende Maske.

Die zwei Männer zeichneten sich nur schemenhaft von der sie umgebenden Dunkelheit ab. Das bleiche Rund des Mondes, immer wieder unterbrochen von grauen Wolkenbänken, die seine weiß leuchtende Scheibe verdunkelten, warf ein diffuses Licht auf den Kleintransporter, an dessen geöffneter Heckklappe sie sich mit einem leblosen Körper abmühten. Schweigend schleppten sie ihn vom Straßenrand den schmalen, grasbewachsenen Abhang hinunter, an den Rand der stillen Wasserfläche, und legten ihn ab. Einer der Männer bückte sich und befestigte eine weiße Maske am Kopf des Liegenden. Der zweite blickte sich sichernd um und trieb den anderen mit hektischen Armbewegungen an. Der Bildausschnitt vergrößerte sich, und das nähere Umfeld, der Fluss, der Uferstreifen und der Randbereich der Straße rückten ins Bild. Aber niemand sonst war zu sehen. Eine Kamera klickte. Dann gingen die Männer rasch zurück zu ihrem Wagen, starteten und fuhren davon. Ein neues Wolkenfeld zog wie im Zeitraffer schnell am Himmel auf. Die Perspektive verschob sich. Jetzt sah man die ganze Szenerie von oben, blickte hinab auf den Fluss, das Ufer, den angrenzenden Holzsteg und die Straße. Ein Fußgänger kam langsam den Weg entlang. Sein Gang wirkte nicht ganz sicher. An einem Pfahl, der den Radweg begrenzte, blieb er stehen, schwankend, trat an den Abhang heran und pinkelte ins Gras. Auf einmal stutzte er, stolperte den Hang hinunter, auf den leblosen Körper zu, blieb auf unsicheren Beinen davor stehen, wandte sich um, fiel zu Boden, rappelte sich auf und krabbelte den Hang hinauf. Am Weg lehnte er sich an den Pfahl, zog sein Handy heraus, tippte darauf herum und begann hektisch zu sprechen. Nicht weit entfernt, hinter einem Baum, glomm ein kleines rotes Licht auf. Das Dämmerlicht wechselte jetzt mehrmals schnell zwischen helleren und dunkleren Phasen und beruhigte sich, als sich ein Streifenwagen näherte, vor dem Radweg anhielt und rückwärts in einer Parkbucht einparkte. Zwei Beamte stiegen aus. Jetzt lief die Zeit wieder schneller ab. Einer der Beamten sprach mit dem Angetrunkenen, der immer noch an den Pfahl angelehnt dastand, während der zweite zum Wasser hinunter lief. Dann folgten mehrere andere Fahrzeuge. Männer in weißen Overalls stiegen aus, und der gesamte Bereich wurde abgesperrt, Scheinwerfer wurden aufgestellt und der ganze Uferbereich in grelles Licht getaucht. Ein Linienbus kam angefahren und hielt auf der Straße neben der abgesperrten Einbuchtung der Haltestelle. Ein weißer Kleinwagen überholte den Bus und parkte direkt hinter der Polizeiabsperrung auf dem Bürgersteig. Ein Mann mit einer schwarzen Kameratasche stieg aus. Der große rote Aufkleber auf der Seitentür des Wagens war deutlich zu erkennen. Ein Uniformierter begleitete den Zeugen über die Straße zu den Mietshäusern, und die Kamera schwenkte in großer Höhe zu den beiden Männern herüber, zoomte sie näher heran. Der Beamte schloss die Haustür auf und begleitete den anderen ins Haus, dann fiel ein heller Lichtschein aus einem Fenster in einer der Parterrewohnungen auf die Straße. Allein trat der Beamte jetzt wieder aus dem Haus und blickte nach oben, scheinbar direkt in das Objektiv der Kamera. So verharrte er eine Weile, dann wandte er den Blick ab und überquerte die Straße. Jetzt war der Mann mit der Kameratasche wieder zu sehen. Er stand unmittelbar neben der Absperrung und zielte mit seiner Kamera auf die andere Straßenseite herüber, genau in Richtung des uniformierten Beamten und des erleuchteten Fensters.

Die Bilder endeten so abrupt, wie sie begonnen hatten.

»Eine Drohne! Jemand hat die ganze Aktion aus der Luft gefilmt.«

»Genau!«, bestätigte Wieczorek. »Du solltest dir diese Aktionsgruppe etwas genauer ansehen. Die Datei sollte jetzt bei dir angekommen sein.«

Das E-Mail-Programm zeigte die Nachricht des Kollegen schon an. »Hm«, bestätigte Ziether. »Für einen Durchsuchungsbeschluss sollte dieser Film wohl ausreichen«, meinte er halblaut und mehr zu sich selbst. »Recherchierst du mal ...«

»Die Serveradresse der Seite, klar, bin schon dabei. Ein Impressum hat sie nämlich nicht. Dann will ich bloß hoffen, dass der Standort des Servers nicht auf irgendeiner Südseeinsel ist«, beendete Wieczorek das Gespräch.

So war es also abgelaufen. Der Journalist war, nachdem ihn die Nachtredaktion geweckt hatte, direkt zum Leichenfundort gefahren. Er hatte dort die Polizeiarbeit aus nächster Nähe beobachten können und den Zeugen zwar knapp verpasst, aber dessen Adresse erfahren. Nur war da noch jemand gewesen und hatte die ganze Zeit mit einer Drohne alles gefilmt. Aber warum? Und warum war der Film auf dieser Internetseite eingestellt worden? Demjenigen musste doch klar sein, dass die Polizei sich sofort für diese Seite interessieren würde.

Ziether versuchte, die Webseite erneut zu öffnen, aber er bekam nur eine Fehlermeldung.

»Mist!«, fluchte er. »Was war das denn?«

Das Telefon klingelte erneut. Schon wieder Piet. »Irgendwer hat die Internetseite zum Absturz gebracht«, meinte Wieczorek. »Ich habe aber meine Kamera auf den Bildschirm gehalten, so haben wir das wenigstens dokumentiert. Das musst du dir echt mal ansehen! Ich schicke dir die Datei rüber.«

Ziether öffnete sein Mailboxpostfach und klickte auf den Anhang in der Mail seines Kollegen. Auf seinem Laptop erschien die Aufnahme von Wieczoreks PC-Bildschirm: Die Homepage, aber etwas stimmte nicht. Die weiß grinsende Maske zerfloss vor seinen Augen und verwandelte sich in einen gelblichen Totenschädel. Auf der

Stirn des Schädels war irgendein Tattoo, und jetzt gingen die Kiefer des grinsenden Schädels auf und zu. Fett gedruckte Buchstaben stieß der fleischlose Rachen in gotischen Lettern aus: *We'll never surrender. Kill all you dirty bastards. Number One.* Der grinsende Schädel wurde von einem Foto des toten jungen Mannes abgelöst, der auf dem Rücken halb im Wasser lag, das Gesicht mit der weißen Maske verdeckt. Das Bild wurde unscharf, und ein Porträtfoto des Toten, wie er zu Lebzeiten ausgesehen hatte, wanderte über den Monitor. Wieder erschien der Totenschädel. Er bewegte die nackten Kiefer und schien lautlos zu lachen. Das Tattoo auf dem Schädelknochen wurde herangezoomt. Ein von einem Dolch durchstochenes rotes Herz, aus dem Blutstropfen quollen. Darunter die geschwungenen Initialen *BiA*. Jetzt kam Bewegung in das Bild. Die Abkürzung fächerte sich auf zum Schriftzug *Brothers in Arms*. Dann wackelte das Bild, und die Seite brach zusammen.

»Was war das denn?«

»Irgendwer hat die Seite offenbar manipuliert und dann zum Absturz gebracht und dabei einen ziemlichen Aufwand betrieben, also sich die Administratorenrechte besorgt und die Seiteninhalte einschließlich der elektronischen Konfiguration zerlegt, würde ich mal sagen.«

»Hm. Also, entweder haben die Betreiber der Seite diese Showeinlage veranstaltet, weil sie gemerkt haben, dass es vielleicht keine so gute Idee war, diesen Film dort einzuspielen, oder ...«

»Oder da findet im Hintergrund etwas ganz anderes statt.«

Nach dem Telefonat mit seinem Kollegen blieb Ziether nachdenklich an seinem Schreibtisch sitzen. Was war da abgelaufen? Er hatte noch einmal versucht, die Seite aufzurufen, aber keinen Erfolg damit gehabt.

Sein Telefon klingelte und riss ihn aus seinen Gedanken. Es war Helmut Dreyer, der Vater des Toten. Mit belegter Stimme fragte er, ob die Leiche seines Sohnes freigegeben werden könnte. »Meine Frau und ich ...«, er stockte, »wir wollen Martin gerne beerdigen.«

Ziether rief in der Gerichtsmedizin an. Mittlerweile war es heller Morgen. Wie lange hatte er, bevor der Vater des Toten angerufen hatte, einfach so da gesessen und seinen Gedanken nachgehangen? Er fand keine Antwort darauf, als sich am anderen Ende schon jemand meldete, ein Assistent des Gerichtsmediziners. »Vermutlich heute Nachmittag«, sagte der. Aber er würde den Doktor noch einmal fragen. Dr. Schmalberg sei noch nicht im Institut, müsse aber jeden Moment eintreffen. Ziether bat um einen Rückruf und legte auf.

Nachdenklich kaute er auf seinem Stift herum.

Ziether nahm sich noch einmal das Protokoll der beiden Streifenbeamten vor, die zuerst am Leichenfundort eingetroffen waren. Er las die Namen der zwei Beamten und ließ sich über das zuständige Revier mit den Streifenpolizisten verbinden. Die beiden hatten vor zwei Stunden ihre Tagschicht angetreten. Auf seine Frage, ob ihm etwas aufgefallen war, nachdem er den Zeugen nach Hause gebracht hatte, zögerte Oberwachtmeister Hillbrecht mit seiner Antwort. »Als ich wieder vor der Haustür stand, da dachte ich, ich hätte ein Geräusch gehört, so ein hohes Sirren, wie von einem Insekt. Es war ja total still draußen um diese Zeit. Ich habe mich umgesehen, konnte aber nichts Auffälliges entdecken. Ich hatte mich schon gewundert, Wespen fliegen ja nicht im Dunkeln, soweit ich weiß. Ist das wichtig?«

»Kam das Geräusch denn eher von oben?« Ziether hörte die Fahrgeräusche des Streifenwagens, während der Beamte schwieg.

Dann meinte der: »Doch, irgendwie schon. Das kam mir jedenfalls so vor. Aber da war nichts.«

Ziether bat den Beamten, seine Beobachtung noch einmal schriftlich festzuhalten, und beendete das Gespräch.

Stefan Kappler schloss die Augen, während vor ihm die Zahlenkolonnen in unendlicher Folge weiter vertikal über den Bildschirm wanderten und links daneben die Skalen ungerührt im Millisekunden-Takt ihre Pfeile und Balkendiagramme den neuen Zahlen anpassten. Die Zahlenreihen mit bis zu fünfzehn Stellen hinter dem Komma – sie langweilten ihn, zu vorhersagbar schienen sie in ihrem gleichförmigen Lauf. Wie in einem kaum wahrnehmbaren Tanz übernahmen die Diagramme die veränderten Werte, verschoben sich kaum merklich um Millimeterbruchteile in die eine oder andere Richtung: ein mathematischer Tanz der Farben, eingepresst in eine logische Zahlenfolge, ganz so, wie die Welt war.

Unwillkürlich verzog sich sein Mund zu einem unbeholfenen Lächeln, eine körperliche Reaktion, die er nur selten zuließ, etwas, das nur schwer zu kontrollieren war. Jahre hatte er gebraucht, um eine solche Körperlichkeit überhaupt geschehen zu lassen, ohne gleich in einem eruptiven Ausbruch alles, was in seiner unmittelbaren Nähe lag, in losgelassener Wut zu zerschlagen, wenn sich sein Inneres brennend rot gefärbt und er vollends die Kontrolle verloren hatte. Stefan übersah die minimale Regung in seinem Gesicht einfach und konzentrierte sich auf die hundert aufgeschichteten Bilder in seinem Kopf, fuhr stattdessen mit dem inneren Zeigefinger an ihnen entlang. Dann berührte er den roten Kontaktknopf auf dem Touchscreen seines Smartphones. Zufrieden ließ er die ersten Akkorde der Bachsonate in seinen Kopf eindringen, wo sie sich in einem bunten Farbenspiel auflösten und wiederfanden. Ein guter Klingelton war das, dieses legendäre Konzert der Philharmoniker unter Karajan. Die bisher logischste und reinste Interpretation des Altmeisters, die er hatte finden können.

Stefan empfand keinerlei Vorfreude, auch keine Ungeduld, während er darauf wartete, dass seine Kontaktanfrage von irgendeinem Mitding da draußen angenommen werden würde. Die Dinge waren so, wie sie waren, und das Spiel eine logische, auf mathematischer Berechnung fußende Verbindung von einem Dingsein zu einem gleichartigen Objekt außer ihm. So wie es gut war.

»Läufer von C3 auf A5«. Die mechanische Stimme übermittelte ihm die Botschaft von Nummer 137. Sein imaginärer Finger zog ganz von allein das richtige Bild hervor. In Bruchteilen von Sekunden wurde Stefan der bisherige Ablauf präsent. Nach der sizilianischen Eröffnung hatte 137 ihn mit seinen konzentrierten Folgezügen in die Enge getrieben und bisher keinen Fehler gemacht. Stefan hatte seine Strategie bereits bis auf fünfzehn Züge vorausberechnet. Alles lief auf ein Matt hinaus, höchstens aber eine Patt-Situation, die er mit seinem letzten dann verbliebenen Läufer aufzulösen gedachte. Jetzt brachte er seine Dame ins Spiel.

»Bauer F2 auf F3«. Nummer 27 war neu in seinem Netzwerk. Die Eröffnung war eher unspektakulär, soweit er sich diese Einschätzung gestattete, aber wer weiß ... Vielleicht hielt 27 für ihn doch noch die eine oder andere Überraschung bereit.

»Springer von F8 auf G11«. Nummer 73. Ein gewagter Zug. Stefan studierte das Schachbrett vor seinem inneren Auge. In seinem Kopf veränderte sich die Kette der geplanten Folgezüge und Gegenzüge, und die Farbe wechselte von einem unentschiedenen Violett in strahlendes Blau. Jemand, der beim Blindschach zu Emotionen fähig war, hätte sicherlich kaum seine freudige Überraschung verbergen können. Unvorstellbar, so etwas zu spüren, unmöglich, es einzuordnen.

Ein heller Gongschlag riss Stefan aus seiner Innenwelt. Ungerührt schlug er die Augen auf, ließ die Schachbilder und Zugkohorten in den Hintergrund rücken und wandte seine Aufmerksamkeit den überdimensionierten Bildschirmen zu. Auf der ganz linken Skala war eine orangefarbene Säule unvermittelt um gleich mehrere Millimeter angewachsen, demgegenüber die benachbarte grüne deutlich abgesackt. Mit dem rechten Auge fixierte Kappler die über den Bildschirm laufenden Zahlenkolonnen, während er mit dem linken das Diagramm im Auge behielt. Mit einem Klick wechselte er von der aktuellen Zinsentwicklung auf den Handelsplatz der Londoner International Financial Exchange (LIFE). Die Voraussage der

Kaffeeernte in Brasilien war weiter in den Keller gerutscht. *El Niño* hatte in diesem Jahr einen Rückgang der Erntemengen erwarten lassen, aber die aktuelle Einschätzung war noch einmal um mehrere tausend Tonnen schlechter ausgefallen. Doch das war nicht ihre Spielwiese. Auf diesem Markt trugen die drei Großen des Welt-Kaffeegeschäfts ihre Kämpfe aus.

Nach fünf Sekunden wechselten die Bildschirme automatisch zu den Zahlenkolonnen und Grafiken der weltweiten Währungsentwicklung zurück. Stefan schloss die Augen und widmete sich wieder seinen Schachgegnern.

BarBe: verdammt ... wie haben die uns gefunden? MARDI ist tot ... bin vollpanic aus meiner wohnung raus und abgetaucht ... was für ein f...ing scheiss ist da los?

LeOn: weiß ich noch nich. bist du auf ner sicheren leitung?

BarBe: keine ahnung, mann ... was is noch sicher ... kannst du mir auch nich sagen, oder?

LeOn: klingt blöd, aber beruhig dich erst mal. bin auch voll geschockt. keine ahnung wie sie MARDI gefunden haben.

BarBe: du hast doch gesagt ist alles gesafed ... was fürn scheiss ... und jetzt ist er tot ...

MADDEX: hallo, bin über den andern server gegangen. ihr auch? bin voll fertig.

BarBe: ja klar.

LeOn: hi

MADDEX: trau mich gar nicht mehr nach hause. die haben die site gef...t.

LeOn: ich weiß

BarBe: un nu?

LeOn: hab alles noch mal gecheckt, keine ahnung wie die auf MARDI gekommen sind.

MADDEX: das ist großer fuck mann. wie solln wir dann wissen, ob sie uns auch ham?

LeOn: aber das krieg ich raus. dauert leider etwas, muss safe bleiben.

Zonk: hi. bin mit cyberghost rein. dann ist mein Standort doch verschleiert, das ist doch dann sicher, oder? cyberghost gibt mir nicht nur einen anderen Standort, sondern auch eine andere IP-Adresse.

LeOn: Hi. wenn du cyberghost vertraust, bitte. dürfte funktionieren.

Zonk: wie wenn, mann????

LeOn: im Moment scheint mir gar nix mehr sicher. normal endet das tracking beim mailprovider. gmx oder yahoo oder web.de oder oder oder ... eben der eigene mailprovider wie er bei webpaketen mit dabei ist, auslesbar am mx eintrag der domain. je nachdem wie lange dort logs aufgehoben werden kann man die ip einträge des anschlussinhabers rauskriegen. hat auch noch der router seine routingtabelle nicht gelöscht, kann man den pc herauskriegen. ab dem mailprovider brauchst du dabei direkten zugang zur hardware des mailproviders und des routers, was normal ein Ding der unmöglichkeit ist.

Zonk: LOL ... du verarschst mich, oder? MARDI ist tot ...

BarBe: halt ma keine vorträge, LeOn ... solange wie wir nix genaues wissen, sitzen wir echt in der scheisse, alter

MADDEX: also absolute funkstille, bis wir wissen was da gelaufen ist und welches programm die haben. keine real treffs und nur verschleierte kommunikation über mehrere server auf die plattform b, klar. dieser chat geht mir auf die eier. MARDI ist tot und wir ... was labern wir eigentlich ... das projekt ist tot ... bin off.

BarBe: off.

MADDEX: f...k f...k f...k ... off.

Zonk: off.

LeOn: stimmt leider. off.

Das Mailfenster poppte auf. Stefan Kappler verließ seine Schachpartie gegen Nummer 137, die in der Endphase gerade spannend zu werden versprach, und las die Nachricht. Er klickte auf den eingepassten Link und startete das kleine Programm, das er vor zwei Tagen zum ersten Mal getestet hatte. Die Programmierung hatte in ihm eine Art Ehrgeiz wecken können, aber das In-Gang-Setzen selbst ... er aktivierte die .exe-Datei, gab die erforderlichen Parameter ein und wollte sich gerade wieder dem nächsten vorausgeplanten Zug zuwenden, als eine zweite Mail eintraf. Stefan las den Text und öffnete den Anhang. Zwei Milliarden US Dollar, das war schon eine Nummer. Er selbst hatte die komplizierte Formel berechnet, nach der diese Summe, zum richtigen Zeitpunkt eingesetzt, ausreichen würde, um die Zentralbanken in den USA, Europa und Asien zu massiven Stützungskäufen für den um mehrere Prozentpunkte abfallenden Euro zu veranlassen. Es kam eben nur auf den Zeitpunkt an, eine bestimmte Zinskonstellation und ein negatives Signal von den Aktienmärkten, und schon brachte ein überschaubares Initial eine Lawine ins Rollen. Weltweit würden nach seinen Berechnungen mehrere Hundert Milliarden US Dollar verbrannt, aber was hieß das schon? Geld. Es war letztendlich doch nur Geld.

Am Morgen hatte ihn der Nachrichtensprecher im Radio mit der Meldung eines starken Wertverlustes des Euro gegenüber dem Dollar geweckt und der Erwartung Ausdruck gegeben, dass nach der gestrigen Aufregung an der Wall Street auf dem Frankfurter Börsenparkett mit erheblichen Kursverlusten der deutschen DAX-Unternehmen zu rechnen sei. Die Märkte in den USA und Asien hätten nervös reagiert, der Euro sei in den letzten Monaten gegenüber der Realwirtschaft überbewertet gewesen und so weiter und so fort. Was das bedeuten sollte, hatte der Sprecher nicht ausgeführt, aber auf dem Weg zur Arbeit ging Ziether die Verunsicherung, die er aus dessen Worten herausgehört hatte, nicht aus dem Kopf. Was bedeutete das? Nur zu gut erinnerte er sich daran, wie 2008 die Lehman-Pleite in den USA zu einer tiefen Wirtschaftskrise geführt hatte. Es hatte die Steuerzahler zig Millionen Euro gekostet, die Folgen der Immobilienblase in den USA, die sich auf einen Haufen hochgepuschter fauler Kreditpakete gestützt hatte, zu begrenzen. Damals hatten die Kanzlerin und ihr Finanzminister sich gezwungen gesehen, vor die Kameras zu treten und dem Wahlvolk zu verkünden, dass ihre Spareinlagen auf den Bankkonten sicher seien. Und jetzt? Steckten nicht immer noch Hunderte von Millionen Euro in der Stützung Griechenlands, die das beliebte Urlaubsland am Mittelmeer nie und nimmer würde zurückzahlen können? Und Deutschland? Die Schuldenbremse, die die Politiker endlich beschlossen hatten, wog die Bevölkerung in einer trügerischen Sicherheit, denn die Billionen Euro Schulden, die Bund, Länder und Kommunen ja bereits mit sich schleppten, hatten sich dadurch doch nicht auf einmal in Luft aufgelöst. Es ging doch dabei nur darum, keine neuen Schulden anzuhäufen. Und wenn der Euro stark an Wert verlor, würde dann nicht die Schuldenlast wieder zunehmen?

Ralf musste sich eingestehen, dass er die Vorgänge in der Hochfinanz nicht wirklich verstand. Allein die Zahlen, mit denen da jongliert wurden, überstiegen einfach seine Vorstellungskraft.

Mehrmals hatte Ziether versucht, Anna-Laura Schneyder zu erreichen. Sie wohnte noch bei ihrer Mutter, die als Bankangestellte in einer großen Berliner Privatbank arbeitete. Schließlich hatte er wenigstens die Mutter, Helen Schneyder an ihrem Arbeitsplatz erreicht. Aber Frau Schneyder verlor, nachdem er sich gemeldet hatte, ziemlich schnell die Fassung. Sie hatte ihre Tochter, die im ersten Semester Betriebswirtschaft in Berlin studierte, seit gestern Morgen nicht mehr gesehen. Normalerweise hinterließ Anna-Laura ihr eine Nachricht oder schickte ihr eine WhatsApp. Aber diesmal hatte die

Mutter keine Ahnung, wo sich ihre Tochter aufhielt, und das Handy von Anna-Laura war offenbar abgeschaltet.

Susanne hatte nicht schlecht gestaunt am Abend, als sie nach Hause kam und auf dem Treppenabsatz vor ihrer Wohnungstür Anna-Laura vorfand. Seit dem großen Krach ein paar Monate nach ihrem gemeinsamen Abi hatte sie ihre bis dahin beste Freundin nicht mehr gesehen. Die beiden hatten sich total überworfen und seit Susannes One-Night-Stand mit Martin kein Wort mehr miteinander gesprochen. Okay, das war halt einfach so passiert und nicht mehr zu ändern, aber dass darüber ihre innige Freundschaft zerbrochen war, hatte ihr mehr zugesetzt, als sie Anna-Laura gegenüber zuzugeben bereit gewesen war. Und nun das, dieses völlig unerwartete Zusammentreffen.

Sie sieht nicht gut aus, konstatierte Susanne, als sie ihrer Freundin in der unvorteilhaften Treppenhausbeleuchtung gegenüberstand. Unvermittelt fiel Anna-Laura ihr um den Hals. Susanne wusste gar nicht, wie ihr geschah.

»Aber Anna. Warum hast du nicht angerufen? Wie lange wartest du denn schon hier? Ich wäre doch sonst früher ...«

Der Versuch, mit ihrem Redeschwall den emotionalen Moment zu kaschieren, misslang kläglich, weil Anna-Laura sich heftig schluchzend an sie drängte. »Ich hab doch gar kein Handy mehr ... Martin ist tot ...« So viel verstand sie von ihren tränenerstickten Worten.

»Komm, komm doch erst mal rein«. Wie viele Taschen hatte sie eigentlich dabei? Wollte sie verreisen?

Als sie die Wohnungstür hinter ihrer Freundin geschlossen und diese sich halbwegs beruhigt hatte, kamen der Anlass dieses überraschenden Wiedersehens und das ganze Ausmaß der Katastrophe, die über Anna-Laura hereingebrochen war, zur Sprache. Die Bilder des toten Martin in der Zeitung hatten Susanne zutiefst geschockt.

Und diese weiße Maske! Einfach gruselig! Sie hatte sich nicht vorstellen können, dass Martin irgendetwas mit dieser Bankautomatengeschichte zu tun gehabt haben konnte, aber Anna-Laura wollte das zunächst auch nicht richtigstellen. Um sie nicht in Gefahr zu bringen, wie sie meinte. Aber eins wurde schnell klar: Martin und Anna-Laura waren in eine Sache hineingeraten, die Martin das Leben gekostet hatte und aus der Anna-Laura auch nicht mehr so einfach herauskam.

Natürlich kam das heikle Thema, ihre Nacht mit Martin, auf den Tisch. Das war von vornherein klar gewesen, aber leicht fiel es Susanne nicht, die diesen *Ausrutscher* innerlich längst abgehakt hatte, darüber noch einmal sprechen zu müssen.

»Ich habe wirklich etwas für ihn empfunden, weißt du.«

Susanne schluckte schwer und nickte zustimmend. Was hätte sie auch sagen sollen?

»Ich war echt verliebt in ihn, und wir haben uns doch so gut verstanden. Aber diese Nacht mit dir ... das hat alles kaputt gemacht. Ich hatte einfach kein Vertrauen mehr.«

»Ich ... ich habe dich vermisst, Anna.« Eine bessere Antwort fiel Susanne nicht ein. Sie hatte ihre beste Freundin verloren und war am Ende auch allein geblieben. »Es tut mir so leid. An dem Abend ... die Stimmung war so gut, und nachdem du eher weg bist, sind wir mit der Clique noch durch die Clubs gezogen. Irgendwann waren nur noch wir zwei übrig und ich ... ich habe ihn mit zu mir genommen. An diesem Abend ... es fühlte sich alles so leicht an.« Susanne sah ihre Freundin an. Es fiel ihr schwer, das alles noch einmal hervorzuholen und auszusprechen. »Ich hab nicht mehr nachgedacht. Der Alkohol ist keine Entschuldigung, ich weiß. Es tut mir wirklich leid.«

»Ich war fertig mit ihm ... und mit dir. Weiß nicht, was mehr wehgetan hat. Und dann, dann haben wir uns wiedergetroffen, Monate später, ein Zufall. Es war in der Einführungswoche an der Uni. Martin war ja schon in einem höheren Semester und in der Fachschaft, die uns Studienanfänger betreute. Das hatte ich völlig verdrängt – oder unterbewusst darauf gehofft.« Dieser Gedanke ließ Anna-Laura lächeln. »Er hat sich sehr um mich bemüht. Ich wollte nichts mehr von ihm wissen, aber mit der Zeit ... Ich wollte keine Beziehung mehr mit ihm, das ging gar nicht, aber die Gespräche mit ihm, die hatten mir gefehlt. Und so habe ich den Kontakt doch wieder zugelassen. Martin hatte im Studium neue Freunde gefunden. Die waren nicht so wie unsere alte Clique. Aber die waren ziemlich cool und gut drauf. Zuerst schien das nur eine Freundschaft unter Studienkollegen zu sein, aber dann wurde es ein Projekt. Sie wollten etwas bewegen, etwas verändern. Da hatte ich noch wenig Kontakt zu dieser Clique. Die taten auch immer so geheimnisvoll. Aber dann hat Martin mich gefragt, ob ich da mitmachen würde, eine coole Sache wäre das. Er sprühte direkt vor Begeisterung. Sie brauchten mich, weil ich so auf Algorithmen abfahre und die Berechnung von Wahrscheinlichkeiten – immer schon. Formeln zu entwickeln und dann anzuwenden, das ist doch mein Ding! Und so bin ich in die Gruppe gekommen.«

»Diese Maskenbande?«

Anna-Laura nickte. »Ich habe nächtelang vorm Rechner gesessen und irgendwelche Programme gehackt. Ich wurde direkt süchtig danach, es zu schaffen, wieder einen Code zu knacken. Selbst am Tag, in der Uni, schwirrten mir noch meine Formeln durch den Kopf. Ich glaube, ich habe sogar davon geträumt. Neben meinem Bett lag immer ein Aufnahmegerät, da habe ich nachts, wenn ich hochgeschreckt bin aus irgendwelchen abstrusen Zahlenträumen, meine neueste Idee drauf gesprochen. Und dann kam der Durchbruch ...« Anna-Laura schien ganz in der Erinnerung daran zu versinken. »Einer von uns konnte sich als Admin bei einer Großbank einloggen, und wir ließen die Champagnerkorken knallen, echten Champagner, sauteures Zeug. Aber dann wurde alles verdammt konkret. Die Bank, das Geld, das wir in soziale Projekte gegeben haben ...« Sie zog die Augenbrauen zusammen.

Susanne schwieg, aber sie drückte ihre Hände in ihrem Schoß ganz fest ineinander.

»Das konnte ja nicht gut gehen. Wie naiv ich war, übernächtigt, berauscht von meinem Erfolg. Es funktionierte wirklich. Die Geldautomaten rappelten und spuckten auf Kommando das Geld aus. So viel Geld! Einmal, zweimal, wir konnten nicht mehr aufhören damit. Und jetzt? Martin ist tot und ich, die oberschlaue Mathematikerin, ich weiß nicht mehr weiter ... da hat uns etwas eingeholt, etwas Reales, das wir nicht im Fokus hatten, ein böser, gefährlich böser blinder Fleck.«

Anna-Laura hatte sich nicht mehr anders zu helfen gewusst als all ihre Kontakte in den sozialen Medien abzubrechen, ihr Handy zu entsorgen und aus ihrem bisherigen Leben zu verschwinden. Spurlos sozusagen. Nicht mal ihre Mutter, an der sie doch so hing, durfte über den Verbleib ihrer Tochter etwas wissen.

Natürlich nahm Susanne ihre Freundin erst mal bei sich auf. »Solange du willst«, meinte sie, aber dabei fragte sie sich, ob sie sich selbst damit nicht womöglich auch in Gefahr brachte? Was, wenn diese Typen dahinterkamen, wo Anna sich versteckte und dann hier auftauchten? Nicht auszudenken! Susanne wurde ganz schön mulmig bei dem Gedanken. Ihre Freundschaft war in den sozialen Netzwerken ohne Probleme nachzuvollziehen. Allein die ganzen Fotos, die sie in den letzten Jahren gemeinsam gepostet und geliked hatten. Und Martin hatten sie, wer auch immer das gewesen war, ja auch gefunden und skrupellos einfach umgebracht.

Als Kai Stanz erkannte, dass es ein Riesenfehler gewesen war, noch einmal in die Wohnung zurückzukehren, war es bereits zu spät. Schon als er den Schlüssel im Türschloss umgedreht hatte, war da dieses komische Gefühl von Unsicherheit, ein Warnsignal seines Unterbewusstseins, dass er auf seine übersteigerte Nervosität geschoben und übergangen hatte. Er hatte es missachtet, zurückgedrängt, kaum dass die Ahnung davon in ihm angeklungen war. Aber irgendetwas hatte seine Sinne kurz irritiert, ein fremder Handabdruck auf der Klinke, der Hauch eines Körpergeruchs, der nicht hierher gehörte, oder ein unmerklicher Widerstand des Schlüssels im Schloss, der vorher nicht da gewesen war. Was auch immer es gewesen sein mochte, er hatte es nicht beachtet. Und nun? Nun war es definitiv zu spät dafür.

Kai hatte den kleinen Flur durchquert, war in sein Arbeitszimmer geeilt und hatte das Notebook abgestöpselt, sich besonnen und die Schublade nach dem silbernen Stick durchwühlt, als er hinter sich dieses Geräusch wahrnahm. Zugleich traf ihn schon dieser irre Schmerz im Rücken wie ein Faustschlag. Nicht mal mehr ein Stöhnen brachte Kai hervor, als die elektrische Überspannung sein Neuronensystem abstürzen ließ und er haltlos in sich zusammensackte: Game over.

BarBe: jemand on?
Zonk: on
MADDEX: on. LeOn?
BarBe: …
Zonk: …
MADDEX: is schon 015 … 017 overtime. Was gehört von LeOn?
BarBe: …
Zonk: …
MADDEX: Habe alles gecheckt. Bei install admin muss was schief gelaufen sein. spur von MARDI ist zurückverfolgt worden bis zur ip adresse. Von da war es ein klacks bis zu den echtdaten. Hab fehler nicht analys können, sorry. Das war ein spy programm 1. Klasse. So was noch nie vorher gesehen…

BarBe: nu bleib ma aufm teppich. Scheint dich ja zu begeistern wie die das gemanagt haben und MARDI is trotzdem ex.
Zonk: und das netz?

MADDEX: jeder zugriff auf die homepage wird jetzt zurückverfolgt. Also finger wech! Es gibt keine direkte datenverbdg. von MARDI zu einem von uns, aber hat er daten irgendwo sonst hinterlegt? Der weg über die echtperson zu einem von uns is aber ja nicht weit.

BarBe: ich????

MADDEX: ...

Zonk: un nu?

BarBe: bin abgetaucht aber nich sicher ob das safe is.

MADDEX: versuche über andere wege rauszukriegen, wer dahinter steckt. Dauert aber.

Zonk: Mann wenn die uns finden...

BarBe: ...

MADDEX: geh erst mal nach was mit LeOn is. neue verabredung in 2 days same time...

BarBe: off

Zonk: off

4

Martin D. – Das Geständnis des toten Bankräubers!

Ralf Ziether fiel fast die Kinnlade herunter, als er an der U-Bahn-Station den fetten Aufmacher der BILD las. Er griff sich das Blatt, steckte dem Zeitungsjungen ein Zwei-Euro-Stück zu und ließ ihn mit dem Wechselgeld einfach stehen. Unter der fetten Schlagzeile stand *Paul Harnstorn*, der Name des Redakteurs. Ziether las weiter, spannte wütend seinen Bauch an und wäre beinahe mit einem ihm entgegenkommenden Mann zusammengestoßen, so sehr war er auf den Artikel fixiert.

Martin D., seine kriminelle Neigung wurde ihm zum Verhängnis. Was trieb ihn zu den Banküberfällen? Warum musste der junge Mann sterben? Sein Geständnis auf Seite 3.

Hastig blätterte Ziether um.

... der Bankräuber Martin D., der unauffällige BWL-Student, die Mutter Hausfrau, der Vater Angestellter bei den Stadtwerken, ist tot. Er kann uns nicht mehr sagen, was ihn auf die schiefe Bahn trieb. War er ein moderner Robin Hood oder folgte er nur einer lange unterdrückten, kriminellen Neigung? Aber in seinem letzten Eintrag in sein Tagebuch, 14 Tage vor seinem Tod, spricht er von den Zweifeln, die ihn quälten.

Darunter war ein Foto der Tagebuchseite vergrößert abgedruckt.

Berlin, 14. Mai: Wieder eine schlaflose Nacht ... Wie soll das bloß werden. Ich kann so nicht weitermachen. Es war doch nur ein Spiel, dachten wir. Aber wenn ich vor dem Bankautomaten stehe mit der Maske vorm Gesicht, diese Angst, erwischt zu werden, macht mich total fertig. Es ist alles so sinnlos! In der Theorie hört sich das toll an: die Banken enteignen. Das Geld dahin geben, wo es fehlt, überall fehlt. Aber so ist es nicht richtig. Ich kann nicht mehr.

Doch es ging noch weiter. Der Journalist stellte in seinem Artikel eine Verbindung der Bande zur Anonymus-Bewegung her und erwähnte auch den Chaos Computer Club. Er mutmaßte, dass eine politisch motivierte Hackergruppe für die Überfälle verantwortlich sei und stellte die provokante Frage, wie sicher die Spar- und Girokonten in Deutschland noch seien.

Britts Stirnfalte trat deutlich hervor. Damit dürfte die Serie der Banküberfälle wohl in der Öffentlichkeit schnell weitere Kreise ziehen und der Druck auf die Berliner Kripo zunehmen.

Ziether schäumte vor Wut. Harnstorn! Da hatte doch wieder jemand dem Journalisten Hintergrundinformationen zugespielt. Harnstorn hatte auch gleich eine Fortsetzung angekündigt: *Morgen lesen Sie: Wer sind die Hintermänner? Ist unser Geld bei den Banken noch sicher?*

Dieser Schmieren-Journalist! Wenn das wirklich ein Original-Tagebucheintrag von Martin Dreyer war, handelte es sich hier um das Zurückhalten von Beweismitteln. Wie war Harnstorn an Dreyers Tagebuch gekommen? Und überhaupt. Ein junger BWL-Student, der Tagebuch schrieb? War das womöglich nur eine gefakte Meldung aus Sensationsgier, um die Geschichte am Kochen zu halten und die Auflage zu steigern? Na, dem Harnstorn würde er gehörig auf die Füße treten.

Britt rekelte sich noch im Bett, während die Sonne bereits das Schlafzimmer in hellen Streifen durchzog und Richard im Bad vor sich hin pfiff. Sein Bett, dachte sie und verharrte in den Erinnerungen an die gemeinsame Nacht. Nach dem Abschlussabend mit den anderen Kursteilnehmern hatten sie in der Hotelbar mit prickelnd eiskaltem Champagner angestoßen, sich tief in die Augen geschaut und ein bisschen rumgealbert. Richard hatte mehrfach lachen müssen über ihr etwas unbeholfenes Französisch. »Briit, isch liebe deine Aussprache«, hatte er gemeint und beim Lachen seine ebenmäßigen Zähne gezeigt. Der Hotellift war um diese Zeit bereits leer gewesen, als sie nach oben gefahren waren, und schon dort hatte er sie leidenschaftlich geküsst. Also küssen konnte er. Und nicht nur das, lächelte sie vor sich hin. Der Sprachkurs. Auch sie hatte ihr Zertifikat erhalten, sich darüber gefreut wie ein Schulmädchen, als Richard es ihr ausgehändigt hatte. Natürlich hatten die anderen mittlerweile längst Bescheid gewusst, es war ja nicht zu übersehen, dass der Sprachlehrer etwas mit der blondierten Berlinerin hatte. Aber die eifersüchtigen Blicke und manche spitze Bemerkung von Seiten der weiblichen Kursteilnehmerinnen hatte Britt einfach an sich abprallen lassen. Dazu war sie viel zu glücklich mit ihm, hier, in Paris.

Das Schnarren eines Handys riss sie aus ihren Träumen. Richard musste es irgendwo beim Bett liegen gelassen haben. Das Geräusch hörte abrupt mit einem anderen Ton auf, just als sie das Mobiltelefon unter seinem Kopfkissen hervorgeholt hatte. Da stand eine WhatsApp-Nachricht. Die Übersetzung war nicht besonders schwer. »Wann kommst du nach Hause? Deine kleine Tochter fragt nach dir und ich sehne mich nach deiner Nähe. Justine.« Das kleine Bildchen zeigte das hübsch geschnittene Gesicht einer Frau, umrahmt mit brünetten Locken.

Justine ... sehne mich nach deiner Nähe. Britt sah sich außerstande, einen klaren Gedanken zu fassen. Sie sprang aus dem Bett, zog ihre Sachen an und schnappte sich ihren Zimmerschlüssel, während ihr die ersten Tränen kamen, Tränen der Wut und Enttäuschung. Sie stampfte an Richard vorbei, der lächelnd aus dem Bad trat, und knallte die Tür lauter als beabsichtigt hinter sich zu. *Justine ... sehne mich nach deiner Nähe.* Alleinerziehender Vater ... seine Eltern in Nantes besuchen ... alles, die ganze Lebensgeschichte war nur eine Lüge gewesen, eine Masche für eine kleine Affäre für die Dauer des Sprachkurses. Wahrscheinlich machte er das immer so. Justine ...

Ziether war noch immer ganz in seine Gedanken vertieft, als er vor seiner Bürotür ankam, den Schlüssel ins Schloss steckte und überrascht feststellte, dass die Tür nicht abgeschlossen war. Sollte er das gestern vergessen haben? Er trat ein und blieb mitten in der Vorwärtsbewegung stecken. Er hätte nicht sagen können, welche Wahrnehmung ihn zuerst dazu veranlasst hatte. Die hellbraune Lederjacke am Kleiderständer. Der schwache Parfumgeruch, der in der Luft lag oder der Anblick seiner Kollegin, die ihren Stuhl zum Fenster gedreht und ihm nur den über der Rückenlehne sichtbaren Hinterkopf mit ihren blonden Locken zugewandt hatte. Britt schien ganz versunken in den Augenblick und zeigte immer noch keine Reaktion, obwohl sie ihn sicherlich gehört haben musste.

Leise schloss er die Tür, warf seine Jacke auf den Haken neben die ihre und entrang sich ein etwas gequetschtes »Hallo Britt!«, mehr fiel ihm gerade irgendwie nicht ein.

»Hallo«. Noch immer wandte Britt ihrem Kollegen den Rücken zu, den Blick auf die hinter dem Fenster sichtbaren Baumkronen gerichtet, in deren grünen Blättern der Wind spielte.

Hatte sie gerade geseufzt?

Britt holte tief Luft und drehte sich zu ihrem Kollegen um.

Ziether erschrak, als er in ihr Gesicht, ihren Blick sah. Erschöpft sah sie aus, tiefe Augenringe zeichneten sich deutlich ab in ihrem blassen Gesicht.

»Ich hatte dich erst in drei Tagen erwartet. Aber schön, dass du wieder da bist!« Irgendwie wusste er nicht, was er sagen sollte. Was war denn mit seiner Kollegin los? Britt wirkte seltsam abwesend.

Und warum war sie schon wieder hier? »Willst du auch einen?« Er deutete ihren Blick als ein Ja und drehte sich zur Espressomaschine um. Während er den Kaffee in das Sieb füllte und die Maschine startete, suchte er immer noch nach einem anderen Anfang.

Unvermittelt stand Britt neben ihm. Er hatte sie gar nicht kommen hören. »Bitte Ralf, nimm mich mal in den Arm.«

Bevor Ziether sich ganz zu ihr hingedreht hatte, lag Bredehorst schon in seinen Armen. Er umfasste sie und spürte im selben Moment, als sie haltlos zu weinen anfing, dass dies die richtige Begrüßung war; das war jetzt wichtig und nichts anderes.

Britt hatte keine Worte, um ihren überraschenden Gefühlsausbruch irgendwie erklären zu können. Sie spürte nur diese allumfassende Ohnmacht einer ungestillten, kindlichen Bedürftigkeit, und die konnte sie nicht in Worte fassen, schon gar nicht Ralf gegenüber. Das hätte er nicht verstanden, und so nahm sie nur seine feste Schulter, seine schützende Umarmung, löste sich schließlich, unter dem tränennassen Gesicht lächelnd von ihm, brachte ein »Danke« hervor und ging zurück an ihren Arbeitsplatz.

Auch Ralf fand keine Worte. Jedes Wort, jeder Satz, der ihm einfiel, schien ihm unpassend, und so schwieg er, nahm die fertigen Espressotassen, stellte eine vor Britt ab und holte tief Luft, bevor er sich wieder hinter seinem Notebook verschanzte.

Bredehorst wich seinem Blick aus, nahm einen Schluck Kaffee, stand auf und stellte sich vor das Whiteboard mit dem bisherigen Ermittlungsstand. »Wie sicher können wir sein, dass Martin Dreyer wirklich zu dieser Bande gehört hat? Bisher haben wir nur diese Maske. Seine Festplatte hat Piet noch nicht geknackt ...«, dachte sie laut nach.

»Aber wir haben das hier!« Etwas lauter als beabsichtigt schlug Ziether mit der zusammengerollten Zeitung auf den Tisch. Dann reichte er das Blatt seiner Kollegin.

Es war noch nicht Mal Mittag, als die beiden Beamten im Erdgeschoss des Redaktionsgebäudes vor dem Tresen des Pförtners auftauchten. Mit diesem spontanen Außentermin waren sie auch dem Auftritt des Staatsanwaltes zuvorgekommen, mit dessen Erscheinen in ihrem Büro sie eigentlich schon früher gerechnet hatten.

Der Pförtner war wohl einiges von den Besuchern bei der Zeitung gewohnt, jedenfalls blieb er äußerlich völlig ungerührt, als die beiden Beamten ihm ihre Ausweise unter die Nase hielten. »Nein, Herr Harnstorn ist nicht im Haus, und die Redaktion ist noch gar nicht besetzt. Erst um vierzehn Uhr ist eine Redaktionskonferenz für die morgige Ausgabe angesetzt.«

Ziether, der immer noch ziemlich angefressen war, was das Verhalten des Journalisten betraf, drehte sich frustriert weg und sah gerade noch, wie sich ein Mann mit einem modischen blauen Halstuch und einer knallroten Umhängetasche aus LKW-Plane, die gerade angesagt waren, ziemlich schnell aus seiner Blickrichtung wegdrehte und auf den Ausgang des Foyers zusteuerte.

»Harnstorn«, meinte er nur zu seiner Kollegin und setzte sich schon in Bewegung. Der Kerl musste sie beide am Tresen stehen gesehen haben und wollte sich wohl davonmachen. Aber nicht mit ihm! Ziether spurtete los. Harnstorn hatte die gläserne Drehtür bereits erreicht, als Ziether diese mit einem schnellen Griff anhielt, mit dem Ergebnis, dass der verdutzte Journalist mit dem Kopf unsanft die Glasverkleidung touchierte. Recht geschah es ihm. Mit wütendem Blick drehte Harnstorn sich um, und Ziether konnte sein böses Lächeln nicht unterdrücken.

Die drei setzten sich in ein Café direkt an der Straße, in dem noch nicht so viel Betrieb herrschte. Harnstorn hatte sich über Ziethers Rücksichtslosigkeit beschweren wollen, sich dann aber mit böser Miene doch entschieden, lieber zu schweigen. Stattdessen meinte er nur: »Was kann so wichtig sein, Herr Kommissar, dass Sie mich derart überfallen müssen?« Dabei rieb er sich die Stirn, was Ziether bewusst ignorierte.

»Die Unterschlagung von Beweismitteln und die Veröffentlichung ermittlungsrelevanter Indizien, die womöglich dem Täter oder den Tätern in die Hände spielen. Das nennt man auch Behinderung polizeilicher Ermittlungsarbeit. Das ist übrigens strafbar. Auch für die Vertreter der freien Presse in Deutschland.«

Der weitere Verlauf des Gesprächs, wenn man es so nennen wollte, erinnerte Britt an einen Hahnenkampf, in dem es nur darum zu gehen schien, wer am Ende obenauf bleiben würde. Ein Machtspielchen, das sie nicht ein Stück weiterbrachte. Schließlich reichte es ihr und sie ging, zugegebenermaßen etwas rau, dazwischen.

»So! Jetzt hören wir mal auf mit diesen Spielchen, ja! Wir haben es mit einer Mordermittlung zu tun und möglicherweise sind noch andere Menschen in Gefahr, wenn es sich bei dem Toten wirklich um ein Mitglied dieser ominösen Bande handelt. Jetzt müssen die Fakten auf den Tisch. Alle! Dann können wir vielleicht eine strafrechtliche Ermittlung gegen Sie vermeiden.« Sie blickte erst Ziether und nun Harnstorn böse an.

»Und? Was springt für mich dabei raus? Außerdem ist das Informantenschutz …«

»Papperlapapp! Hier geht es um Mord, Herr Harnstorn, nicht um irgendein Bagatelldelikt.«

Ziether hätte sich nur zu gern wieder in den Disput eingeschaltet, ließ es nach dem Blick, den seine Kollegin ihm zuwarf, aber lieber.

»Also gut, aber das bleibt unter uns. Ich unterschreibe kein Protokoll oder so was. Und … am Ende … ich lebe schließlich von Informationen.«

Britt wusste, was sie jetzt sagen musste. »Ich fürchte, wir werden Ihre Unterstützung sicherlich noch einmal brauchen, Herr Harnstorn. Dann werde ich nicht zögern, diese auch zu nutzen.«

»Also gut. Gestern lag mit der Hauspost ein an mich persönlich adressierter Umschlag auf meinem Schreibtisch. Darin waren diese Tagebuchseite und ein maschinenschriftlicher PC Ausdruck. Darauf stand … Moment …« Er zückte sein Handy und las vor: »*Herr*

Harnstorn, ich denke, die Öffentlichkeit sollte mehr über das Treiben der Maskenbande, die Teil der deutschen Hacker-Szene ist und die Hintergründe erfahren. Dies ist eine erste handfeste Information aus Martin Dreyers Tagebuch. Nach Veröffentlichung komme ich ungefragt wieder auf Sie zu. Keine Unterschrift. Das war alles.«

»Und das haben Sie dann veröffentlicht, ohne nachzuprüfen, ob ...«

Ziether war schon wieder auf 180.

Harnstorn hob abwehrend die Hände. »Ich bin im Besitz einer längeren Schriftprobe von Martin Dreyer, dem Entwurf einer Hausarbeit ... fragen Sie mich nicht, wie und woher.« Der Journalist bekam wirklich einen roten Kopf, also hatte er das Schriftstück wohl einfach bei den Dreyers mitgehen lassen. So ein Schmierfink!

»Jedenfalls habe ich einen Schriftsachverständigen die Schrift überprüfen lassen. Demnach ist es mit 98 prozentiger Sicherheit Dreyers Handschrift.«

Bredehorst und Ziether stellten in der Redaktion den Umschlag, das Tagebuchblatt und das anonyme Schreiben sicher. Ziether machte sich aber keine falschen Hoffnungen, dass sie noch verwertbare Spuren finden würden. Die Beweismittel waren schon durch zu viele Hände gegangen. Sie nötigten Harnstorn eine Kopie der Hausarbeit ab und fuhren zurück ins Büro.

Der Schriftsachverständige beim Landeskriminalamt hatte sich noch nicht abschließend äußern wollen, aber zumindest eine große Übereinstimmungstendenz festgestellt. »Es besteht immer auch ein großer Zusammenhang zwischen dem Schriftbild und dem jeweiligen Gefühlszustand«, hatte er mit einem nachdenklichen Kopfnicken gemeint. »Die Übereinstimmung ist wirklich groß, was das allgemeine Schriftbild betrifft, aber auf der Tagebuchseite zeigen sich deutliche Abweichungen, womöglich wurden die Zeilen nachts unter einer entsprechenden Ermüdung und einer großen emotionalen Belastung verfasst.«

»Also stammt die Seite nun von Martin Dreyer oder nicht?«, hatte Ziether etwas zu unfreundlich gefragt.

Der grauhaarige Fachmann hatte eine beleidigte Miene aufgesetzt. »Wenn Sie eine gutachterliche Stellungnahme wollen, dafür benötige ich mindestens fünf Tage. Sie sind ja nicht der Einzige.« Er wies theatralisch auf seinen zwar penibel aufgeräumten, aber nicht gerade leeren Schreibtisch.

»Nein, nein.« Ziether bemühte sich, ruhig zu bleiben. »Aber ich brauche zumindest eine Tendenz.«

Die hatte er erhalten, der Sachverständige hatte eine hohe Übereinstimmung zwischen der Tagebuchseite und der Hausarbeit festgestellt, sodass davon auszugehen war, dass die Autoren beider Texte identisch waren, aber zufriedenstellend war das alles nicht. Wer hatte die Tagebuchseite an Harnstorn geschickt? Mit der Hauspost, ohne Briefmarke! Und in welcher Absicht? Und woher hatte die Person die Tagebuchseite? Hatte sie einen wie auch immer gearteten persönlichen Kontakt zu Martin Dreyer gehabt? Dann musste sie zu dessen näheren Umfeld gehören.

Alles in allem waren sie immer noch kein Stück weitergekommen, stellte Ziether fest. Schließlich hatte er sich entnervt auf den Heimweg gemacht.

»Kurssturz an der Börse! Deutsche Wirtschaft im Abschwung!«

Der Zeitungsjunge schrie die Schlagzeilen der dünnen Sonderausgabe des Boulevardblattes nur so heraus. Kurssturz? Das hatten wir doch schon mal. Die Passanten rissen sich direkt um das Blatt, das nur 90 Cent kostete. In der U-Bahn-Station bildete sich ein aufgeregter Menschenauflauf und es lag eine spürbare Nervosität in der Luft. So ähnlich musste es auch 1929 gewesen sein.

Ziether sah die Menschenmenge auf einmal wie in einem alten Schwarz-Weiß-Film. Zeitungsjungs, die Extrablätter zu Hauf unter die Leute brachten. Und dann, als Nächstes, Schubkarren voller Geld als bar ausgezahlter Lohn, entwertetes Geld, das gleich nach der Auszahlung schon nicht mehr ausreichte, um genügend Lebensmittel für die Familie kaufen zu können, wenn es überhaupt noch etwas zu kaufen gab, weil Getreide, Fleisch, Konserven – alles, was versteckt und gehortet werden konnte –, und nur zum Tausch gegen echte Werte auf dem Schwarzmarkt zu bekommen war. Die Züge waren voller Menschen mit Rucksäcken, die zum Hamstern aufs Land fuhren. Auf Rangiergleisen stehende, selbst fahrende Kohlezüge wurden massenhaft gestürmt, um Heizmaterial zu ergattern. Erst als er derbe angerempelt wurde, schüttelte Ziether die Bilder ab, die sich wie eine andere Realität über das Geschehen um ihn herum gelegt hatten. Da war sie wieder, diese alte, den Deutschen eingewachsene Angst vor einer grassierenden Inflation, vor Hunger und Verarmung.

Mühsam tauchte Kai aus dem Loch der bodenlosen Schwärze auf, das sich plötzlich unter ihm aufgetan hatte. In seinem Kopf zuckte das Reloadedprogramm, durchzogen mit den pulsierenden Schmerzimpulsen, die seine Nervenzellen aussandten, die stechend und hart nach und nach wieder in sein Bewusstsein drangen. Der erste Gedanke war eine Erinnerung, der Fahrradunfall, als Kind in Bremen, da war er acht Jahre alt gewesen und hatte den PKW an der Kreuzung Elbstraße-Erlenstraße übersehen und hart touchiert. Irritierend fand er sich ganz im Gefühl des kleinen Jungen wieder, gefangen in der Wahrnehmung von hartem Asphalt, metallischem Blutgeschmack, seiner einsamen Angst und dem tiefen Bedürfnis, bei seiner Mutter Schutz und Trost zu finden. Doch sein Ich durchstieß das hochgespülte Sediment kindlicher Angst. Der jetzige Schmerz pulste aus seiner linken Körperhälfte und traf auf den harten Kontrapunkt in seinem Schädel, da, wo er auf dem Boden aufgeschlagen war, verbunden mit der Übelkeit des überlasteten Systems, das noch gefangen schien in dem nicht gelösten Widerstreit von Flucht und Angriff, und der letzte Moment seines Bewusstseins tauchte wieder auf. Schwerfällig stützte er sich auf, orientierte sich am Boden vor seinem Schreibtisch, lenkte seinen Blick zum Stuhl, fasste das eine Stuhlbein und drehte sich schmerzhaft berührt um. Er war allein. Das Notebook: weg. Auf dem Boden lag auch kein Stick. Wackelig zog er sich am Stuhl hoch, konnte nur noch schwankend ins Bad stolpern, wo er sich übergab.

Fünf Uhr morgens. Der immerwährende Motor des Molochs Berlin befand sich noch in der Aufwärmphase. Ziether hatte sich aus dem Bett gequält und war mit dem Wagen ins Zentrum gefahren. Der Verkehr auf den Straßen war noch so überschaubar, dass die Straßenreinigung mit ihren großen Fahrzeugen problemlos eine halbe Spur *Unter den Linden* blockieren konnte. Als er an dem hohen Büroturm ankam, stand da schon neben der Absperrung der schwarze Transporter des Kriminaltechnischen Dienstes, erleuchtet vom irisierenden Blaulicht zweier Streifenwagen, zwischen die sich der kleine hellblaue Corsa seiner Kollegin gequetscht hatte. Ziether parkte den Wagen einfach auf der Straße – hier war in nächster Zeit sowieso kein Durchkommen mehr – und blickte an der gläsernen Fassade hinauf. Ganz oben konnte er ihn sehen, den Mann, der unbeweglich an dem Gebäude zu kleben schien. Aber der Eindruck täuschte. Wenn man genau hinsah, war zu erkennen, dass dort kein Fassadenkletterer oder angeseilter Fensterputzer hing, sondern jemand mit schlaff herunterhängenden Armen und Beinen, der nur durch seinen Kopf, der deutlich zu erkennen war, in dieser Position gehalten wurde. Ziether ging auf den Uniformierten zu, der im Foyer postiert war, dann nahm er den Fahrstuhl und fuhr bis hoch in den 23. Stock. Hier war der Flur mit edel wirkendem, grauem Teppichboden ausgelegt, der jedes Bewegungsgeräusch zu schlucken schien. Aber dafür waren die

Stimmen der Beamten, die die Etage bevölkerten, überlaut zu hören. Ziether drängte sich durch und folgte einem weiß bekittelten Mitarbeiter Wieczoreks in das rechter Hand liegende Großraumbüro. Zwischen den im Raum verteilten Schreibtischen, oder besser zwischen den vielen übergroßen Bildschirmen, die auf den Schreibtischen standen, flankiert von einigen großen Grünpflanzen, waren bereits mehrere Männer in weißen Ganzkörperanzügen dabei, alle möglichen Spuren zu sichern. Blitze der fotografischen Dokumentation zuckten immer wieder in der emsigen Arbeitsatmosphäre auf.

Ziether streifte die blauen Schuhschoner über, die Gummihandschuhe hatte er bereits übergezogen, und näherte sich der kleinen Gruppe, die am geöffneten Fenster stand. Von hier hatte man einen weiten Blick über die Stadt und den sich langsam aufhellenden Himmel. Über dem Ostteil von Berlin kündigte sich die Morgensonne in einem breiten goldroten Lichtband an. Aber all das schaltete der Hauptkommissar aus, denn direkt vor ihm, in Bauchnabelhöhe der drei Kollegen Britt Bredehorst, Dr. Schmalberg und Piet Wieczorek, starrte ihn das verzerrte Gesicht des Toten durch die Glasscheibe an. Eine blaue Zunge hing aus dem halb geöffneten Mund des Grauhaarigen, dessen blaue Krawatte zum Zerreißen gespannt von seinem zusammengequetschten Hals zum Fensterrahmen führte und dort festzukleben schien.

»Etwa gegen vier Uhr, vier Uhr dreißig würde ich sagen.« Dr. Schmalberg, der sich vorgebeugt hatte, zog seine Hand vom Hals des Toten zurück. »Ah, Herr Hauptkommissar. Da sind Sie ja. Dann können wir den Toten ja hereinholen, und ich kann eine rektale Temperaturmessung vornehmen.«

Piet nickte Ralf zu, während er zwei seiner Mitarbeiter heranrief, um den Toten durch das Fenster nach innen zu hieven. Einer zückte ein Messer, um die Krawatte durchzuschneiden. Ziether hob abwehrend die Hand.

»Die Krawatte und den Starkkleber haben wir schon aufgenommen«, beschwichtigte Piet.

»Ein Mitarbeiter der Reinigungsfirma, die hier morgens früh immer sauber macht, hat ihn gefunden«, meinte Bredehorst.

»Einen Moment noch.« Etwas störte Ralf. Irgendwie ging ihm das zu schnell, und das hatte nichts damit zu tun, dass er aus dem Schlaf gerissen worden war und vielleicht noch nicht ganz bei der Sache gewesen wäre.

Bredehorst, die ihn mit einem angestrengten Nicken begrüßt hatte – gestern Abend hatte sie einen heftigen Streit mit ihrem halbwüchsigen Sohn über mangelhafte Schulnoten und sein Freizeitverhalten geführt, sprich die sich immer mehr ausdehnenden Daddelzeiten am PC –, sah sofort, dass ihr Kollege erst einmal die Tatortsituation erfassen musste. Ihr selbst fiel es heute schwer, sich ganz darauf einzulassen. Paris. Die überstürzte Abreise steckte ihr noch immer in den Knochen. Nikki hatte, als sie ihn zur Rede stellen wollte, plötzlich das Thema gewechselt. Was hatte er zu ihr gesagt? Antoine, Richards Sohn, habe völlig recht gehabt. Sie hätte Richard ohne Erklärung verlassen und alles kaputt gemacht. Das tat weh. Daraufhin hatte sie sich nur noch mühsam beherrschen können und Nikki mit einer Stimme, die keinen Widerspruch duldete, auf sein Zimmer geschickt.

Britt holte erst mal tief Luft.

Ziether zwang sich dazu, den Blick noch einmal auf dem durch den Todeskampf und die anschließende Erschlaffung veränderten Gesicht, der dicken Zunge und den hervorgequollenen Augen ruhen zu lassen. »Irgendwelche Kampfspuren?«, fragte er. »Nein, oder?«

»Wir nehmen immer noch Spuren auf«, meinte Wieczorek. »Aber eine große körperliche Auseinandersetzung scheidet nach dem bisherigen Bild, das wir uns machen konnten, wohl aus.«

»Ich glaube, dass es Selbstmord war.« Ziether meinte sehen zu können, wie der Grauhaarige im teuren Bankeroutfit die ganze Nacht über an seinem Schreibtisch gesessen und gearbeitet hatte. Allein in diesem schicken Großraumbüro, dem nachts unter dem schwarzen Himmel der Großstadt eine ganz eigene, unwirkliche Atmosphäre innewohnte. Dabei war er immer wütender geworden, hatte sein teures Jackett auf den Boden geworfen und schwitzend auf der Tastatur herumgehackt, geflucht und schließlich nach Stunden nur noch resigniert dagesessen. Er hatte die Schreibtischschublade geöffnet und die Tube mit dem Spezialkleber hervorgeholt, die er eigentlich zu einem ganz anderen Zweck hier aufbewahrte, hatte das Fenster geöffnet, den Kleber angebracht und sein Jackett vom Boden aufgehoben. Ob er seiner Frau noch eine Nachricht schicken sollte? Aber wozu sollte das gut sein? Es gab nichts mehr zu sagen. Und wenn alles einmal herauskam, was nicht völlig undenkbar war trotz der verschlungenen Wege, die er beschritten hatte, dann würde jeder Abschiedssatz doch nur hohl und falsch wirken. Dann war es doch besser so. Vielleicht konnte die Art, wie er starb, noch etwas bewirken. Er strich sein Jackett glatt, schleuderte die Klebertube weit aus dem Fenster und kletterte auf den schmalen Kunststoffsims. Dann drückte er seine Krawatte mit festem Druck auf die Klebestelle, zählte bis dreißig und ließ sich dann am Fenster herunterrutschen. Falls der Kleber nicht hielt, würde er in die Tiefe stürzen, der Weg war dann ein anderer, aber das Ergebnis für ihn persönlich dasselbe.

»Ralf?«

Erst jetzt tauchte Ziether aus seinen Bildern auf und versuchte die richtigen Worte zu finden. »Es könnte sein, dass er keinen anderen Ausweg mehr gesehen hat, und es sollte nur aussehen wie ein Mord.« Auf die fragenden Blicke der anderen fügte er schnell hinzu: »Zumindest sollten wir auch diese Möglichkeit in Betracht ziehen.«

»Simon Hartkamp, 54 Jahre alt, verheiratet, zwei erwachsene Töchter, Investmentbanker und für die Bank im Aktienhandel tätig. Aufgrund seiner langjährigen Erfahrung hat die Bank ihm im Aktienhandel ziemlich freie Hand gelassen. Er war wohl ziemlich erfolgreich.«

Britt hatte den Vorstandsvorsitzenden der Bank, Dr. Mörker, ans Telefon bekommen und erste Informationen über den Toten eingeholt. Der Chefbanker war aus allen Wolken gefallen und hatte ziemlich fassungslos gewirkt.

»Mehr konnte er mir noch nicht sagen. Noch heute wird sich die Innenrevision der Bank mit Hartkamps Transaktionen der letzten Wochen befassen. Dann erfahren wir, ob es da irgendwelche Auffälligkeiten gegeben hat.« Britt hatte ihren Vortrag beendet und blickte ihren Kollegen fordernd an. »Und du? Du meintest doch nicht wirklich, dass ein Selbstmord nur eine Möglichkeit wäre. Hast du ...« *wieder etwas gesehen*, wollte sie sagen, verschluckte den Rest ihrer Frage aber lieber.

Ziether sah deutlich, wie die Stirnfalte in ihrem Gesicht hervortrat. Was sollte er darauf antworten? Er hatte wirklich gedacht, er würde jetzt achtsamer mit seiner Psyche umgehen und ein Abgleiten in diese sich in die Vergangenheit richtenden visionären Bilder dadurch verhindern können, aber ...

»Ralf?«

Ziether hob abwehrend die Hand. Er meinte jetzt zu wissen, warum er doch wieder in seine dunkle Binnenwelt abgesackt war, aus der aufzutauchen ihn so viel Anstrengung und Energie kostete. Gestern Abend in der U-Bahn-Station. Er hatte sich von seinen Emotionen wegreißen lassen in die alten Bilder und kollektiven Ängste der frühen 20er Jahre. Damit hatte er seinem Unterbewusstsein die Tür zu diesem Anderen sperrangelweit aufgerissen. Seine dünne rationale Schutzschicht hatte der emotionalen Wucht dieser mit Angst und Not aufgeladenen Bilder nicht standhalten können. Jetzt spürte er, wie erschöpft er war.

Er nahm einen Schluck Kaffee, konzentrierte sich ganz auf das heiße, aromatische Getränk, das er langsam vom Gaumen durch seine Speiseröhre fließen ließ. »Ich ... gestern, ich habe da eine Situation erlebt, das hat mich tief berührt und irgendwie erschüttert.« Er erzählte Britt von der aufgeladenen Atmosphäre am vergangenen

Abend, von der er sich hatte mitreißen lassen, hinab in diese alten, schwer belasteten Bilder. »Ich brauche jetzt einfach etwas Ruhe, glaube ich.« Er lächelte schief. »Das wird schon wieder.«

Britt schüttelte den Kopf. Nur zu gut erinnerte sie sich daran, dass sie ihren Kollegen schon einmal so erlebt hatte, am Abgrund zu einer Welt, aus der es irgendwann kein Zurück mehr geben würde. Sie schluckte hart. »Komm, ich mach das hier schon weiter.« Sie rang sich ein Lächeln ab. »Was dagegen, wenn ich dir für heute frei gebe?«

Ziether stand auf. Er wusste, was er jetzt tun würde. Sabine. Wenn er Sabine erreichen könnte. Vielleicht hatte sie heute Zeit für ihn. »Brauchst du noch was von mir?«

Ziether schüttelte den Kopf. »Nee, schon gut. Und danke.«

Als die Tür hinter ihrem Kollegen ins Schloss fiel, bemerkte Britt die zwei Tränen, die ihr auf einmal übers Gesicht liefen. Sie konnte dieses verfluchte Verlassenheitsgefühl direkt körperlich spüren. Und ihre Wut. Wut auf ihren Kollegen, der sie einmal in den Arm nahm und dann, wenn er selbst Hilfe brauchte, wieder abhaute. Schweigend und allein blieb sie hinter ihrem Notebook sitzen.

Viel Zeit zum Grübeln blieb Bredehorst nicht. Dr. Middelberg ließ über seine Vorzimmerdame ausrichten, dass er für die nächsten zwei Wochen nicht erreichbar sei, aber nicht ohne dass Frau Meyknecht mehrfach betonte, ihn über die Ermittlungsfortschritte per E-Mail zu informieren. Er würde auch während seiner Abwesenheit sein E-Mail-Postfach regelmäßig kontrollieren.

Na, wenigstens die unangenehmen Besuche des Staatsanwaltes würden ihr vorläufig erst mal erspart bleiben.

Es klopfte. Jan Meyer, der junge Kollege aus dem Wirtschafts-dezernat, trat ein. Meyer sah irritiert zu Bredehorst hinüber, offen-sichtlich hatte er Ralf Ziether hier erwartet. Dann rückte er seine dicke schwarze Hornbrille zurecht, setzte sich auf Bredehorsts

Nicken hin ihr gegenüber und berichtete. »Also, in den vergangenen drei Monaten hat es insgesamt fünf Überfälle gegeben, immer nach dem gleichen Muster und immer bei Filialen derselben Bank in Berlin und Brandenburg.«

Er nestelte in seinem Gesicht herum und rückte erneut seine Brille zurecht. »Die Täter traten immer zu zweit oder zu dritt auf und trugen diese Guy-Fawkes-Masken. Jedes Mal betraten die Täter den Vorraum mit den Kassenautomaten kurz bevor diese anfingen, ihren gesamten Inhalt auszuwerfen. Die Kameras haben die Täter dabei offenbar nicht gestört, weil der ganze Überfall ja nur ein paar Minuten gedauert hat. In den Fällen, wo sie nur zu zweit die Filiale betreten haben, ist anzunehmen, dass der dritte in einem Fluchtfahrzeug wartete, weil diese Filialen in einem ländlichen Umfeld liegen und eine motorisierte Flucht erforderlich war. Erbeutet haben die Täter jedes Mal zwischen zweihundert- und fünfhunderttausend Euro, wenn es sich um mehrere Automaten gehandelt hat.« Wieder befingerte Meyer sein Gesicht und schob die Brille hin und her. »Die Überfälle fanden immer zu Zeiten statt, in denen die betreffende Filiale geschlossen war und die Geldautomaten in der Vergangenheit nur wenig oder gar nicht frequentiert worden sind. Das müssen die Täter also gewusst und einkalkuliert haben. Eine Gewalttat ist nur in einem Fall, hier in Mitte, wo ihr Kollege betroffen war, aufgetreten. Wo ist der Hauptkommissar überhaupt?«

Bredehorst überhörte die Frage des jungen Kollegen, der mit seinen etwas strähnigen Haaren und der dicken Brille wirklich so aussah, wie man sich einen Nerd vorstellte. Außerdem fasste er sich dauernd ins Gesicht und zitterte mit den Beinen auf und ab, als wenn er irgendeinen Tick hätte. Unwillkürlich musste sie lächeln. *Das Klischee erfüllst du ja zu einhundert Prozent*, dachte sie. Ob Meyer wirklich so nervös war oder nur mit dem Bild des Computerfreaks kokettierte?

»Es könnte doch sein, dass die Bande, wenn sie Zugriff auf die Software hatte und dadurch die Automaten unter ihre Kontrolle bringen konnte, auch ausgelesen hat, wann diese kaum oder gar nicht genutzt worden sind.«

»Stimmt. Das liegt nahe.« Meyer nickte eifrig.

»Gibt es denn neue Erkenntnisse von Seiten des Sicherheitsbeauftragten der Bank, welches elektronische Schlupfloch die Bande nutzen konnte und ob das mittlerweile geschlossen worden ist?«

Meyer zuckte mit den Schultern. »Die Bank musste natürlich genau angeben, wie viel Bargeld auf diese Weise entwendet worden ist, aber sonst haben wir nur die lapidare Antwort erhalten, dass ein bestehendes Sicherheitsleck identifiziert und mit einem Software-Update behoben worden sei.«

»Aber dann könnte es doch sein, dass die Bande dasselbe bei einer anderen Bank versucht? Haben die nicht alle dieselbe Software?«

»Nein, das Ganze gestaltet sich viel komplizierter. Natürlich sind die Softwareprogramme bei allen Banken in etwa gleich. Aber die jeweiligen Sicherheitsvorkehrungen, Firewalls, der Schutz der Passwörter, die Sicherstellung der Zugriffsberechtigungen durch ausgewählte Personen mit Administratorenrechten – daraus machen alle ein großes Geheimnis.«

»Ich ...«

Bredehorsts Telefon klingelte.

»Moment. Die Polizeileitstelle.«

Mit einem entschuldigenden Nicken nahm sie das Gespräch an. »Bredehorst. MoKo I.« Sie hörte aufmerksam zu. »Wo, sagen Sie? Sparkassenfiliale in Potsdam-Drewitz. Konrad-Wolf-Allee 63. Täter sind flüchtig ... Okay, wir kommen hin.« Bredehorst legte auf und erhob sich. »Kommen Sie mit, Meyer! In Drewitz wurde die Sparkassenfiliale von zwei maskierten Tätern überfallen. Die brandenburgischen Kollegen haben gleich an unseren Fall gedacht.« Sie schnappte sich ihre Jacke, steckte das Handy ein und die Pistole in ihr Schulterhalfter. »Die beiden vermutlich männlichen Täter sind noch flüchtig. Es gab eine Verletzte.«

Meyer war aufgestanden und rückte seine Brille zurecht. Er schien offensichtlich etwas überfordert mit der plötzlichen Wendung der Ereignisse. Bredehorst war schon an der Tür. »Na los! Nun kommen Sie schon!«

Die kleine Sparkassenfiliale war weiträumig abgesperrt. Vor der Absperrung hatten sich schon einige Schaulustige versammelt.

Bereits auf dem Weg waren Bredehorst und Meyer einige Streifenwagen aufgefallen, die mit Blaulicht und hoher Geschwindigkeit die Straßen im näheren und weiteren Umkreis der Sparkasse abfuhren. Offenbar hatte man die Täter noch nicht dingfest machen können. Als die beiden ausstiegen und auf die Filiale zugingen, wobei sie sich durch die anwachsende Menge der Schaulustigen drängten, hörten sie schon den Hubschrauber, der zur Unterstützung der Streifenpolizisten über Drewitz kreiste.

Die Kollegen vom brandenburgischen Raubdezernat und mehrere Uniformierte sprachen im Eingangsbereich der Bank, die von außen eher wie eine große, an das Nebengebäude angeklatschte Garage wirkte, mit einem blassen, hochgewachsenen Mann im grauen Anzug, der ein Namensschild mit dem roten S der Sparkasse am Revers trug. Es war der Filialleiter, wie sich im Gespräch herausstellte.

»Ja, durch den Hintereingang. Das habe ich den uniformierten Kollegen doch bereits gesagt.«

»Ich will es aber noch einmal von Ihnen hören.« Der Kollege vom Raubdezernat wirkte ziemlich genervt. Offenbar verlief die Befragung nicht wie gewünscht. »Aber der Notausgang ist doch verschlossen und kameragesichert, oder?«

»Ja. Von außen kann die Tür nur mit einem Code geöffnet werden. Aber die Kamera ist in den letzten Wochen immer wieder ausgefallen, die Service-Firma war schon dreimal da. Dreimal!«

»Und da haben Sie es einfach hingenommen, dass die Kamera nicht funktionierte?«

»Nein. Ich sagte doch schon, dass wir jedes Mal den Service-Techniker gerufen haben. Und heute, ich weiß nicht genau wann, etwa mittags, als ich die Kamera auf meinem PC überprüft habe, war der Bildschirm wieder schwarz. Dann stürmten auch schon die zwei Männer mit diesen weißen Gesichtsmasken hier rein und hielten uns gleich ihre Pistolen unter die Nase!«

»Als Sie die Filiale geschlossen hatten und Sie und Ihre Kollegen in der Mittagspause waren beziehungsweise auf dem Weg dorthin.«

»Ja. Nur der Kassierer, Herr Reichs und ich, wir waren noch da. Ach ja, und Frau Ellmers kam zurück, als die Männer das Geld aus der Kasse geholt hatten und auf demselben Weg die Filiale wieder verlassen wollten. Da haben sie Frau Ellmers niedergeschlagen. Herr Reichs und ich, wir waren ja im Büro eingeschlossen und mussten das gesicherte Fenster erst mal aufschließen.«

»Die Kasse ist doch mit einem Zeitschloss gesichert.«

»Aufgebrochen. Einfach aufgebrochen. Genauso wie den Notausgang!«

Bredehorst und Meyer inspizierten den Notausgang und den Kassenraum, nachdem die Spurensicherung ihre Arbeit getan und überall schwarze Fingerabdruckflecken hinterlassen hatte und die Tatortfotos geschossen worden waren.

Immerhin. Zweihunderttausend Euro hatten die Täter erbeutet, die auf Fahrrädern geflohen waren. Die Räder hatte eine Streife nur ein paar Kilometer weiter sauber abgestellt in einem Fahrradständer vor einem über Mittag geschlossenen Kiosk gefunden. Eine Anwohnerin hatte die Polizei darauf aufmerksam gemacht, dass zwei Männer, die sie nicht näher beschreiben konnte, die Fahrräder abgestellt und sich schnell zu Fuß entfernt hätten, ohne die Räder abzuschließen. Das war ihr komisch vorgekommen. Die Männer hätten auffällig dichte schwarze Locken, Schnurrbärte und Sonnenbrillen getragen und zwei pralle Rucksäcke dabeigehabt.

Dichte Lockenköpfe und Bärte. Vermutlich hatten die Täter nach dem Verlassen der Bank die Masken durch Perücken und falsche

Bärte ersetzt, die längst irgendwo entsorgt oder in den Rucksäcken verschwunden sein dürften, tippte Bredehorst. Eine Sparkassenfiliale und ein klassischer Überfall. Das passte so gar nicht in das bisherige Bild, das sie sich von der Maskenbande gemacht hatten. Hieß das vielleicht, dass die noch verbliebenen Mitglieder der Bande den Zugang zur Software der Bank verloren hatten und nun Geld brauchten, um abzutauchen? Wo hatten sie dann die Waffen her? Bisher war bei keinem ihrer Überfälle eine Schusswaffe ins Spiel gekommen. Oder waren es doch Nachahmungstäter, die ihren Überfall den anderen in die Schuhe schieben wollten?

»Wie viel hat die Bande bisher bei ihren Raubzügen erbeutet?«

»Gut 1,6 Millionen Euro.«

»Dieser Überfall passt nicht ins Bild. Und dann eine Sparkasse!«

Meyer antwortete nicht.

»Aber die Täter haben sich ausgekannt. Nicht nur, dass sie gewusst haben, dass nur wenige Angestellte während der Mittagspause in der Filiale blieben, wenn sie nur etwas später gekommen wären, hätten sie wohl niemanden mehr angetroffen. Sie wussten auch, wie man vom Hintereingang zum Kassenraum gelangte. Obwohl ...« Britt zog die Stirn kraus. »Das war wohl keine große Kunst, so klein, wie der Bürotrakt ist.«

Meyer nickte zustimmend, während er auf seinem Tablet-PC herumtippte.

»Die Manipulation der Kamera. Der Überfall wäre demnach länger vorbereitet gewesen. Da liegt die Vermutung nahe, dass die Täter diese Masken verwendet haben, um den Verdacht auf die in den Medien hochgepuschte Maskenbande zu lenken.«

Meyer schaute von einem Tablet auf. »Ich habe mir mal diese Service-Firma angesehen.«

Das war vielleicht nicht gerade eine Antwort auf ihren bisherigen Monolog, aber zumindest steuerte der junge Kollege überhaupt mal etwas zu ihren Überlegungen bei.

»Das Unternehmen ist für mehrere Banken tätig, kümmert sich um die Überwachungs- und Sicherheitstechnik, also auch um die Software der Geldautomaten. Safety Tools Limited, ein britisches Unternehmen mit Filialen in ganz Europa.«

»Sie meinen, wenn da jemand für die Bande arbeitet ...«

Wieder nickte Meyer. »Aber demjenigen dürfte auch klar sein, dass wir als Erstes seine Firma durchleuchten. Wenn der so fit ist, dass er sich in die Sicherheitssysteme der Banken einhacken kann, dann wird er seine elektronischen Spuren auch gut verwischen. Und der Überfall auf eine Sparkassenfiliale mit roher Gewalt passt da echt nicht ins Schema.«

5

Bredehorst kehrte allein in ihr Büro zurück. Jan Meyer hatte sie bei der Wirtschaftsabteilung abgesetzt, er wollte noch weiter zu dieser Service-Firma recherchieren. Der leere Raum, ihr einsam rot blinkendes Telefon ... Was um alles in der Welt wollte sie noch hier? Das machte doch alles keinen Sinn.

Alle Energie schien mit einem Male von ihr abzufallen. Müde ließ sie sich auf ihren Schreibtischstuhl sinken und brütete dumpf vor sich hin. All die gemeinsamen Jahre mit ihrem Kollegen ... hatte sie sich denn so in ihm getäuscht? Immer war sie zur Stelle gewesen, wenn Not am Mann gewesen war, wie oft hatte sie ihm aus der Bredouille geholfen. Und nun, wo sie ihn wirklich einmal brauchte? Und Richard? Hatte sie womöglich doch überreagiert, als sie überstürzt abgereist war, ohne ihm die Gelegenheit zu geben, die Dinge richtigzustellen? Sie konnte ein Aufseufzen nicht unterdrücken. Manchmal half nichts anderes, als sich mit Arbeit abzulenken, dachte sie, griff nach dem Telefon und rief die Liste der entgangenen Anrufe auf.

Piet Wieczorek und Dr. Schmalberg. Enttäuscht zog sie den Mund schief. Ein einziger Anrufversuch ihres Kollegen, das hätte ihr schon genügt. *Zählst du etwa immer noch auf ihn? Der Typ wandert doch wie ein einsamer, vereister Komet, der im All seine immer gleichen Kreise zieht, durchs Leben! Vergiss ihn!*

»Wir haben diese Tube Spezialkleber draußen vor der Bank gefunden. Simon Hartkamps Fingerabdrücke sind drauf. Nur seine.« Piet Wieczorek hatte wieder mal schnell gearbeitet. »Und? Hat der Doktor sich schon bei euch gemeldet?«

Britt erzählte Piet von ihrem Einsatz in Drewitz. »Ich rufe ihn gleich an«, sagte sie.

»Und Ralf? Hat er … ich meine, ist er okay?«

»Ich glaube schon«, gab Bredehorst ausweichend Antwort.

»Dieser Klebstoff ist ein richtiges Teufelszeug und im freien Handel überhaupt nicht erhältlich. Der wird nur in der Industrie verwendet für extrem hitze-, druck- und witterungsbeständige Bauteile. Übrigens auch für Großrechner in Rechenzentren, weil der nicht leitfähig und feuerfest ist.«

Bredehorst war mit ihren Gedanken ganz woanders und gab nur ein zustimmendes Brummen von sich. »Ich muss gleich noch mal zur Ehefrau des Toten«, beendete sie das Gespräch.

Sie rief Dr. Schmalberg an, der ihr berichtete, dass nach seinen bisherigen Untersuchungen alles auf einen Suizid Hartkamps hinwies. An der rechten Hand und an der Kleidung des Toten hatte er Spuren des ausgehärteten Klebstoffs entdeckt. »Alles Weitere folgt in meinem Bericht. Ach ja …«, fügte er hinzu, »der Mann muss langsam und qualvoll erstickt sein. Das Zungenbein ist nicht gebrochen. Luftröhre und Halsschlagadern wurden allein durch sein eigenes Körpergewicht zusammengequetscht und abgedrückt.«

Simon Hartkamp bewohnte einen von diesen modernen, würfelförmigen Bungalows, der sich in einem großen Baufeld gleichförmiger Kästen auf kleinen, mit Minihecken und Zäunchen abgeteilten Grundstücken einfügte. Die sich nur durch ihre verklinkerte oder andersfarbige Außenhaut unterscheidenden, teuren wie langweiligen Häuer sprossen aus den immer gleichen kurz geschorenen Rasenflächen wie ein Schwung bunter Bauklötzchen, die ein Riese hatte aus der Hand gleiten lassen.

Bredehorst hatte einen jungen Beamten aus der Bereitschaft angefordert und fuhr vorschriftsmäßig langsam über die extra verschmalte Zugangsstraße der neu eingerichteten 20er-Zone. Sie hielten vor einem im steril weißen Rauputz gehaltenen Bauklotzhaus und liefen

über den mit Betonsteinen im Naturdesign gepflasterten, unkraut-
freien Zuweg. Auf ihr Klingeln hin sahen sie eine mittelalte, dezent
geschminkte Frau hinter der Glastür auf sich zukommen.

Britt seufzte. Sie hasste das. Diesen Augenblick des Erschreckens,
mit dem eine bis dahin scheinbar heile Welt zusammenbrach wie
ein Kartenhaus. Sie zückten ihre Dienstausweise und ließen sich ins
Haus bitten, wo Britt die schlechte Nachricht überbrachte.

Frau Hartkamp entglitten sämtliche Gesichtszüge. »Aber das kann
nicht sein. Simon, er war gestern lange in der Bank, ich weiß. Wenn
es zu spät wird, übernachtet er immer in dieser kleinen Pension. Er
müsste jeden Moment wieder hier auftauchen.« Sie nannte den Namen der Pension in der Hedemannstraße in Kreuzberg, dabei sah sie
auf ihre Armbanduhr, als könnte diese ihre Aussage bestätigen.

Sie nahmen sie mit in die Gerichtsmedizin. Im Wagen fiel es Frau
Hartkamp sichtlich schwer, die Fassung zu bewahren. »Wir haben
doch gerade erst diesen kleinen Bungalow bezogen. Hier wollten wir
uns zur Ruhe setzen, mit etwas Garten für die Enkel. Der Spreewald
ist nicht weit für Ausflüge. Im Obergeschoss haben wir extra drei
Gästezimmer eingerichtet. Das kann doch alles gar nicht sein. Ein
Irrtum! Das muss ein Irrtum sein! In der Bank hat man ihn gefunden? Ein Unfall. Ein tragischer Unfall?«

Was sollte, was konnte man darauf antworten? »Wir wissen nicht,
ob es ein Unfall war. Noch stehen wir ganz am Anfang der Ermittlungen. Ein Angestellter der Reinigungsfirma hat Ihren Mann gefunden.«

In der Gerichtsmedizin, als Frau Hartkamp das nur bis unters Kinn
aufgedeckte, graue Gesicht des Toten sah, brach sie angesichts der
Erkenntnis zusammen: Ihr Mann, Simon Hartkamp, war tot.

Sie brachten sie nach Hause, ließen den Hausarzt kommen, der ihr
eine Spritze gab, und beorderten die mit ihrer Familie bei Potsdam
lebende Tochter her. Das war alles, was sie tun konnten. Unter diesen Umständen war es undenkbar, Frau Hartkamp jetzt schon weiter zu befragen.

Missmutig saß Ralf Ziether in seiner kleinen Küche. Natürlich hatte er Sabine Meiring zuhause nicht erreichen können. An einem stinknormalen Wochentag, um diese Zeit, war sie sicher noch auf ihrer Arbeitsstelle. Er hatte ihre Handynummer auf seinem Mobiltelefon schon aufgerufen, im letzten Moment zögerte er aber und schaltete es ab. Vielleicht war es besser so. Was sollte Sabine auch von ihm halten, wenn er sich als psychisch instabiler Polizeibeamter präsentierte? Erst die Kopfverletzung bei diesem Überfall, als sie sich zum ersten Mal getroffen hatten, und nun das. Keine gute Idee, sie anzurufen, dachte er und hing weiter seinen trübsinnigen Gedanken nach. Sie nicht anzurufen, das bedeutete doch auch, dass er unbedingt bei ihr einen guten Eindruck machen wollte.

Da hast du dich ja schon ganz schön eingeschossen auf die Frau, dachte er böse. Die Wortwahl verbarg aber mehr schlecht als recht, was er wirklich meinte, denn er hatte sich schon weit mehr auf Sabine eingelassen, als er sich eingestehen wollte. Und Britt? Was war das gewesen heute Morgen? Ihre unverhoffte Anwesenheit im Büro. Hatte sie nicht noch ein paar Tage in Paris bleiben wollen? Ihre Umarmung, plötzlich und überraschend. Ihre Tränen. So kannte er sie gar nicht. Irgendetwas musste vorgefallen sein in Paris. Ziether spürte noch einmal ihren weichen Körper in seinen Armen. Warum, verdammt noch mal, hatte er nichts gesagt, war einfach gegangen? Hier, in seiner einsamen Bude, fiel ihm ja die Decke auf den Kopf. Er stand auf und schnappte sich seine Jacke. Raus! Nichts wie raus hier, an die frische Luft.

Stefan Kappler hatte schlecht geschlafen. Das widersprach der Norm und versetzte ihn in diese ungewohnte innere Unruhe, die ihn mehr beschäftigte, als ihm lieb war. Abweichung von der Norm, das bedeutete eine Planänderung. Und Planänderungen waren in seinen geregelten Abläufen nicht vorgesehen. So etwas wie innere Unruhe entzog sich seiner Kontrolle, zumindest deutete sich diese Möglichkeit an, die seit Langem nicht mehr eingetreten war, seit damals, als er sich und andere verletzt hatte, um diesen Zustand, der sich in ihm immer mehr bis zu einem roten Energieschub aufgespeichert hatte, loszuwerden, um die Kontrolle wieder zu gewinnen und seine Außenhaut zu stabilisieren, die sichere Abgrenzung gegen das Andrängen der Anderwelt. Damals hatte er seinen Betreuer angegriffen und ihn, als dieser zu Boden gefallen war, mit wütend ekstatischen Bewegungen zusammengetreten, immer weiter, immer weiter, bis der Kugelschreiber in sein Blickfeld fiel, er ihn aufgehoben hatte und sich selbst blutigblaue, langbeißende Linien in Arme, Beine und quer über den Bauch getrieben hatte: zerschneiden, begradigen, Druck ablassen: Rot! Rot! Rot! Schließlich hatten sich mehrere Männer auf ihn gestürzt und gegen all seine Rotwut am Boden festgehalten, fremde Körper, die ihn niedergedrückt hielten, seine Grenzen verletzten. Alles war rot. Nur noch rot! Dann stach ihn der fremdweiß Bekittelte mit spitzer Nadel, und das Rot wurde zu Schwarz.

Das war lange her, eine Erinnerung tonlos schwarzer Bilder, vergraben in einer Schublade auf der dem Blick abgewandten Seite des großen Schranks, den er aus dem Haus der Großeltern in sich übernommen hatte. Der Schrank. In den hatten sie ihn gesperrt, um ihm seine Binnenwelt wie die Unverständlichkeit seiner Ausbrüche in ihre Fremdwelt auszutreiben. Auf der Vorderseite des Schranks hatte er ihre rotblutgefärbten Köpfe ... Aber das führte zu nichts Gutem. Das dunkle Zimmer mit dem lichtlosen Schrank, er hielt es verschlossen, und auf dem Weg dorthin hatte er überall graue Zwischentüren eingebaut. Es war nur diese Unruhe. Nichts weiter.

Die logischen Gesetze der Algebra bedeuteten Sicherheit. Der Wert der bloßen Anzahl der Nullstellen, selbst wenn sie unendlich fortgesetzt würden, hing von der Position des Kommas ab und die Ausschläge positiver oder negativer Zahlen allein von der Definition des jeweiligen Rasters. Zwei Milliarden Dollar hatten die Devisenmärkte in Bewegung gebracht und durchgeschüttelt. Seine Auftraggeber hatten zwölf Milliarden hinzugewonnen, Banken und Fonds hatten diese Summe und weit mehr verloren. Eine mathematische Gleichung, die aufgegangen war.

Stefan Kappler hätte sich nun wieder aufgemacht zu seinen Zahlenkolonnen und Grafiken, hätte seine Schachgegner gern wieder mit scheinbar unlösbaren Aufgaben konfrontiert, aber heute war alles anders, sein Tagesrhythmus durchbrochen; gestern hatten sie ihm mitgeteilt, er müsse abwarten. Seitdem hatte er nichts wieder gehört.

Kai durchstreifte die Straßen, scheinbar ziellos. Er fühlte sich immer noch elend, und sein Kopf schmerzte. Nur nicht anhalten, immer in Bewegung bleiben. Nach MARDIs Tod hatte er doch damit rechnen müssen, dass sie auch bei ihm auftauchten. MARDI. So eine Schwachsinnsidee. Martin war mehr als nur ein Studienkollege, er war sein Freund gewesen. Bestimmt hatten sie irgendwo im Netz eins ihrer gemeinsamen Fotos gefunden und gescannt. Wie sonst waren sie so schnell auf ihn gekommen? Das Netz vergisst nie! Verdammt! Wenn nur diese Kopfschmerzen nicht wären. Ob sie ihn noch verfolgten? Aber sie hatten doch schon sein Notebook und – verdammt – auch den Stick.

Kai bog in den Görlitzer Park ab und wanderte über die freien Rasenflächen, mied die Baumgruppen, wo immer noch im Schatten der Bäume Drogen gehandelt wurden. Der Hitze war ein Gewitterguss gefolgt, der sogar die Dealer von den offenen Flächen des Parks vertrieben hatte. Kai patschte durch die Regenpfützen und beobachtete genau, ob ihm irgendjemand folgte. Bei jedem Regenspaziergänger, der im näheren Umkreis auftauchte, zuckte er zusammen. Paranoia. Das war echt Paranoia, aber verständlich nach dem Überfall in seiner Wohnung.

Anna-Laura. Ich muss Anna-Laura finden. Sie hatten immer zu dritt zusammengehockt in der Uni, bis zu dieser dämlichen Trennung jedenfalls. Danach hatte er sich nur noch allein mit Martin oder ihr treffen können. Was für eine bescheuerte Aktion von Martin, dieser One-Night-Stand. Das hatte doch gar nicht zu ihm gepasst.

Konzentrier dich und schweif nicht ab! Kai riss sich zusammen und drehte noch eine Runde durch den Park. Anna-Laura. Sie war bestimmt schlauer gewesen als er und nicht mehr in der Wohnung ihrer Mutter aufgetaucht. Aber wo steckte sie dann? Da war diese Freundin gewesen, die sie einmal in einem der Clubs getroffen hatten. Susanne. Susanne hieß sie. Vielleicht wusste die mehr? Sie hatten sie nach dieser Partynacht gemeinsam nach Hause gebracht. Wo war das noch gewesen? Stockbetrunken und übernächtigt hatte er sich das nicht wirklich merken können. Es war aber doch in Friedrichshain gewesen. Nur wo?

Kai verließ den Park. Jetzt hatte er wenigstens ein Ziel.

Dr. Mörker war erschüttert. Er hatte schon viel erlebt, die Lehman-Krise und die politisch motivierte Niedrigzinspolitik der Europäischen Zentralbank, verbunden mit massiven Anleihekäufen, eine künstliche Marktstabilisierung, die zu einem völlig verzerrten Bild der Finanzmärkte geführt hatte. Kein Mensch konnte heute vorhersagen, wie diese gigantischen Billionensummen eines Tages zurückgezahlt werden sollten. Gewinner waren die Anteilseigner der großen Industrie- und Baukonzerne. Jetzt zahlten die Banken dafür und reichten ihre Verluste, wo immer möglich, an ihre Kunden weiter. Am Ende würden die Steuerzahler die Zeche zahlen müssen. Aber das, was er auf Hartkamps Konten gesehen hatte, soweit er dessen Finanztransaktionen hatte nachvollziehen können – vieles lief über Fonds und verdeckte Konten –, traf ihn völlig unvorbereitet. Nach dem, was er bis jetzt herausfinden konnte, hatte Hartkamp in den letzten Tagen und Nächten bei hochriskanten Wetten auf steigende Kurse mit Binären Optionen und CFDs, so genannten *Contracts for Difference*, die er bei fallenden Kursen teuer hatte einlösen müssen, enorme Summen verloren – Geld der Bank und ihrer Anleger, das sie treuhänderisch verwaltete. Das musste alles in allem ein dreistelliger Millionenbetrag sein. Mörker schwitzte, als er den ersten Überblick im Kopf bilanzierte. Und darin waren die verdeckten Transaktionen noch nicht eingerechnet. Ihm graute davor zu erfahren, was auf die Bank, auf ihn zukam. Was hatte Hartkamp da bloß getrieben? So wie sich die Sachlage jetzt bereits darstellte, konnte er sich auch gleich am Fenster seines edel möblierten Büros aufhängen. Das würde ihn seinen Job kosten, soviel stand schon mal fest. Er hatte zwar eine Haftungsfreistellung, aber eine solche Summe würde die niemals abdecken. Der Aufsichtsrat konnte und durfte ein solches Fehlverhalten nicht dulden. Der Ruf der Bank stand auf dem Spiel. Und er war schuld daran! Worauf hatte er sich da bloß eingelassen? Hatte er nicht Hartkamp freie Hand gelassen, ihm blind vertraut? Das Haus, die Studiengebühren von Tochter und Sohn in der Schweiz und den USA: alles aus. Alles vorbei.

Mörker war gerade 57 Jahre alt geworden. Noch zwei, drei Jahre, so hatte er sich ausgerechnet. Danach nur noch als Privatier ein bisschen spekulieren … Aus. Vorbei. Sein Gehalt, die Aktienkonten und Bankoptionen. Das durfte doch alles nicht wahr sein. Spätestens morgen würde die Innenrevision sich an die Arbeit machen. Und dann? Wie lange würde es dauern, bis die Kollegen Alarm schlugen? Viel Zeit blieb ihm nicht mehr.

Mörker holte tief Luft. Dann rief er seine Frau an.

Entnervt schaltete Britt ihr Notebook ab. Was für ein Tag! Nachdem sie Frau Hartkamp zuhause abgeliefert hatte und in ihr Büro zurückgekehrt war, bekam sie nicht wirklich irgendwas zustande. Hatte Simon Hartkamp Feinde gehabt oder waren es Depressionen gewesen, die ihn in den Selbstmord getrieben hatten? Solange sie seine Frau nicht befragen und mehr über ihn und sein privates Umfeld erfahren konnte, blieb das alles im Ungewissen. Im Fall des toten Martin Dreyer waren sie auch noch kein Stück weiter. Ob es zwischen den beiden Todesfällen eine Verbindung gab? Das war sicherlich denkbar, aber zum jetzigen Zeitpunkt reine Spekulation. Und Ralf? Ihr Kollege ließ sie einfach hängen.

Sie seufzte, klappte den Bildschirm etwas zu heftig zu, griff sich ihre Jacke und verließ das Polizeigebäude.

Wie lange er durch die Straßen seines Viertels gestromert war, hätte Ralf Ziether nicht sagen können. Er hatte in irgendwelche Schaufenster geguckt, war länger am Rande des kleinen Spielplatzes stehen geblieben und hatte den Müttern mit ihren kleinen Kindern zugesehen. Das war sie wohl, die Normalität eines in den immer gleichen Bahnen verlaufenden Lebens, Tage, die in der immer gleichen Abfolge begannen und am Abend auf dem Sofa vor dem Fernseher zu Ende gingen, wenn die Kleinen endlich eingeschlafen waren. Tagesabläufe, die sich nur durch das Älterwerden des Nachwuchses veränderten und schließlich aus Eltern Großeltern und aus ihren Kindern neue Familien machten. Wenn sein Leben anders verlaufen wäre, Ziether hätte genau den gleichen Weg eingeschlagen. Damals mit Marie war alles möglich gewesen. Aber sein Job, nein, seine Bereitschaft, alles andere für die Polizeiarbeit hintenan zu stellen, die Prioritäten, die er selbst gesetzt hatte, das hatte dazu geführt, dass er einen anderen Weg gewählt hatte. Die Anzeichen hatte er damals nicht sehen wollen und sich der Auseinandersetzung mit Marie entzogen, so lange, bis sie eine Entscheidung getroffen hatte und gegangen war. Für immer.

Ärgerlich scheuchte er die trübsinnigen Erinnerungen fort. *Du hast dich so entschieden,* schimpfte er mit sich selbst. *Und wenn du jetzt schon beim Anblick spielender Kinder solche Gedanken kriegst, dann fang endlich an dich zu ändern! Noch ist es nicht zu spät!* Er blickte auf und sah, dass einige der Mütter auf dem Spielplatz zu ihm herübersahen. Offenbar hatte er nicht nur in Gedanken mit sich geschimpft. Ein Mann, der allein am Rande eines Spielplatzes stand und den Kindern zusah, war alles andere als unverdächtig. Wenn er dann noch anfing lauthals mit sich selbst zu sprechen … Ziether drehte sich abrupt um und setzte seinen Weg fort. Während er weiter seinen Gedanken nachhing und sich selbst ordentlich die Meinung sagte, stand er auf einmal an der Straßenkreuzung, von der die kleine Straße abzweigte, in der sie wohnte. Sabine. Unschlüssig blieb er stehen. Dann gab er sich einen Ruck.

Was für ein beschissener Morgen. Britt hatte erst spät in der Nacht Ruhe gefunden und sich in ihrem viel zu warmen Bett herumgewälzt, bis sie doch eingeschlafen war. Nikki hatte beim Frühstück rumgezickt, nachdem sie ihn endlich aus dem Bett gekriegt hatte. Er trödelte rum und hatte offensichtlich überhaupt keinen Bock auf Schule. Klar. Die ersten beiden Stunden hatte er Französisch. Ihr Sohn steckte am ersten Schultag nach den Sommerferien ganz offensichtlich noch im Ferienmodus, und mit der Französischlehrerin kam er nicht gut zurecht. Und sie mit ihm auch nicht. Was nützte es dann, wenn sie ihm sagte, dass es doch Eindruck machen würde, dass er in den Ferien freiwillig an einem Sprachkurs teilgenommen hatte? In Paris! Die Sprache lag ihm einfach nicht und war zudem ein reines Lernfach, wo er kontinuierlich dranbleiben musste. So wie er sein Gesicht verzog, hätte sie sich diesen mütterlichen Hinweis wohl besser gespart.

Aufgrund der Diskussion mit Nikki kam Bredehorst abgehetzt erst gegen halb neun in ihrem Büro an. Einsam blinkte die rote Leuchte an ihrem Telefon. Ihr Kollege glänzte auch durch Abwesenheit. Britt hängte ihre Jacke auf, blickte seufzend auf Ziethers leeren Stuhl und widerstand der Versuchung, sofort zum Hörer zu greifen. Erst als der Espresso durchgelaufen war, setzte sie sich und rief den Anruf ab. Eine unbekannte Nummer mit zwei Nullen? Britt drückte die Wiederwahltaste, hörte es zweimal klingeln, dann meldete sich – ausgerechnet – der Staatsanwalt.

»Na, das wurde aber auch Zeit, dass sich mal jemand von Ihnen zurückmeldet. Es ist Viertel vor neun, Frau Hauptkommissarin! Seit acht Uhr versuche ich, jemanden von Ihnen beiden zu erreichen. Sie haben wohl noch nichts mitbekommen, was?«

Bredehorst biss sich auf die Lippe. Wovon um alles in der Welt sprach Middelberg da?

»Na, das ist ja toll! Gehen Sie mal ins Internet, werte Frau Bredehorst, auf die Seite von BILD.de, und dann machen Sie diesem Harnstorn die Hölle heiß! Ich habe den Oberstaatsanwalt über diese Sauerei bereits in Kenntnis gesetzt. Der wird sicher auch schon versucht haben, Sie zu erreichen. Ich erwarte umgehend weitere Informationen von Ihnen. Umgehend! Hören Sie?«

Bredehorst hatte ihr Notebook hochgefahren und die Seite aufgerufen. Sofort stach ihr die reißerische Überschrift ins Auge – *So starb der Bankräuber Martin D.!* – und ließ wortlos den Hörer auf die Gabel fallen. Verschiedene Fotos zeigten von oben die Bushaltestelle und das Ufer der Spree und, ganz am Rand des Bildes, einen kleinen weißen Kastenwagen. Eins der Bilder war herangezoomt worden und erfasste die unscharfen Umrisse eines Körpers, der halb im Wasser lag. Die weiße Gesichtsmaske war deutlich zu erkennen. Bredehorst klickte auf das kleine Dreieck auf dem mittleren Foto und sah in einer Videoaufnahme die dunklen Umrisse zweier Personen, die aus dem Fond des Kastenwagens einen Körper herausholten und zum Wasser hinübertrugen. Ein Linienbus kam vorbeigefahren, passierte langsam die Haltestelle, seine Scheinwerferkegel streiften die Personen am Ufer und den Wagen. Der Bus entfernte sich, der Körper wurde abgelegt, und die zwei Personen kehrten zu ihrem Wagen zurück. Einer schloss die Hecktür, sie stiegen ein, und dann setzte der Kleintransporter zurück auf die Straße und fuhr in derselben Richtung wie der Nachtbus davon.

Ralf Ziether sah zu, wie die kleine weiße Scheibe sprudelnd im Wasserglas hin und her tanzte und sich Bläschen werfend langsam auflöste. Als er sich im Badezimmer kaltes Wasser ins Gesicht geklatscht hatte, war sein Blick kurz auf sein Spiegelbild gefallen, ein grauweißes Gesicht mit verschwommenen, rot geränderten Augen. Jetzt saß er in der Küche, den schmerzenden Kopf in die Hand gestützt, und sah zu, wie sich die Tablette auflöste. Natürlich hatte er sich nicht getraut, bei Sabine zu klingeln. Jetzt dachte er, es wäre wohl die bessere Entscheidung gewesen, während er sich vorsichtig über die fettigen Locken auf seinem Brummschädel strich. Was für eine dunkle Kaschemme, in der er da gelandet war. Eine Kellerbar in der Oranienstraße, die den Namen nicht verdient hatte. Schon der unverputzte Kellereingang von der Straße strahlte den Charakter einer heruntergekommenen Absteige aus. Über mehrere ausgetretene Stufen betrat man, wenn man die dicke Decke vor der geöffneten Tür zurückschlug, einen schmucklosen, von Baustellenlampen und blakenden Kerzen nur schwach erleuchteten Raum, aus dem einen Lärm und bläuliche Rauchschwaden überfielen, die sämtliche Sinnesorgane überforderten. Erst nach ein paar Sekunden sah Ziether, der Blick reichte nicht über den nächstliegenden schwachen Lichtkreis hinaus, die bunte Zusammenstellung von Sesseln und Tischchen, die wohl direkt vom Sperrmüll stammten. Laute Bassrhythmen, dunkle Ecken, in denen irgendwelche Gestalten ihre Joints drehten, und hinter der Theke der langhaarige Wirt, der mit seinen Händen – die langen, schwarz geränderten Fingernägel waren gut zu erkennen gewesen – Bier aus Flaschen in Gläser kippte, die er zuvor prüfend an eine der Deckenfunzeln gehalten hatte. Hier trank man besser nur harte, pure Drinks und vermied es tunlichst, die Sanitäranlagen aufzusuchen.

Dumpf vor sich hinbrütend hatte Ziether seinen ersten doppelten Whiskey hinuntergekippt. Irgendwann in der Nacht war er nach Hause gekommen. Als er aus der verrauchten Höhle auf die Straße getreten war, hatte die klare Nachtluft ihm mit einem Schlag den Rest gegeben. Wie er nach Hause in sein Bett gekommen war, daran konnte er sich nicht erinnern.

Ziether kippte das Wasser hinunter und stellte den Becher pechschwarzen Kaffee vor sich hin.

Neun Uhr. Britt widerstand noch immer der Versuchung, ihren Kollegen auf seinem Handy anzurufen. Und wenn ihm irgendetwas zugestoßen war? *Hör auf, ihn dauernd zu bemuttern und für ihn Verantwortung zu übernehmen,* schalt sie sich selbst. Sollte er doch sehen, wie er klarkam. Sie war wütend auf ihn und wählte entschlossen die Nummer des Oberstaatsanwaltes.

Ziether wählte zur selben Zeit Bredehorsts Nummer, aber er hörte nur das Besetzt-Zeichen. Nachdem er den Kaffee wieder ausgebrochen hatte, fühlte er sich erst recht hundeelend. Gestern Nacht hatte er mit Sicherheit jedes erträgliche Maß an Alkohol überschritten. Mit zittrigen Fingern sendete er seiner Kollegin eine SMS, meldete sich für heute krank und verkroch sich in seinem abgedunkelten Schlafzimmer im Bett.

»Machen Sie erst mal nicht so viel Wind«, hatte Oberstaatsanwalt Niemann gemeint.

Die Pressefreiheit! Eine sofortige Durchsuchung der Redaktionsräume hätte in der Öffentlichkeit einen Riesenwirbel ausgelöst. Sie sollte diesen Journalisten mit einer letzten eindringlichen Ermahnung zur Kooperation bewegen. Wenn das nicht half, der Durchsuchungsbeschluss lag unterschrieben bei den Kollegen des nächstgelegenen Reviers, die auf ihren Anruf hin sofort zur Verfügung standen. Niemann selbst würde den Einsatz leiten. Harnstorns Arbeitsplatz, sein PC, sein Handy, seine Wohnung – sie würden alles auf den Kopf stellen. »Sie machen das schon, Frau Hauptkommissarin«, hatte Niemann gemeint und ihr damit die Verantwortung für ein möglichst geräuschloses Vorgehen zugeschoben.

Bredehorst betrat das Redaktionsgebäude und sah sich wieder demselben Pförtner gegenüber wie bei ihrem ersten Besuch, der wieder versuchte, ihr klarzumachen, dass sie hier um diese Zeit niemanden antreffen würde. Aber diesmal war sie noch viel weniger bereit nachzugeben. Irgendjemand würde schon in der Redaktion Stallwache schieben, wenn die anderen Kollegen auf Außenterminen waren. Da war sie sich sicher. Als der Pförtner sie gerade mit einem Achselzucken abwimmeln wollte, brummte ihr Handy. Sie hob abwehrend die Hand und sah die Nachricht ihres Kollegen. Krank. Es ging ihm nicht gut. Das war der Tropfen, der das Fass zum Überlaufen brachte. Sie ließ die immer noch ausgestreckte Hand auf den Tresen knallen. »Jetzt ist hier aber Schluss! Ich ermittle in einem Mordfall, und Sie werden diese Ermittlungen nicht länger behindern.«

Unter ihrem wütenden Blick zuckte der Pförtner regelrecht zusammen und griff zum Telefonhörer. Irgendjemand nahm in der Redaktion das Gespräch an, und der Pförtner erläuterte, den Blick unverwandt auf Bredehorst gerichtet, dass die Kommissarin sich nicht vertrösten ließe. »Fahren Sie in den dritten Stock. Man wird Sie dort abholen.«

Anstatt zu antworten blickte Bredehorst den Pförtner nur scharf an, dann drehte sie sich abrupt um und fuhr mit dem Fahrstuhl ins dritte OG. Als sie aus dem Fahrstuhl trat, erwartete sie dort schon der Chefredakteur persönlich.

»Was führt Sie denn wieder zu uns?«, begann er und setzte eine freundliche Miene auf.

»Das wissen Sie ganz genau«, fuhr Bredehorst ihn an. »Und tun Sie nicht so, als hätten Sie mit meinem Besuch nicht gerechnet. Das haben Sie doch ganz bewusst einkalkuliert. Am besten noch eine Durchsuchung der Redaktionsräume, oder? Was für eine Meldung in Ihrem Blatt!«

Ihr Gegenüber verzog das Gesicht. »Dann darf ich Sie wohl gleich in mein Büro bitten?«, meinte er förmlich und ging voraus. Dort ließ er Britt Platz nehmen. Kaum hatte sie sich gesetzt, tauchte auch schon Paul Harnstorn in der Tür auf. Na bitte, dachte sie. Man war also vorbereitet, falls sie mit dem Durchsuchungsbeschluss und einer ganzen Mannschaft Uniformierter hier aufgelaufen wäre. Bestimmt harrten in den hinteren Räumen gleich mehrere Fotografen aus, um dann die richtigen Bilder zu schießen.

So saßen sie wieder an demselben Tisch wie beim ersten Gespräch in der Redaktion, nur nahm jetzt Bredehorst Ziethers Platz ein.

»Ich muss Ihnen wohl kaum erläutern, warum ich heute hier bin. Die Bilder und der Film in Internet hätten nicht veröffentlicht werden dürfen. Jedenfalls nicht ohne eine vorherige polizeiliche Auswertung und richterliche Freigabe. Die Bilder beinhalten ermittlungsrelevantes Täterwissen. Außerdem bezeichnen Sie das Opfer als Bankräuber, was keinesfalls erwiesen ist. Allein das ist schon ein ziemlich skrupelloses Vorgehen mit strafrechtlicher Relevanz. So kann eine Zusammenarbeit, wie wir bei unserem ersten Gespräch, wo Herr Harnstorn ja in gleicher Weise vorgegangen war, besprochen hatten, nicht funktionieren. Die Pressefreiheit ist ein hohes Gut. Aber sie deckt nicht alles ab. Mit dieser Veröffentlichung haben Sie gleich mehrere Straftatbestände ...«

»Moment, Moment!«, fiel ihr der Chefredakteur ins Wort. »Der Kollege Harnstorn hat von gestern Nachmittag bis gestern Abend mehrfach versucht, Ihren Kollegen zu erreichen, um über die Veröffentlichung des Materials zu sprechen, konnte Herrn Ziether, der heute ja leider nicht hier ist, aber weder im Büro noch auf seinem Handy erreichen. Natürlich haben wir keine Kriminaltechnik wie Sie, aber uns war eine Frist gesetzt worden, die Bilder zu veröffentlichen, sodass wir handeln mussten. Unsere Leute im Fotolabor haben das Material vergrößert und jedes einzelne Bild gesichtet. Danach stand fest, dass außer Schatten und der weißen Maske des Opfers nichts zu erkennen ist. Wir hatten nur zwölf Stunden, um die Bilder im Internet zu veröffentlichen. Hätten wir die Frist überschritten, so hat es unser Informant angekündigt, würden wir kein weiteres Material über diese Hackerbande mehr erhalten.«

Bredehorst blickte wütend in die Runde. In ihre Empörung über die Unverfrorenheit, mit der die Zeitungsleute vorgegangen waren, mischte sich die Wut auf ihren unzuverlässigen Kollegen. *Was denkt der sich eigentlich dabei, sich so rauszuziehen und mich mal wieder so hängen zu lassen?* »Ich fordere Sie hiermit auf, mir sämtliches Material, das Sie erhalten haben, unverzüglich auszuhändigen. Außerdem jede Information über die Kontaktaufnahme Ihres Informanten. Vor einer Veröffentlichung aus dieser Quelle haben Sie mich, meinen Kollegen oder Oberstaatsanwalt Niemann zu kontaktieren.«

Harnstorn wollte protestieren, doch Bredehorst sah ihn nur wütend an und ließ ihn nicht zu Wort kommen. »Ihr Informant, wenn es sich in beiden Fällen um ein und dieselbe Person oder Personen handelt, wovon wir ausgehen können, verfolgt mit den Veröffentlichungen ganz eigene Ziele. Es steht zu befürchten, dass diese Person selbst in den Mordfall verwickelt ist. Womöglich dienen die Veröffentlichungen dazu, weitere Mitglieder der Gruppe aufzuscheuchen, mit der Folge neuer Gewalttaten.«

»Aufscheuchen wie heute Morgen in Drewitz?« Harnstorn beugte sich vor und funkelte die Kommissarin an.

Vom Polizeieinsatz in Drewitz hatten sie also auch schon etwas mitbekommen. Harnstorns Haltung und sein Ton waren Bredehorst eindeutig zu angriffslustig. Das passte kaum zu der eindeutigen Rollenverteilung, die sie hier sah. Das hier war kein Spiel! Sie versuchte sich nichts anmerken zu lassen. »Ihr Informant, Herr Harnstorn!«, überging sie dessen provokanten Einwurf.

Dieses Mal hatte jemand mit einer technisch verzerrten Stimme auf Harnstorns Handy angerufen. Die Nummer des Anrufers war unterdrückt gewesen. Der hatte auch nur einen Satz gesagt: Ein Umschlag für den Journalisten läge im Briefkasten und das Material müsse binnen zwölf Stunden veröffentlicht werden, nur dann würden weitere Informationen folgen. Dann war die Verbindung abrupt abgebrochen worden. Harnstorn hatte den Umschlag mit seinem Namen und einem Stick darin mit den Fotos und Filmaufnahmen erhalten. Das war alles.

Bredehorst ließ sich Umschlag und Stick aushändigen, um alles bei der Kriminaltechnik vorbeizubringen, ohne dass sie sich große Hoffnungen auf irgendwelche Spuren machte. Aber vielleicht konnten die Kollegen vom KD aus dem Filmmaterial noch etwas herausholen. Abschließend hatte sie noch klargestellt, dass dem derzeitigen Ermittlungsstand nach keinerlei Verbindung zwischen dem Überfall auf die Filiale der brandenburgischen Sparkasse in Drewitz und dem Mordfall Martin Dreyer bestehe. Zum Glück hatten die Journalisten vom Tod des Investmentbankers noch nichts mitbekommen. Oberstaatsanwalt Niemann wollte, da man von einer Selbsttötung ausging, die Ermittlungen aber noch nicht abgeschlossen waren, noch nichts öffentlich verlauten lassen.

Auf dem Weg durchs Foyer würdigte sie der Pförtner keines Blickes, was Bredehorst eher noch beschwingter auf den Ausgang zustreben ließ. Vor dem Springer-Hochhaus holte sie erst mal Luft. Mit dem Ergebnis würde Niemann ja wohl auch zufrieden sein. Und Ralf? Den würde sie sich noch einmal vorknöpfen.

Frankfurt. Die Straße wirkte fremd und unwirklich, löste kein Wiedererkennen aus, aber Ziether spürte instinktiv: das war Frankfurt. Leicht-

füßig lief er durch eine tiefe Häuserschlucht breit verglaster Fassaden, in denen sich graue Wolkenfelder spiegelten, so als zöge der Himmel noch einmal in Kopfhöhe auf ihn zu. Er durchmaß diese Himmelsschlucht, während grauweiße Wolken, durchsetzt mit dunkelfransigen Fetzen, ihm entgegeneilten und an ihm vorbeizogen. Ihm war, als rudere er wie ein Vogel so frei durch die Wolken direkt in den Horizont hinein. Er blickte nach oben auf die Glasfronten der oberen Stockwerke. Auch hier wanderten dieselben Wolkengebilde vorüber, aber irgendetwas stimmte nicht. Die Wolkenfelder waren unterbrochen von viereckigen schwarzen Löchern, so als fehlten einzelne Puzzleteile im sonst vollständigen Bild. Er erinnerte sich. Das Graublau des Himmels war bei den großformatigen Puzzles seiner Kindheit immer am schwierigsten gewesen. Aber diese fehlenden Teile hier, es waren schwarze Fensterhöhlen – hier eins, dort eins, immer mehr Einzelquadrate –, die ihm jetzt ins Auge fielen. An deren unterem Rand kleine verdickte Striche langsam im Wind hin und her schaukelten.

Ziether kniff die Augen zusammen. Dann erkannte er sie: Menschen, menschliche Körper hingen aus den offenen Fenstern, den Kopf vorgestreckt, weil sie an ihren Hälsen aufgehängt waren. Ein, zwei, drei – überall an den Glasfronten der großen Bankzentralen hingen einzelne Gestalten aus den Fenstern, tote Menschen, in deren Händen gestern noch wichtige Finanzgeschäfte gelegen hatten.

Kaum hatte er begriffen, was er da sah, hörte er es, ein Rauschen, das schnell anschwoll und lauter wurde. Da! Jetzt war der Lärm deutlich zu hören. Aus einer Seitenstraße kamen sie, rannten um die Ecke direkt auf ihn zu. Ihre Schritte stampften im gleichen Rhythmus. Weiße Maskenmenschen, eine unglaubliche Menge, schwarz uniformiert, ein unaufhörlicher Strom wälzte sich in den Boulevard, nahm die gesamte Straßenbreite ein, kam auf ihn zu. Die Maskenmünder aufgerissen, stießen sie ein dumpfes Grollen aus, das immer lauter anschwoll. Ziether hatte keine Zeit mehr, der Menschenmasse auszuweichen. Jetzt, jetzt hatten sie ihn erreicht. Er streckte abwehrend die Hände aus, berührte den ersten, unerwartet weich nachgiebigen Körper und …

Ralf Ziether schlug die Augen auf. Er hatte seine Hände in das Oberbett verkrallt. Schweiß stand auf seiner Stirn. Erst langsam realisierte er: Es war nur ein Traum.

Sein Handy neben dem Bett summte noch einmal, dann brach der Ton ab. Mühsam orientierte er sich, griff danach und blickte auf das Display. Ein verpasster Anruf. Sabine. Sie hatte eine Nachricht hinterlassen.

Im Flur vor ihrem Büro erwartete Britt eine Überraschung. Cornelia und Helmut Dreyer, in Begleitung eines jüngeren, etwas schlaksig wirkenden Mannes, erhoben sich von der Holzbank und kamen auf sie zu. Übernächtigt und blass sahen sie aus, fand Bredehorst, als die Eltern des toten Martin Dreyer vor ihr standen und ihr die Hand reichten.

»Das ist Peter Moormann, unser Rechtsanwalt«, stellte Herr Dreyer ihren Begleiter vor. »Diese Meldungen in der Zeitung und jetzt noch im Internet ...«

Frau Dreyer hatte sichtlich Mühe, ihre Stimme unter Kontrolle zu halten. »Wer schreibt denn so was? Und dann diese Bilder ...« Sie brach ab.

Ihr Mann legte den Arm um seine Frau. Auch ihm war die innere Erschütterung deutlich anzumerken.

»Wir haben eine Unterlassungsklage eingereicht«, schaltete sich der Anwalt ein. »Und ein Verfahren wegen übler Nachrede beantragt und eine Gegendarstellung gefordert. Außerdem haben wir den Presserat eingeschaltet. Das Ganze ist ein unglaublicher Vorgang. Etwas Vergleichbares habe ich in meiner gesamten Praxis noch nie erlebt.«

Bredehorst nickte zustimmend. Dabei dachte sie, dass die Praxiserfahrung des jungen Anwaltes wohl noch keinen langen Zeitraum umfassen konnte. Sie schob den Gedanken schnell beiseite.

»Wann haben Sie denn von den Bildern und dieser unsäglichen Berichterstattung erfahren?«

»Die Fotos und der Film sind wohl gestern erst ins Internet gestellt worden. Ich habe gerade eben die Redaktion der Zeitung aufgesucht. Die Bilder dürften dort nun nicht mehr zu sehen sein. Was den Zeitungsbericht von letzter Woche angeht, haben wir seitens der Kriminalpolizei noch am Tag der Veröffentlichung Kontakt zur Redaktion aufgenommen und sehr deutlich geäußert, dass dieser Bericht so hätte nicht erscheinen dürfen.«

Der junge Anwalt nickte zustimmend. »Verfügen Sie über Erkenntnisse, woher der angebliche Tagebucheintrag und das Bildmaterial stammen?«

»Erkenntnisse ist zu viel gesagt. Aktuell gehen wir einem Hinweis nach, den ich leider noch nicht konkretisieren kann. Da sind wir noch mitten in den Ermittlungen.« Schön formuliert, dachte Britt. Mit anderen Worten: Wir haben da noch gar nichts.

Wieder ein zustimmendes Nicken des Anwalts, eine Verhaltensweise, die Bredehorst zunehmend genervt zur Kenntnis nahm. Als die Dreyers gegangen waren, setzte sie ihren Weg ins Büro fort, das sie immer noch mit derselben gähnenden Leere empfing. Seufzend ließ sie sich auf ihrem Bürostuhl nieder und fuhr das Notebook hoch.

Friedrichshain. Das Viertel hatte sich in den letzten zehn Jahren verändert, schwankte noch zwischen alternativ und gutbürgerlich, aber der Einfluss des Geldes war auch hier nicht zu übersehen. Einige der Mieter, die nach der Wende in die zum Teil ziemlich heruntergekommenen Häuser eingezogen waren, hatten viel in den Erhalt ihrer Wohnungen investiert und schließlich die Häuser gekauft, um steigenden Mieten und der Umwandlung in teure Eigentumswohnungen zu entgehen. Kai setzte sich in das kleine französische Café in der Grünbergstraße, von wo aus er gleich zwei der Wohnstraßen im Blick hatte. Hier war es gewesen, soweit er sich erinnern konnte. Das giftgrüne Graffiti an der Ecke hatte er wiedererkannt. Jetzt, bei einem Chai-Latte, hieß es abwarten und ein bisschen Glück haben.

Ralf Ziether saß immer noch in seiner kleinen Küche. Der Kaffee in der halb ausgetrunkenen Tasse war längst erkaltet. Die Sonne hatte sich ihren Weg durch die Wolken gebahnt und fiel nun streifig schräg durch das halb geöffnete Küchenfenster. Vogelgezwitscher schallte von den Bäumen herüber. Aber Ziether nahm weder die höher steigende Sonne noch den fröhlichen Vogellärm wahr. Er saß einfach nur da, tief versunken in seine dunklen Erinnerungen.

Damals, nach Marie, dachte er, die leere, kalte Wohnung, nachdem sie ihn verlassen hatte ... Unbewusst hatte er da diese Entscheidung getroffen, sich nicht mehr auf eine Beziehung einzulassen. Damit hatte er sein eigenes Unvermögen, nein, seine Schuld von sich geschoben, sich ganz in die Arbeit gestürzt und sich den Nimbus des verschlossenen, einsamen Streiters für Gerechtigkeit erworben. Aber dieses Bild von sich war damals schon falsch gewesen. Und jetzt? Die Behauptung, er sei doch ganz gut gefahren damit, löste bei ihm ein spontanes, schmerzlich zynisches Grinsen aus. Viel hatte er in den vergangenen Jahren an Nähe jedenfalls nicht zugelassen. Womöglich rührten auch seine abgründigen Träume gerade daher, dass er den Schmerz und sein eigenes Zutun zu seiner Einsamkeit nicht zugelassen hatte. So hatte er das bisher nicht sehen wollen. Aber der Gedanke machte doch Sinn, oder? Seine Verletztheit und die Scham über sein eigenes Versagen – irgendwo musste das doch aus ihm heraus. Wenn er diese Gedanken und Empfindungen im Alltag nicht zuließ, dann brachen sie eben nachts in seinen Albträumen aus ihm hervor.

Unwillkürlich seufzte er auf. Jedenfalls hatte er sich in dieser Zeit verändert, zum Negativen, wie er sich bitter eingestehen musste.

Und Sandra? Das kurze intensive Zusammensein mit ihr lag nun auch schon über ein Jahr zurück. Seine Enttäuschung und seinen Ärger hatte er damals in den Vordergrund geschoben, mit dem Ergebnis, dass sie sich nach ihrem plötzlichen Verschwinden und einer nichtssagenden Postkarte aus Florida nicht mehr bei ihm gemeldet hatte. Spurlos war sie untergetaucht und hatte doch Spuren in seiner Seele hinterlassen. Der Stachel des Verlassenseins, das er mit seiner rechthaberischen Überheblichkeit selbst mit verschuldet hatte, saß immer noch tief. Doch anstatt sich seine eigenen Fehler einzugestehen und daraus andere Schlüsse zu ziehen, hatte er die Schuld nur bei den Frauen gesucht und sich in Selbstmitleid, Arbeit und schockierende Albträume geflüchtet. Sich selbst gegenüber das einzugestehen – das tat weh.

»Und heute stehst du am Rand von Spielplätzen, siehst den Müttern mit ihren Kindern zu und suhlst dich in deinem Selbstmitleid, anstatt den Arsch hoch zu kriegen«, ätzte seine innere Stimme. »Und Sabine? Du hast gar nicht den Mumm, dich ihr wirklich zu stellen!« Wütend knallte Ziether die Faust auf den Tisch, dass die Tasse hochsprang und der Löffel klackernd von der Tischplatte hüpfte. »Jetzt ist aber Schluss!«, knurrte er. »Schluss mit den Schuldzuweisungen und Schluss mit dem Selbstmitleid«. Er holte tief Luft, dann sprang er auf, kippte den Rest Kaffee in die Spüle und griff nach dem Telefon. »Es ist nie zu spät«, sagte er zu sich selbst und wählte Sabines Nummer.

6

Kai traute seinen Augen nicht. *Man muss auch mal Glück haben,* dachte er, als er die zwei Frauen am Schaufenster des Cafés vorbeilaufen sah. Anna-Laura und diese ... Susanne. Ganz ins Gespräch vertieft hatten sie das Innere des Cafés mit keinem Blick gewürdigt und Kai, der vor Überraschung wie angeklebt stocksteif auf seinem Stuhl sitzen geblieben war, gar nicht erst entdeckt.

Er sprang auf, legte einen Fünf-Euro-Schein auf den Tresen und wartete den Dank der jungen Rasta-Frau dahinter gar nicht erst ab. Jetzt hieß es, die beiden nicht aus den Augen zu verlieren, ohne dabei selbst entdeckt zu werden, bis sie sich hoffentlich irgendwo trennten und er Anna-Laura allein zur Rede stellen konnte.

Der Wismarplatz war nicht besonders groß und gesäumt von den Eckhäusern der angrenzenden Straßen. Kinder lärmten auf den Fußwegen herum, und der Autoverkehr auf der von dicht an dicht parkenden PKWs eingeengten Kopfsteinpflasterstraße auf der anderen Seite des Platzes bot einen ausreichenden Sichtschutz und eine entsprechende Lärmkulisse, sodass Kai unentdeckt bleiben konnte. Endlich schienen sich die beiden Frauen zu trennen, sie umarmten sich, und Susanne ging in die eine Richtung davon, während Anna-Laura rechts vor ihm in eine der Seitenstraßen einbog.

Kai grinste. »Na also. Geht doch«.

In all dem Lärm ging die kleine Drohne völlig unter, die hoch über ihm in der Luft stand und mit ihrer Kamera die beiden Frauen und ihn fest ins Visier genommen hatte. Kai folgte Anna in einigem Abstand. Er hätte sie auch jetzt schon einholen und ansprechen können, aber er wollte erst mal wissen, wohin sie wollte. *Ach, guck mal da,* dachte er, als sie in einem Kellereingang verschwand. Ein Internetcafé. Es dauerte eine gute Viertelstunde bis ihr Lockenkopf wieder aus dem Eingang auftauchte. Die Straße war ziemlich leer, und Kai, der sich an einen dicken Straßenbaum gelehnt hatte, trat ein paar Schritte vor und sah die Überraschung in ihrem Gesicht, als sie ihn erkannte.

»Kai? Was machst du denn ...«

»Ich muss mit dir reden, dringend!«, fiel er ihr ins Wort. »Lass uns ein paar Schritte gehen.« Er hakte sich bei ihr unter.

Anna war so überrascht, dass sich ihre Füße automatisch in Bewegung setzten. Zugleich sah sie sich suchend um, ob irgendjemand Auffälliges sie vielleicht beobachtete. Aber da war nur eine Frau mit Kinderwagen und ein Paketbote im gelben DHL-Dress. Trotzdem fühlte sie sich absolut unwohl und irgendwie beobachtet. *Das ist Paranoia*, dachte sie. Aber Martin war tot. Martin hatten sie auch gefunden und umgebracht. Und sie selbst konnte nicht mehr nach Hause. Sie schluckte. »Wie ... wie hast du mich gefunden?«

Kai spürte die Spannung, die von ihr ausging, und jetzt war auch diese Angst wieder da, die Angst, dass die, die ihn überfallen hatten, zurückkämen und vielleicht schon ganz in der Nähe waren. Er räusperte sich und versuchte, diese Angst wegzulachen, brachte aber nur ein schiefes Grinsen zustande. »War nicht so schwer«, meinte er nur. »Ich habe an Susanne gedacht. Das war sie doch eben, nicht wahr? Und dann hab ich mich auf die Suche gemacht.«

»Aber warum so? Du warst nicht mehr im Netz ...« Etwas war passiert. Da stimmte doch was nicht. Anna wurde ganz heiß. Und überhaupt. Kai wirkte auch irgendwie anders, anders als früher, okay, das war unter diesen Umständen wohl zu erwarten, aber irgendwie ... Sie konnte nicht fassen, was es war. Aber automatisch zog sie schon mal ihren Arm weg.

»Sie ... ich weiß nicht, wer, aber irgendwer hat mich in meiner Wohnung niedergeschlagen. Der Laptop ist weg und der Stick mit der Datei, wo ich ...«

»Niedergeschlagen?« Bei Anna schrillten jetzt sämtliche Alarmglocken. »Und da kommst du her und suchst mich?« Sie war stehen geblieben und starrte Kai fassungslos an.

»Ich kann nicht mehr nach Hause!« Jetzt heulte Kai fast. Nur mühsam konnte er den Impuls unterdrücken. Der Überfall, die Angst, seine Suche. Aber warum hatte er Anna gesucht? Die konnte ihm doch auch nicht helfen, oder? »Das Netz – ist das denn noch sicher? Was für einen Scheiß haben wir da bloß angefangen?« Kais Stimme war laut geworden, lauter als beabsichtigt, aber das musste raus, sonst würde er auf der Stelle hier und jetzt anfangen loszuheulen.

Anna holte tief Luft, um wieder klar denken zu können. Es half ja nun nichts, wenn sie hier beide anfingen, am Rad zu drehen. Ihr Gehirn arbeitete auf Hochtouren. »Also. Jetzt mal ganz langsam und von vorn.« Sie hakte sich wieder bei ihm unter und zog ihn mit sich fort. Nur nicht auffallen, nicht stehen bleiben und jede sichtbare öffentliche Szene vermeiden. »Du bist nicht mehr ins Netz gegangen, weil sie dein Notebook geklaut haben. Und welche Datei ist auf dem Stick? Doch nicht die, die du löschen solltest, oder?« Sie sah in Kais Gesicht und wusste die Antwort schon. Die Datei mit ihren Klarnamen und Adressen, er hatte sie also doch aufgehoben.

»Das ist nicht so, wie du denkst.« Kai war schon wieder kurz vorm Heulen.

Anna drückte seinen Arm fester und zwang ihn sich zu beruhigen. »Das ist nur die Datei vom ganzen Jahrgang an der Uni. Da sind unsere Adressen auch bei, klar. Die wegzulassen, das wäre doch oberblöd gewesen, es hätte doch jeder gleich gemerkt, dass gerade die fehlen. Die habe ich gebraucht für die Rundschreiben der Fachschaft ... Scheiß auf die Datenschutzverordnung, weißte noch?«

Anna seufzte. Klar wusste sie das noch. Der Versuch, die Datenkraken im Netz mit allen möglichen Daten vollzumüllen und sich in diesem ganzen Chaos mit den eigenen Absichten zu verstecken, war eine schöne Idee gewesen, aber leider falsch. Wenn ein modernes Programm Millionen Daten in Millisekunden durchforsten und in immer neuen Variationen zusammenstellen konnte, war dieser Versuch absolut hirnrissig. Aber Kai, der naive Kai, er hatte diese wahnwitzige Idee trotz aller eindeutigen Beweise nicht aufgegeben. Immer noch nicht. Trotz seiner gegenteiligen Beteuerungen.

»Was?«

»Ich hab gemeint ...«, riss Kai sie aus ihren Gedanken, »was soll ich denn jetzt machen? Ich kann nicht zurück. Und wie soll's weitergehen? Die waren doch schon einmal bei mir und finden mich überall wieder.«

Genau das war das Problem, eins ihrer Probleme. Und nun kam er zu ihr, ausgerechnet! »Ich kann auch nicht zurück. Jedenfalls vorläufig nicht. Ich hoffe nur, meine Mutter gibt keine Vermisstenanzeige auf. Mein Handy hab ich schon entsorgt. Und ich war seit Tagen nicht am Geldautomaten. Susanne zahlt im Moment alles. Auf Dauer geht das so nicht weiter, klar. Aber erst mal suchen wir gemeinsam eine Lösung. MADDEX ist da schon dran. Aber bis dahin müssen wir die Füße stillhalten. Kannst du irgendwo hin? Bei mir ... also bei Susanne kannst du ja nicht auch noch mit einziehen.«

»Mmh.« Kai ließ ein zustimmendes Brummen hören. Offensichtlich hatte er wieder etwas Mut gefasst.

»Kohle hast du noch?«

»Ja. Ich hatte noch was gebunkert. Das reicht 'ne Weile.«

»Gut.« Anna nickte. »Mit der Datei, das muss ich den beiden andern sagen. Du verhältst dich still. Wir treffen uns ... sagen wir mal nächste Woche, gleicher Ort, gleiche Zeit, hier. Okay?«

Kai nickte.

Anna hatte sich jetzt von ihm gelöst. Sie waren an der Kreuzung mit der nächsten Querstraße angekommen. Sie nickte ihm noch einmal zu, dann drehte sie sich weg und eilte die Querstraße entlang. In ihrem Kopf überschlugen sich die Gedanken.

Kai blickte ihr nach, ihm lag noch eine Frage auf den Lippen. Das Internet-Café, hatte sie mit den beiden anderen Kontakt gehabt? Fast hätte er ihr nachgerufen, unterließ es aber lieber. Mit einem Seufzen drehte er sich um und machte sich in die entgegengesetzte

Richtung davon. Gut. In einer Woche. Hoffentlich war bis dahin dieser Albtraum vorbei, sprach er sich selbst Mut zu, aber in diesen Gedanken mischte sich eine gehörige Portion Zweifel, die ihm den Schweiß aus den Poren trieben. Irgendwo ganz innen drin wusste er, es würde nie wieder so sein können, wie vorher. Niemals wieder. Er beschleunigte seine Schritte und drückte energisch die Tränen weg.

check gesichtskennung ...

schell, susanne, geb. 17. mai 1993 in bln-charlottenburg, Abitur 30. Juni 2011, freiw. oekolog. jahr in der provence (frankreich) arche-hof, led., seit ws 2014 eingeschr. fh bln., stud. pharmakol., aktuell vorb. BA., wohnort: bekannt, check freundeskreis ... check fotos u. freunde in soz. netzw., check kontodaten ... finanzentwicklg ... drei Jahre ..., check telef. ... handykontakte ..., check internetaktivitaet ... stop erstelle persoenlichkeitsprofil ...

Das kleine weiße Quadrat auf dem Bildschirm blieb in der letzten Zeile stehen und blinkte. Dann raste es los und schrieb Zeile für Zeile, Seite für Seite den Bericht. Der Mann, der vor dem Bildschirm saß, hatte die Hände vor seinem voluminösen Bauch gefaltet und schlug nun wie im Takt der Maschine die Daumen gegeneinander. »Na, dann woll'n wir mal«, dachte er laut und gab ein: *check gesichtskennung ... Anna Schneyder ...*

Sabine Meiring hatte nicht schlecht gestaunt, als Ralf Ziether in ihrem Büro in der Innsbrucker Straße in Schöneberg aufgetaucht war. Das Immobilienbüro Martens bewegte sich im hochpreisigen Segment des Berliner Immobilienmarktes, und Paul Martens, ihr Chef, hatte mit dreißig Jahren Berufserfahrung ein Gespür für die Vorstellungen und Bedürfnisse seiner gut betuchten Kundschaft.

Schließlich hatte er vor zehn Jahren begonnen, gemeinsam mit einer Projektentwicklungsgesellschaft genau die Villen und Eigentumswohnungen bauen zu lassen, die diesen Wünschen möglichst entsprechen sollten. Sein beruflicher Erfolg gab ihm recht. Dass ein Berliner Beamter der gehobenen Laufbahn in seinem dezent teuer eingerichteten Büro auftauchte, gehörte wohl zu den absoluten Ausnahmen.

Martens hatte gerade den Kopf aus der Tür seines Büros gesteckt, als Ziether vor Sabine Meirings Schreibtisch aufgetaucht war und sich diskret wieder zurückgezogen. Der Ausdruck im Gesicht seiner Angestellten war eindeutig gewesen. Dieser Termin war nicht vorgesehen und ... privater Natur.

Jetzt saßen sich die beiden im *Osbili*, einem Kunstcafé in der Gustav-Freytag-Straße, gegenüber. Sabine hatte Ralf in ihrem kleinen Stadtauto mitgenommen. Auf der Fahrt, die nur ein paar Minuten dauerte, hatte keiner der beiden ein Wort gesprochen.

Ralf sieht nicht gut aus, dachte Sabine. Fast eine ganze Woche lang hatte sie nichts von ihm gehört und geschwankt zwischen Ärger, Sorge und einer sich schnell steigernden Nervosität. Was war denn bloß los? Irgendetwas Gravierendes musste passiert sein, das war ihr jetzt schon klar.

»Es tut mir leid, dass ich mich nicht eher gemeldet und dich stattdessen jetzt so überfallen habe.« Ziether setzte ein schiefes Grinsen auf. »Es geht mir nicht besonders, und ich habe mal wieder falsch gedacht. Ich habe mich nicht gemeldet, weil ich befürchtet habe ... ich hatte einfach Angst, was du von mir denkst, wenn ich mich so präsentiere.« Endlich war es heraus! Warum war es bloß so schwierig, die richtigen Worte zu finden?

Sabine musste unwillkürlich lächeln, obwohl ihr Tränen in die Augen stiegen. Er hatte sie schonen wollen und damit genau das Gegenteil erreicht, nämlich dass sie sich Sorgen machte und sich Fragen stellte, die sie nicht beantworten konnte, so sinnlose Fragen.

»Was ist denn los? Ich dachte, du weißt, dass du mir alles sagen kannst?« Sie widerstand dem Impuls, nach seiner Hand zu greifen, und sah ihm ins Gesicht.

Ziether räusperte sich. »Ehrlich gesagt, ich wollte dir gegenüber keine Schwäche zeigen. Aber dieser neue Fall ... Ich hatte früher schon damit zu kämpfen, die Bilder der Grausamkeiten loszuwerden, die ich Tag für Tag sehen muss, aber jetzt ...« Auf einmal war es ganz leicht. Ziether erzählte ihr alles, von seinen Albträumen, seinen Therapieversuchen und auch von seinem Aufenthalt in der Psychiatrie im vergangenen Jahr. Das hatte er noch niemandem erzählt. Und wie schwer es ihm fiel, all das zuzugeben, sich selbst gegenüber, und dann noch darüber zu sprechen.

Sabine hörte zu, stellte Fragen, nahm schließlich doch seine Hand und ließ ihn reden, bis alles heraus war. Am Ende lachte sie sogar: »Und du hast Angst vor Beziehungen, Angst dich einzulassen? Und was war das dann gerade?«

Konsterniert sah Britt Bredehorst auf ihr Handy. Seit ihrer Ankunft in Berlin hatte sie nicht mehr auf diese App geschaut Erstens hatte sie dafür absolut keine Zeit gehabt, so wie sich die Ereignisse hier überschlugen, und zum anderen ... »Sei ehrlich zu dir«, mahnte sie sich selbst. Sie hatte Richard und Paris einfach verdrängt, sich auf die Position der Verletzten zurückgezogen, des hintergangenen Opfers, und jedes Gefühl von Sehnsucht und Verlust damit überdeckt. Jetzt stand sie da, in dem kleinen Park in ihrem Kiez, auf dem Weg ins Büro und starrte auf das Display. Siebzehn Nachrichten hatte Richard ihr aus Frankreich auf die kleine Nachrichten-App geschickt, die sie beim Kurs gemeinsam benutzt hatten, die aber auch private Nachrichten untereinander zuließ. Siebzehn. War das nicht schon ein Fall von Stalking? Aber ihre Neugierde überwog. Und jetzt stand sie da und las – und all die Gefühle waren wieder da, Paris ... Das waren keine Stalker-Nachrichten. Richard, er vermisste sie, er erklärte noch einmal, was es mit der Nachricht von seiner Ex-Frau auf sich gehabt hatte, aber dann: *Ich habe keinen Grund für eine Entschuldigung, ich habe nichts getan, liebe Britt, gegen uns, gegen dich, aber es schmerzt mich, dass du gegangen bist, dass du fort bist ...* Und dann, in den nächsten Meldungen, die immer mit derselben Anrede begannen. *Liebste Britt, ich vermisse dich sehr, gerne möchte ich jetzt bei dir sein, ich will dir erzählen, was ich gerade mache, wie es mir geht ...* Dann schrieb er von Paris, von Nantes, seiner Arbeit, seinem Sohn und am Ende immer von seiner Hoffnung, dass sie ihm nah bleibe und er einmal wieder ihre Stimme hören, sie im Arm halten dürfe. Britt nahm nichts mehr von ihrer Umgebung wahr. Sie las und wischte eine vorwitzige Träne von ihrer Wange.

Es war bereits früher Nachmittag, als Ralf Ziether vor seinem Büro ankam. Er fühlte sich immer noch etwas derangiert, aber das Gespräch mit Sabine hatte seine Laune erheblich gebessert. Er musste auch mit Britt sprechen, über die Arbeit, seine unkontrollierten Rückzüge, ach, auch über ihr Verhältnis zueinander. Wenn er ganz ehrlich zu sich war, dann war er es doch, der ihr immer auswich.

Die Tür war verschlossen. Offensichtlich hatte Britt einen Außentermin. Na ja, er würde sie einfach auf ihrem Handy anrufen, sich aber zuerst einmal einen Überblick darüber verschaffen, was in der Zwischenzeit passiert war. Das konnte sicher nicht schaden.

Nachdem Ziether die Maschine für seinen obligatorischen Espresso in Gang gesetzt hatte, fuhr er sein Notebook hoch und sah sich die letzten Berichte an, die Piet Wieczorek und Dr. Schmalberg geschickt hatten, sowie die Anmerkungen seiner Kollegin. Sehr weit waren sie in ihren Ermittlungen noch nicht gekommen, und die Witwe von Simon Hartkamp hatte auch nichts Wesentliches über ein mögliches Selbstmordmotiv beisteuern können. Oder wollen, dachte er. Er erinnerte sich an die Bilder, die in seinem Kopf entstanden waren, als sie im Büro Hartkamps gewesen waren. Es war immer noch verstörend, dass diese Bilder plötzlich in seinem Bewusstsein auftauchten. Aber wenigstens hatten sie ein Gutteil ihres Schreckens verloren, vielleicht war er doch auf einem Weg der Gesundung? Jedenfalls hatte er sich mit den letzten Bildern, die wie Filme in seinem Kopf abgelaufen waren, einigermaßen arrangieren können. Er rief sie sich wieder ins Bewusstsein. Simon Hartkamp, der sich an seiner eigenen Krawatte erhängt hatte, für alle Welt sichtbar an der Außenseite des Fensters seines Büros. War es wirklich ein Selbstmord gewesen? Aber warum hatte er sich nicht einfach aus dem Fenster gestürzt? Ein Erstickungstod durch langsames Erdrosseln, in den Kriminalfilmen im Kino sah das alles zwar ernst aus, aber kein Mensch machte sich wirklich eine Vorstellung davon, wie es sein musste, mit zugequetschtem Hals vergeblich nach Luft zu schnappen, wenn die Blutzirkulation zum Gehirn aussetzte, der Kopf rot anlief und kein neuer Sauerstoff in die Lungen gepumpt wurde. Es war ein überaus qualvoller Tod. Ziether schüttelte den Kopf. Hatte Hartkamp sein Ableben wie einen Mord aussehen lassen wollen? Er fand einfach keine plausible Erklärung.

Kai Stanz hatte sich in der Jugendherberge eingemietet. Zwar musste er hier auch Angaben zu seiner Person machen und für 25 Euro einen neuen Jugendherbergsausweis kaufen, womit seine Daten im System des DJH für jedermann, der darauf Zugriff hatte, sichtbar waren, aber in der Stimmung, in der er sich jetzt befand, war ihm das alles egal. Eigentlich war Kai ein richtiger Nerd, so ohne Notebook, Handy und WLAN wusste er mit sich selbst nicht viel anzufangen. Auch seine ganzen Kontakte und seine Kommunikation, all das hatte er übers Netz abgewickelt. Jetzt war er plötzlich allein. Er hatte das Gefühl, in ein schwarzes Loch gefallen zu sein, das keine Grenzen kannte, keinen Halt. Mit einem Mal war da ein unglaubliches Kontingent an Zeit, und er hatte nichts, womit er sie füllen konnte. Lustlos saß er auf der Matratze in einem Familienzimmer mit vier Betten. Etwas anderes war nicht frei gewesen, und auch hier konnten noch weitere Übernachtungsgäste hinzukommen. Freie Zimmer in Berlin? Kaum vorstellbar. Draußen war bereits der späte Nachmittag über der Stadt hereingebrochen, die Sonne versteckte sich hinter einem milchig grauen Himmel, der gut zu seiner Stimmung passte. Das Rauschen der ersten Welle des Feierabendverkehrs drang durch das geöffnete Fenster. Kai lehnte sich mit dem Rücken zur Wand zurück. Jetzt, wo er gezwungenermaßen zur Ruhe kam, überfiel ihn eine unglaubliche Müdigkeit.

Als er erwachte, rieb er sich die kalten Arme. Um ihn herum war es schon dämmerig dunkel. Ein Fenster stand weit auf. Er brauchte einen Moment, um sich zu orientieren. Die Jugendherberge. Er war wohl eingeschlafen. Im Halbdunkel erkannte er, dass das Bett neben ihm bereits mit Bettzeug frisch bezogen war, jemand hatte einen Lederrucksack davor abgestellt. Die anderen Betten waren offensichtlich noch nicht belegt. Müde rieb er sich die Augen. Er hörte ein paar Schritte vor der Tür, sie wurde geöffnet, und ein großer Mann trat ein, das Handtuch wie einen Turban um den Kopf gewickelt. Er hatte eine verspiegelte Sonnenbrille auf, obwohl es schon ziemlich dunkel war. Aber solche eingebildeten Typen gab es überall, warum nicht auch in der Jugendherberge. Der Mann murmelte so etwas wie eine Begrüßung, ging an Kai vorbei, hockte sich hin uns begann in seinem Rucksack zu kramen, dabei fiel das locker um seinen Kopf gewundene Handtuch auf die Erde. Er kramte immer noch in seinem Rucksack und beugte sich tief hinunter, weil er das, was er suchte, nicht gleich finden konnte. Dann hatte er es wohl gefunden.

Eigentlich könnte Kai auch sein Bett beziehen. Es war vielleicht keine schlechte Idee, sich einfach mal richtig auszuschlafen. Sein Mitbewohner hatte sich jetzt ganz aufgerichtet und drehte sich zu ihm um. Kai erstarrte, als er die weiße Maske sah, die das Gesicht des Mannes verdeckte.

Piet Wieczorek strahlte mal wieder ein hohes Maß an Geschäftigkeit aus. Der rundliche Mittfünfziger war eigentlich immer in Bewegung, und selbst hier, in seinem kleinen Büro direkt neben dem Labor und den großen garagenähnlichen Untersuchungsräumen für Fahrzeuge und Tatorthinterlassenschaften jeglicher Art, zeugte der Schreibtisch mit seinen geordneten Aktenstapeln von den vielfältigen Aufgaben, die er mit seinem Team Tag für Tag zu bewältigen hatte.

Piet staunte nicht schlecht, als Ralf Ziether unangemeldet in seinem Büro aufkreuzte. Der hatte ihn gar nicht erst angerufen, sondern war gleich losgefahren, als ihn so allein im Büro das Gefühl überfallen hatte, er müsste mit jemandem von Angesicht zu Angesicht reden, bevor er sich wieder in seinen inneren Bildern verlor. Ziether hatte sich auf den unbequemen Stuhl vor Wieczoreks Schreibtisch gesetzt und fragte ihn ohne große Einleitung: »Habt ihr irgendwelche Hinweise darauf finden können, dass Simon Hartkamp bei seinem Ableben nicht allein in seinem Büro gewesen sein könnte?«

Piet kniff die Augen zusammen, als er seinen Kollegen von Mord I ansah. Da war doch wieder etwas im Busch, dachte er bei sich. Was hatte Ralf schon wieder im Kopf? Er schätzte seinen Kollegen von der Mordkommission sehr, fühlte sich ihm durchaus freundschaftlich verbunden, aber was in dessen Kopf vorging, war ihm ein Rätsel. Vor allem nach dessen schockierender Einweisung in die Psychiatrie überwog bei ihm die Sorge um Ziethers seelisches Gleichgewicht gegenüber dem Wunsch, mehr über dessen etwas schräge innere Gehirnwindungen zu erfahren.

»Was ist los, Ralf?«, fragte er ihn rundheraus.

Ziether räusperte sich. »Als wir am Tatort waren in Hartkamps Büro, da war ich mir sicher, dass es sich um eine Selbsttötung gehandelt hat, aber könnte es nicht auch sein, dass jemand etwas nachgeholfen oder Hartkamp in den Selbstmord getrieben hat?«

Wieczorek rieb sich über seine mittlerweile bis auf einen dünnen

Rand ausgeprägte Glatze. »Hm. Also natürlich haben wir im Büro noch andere Spuren gefunden. So gut kann keine Putzfrau sauber machen, dass nicht irgendwelche Haare, Fingerabdrücke und so weiter von anderen Besuchern zurückbleiben. Aber einen direkten Hinweis, dass eine Person unmittelbar mit der Selbsttötung in Verbindung gebracht werden könnte, haben wir nicht finden können. Es gibt ja auch keinerlei Kampfspuren. Die Leiche weist keine Abwehrspuren auf, wir haben bei ihr nur Spuren des Klebers an den Händen und so weiter gefunden. Wenn du eine Vermutung hast, musst du die schon konkretisieren, sonst kann ich dir nicht weiterhelfen.«

Ziether nickte. Dann rieb er sich über seine Stirn, als könne er so weitere Hinweise aus seinem Kopf abrufen. Aber da war nichts.

»Was ist los, Ralf?« *Was geht in deinem Schädel vor?*, dachte Wieczorek.

»Ich habe nichts Konkretes«, wich Ziether der Frage seines Kollegen aus. *Aber ich habe so ein Gefühl*, dachte er, sagte es aber lieber nicht. Auch wenn er Piet als seinen Freund ansah: Der Aufenthalt in der Psychiatrie, obwohl er nur kurz gewesen und im Nachhinein durch den Ermittlungserfolg als verdeckte Maßnahme zur Täterermittlung bezeichnet worden war, hatte doch in der Berliner Kripo die Runde gemacht. Ziether hatte seitdem den Eindruck gewonnen, dass einige seiner Kollegen ihn mit anderen Augen ansahen und sich ihren Teil dachten, auch wenn niemand es offen aussprach. Und wenn doch, dann hinter vorgehaltener Hand und schon gar nicht zu ihm.

»Ich habe nur gedacht, ob jemand diesen Banker zum Selbstmord getrieben haben könnte. Noch wissen wir ja nicht viel über Simon Hartkamp. Aber wenn er nicht allein gewesen wäre in der Nacht in seinem Büro ...«

Wieczorek nickte. »Das nachzuweisen dürfte schwierig, vielleicht sogar unmöglich sein. Wenn dieser jemand wirklich da gewesen sein sollte, wird er darauf geachtet haben, keinerlei Spuren zu hinterlassen, außer es hat sich um eine Person gehandelt, die sowieso oft in Hartkamps Büro gewesen ist, dann ...« Er zuckte mit den Schultern.

Ziether war mit einem unbefriedigenden Gefühl vom Kriminaltechnischen Dienst zurück nach Berlin-Mitte gefahren. *Außer es hat sich um eine Person gehandelt, die sowieso oft in Hartkamps Büro gewesen ist.* Piet Wieczoreks letzte Äußerung ging ihm nicht aus dem Kopf. Irgendetwas war faul an diesem Selbstmord.

Im Büro traf er seine Kollegin an, die nachdenklich auf ihr Notebook starrte, als er hereinkam, deren Gesicht aber sofort einen kritischen Ausdruck annahm, als sie hochblickte und ihn ansah.

»Auch 'n Kaffee?«, versuchte Ziether einen unverfänglichen Anfang zu finden.

Aber Bredehorst schüttelte den Kopf. »Hatte ich eben erst.«

Ziether machte sich an der Espressomaschine zu schaffen. Als er sie in Gang gesetzt hatte, drehte er sich um und ging direkt zu seiner Kollegin hinüber, die sich wieder ganz auf ihren Bildschirm konzentriert hatte. »Können wir reden?«

Mit einem Seufzen wandte sich Britt ihm zu. Da war sie wieder, die Stirnfalte der Missbilligung.

»Es tut mir leid, Britt, wirklich. Ich habe …«

»Lass uns bitte über den Fall reden. Das ist mir im Moment lieber.«

Aus Britts Blick las Ziether eine Mischung aus Wut und Ablehnung, die ihn keinen weiteren Versuch unternehmen ließ, sich zu erklären.

»Also gut«, setzte er erneut an. »Dann bring mich doch bitte auf den neuesten Stand.«

Viel Neues gab es nicht mitzuteilen. Britt spukten immer noch die Nachrichten aus Frankreich im Kopf herum, aber sie riss sich zusammen und konzentrierte sich ganz auf den Fall. Die Wut auf ihren unzuverlässigen Kollegen überwog. Sie würde ihm nicht noch einmal auf den Leim gehen und sich auf ihn einlassen. Damit war jetzt Schluss!

Auch Ziether machte sich seine Gedanken und zog sich auf eine eher trotzige Position zurück. Bitte, wenn sie partout nicht wollte, auch gut. Dann sprachen sie eben über den Fall, oder die zwei Fälle.

»Bisher haben wir keinen Grund, von einem Zusammenhang zwischen Dreyer und Hartkamp auszugehen. Abgesehen davon, dass sie beide sozusagen mit Bankgeschäften zu tun hatten, gibt es offenbar keine wirkliche Verbindung.«

»Na ja, der eine ist Banker und der andere raubt sie aus. Wo soll da ein Zusammenhang sein? Oder hatte Hartkamp Einblick in die Sicherheitssysteme und konnte sich zum Beispiel die Administratorenrechte aneignen? Dann müsste es aber irgendeine Verbindung zwischen den beiden geben, oder? Aber das sollten wir erst mal überprüfen. Bis jetzt haben wir überhaupt keinen Anhaltspunkt. Weder für das eine, noch für das andere. Mein Vorschlag ist, dass wir uns aufteilen. Einer sucht noch einmal Hartkamps Frau auf, um mehr über mögliche Motive aus seinem näheren Umfeld herauszufinden, was für ein Mensch er war, ob er Depressionen hatte und so weiter ...«

»Mach du das. Du hattest doch schon Kontakt mit Frau Hartkamp«, meinte Ziether. »Ich werde diesem Dr. Mörker noch einmal auf den Zahn fühlen, ob Hartkamps Motiv mit seiner Arbeit zu tun gehabt haben könnte.«

Kai Stanz hatte keine Chance gegen den muskulösen, breitschultrigen Mann, der ihn im Familienzimmer in der Jugendherberge überfallen hatte. Sein Versuch, die Tür zu erreichen, war von vornherein zum Scheitern verurteilt gewesen. Hatte der Typ nicht den Schlüssel abgezogen und womöglich abgeschlossen? Kai war sich nicht sicher, vermutete aber, dass es so war, als der kräftige Typ ihn zurück auf sein Bett gerissen hatte. Mit wenigen brutalen Handgriffen hatte er ihn gefesselt und ihm einen breiten Klebestreifen über den Mund gepappt. Kai hatte Angst. Der Gedanke *Nicht schon wieder!* war sofort da gewesen – und die Angst, eine lähmende, fürchterliche Angst. Kais Blase hatte sich entleert, so stark war dieser Angstimpuls gewesen. Das taten alle Säugetiere in Extremsituationen, um sich darauf vorzubereiten, kämpfen oder fliehen zu müssen, aber an beides war hier überhaupt nicht zu denken. Der Mann mit der Maske packte in aller Seelenruhe seinen Rucksack aus. Zu Kais Füßen, gut sichtbar für ihn, der unbeweglich am Kopfende des Bettes mit dem Rücken an der Wand abgestützt dasaß, legte er all das hin, was er so auspackte. Kai sah eine Gartenschere, ein Messer, spitze stiftähnliche Teile, die ihn an ein Zahnarztbesteck erinnerten, und anderes, was nicht eindeutig zuzuordnen war. Jetzt holte der Maskenmann ein komplettes Spritzbesteck und ein braunes Glasfläschchen hervor und legte sie neben die anderen Gegenstände. War es möglich, dass sich seine Angst noch steigerte? Ja, es war möglich. Kai erfasste das nackte Entsetzen.

Jetzt sprach der Mann ihn mit einer tiefen, fast schon wohltönenden Stimme an, die nur durch diese verfluchte Maske gedämpft war. »Nun, Kai? Wollen wir uns ein wenig unterhalten? Ich glaube, dass all das, was du hier siehst, nicht notwendig sein wird. Das hoffen wir doch beide, nicht wahr?«

Kai schluckte hart, und wie automatisch nickte er.

»Schön. Sehr schön. In deiner Wohnung haben wir einen Laptop und einen Stick gefunden. Du erinnerst dich?«

Wieder nickte Kai. Dieser Mann war also bei dem Überfall dabei gewesen. Was wollte er denn noch von ihm?

»Nun. Es dauert wohl noch etwas, bis wir das Codewort deines Laptops herausgefunden haben. Diese Zeit könnten wir mit deiner Mithilfe sehr verkürzen. Und du hilfst uns doch, oder Kai?«

Kai unterdrückte krampfhaft ein Nicken. Er hörte zwar die Worte des Mannes, und die lösten auch etwas aus in seinem Kopf, aber die Angst, diese Angst ließ ihn nicht mehr klar denken.

»Auf dem Stick haben wir ein paar Dateien gefunden. Eine mit ganz vielen Namen, aus dem Studium, du erinnerst dich?«

Kai konnte den Maskenmann nur anstarren. Er war zu keiner anderen Reaktion mehr fähig.

»Ich glaube, dass unter diesen ganzen Namen und Adressen auch die deiner Freunde sind, deiner besten Freunde, die, mit denen du die Banküberfälle begangen hast.« Die Stimme des Mannes hatte einen scharfen Unterton angenommen. Sein Maskengesicht war auf einmal ganz nah. »Du wirst mir diese Namen sagen. Alle! Wenn du lügst oder nicht alles sagst, werde ich nachhelfen, und wenn das nicht genügt ...« Er machte eine Pause. Kai konnte den zischenden Atem des Mannes hören. »Dann nehme ich die Maske ab. Was das bedeutet, sollte dir klar sein.«

Dann nehme ich die Maske ab! Kai wollte schreien, aber kein Ton kam über seine Lippen. Wenn der Mann ihm sein Gesicht zeigte, dann ... dann würde er sterben.

Als Ziether aus der Bankzentrale wieder ins Büro kam, war seine Kollegin schon da. Sie hatte ihren Stuhl zum Fenster hin gedreht und sah hinaus in den Himmel, der von einem leuchtenden Abendrot überzogen war. Er trat neben sie und folgte schweigend ihrem Blick. Der Anblick von hier oben war wirklich überwältigend. Eben im Auto hatte er das gar nicht so wahrgenommen. »Wunderschön«, murmelte er, mehr zu sich selbst.

Seine Kollegin schien erst jetzt zu registrieren, dass er neben ihr stand. Sie seufzte, blickte noch einen Augenblick hinaus, dann wandte sie sich zu ihm um. »Warum müssen wir uns mit so viel Gewalt und Elend herumschlagen? Manchmal zweifle ich wirklich an der Menschheit.« Sie wartete keine Antwort ab, sondern stand auf und ging zur Stellwand hinüber, auf der sie die bisherigen Ermittlungsergebnisse zu beiden Todesfällen aufgelistet hatten. »Ich habe mit Frau Hartkamp lange gesprochen«, meinte sie. »Wenn man ihr Glauben schenken darf, war in der Familie alles in Ordnung, hatte Simon Hartkamp keine Feinde, und psychisch labil war er auch nicht. Es gibt demnach überhaupt kein Motiv für einen Suizid.«

»Und? Glaubst du ihr?«

»Ich weiß nicht. Das ist mir alles zu perfekt, zu rund, zu ...«

»Sauber?«

Britt nickte. »Und die Bank?«

Ziether zuckte mit den Achseln. »Dasselbe. Ein verdienter, zuverlässiger Mitarbeiter, verantwortungsvoll, angeblich aber ohne irgend einen Fehler. Unglaublich eigentlich.«

»Das hat Dr. Mörker gesagt?«

Ziether nickte.

»Und? Glaubst du ihm?«

Ziether schüttelte den Kopf. »Es muss ein Motiv geben. Ein Banker, der sich für alle sichtbar an der Außenfassade der Bankzentrale aufhängt. Das stinkt doch zum Himmel! Im Übrigen war mir dieser Doktor ein Stück zu glatt, zu eloquent.«

»Mhm.« Nachdenklich steckte Britt ihren Kuli in den Mund. »Aber wie kriegen wir das raus? Wenn Hartkamp Dreck am Stecken hatte, kann Mörker das vertuschen?«

»Das habe ich mich auch schon gefragt. Aber ohne irgendein klitzekleines Indiz kriegen wir weder einen Durchsuchungsbeschluss noch Einsicht in die Konten, für die Hartkamp verantwortlich gewesen ist.«

»Das heißt, dieser Doktor hätte genügend Zeit, alles Mögliche zu unternehmen, um Spuren zu beseitigen.«

»Lass uns mit Niemann sprechen. Vielleicht hat der eine Idee.«

»Wenn du meinst. Aber viel Hoffnung habe ich da nicht.«

Oberstaatsanwalt Niemann hatte zum Glück ein offenes Ohr für die beiden Kriminalbeamten. Anders als Dr. Middelberg wusste er die Arbeit und die Arbeitsbelastung der beiden Kollegen zu schätzen.

Als Bredehorst und Ziether ihm den aktuellen Sachstand geschildert hatten, wiegte er zunächst nachdenklich den Kopf hin und her.

Dann rief er doch im Gericht an und erreichte nach einigem Hin und Her, dass für Dr. Mörker und Frau Hartkamp eine Telefonüberwachung für 72 Stunden eingerichtet wurde. Zum Glück ließ das neue Polizeigesetz dies in solchen Verdachtsfällen zu. Aber nach einer weiteren Durchsuchung von Hartkamps Büro und Wohnung fragte Niemann erst gar nicht. Für eine Sicherstellung sämtlicher elektronischer, datenmäßig erfassten Vorgänge der letzten Tage oder gar eine Einsichtnahme in interne Vorgänge der Bank reichten die vagen Angaben der Beamten nicht aus. Dies erreichen zu wollen, war beim aktuellen Ermittlungsstand völlig hoffnungslos.

Noch am selben Nachmittag installierte ein Kollege vom technischen Dienst das Mitschneidemodul auf den Notebooks der beiden Kommissare. Ziether erinnerte sich an die große Tonbandmaschine, die früher mitten im Büro aufgestellt werden musste. Aber der technische Fortschritt hatte auch hier vieles vereinfacht. Morgen früh, dachte er, brauchte er nur das Modul aufrufen, sich mit seinem persönlichen Code einloggen, und schon konnte er sich sämtliche Gespräche anhören, bestimmte Stellen markieren und kopieren. Eine echte Erleichterung war das.

Die Abenddämmerung war bereits über Berlin hereingefallen, als Ziether und Bredehorst ihre Jacken schnappten und das Büro verließen. Beide schienen mit sich selbst beschäftigt und wechselten kaum ein Wort miteinander. An ihnen nagte der unbefriedigende Ermittlungsstand. Aber da war auch etwas anderes. Erstmals seit langem herrschte zwischen Ihnen eine greifbare Sprachlosigkeit.

Ob er irgendetwas geträumt hatte? Daran konnte sich Ralf Ziether nicht erinnern. Er hätte Stein und Bein geschworen, dass er in dieser Nacht nicht von den dunklen Eingebungen seines Nachtalbs verfolgt worden war. Zumindest stieg er aus einer tiefen, schwarzen Leere auf, tauchte auf aus diesem unnennbaren Zustand der absoluten Selbstvergessenheit, als seine Ohren ihm das Schnarren des Handys auf seinem Nachttisch meldeten.

Er brauchte ein Moment, um sich im Nachtdunkel des Schlafzimmers zu orientieren, sein Blick nahm zunächst völlig desorientiert den grellen, viereckigen Lichtfleck des Displays wahr, der sich, begleitet vom enervierenden Schnarren neben ihm, kreisförmig herumdrehte.

Endlich kam sein Gehirn auf Touren, und er griff zu.

»Ziether«, meldete er sich verschlafen.

»Ziether? Hauptkommissar Ziether? Sie müssen herkommen, Unbedingt. Sofort!« Die Stimme tönte laut und schrill aus dem kleinen Lautsprecher.

»Wo muss ich hinkommen? Wer spricht denn da?« Ziether warf einen Blick auf seinen Wecker. Halb drei. Na super!

»Harnstorn. Hier ist Paul Harnstorn!« Der Bild-Reporter? »In meinem Auto. Ich … ich dachte, ich hätte etwas gehört und bin raus. Da drin sitzt jemand mit einer weißen Maske!«

Mit einem Mal war Ziether hellwach. »Wo? Wo sind Sie? Können Sie die Person erkennen. Was macht er?«

»Was er macht?« Harnstorn schrie jetzt fast in den Hörer. »Ich habe die Fahrertür aufgemacht und … und ihn erst gar nicht gesehen. Er sitzt auf dem Beifahrersitz und rührt sich nicht. Ich glaube, er ist tot.«

Schöneberg. Ziether hatte nicht vermutet, dass ein Redakteur bei der Bild-Zeitung sich ein Apartment in so einer schicken Wohngegend leisten konnte. Die dicken Kastanienbäume an der breiten Wohnstraße standen noch im dichten Laub, und es hätte eine ruhige, mondlose Nacht sein können, wenn nicht das zuckende Blaulicht der Streifenwagen gewesen wäre, das die Dunkelheit mit ihren kreisenden Lichtblitzen erhellte. In den schicken Villen und modernen, quaderförmigen Neubauten standen einige der Bewohner hinter den

Fenstern und beobachteten das nächtliche Schauspiel. Ziether hatte seine Kollegin nicht erreichen können, also sah er nun allein zu, wie der Rechtsmediziner sich über den Toten beugte und die Männer der Spurensicherung in ihren weißen Overalls herumwuselten. Scheinwerfer waren auf Harnstorns roten BMW und auf die Leiche gerichtet. Auch die Blitzlichter des Tatortfotografen waren nicht zu übersehen.

Ralf Ziether gähnte ausgiebig und schlüpfte unter dem Absperrband durch. »Hallo Doktor«, grüßte er müde. »Können Sie schon …« Er konnte ein weiteres Gähnen nicht unterdrücken. »Tschuldigung … was sagen?«

Schmalberg murmelte etwas Unverständliches, richtete sich auf und meinte: »Manchmal hasse ich diesen Job. Nicht wegen der unmöglichen Einsatzzeiten … übrigens guten Morgen, Herr Hauptkommissar«. Er schenkte Ziether ein müdes Lächeln. »Sondern wegen solcher Opfer wie diesem hier. Ich schätze den jungen Mann auf Mitte bis Ende zwanzig. Gepflegtes Äußeres, gut gekleidet. Der hatte doch noch alles vor sich.«

Dass Dr. Schmalberg ihm einmal ein Lächeln schenkte – und das auch noch in dieser Situation. Aber Ziether nahm den leicht melancholischen Zug im Gesicht des Doktors wahr. So ganz aus Eis war er wohl doch nicht. »Ja, guten Morgen. Da kann ich Ihnen nur zustimmen. Manchmal frage ich mich …«

Der Gerichtsmediziner unterbrach ihn und meinte wieder ganz geschäftsmäßig: »Genickbruch. Dadurch ist der junge Mann ums Leben gekommen. Und da er in einem ruhenden PKW aufgefunden wurde, können wir wohl von der Anwendung äußerer Gewalt ausgehen. Bisher habe ich keine Abwehrspuren oder weitere Verletzungen finden können. Das muss ich mir nachher erst mal genauer ansehen. Irgendwas werde ich schon finden. Niemand lässt sich so einfach …«

Hatte der Doktor wirklich geseufzt? Ziether meinte, er müsste sich verhört haben.

Schmalberg räusperte und erhob sich. Jetzt stand er Ziether vis-àvis gegenüber, aber seine Mimik zeigte im grellen Scheinwerferlicht keinerlei Regung. »Diese Maske ...«, er hob einen durchsichtigen Beutel für Beweismittel hoch. »Wieczorek wird sie noch genauer untersuchen, aber es könnte sein, dass man sie dem Toten erst *post mortem* aufgesetzt hat.« Er hatte seinen Koffer schon in der Hand und setzte sich in Bewegung. »Ach ja«, meinte er im Weggehen. »Der Todeszeitpunkt dürfte so zwischen einundzwanzig und zweiundzwanzig Uhr liegen.« Damit war er schon aus dem Kegel der Scheinwerfer verschwunden.

Paul Harnstorn war immer noch hellwach. Vier Uhr. Die Polizei war längst abgezogen, zuletzt hatten sie seinen Wagen auf einen Tieflader gehoben und zur weiteren kriminaltechnischen Untersuchung mitgenommen. Die Straße lag wieder verlassen im frühmorgendlichen Dämmer, der den Ort in ein diffuses Licht tauchte. An Schlaf war nicht zu denken.

Was hatte er schon alles gesehen, Tatorte mit übel zugerichteten Leichen, grässliche Autounfälle, blockiert von einer sensationsgeilen, handybestückten Menschenmenge, durch die er sich hatte durchdrängen müssen, um überhaupt an das Objekt der begierigen Gaffer heranzukommen, aber selbst Betroffener zu sein, das war doch etwas ganz anderes. Das Bild der maskierten Leiche in seinem Wagen ging ihm nicht mehr aus dem Kopf. Allein der Gedanke an den Moment, wo er sie entdeckt hatte und vor Schreck zusammengefahren war, ließ ihn immer noch innerlich erzittern, trieb ihm den Angstschweiß auf die Stirn. Dass hinter dieser Aktion der Unbekannte steckte, der ihn mit Informationen über die Maskenbande versorgt hatte, stand außer Frage. Aber warum? Was hatte er getan, dass er jetzt so ins Blickfeld dieses Typen gerückt war?

Paul Harnstorn spürte zum ersten Mal eine konkrete Bedrohung, nicht diese unbestimmte, schwer greifbare Angst, die von Situationen ausgegangen war, die ihn im Rahmen seiner Arbeit zur Vorsicht gemahnt hatten, nein, diese Angst war greifbar und unmittelbar.

Harnstorn zuckte unwillkürlich zusammen, als sein Handy klingelte. Der Ton durchschnitt die Stille, scheinbar überlaut, riss ihn aus seinen Gedanken. Aber die Angst blieb. Ein unbekannter Anrufer. Harnstorn nahm das Gespräch an.

»Sie haben mein Geschenk erhalten, wie ich sehe.« Die Stimme. Das war er, der Unbekannte! Harnstorn konnte nicht antworten, er war wie erstarrt.

»Die Polizei geht bei Ihnen ja ein und aus. Vielleicht wäre es gut, die Art dieses Kontaktes noch einmal zu überdenken.«

Aufgelegt. Der Unbekannte hatte einfach aufgelegt. Mit zittrigen Fingern griff Harnstorn nach einem Stift und schrieb auf, was der Anrufer gesagt hatte. Dann las er die Zeilen noch einmal. Die Botschaft war unmissverständlich. Man beobachtete ihn und wusste von den Besuchen der Beamten in der Redaktion. Aber wie viel wusste der Unbekannte wirklich über den Inhalt der Gespräche und womöglich über die Weitergabe des Materials an die Kriminalpolizei?

Harnstorn musste schlucken. Jetzt war er selbst in den Fokus dieses Verbrechers gerückt. An Schlaf war in dieser Nacht nicht mehr zu denken.

7

Zwei Stunden hatte die Sitzung gedauert. Zwei Stunden, die Dr. Mörker für den Rest seines Lebens nicht vergessen würde. Der schmierige Anwalt aus dem Frankfurter Westend war dieses Mal nicht allein gekommen. Sein Begleiter, ein junger Mann mit Hornbrille und fettigen Haaren, die er straff nach hinten gekämmt und zu einem dicken Zopf zusammengequetscht hatte, sah in dem grauen Anzug so deplatziert aus wie ein schlechter Schauspieler, der vergeblich versuchte, die Rolle eines seriösen Geschäftsmanns auszufüllen. Wakowiak, der Anwalt, hatte genau gewusst, dass er am Ende war, dass er, der Jurist, sein letzter Strohhalm war, an den er sich noch klammern konnte. Und genauso war sein *Angebot* auch gewesen.

Dr. Mörker würde auch diese Krise überstehen und die Innenrevison keine besonderen Auffälligkeiten mehr feststellen können. Er würde seine Position behalten, seinen makellosen Ruf. Aber um welchen Preis? Wer immer hinter diesem Anwalt stand, die Interessengruppe, die ihn beauftragt hatte, darüber hatte er geflissentlich geschwiegen. Woher wussten sie nur so genau Bescheid über seine Malaise? Dass Hartkamp sich verspekuliert und umgebracht hatte, dass der Bank ein hoher Schaden entstanden war, all das hatte ihm dieser Wakowiak ohne mit der Wimper zu zucken ins Gesicht gesagt. Welche Interessen dessen Auftraggeber verfolgten, war schnell klar gewesen. Das waren keine Saubermänner, sondern Leute mit Geld, viel Geld, die lieber im Verborgenen blieben. Jeder honorige Kaufmann oder Banker hätte diesen Anwalt achtkantig rausgeschmissen, nachdem er ziemlich unverblümt die Interessen seiner Auftraggeber wiedergegeben hatte.

Dass er sich auf dieses *Angebot* einlassen musste! Mörker war immer noch wie betäubt. Aber es war der einzige, der letzte Ausweg, der ihm noch blieb. Innerlich verfluchte er Simon Hartkamp, der ihm das alles eingebrockt hatte. Und sich selbst, seine falsche Risikoabwägung. Das schnelle Geld hatte er machen wollen, hatte sich blenden lassen von den unglaublichen Renditeaussichten. Warum hatte er nicht rechtzeitig die Notbremse gezogen? Mörker tupfte sich den Schweiß von der Stirn.

Wakowiak hatte ungerührt den Vertag aus seiner Aktentasche gezogen. Er brauche ihn nicht *en detail* zu lesen, hatte er gemeint. Es sei sowieso nur eine Formalie und seine einzige Chance. *En detail* – so ein Idiot! Er hatte unterschrieben. Natürlich hatte er unterschrieben. Was denn sonst!

Dieser angebliche Mitarbeiter Wakowiaks, ein EDV-Spezialist. Mörker hatte sich ins System eingeloggt und dann dem anderen seinen PC überlassen müssen. Der hatte in aller Seelenruhe den Stick in den USB-Port geschoben und dann auf der Tastatur herumgehackt wie ein auf Hochgeschwindigkeit eingestellter Roboter, während über den Bildschirm die grün beleuchteten Zahlenkolonnen gewandert waren. Die Verluste aus Hartkamps Transaktionen waren auf einmal überschaubar gewesen, nur noch geschätzte Fünfzigtausend Euro. Ein Fehlbetrag, den die Bank mit ein paar Aktiengeschäften in Minutenschnelle würde ausgleichen können. Das, was der Typ da irgendwie hingekriegt hatte, nannte man wohl eine besonders perfide, versteckte Bilanzfälschung. Verluste, die nicht mehr zu erkennen waren, verschoben in irgendein nicht auffindbares Nebenkonto. Mörker hatte die schnellen Transaktionen nicht mal ansatzweise nachvollziehen können. Das war nicht irgendein Nerd, wie er gedacht hatte, das war ein Spezialist für hochkomplexe Bilanztricks.

Danach hatte dieser Schmierlapp den Stick gewechselt und eine neue Verbindung eingerichtet. Über Mörkers Account lief jetzt eine verdeckte Verbindung zu irgendeinem externen Rechner. Von dort würden ab sofort regelmäßig Transaktionen vorgenommen werden, Geldbeträge unterschiedlicher Höhe in das System der Bank einge-

speist, versteckt als seine Buchungen, die er im Rahmen der Anlage-
geschäfte für seinen honorigen Kundenkreis persönlich vornahm.
Fremdes Geld, verstecktes Geld, dreckiges Geld, dessen Herkunft im
Verborgenen lag und auch weiterhin liegen würde. Dafür, dass das
so blieb, trug er jetzt die Verantwortung. Er ganz allein.

Anna-Laura hatte keine gute Nacht hinter sich. Susanne war am
Abend nicht zuhause gewesen, Anna-Laura aber hatte sich trotz der
inneren Unruhe, die immer mehr zugenommen hatte, nicht aus dem
Haus getraut. Gerne wäre sie einfach raus und durch die Straßen
gelaufen, um sich abzulenken und müde zu werden, aber nach dem
Zusammentreffen mit Kai hatte sie sich davor gefürchtet, sich draußen herumzutreiben. Sie scheute die Menschen, die Öffentlichkeit,
ein paranoider Gedanke, der einfach zu stark war, als dass sie sich
hätte darüber hinwegsetzen können. Aber hier in Susannes Wohnung, wo nichts ihr gehörte, sie sich fremd fühlte, schien es, als würde
ihr die Decke auf den Kopf fallen. Allein hatte sie sich in dem kleinen Gästezimmer ins Bett verkrochen, allein mit ihrer Angst.
    Der Morgen hatte von Anfang an unter einem schlechten Vor-
zeichen gestanden. Sie hatte sich nicht getraut, Susanne zu sagen,
wie sie sich fühlte, hatte sich eher auf die Rolle der Beobachterin
zurückgezogen und meinte, dass sich Susannes Verhalten ihr gegenüber verändert hätte. Seltsam distanziert kam sie ihr heute vor.
Außer einer kurzen Begrüßung, als sie in der kleinen Küche aufeinander getroffen waren, hatte auch Susanne nichts gesagt. Schweigend saßen sie sich mit ihren Kaffeebechern gegenüber. Dann hatte
sich ihre Freundin auch schon verabschiedet, in die Bibliothek und
zu einer Sprechstunde mit ihrem Professor. Diese stille, fremde
Wohnung wurde ihr bald zu eng. Anna-Laura schnappte sich Jacke
und Umhängetasche, in der sie all ihre persönliche Habe außer Kleidung mit sich schleppte, und verließ das Haus.

Was für ein komisches Gefühl es war, durch die morgendlich belebten Straßen zu wandern, ohne Ziel, während um sie herum Menschen ihren Alltagsbeschäftigungen nachgingen. Kinder wurden mit dem Auto oder in Kindersitzen auf Fahrrädern in die Kitas gebracht, ein paar Schulkinder mit Ranzen auf den Rücken trödelten an ihr vorbei, ein Rentner zog einen Seniorenporsche zum nächsten Bäckerladen, junge Leute in ihrem Alter und jünger hasteten durch die Straße zur nächsten U-Bahn, alle mit den obligatorischen weißen Stöpseln in den Ohren oder dem Handy am Mund. Normalität.

Anna-Laura bewegte sich zwischen all diesem alltäglichen Leben und gehörte doch nicht dazu. Nicht mehr. Sie erreichte den nächsten Geldautomaten. Wäre gut, etwas Geld abzuheben und dann einzukaufen, sich abzulenken und zugleich Susanne gegenüber ein besseres Gewissen zu haben. Vielleicht könnte sie ja etwas kochen und den Tisch schön für sie beide decken? Sie steckte ihre Mastercard in den Schlitz und wartete. Einhundert Euro? Das würde erst mal genügen, dachte sie. Dann staunte sie nicht schlecht, als ihre Karte wieder ausgeworfen wurde. Die Meldung *Karte ungültig* erschien auf dem Bildschirm. Was war das denn? Sie hatte doch noch gar keine Eingabe gemacht. Nachdenklich blieb sie vor dem Gerät stehen. Der Geldautomat gehörte zu einer anderen Privatbank. Vielleicht konnte der die Karte nicht lesen. Das war ihr im Ausland ja auch schon mal passiert. Nervös kontrollierte sie ihre Karte, konnte aber keine Beschädigung feststellen. Irritiert und angespannt machte sie sich auf den Weg zur nächst gelegenen Postfiliale. Mal sehen, ob der Geldautomat dort ihre Karte akzeptierte.

In der Post, die gerade erst geöffnet hatte, musste sie sich in der Schlange vor dem Automaten anstellen. Sie konnte es kaum abwarten, aber so bekam sie wenigstens mit, dass das Gerät bei ihren Vorgängern funktionierte. Das war ja schon mal was. Doch als sie selbst ihre Kontokarte in den Apparat steckte, passierte das Unglaubliche. Der Geldautomat zog ihre Karte ein und meldete dann: *Ihre Mastercard ist abgelaufen* und gab die Karte nicht mehr heraus.

Jetzt stieg Anna-Laura die Hitze in den Kopf. Ungläubig starrte sie auf den Bildschirm.

Hinter ihr ertönte eine Stimme im feinsten Berlinerisch: »Na Frollein, jeht et denn nu ma weita?«

Anna-Laura nahm das kaum wahr, trat aber automatisch zur Seite und ließ den dicklichen Glatzkopf vor den Automaten treten. Dann stellte sie sich am Schalter der Postbank an, wo zum Glück nur noch eine Kundin vor ihr stand und irgendeine Überweisung tätigte. Als sie endlich dran kam, legte sie dem Mann hinter dem Tresen ihren Personalausweis vor und schilderte ihr Problem.

Der gab ihren Namen in seinen PC ein, blickte auf den Bildschirm und dann sah er sie so merkwürdig an. »Anna-Laura Schneyder?«

Sie nickte.

»Tut mir leid, aber eine Anna-Laura Schneyder habe ich hier nicht im System. Sie haben kein Konto bei uns.«

Es dauerte einen Moment bis sie begriff, was der Mann da zu ihr gesagt hatte. »Aber ... das kann doch nicht sein. Der Automat hat meine Karte geschluckt. Ich ...« Sie fürchtete, gleich hysterisch zu werden, das merkte man ihr wohl an.

»Moment ... ja, Frau Schneyder. Sie waren mal Kundin bei uns, das stimmt. Nach den mir vorliegenden Daten haben Sie ihr Konto aber vor zwei Wochen gekündigt. Deshalb hat der Automat auch Ihre Karte eingezogen. Die Mastercard hätten Sie ja bereits abgeben müssen.« Der Postangestellte hatte jetzt ein verständnisvolles Lächeln aufgesetzt. »Wollen Sie vielleicht ein neues Konto eröffnen?«

»Ein neues Konto ... aber das kann doch nicht sein. Ich habe doch gar nicht gekündigt.«

»Doch. Hier, sehen Sie selbst.« Der Mann drehte ihr den Bildschirm zu, auf dem jetzt der Scan eines Formulars zu sehen war: Kontokündigung – mit ihrer Unterschrift.

Hinter ihr standen bereits weitere Kunden, Hausfrauen mit Einkaufstaschen, ein Rentner. Zwar gab es diese gelbe Linie auf dem Fußboden für den Diskretionsabstand, aber Anna-Laura hatte das unbestimmte Gefühl, dass sie bereits ein gewisses Maß an Aufmerksamkeit erregte. Die Leute guckten zu ihr herüber, und am Nachbartresen, wo eine Postangestellte ein Paket auswog, schien man auch auf sie aufmerksam geworden zu sein. Sie nahm ihren Ausweis wieder an sich und sagte irgendwas, ohne wirklich ganz da zu sein, und verließ die Post. Auf der Straße vor der Tür musste sie sich erst mal auf die Stufen setzen. Jetzt begriff sie, dass sie kein Girokonto mehr hatte, keine Mastercard, kein Geld. Ihre Gedanken überschlugen sich: Sie hatte ihr Konto nicht gekündigt. Schon gar nicht vor zwei Wochen. Jemand hatte ihre Unterschrift gefälscht, die Kündigung zurückdatiert, ihr Konto manipuliert. Aber wer? Gestern. Das überraschende Zusammentreffen mit Kai. Die Adressdatei. Sie waren ihr dicht auf den Fersen, diejenigen, die auch Martin auf dem Gewissen und Kai überfallen hatten. Ganz dicht!

Müde saß Hauptkommissar Ralf Ziether in seiner kleinen Küche und versuchte, seine Gedanken zu ordnen. Er hatte bereits einen Becher starken Kaffee intus, aber diese bleischwere Müdigkeit wollte einfach nicht weichen. Von draußen kroch eine diffuse Morgendämmerung durchs Fenster, und das erwachende Berlin drang mit klappenden Autotüren, startenden Motoren und dem Gewese der ersten Fußgänger in seine kleine Mietwohnung.

Der zweite Tote mit dieser Maske.

Ausgerechnet dem BILD-Journalisten hatten sie die Leiche des jungen Mannes direkt vor die Nase gesetzt. Eine deutliche Warnung. Welche Ziele verfolgten die unbekannten Täter mit ihren Aktionen und der Manipulation der öffentlichen Meinung mit den exklusiv gelieferten Bildern und Aussagen? Was lief da im Hintergrund ab? Aber vor allem: Wie machten sie die Mitglieder der Maskenbande ausfindig? Wenn es sich bei den Opfern wirklich um Mitglieder der Bande handelte, was noch keineswegs feststand, wie kamen sie denen auf die Schliche, die Polizei aber nicht? Das lag völlig im Dunkeln. Wo lag der Ansatzpunkt, um das herauszufinden? Hoffentlich hatte der Mann vom LKA endlich die Festplatte von Martin Dreyer geknackt. So abgesichert wie die war, mussten sie dort doch fündig werden! Und der tote Banker? Die überfallenen Bankfilialen gehörten zu einer anderen Privatbank, also bestand da keine Verbindung. Und wenn doch, hatten sie die noch nicht gefunden.

Ziether gähnte herzhaft und reckte sich. Dann fuhr er doch ins Büro. Auf den Straßen waren jetzt nur die Frühaufsteher unterwegs. Der Hauptstrom der Pendler würde erst in den nächsten fünfundvierzig Minuten die Straßen und die U-Bahnen verstopfen. An der U-Bahnstation pries der Zeitungsjunge heute den Tagesspiegel an. Nicht die BILD-Zeitung, wunderte sich Ziether. »Toter Banker in Berliner Großbank – ein erstes Opfer der Börsenkrise?«, rief der kleine Libanese Ziether entgegen. Jetzt hatten die neue Finanzkrise mit Kursstürzen, die Verunsicherung der Märkte, der Geldautomatenraub und Hartkamps Selbstmord die Medien soweit inspiriert, dass auch bis dahin seriöse Zeitungen auf den Sensationszug aufsprangen. Ziether riss dem Jungen das Blatt fast aus der Hand. Dabei fiel sein Blick auf die Schlagzeilen der heutigen BILD-Ausgabe: Champions-League, die Brust-OP einer Opern-Diva, das leidige Verkehrschaos auf dem Berliner Ring. Nichts zu Börsen, Bankenkrise und Bankräubern, stellte er verwundert fest.

Der Tagesspiegel brachte nur ein Foto des Bankgebäudes, aber im Bericht steckten einige Informationen, die sie aus den Reihen der ermittelnden Polizei oder direkt aus der Bank erhalten haben mussten. Simon H. hatte demnach Selbstmord begangen, weil er als Verantwortlicher im Bereich Investmentbanking die plötzlichen Kursstürze nicht hatte voraussehen können und aus seinen bis dato sicheren Anlagen über Nacht hochriskante Investments geworden waren. Weitere erhellende Informationen enthielt der Bericht nicht, und im danebenstehenden Kommentar wurde nur allgemein auf die sich zuspitzende Krise der Weltwirtschaft und die Auswirkungen für die deutsche Wirtschaft eingegangen. *Jetzt rächt sich, dass nach der Lehman-Krise versäumt worden ist, eindeutige Regelungen in der WTO durchzusetzen und die Banken mehr in die Pflicht zu nehmen. Die Aushöhlung einer gemeinsamen Verantwortung für die Weltwirtschaft durch nationale Egoismen ...* Ziether ersparte sich den Rest. Das, was da in den letzten Jahren abgegangen war, offen in den USA, in Europa mit dem Brexit und dem Siegeszug nationalistischer Populisten in einer wachsenden Zahl von Mitgliedstaaten sowie verdeckt im Wirtschaftskrieg der Chinesen, das hatten doch alle gesehen und alle gewusst.

Im Büro fühlte er sich einsam und allein. Britt kam bestimmt erst um acht, wenn sie ihren Sohn für die Schule fertigmachte. Grübelnd saß er auf seinem Stuhl, vor sich den ersten kleinen Espresso. Britt. Ihr Verhältnis zueinander hatte sich verändert. Damals. Er hätte nicht mit ihr im Bett landen dürfen. Niemals. Aus einer Laune heraus war es passiert. Einfach so. Davor hatte er sich immer auf sie verlassen können, war nicht einmal enttäuscht worden. Aber heute strahlte sie diese Distanziertheit ihm gegenüber aus, und er fand einfach keinen Zugang mehr zu ihr. Er musste noch einmal mit ihr sprechen. Unbedingt. Das, was zwischen ihnen stand, musste sich doch klären lassen. Irgendwie.

Piet Wieczorek hatte in aller Herrgottsfrühe schon die Tatortfotos geschickt. Mehr war da noch nicht zu erwarten. Aber immerhin. Ziether druckte eins der Fotos des Toten aus und notierte dessen Namen daneben an der großen Pinnwand. Kai Stanz. Darüber setzte er den Namen Paul Harnstorn und zog eine Linie zu NN, dem unbekannten Informanten. Viel hatten sie nicht über diesen Kai. Er war in Bremen geboren und zum Studium nach Berlin gekommen. Er studierte BWL, genau wie Martin Dreyer, hatte sich aber erst vor gut einem Jahr an der Humboldt-Uni eingeschrieben. Das war ja schon mal eine Verbindung. BWL hätte er sicher auch in Bremen oder an einer Uni näher an seiner Heimatstadt studieren können. Warum gerade Berlin? Dort an der Uni mussten sie ansetzen und weitersuchen. Wie viele BWL-Studenten gab es da eigentlich? Bestimmt mehrere Hundert in den verschiedenen Semestern, dachte Ziether. Auch in den sozialen Netzwerken würden sie nachforschen. Vielleicht war da etwas zu finden. Stanz' Eltern lebten in einer Kleinstadt in Niedersachsen, an der Grenze Bremens.

Wenigstens der Besuch bei den Eltern blieb ihm so erspart. Obwohl ... das persönliche Umfeld rund um sein Elternhaus war natürlich auch von Belang. Kai Stanz war gerade mal etwas über ein Jahr in Berlin. Und dann schon Mitglied einer hochprofessionell agierenden Bande? Da mussten doch vorher irgendwelche Kontakte, Vorerfahrungen bestanden haben.

»Du, Mama.« – Wenn ihr Sohn sie beim Frühstückstisch so ansprach, wo er doch sonst eher verschlafen und einsilbig seinen Toast mit Nutella mümmelte, dann musste etwas Besonderes vorgefallen sein. Nichts wirklich Schlimmes, so wie damals, als er sich mit den Jungs aus der Parallelklasse geprügelt hatte, um seine Mutter zu verteidigen. In solchen Fällen sagte er gar nichts und zog sich zurück. Aber es musste etwas sein, was ihm wichtig war.

»Was denn, Nikki?« Britt bemühte sich, wie beiläufig zu antworten, und hantierte mit ihrem Frühstücksbesteck herum.

»Antoine hat mir geschrieben.«

Antoine, Richards Sohn? »Mmh. Was denn?«

»Er hat zwar mir geschrieben, aber du kannst das ruhig lesen.« Nikki reichte ihr sein Handy und stand auf. »Ich muss noch meine Sachen packen. Kannst du mir ja nachher wiedergeben.« Und damit verschwand er in seinem Zimmer.

Britt war irritiert. Antoine hatte ihm geschrieben ... Neugierig sah sie auf das Display des Handys und las.

Hallo Nikki,
jetzt sind wir schon zwei Wochen wieder in Nantes. Die Schule hat an-
gefangen. Bei dir auch? Ich habe mich für Deutsch angemeldet, aber
deine Sprache ist schwierig. Ihr seid so schnell abgereist, und wir
haben uns nicht verabredet. Papa und deine Mamam in Paris ... Papa
hat oft von deiner Mamam gesprochen. Ihm war nicht gut. Meine
Mamam ist auch in Nantes und Papa und Mamam haben miteinander
gesprochen. Ich hoffe, dass sie wieder zusammenkommen. Das ist mein
Wunsch. Aber ich will weiter mit dir Kontakt haben.
Melde dich bitte einmal.
Gruß
Antoine

Britt starrte auf das Display und vergaß, ihre Kaffeetasse abzustellen. Hitze stieg ihr ins Gesicht und ihre Gedanken überschlugen sich.

Nikki stürmte in die Küche, sie verabschiedete ihn, war aber nicht wirklich bei der Sache. *Ich hoffe, dass sie wieder zusammenkommen.* Britt schluckte schwer, legte das Handy auf den Küchentisch, griff wie in Trance nach ihrer Jacke und verließ die Wohnung.

Ziethers Telefon klingelte. Britt? Aber dann sah er, dass es sich um einen Anruf aus dem Ausland handeln musste, zwei Nullen am Anfang. Er nahm den Hörer ab.

»Ah, der Herr Hauptkommissar. Sind Sie auch mal wieder im Büro anzutreffen. Welch freudige Überraschung. Bisher hatte ich ja nur Kontakt zu Ihrer Kollegin. Ich hatte dringend darum gebeten, mich über den Stand der Ermittlungen auf dem Laufenden zu halten, per

E-Mail, die lese ich nämlich auch im Urlaub. Aber bis heute habe ich nicht eine Nachricht erhalten. Nicht eine, Herr Ziether! Was ist denn da los bei Ihnen? Ich lese den Tagesspiegel heute Morgen, die Online-Ausgabe, und erfahre alles aus der Zeitung, jetzt auch noch über den Selbstmord dieses Investmentbankers! Mit einem gewissen Maß an Verwunderung, muss ich sagen, großer Verwunderung.« Middelberg. Ausgerechnet! Der hatte ihm gerade noch gefehlt. »Wir stehen hier mitten in den Ermittlungen, Herr Staatsanwalt. Gerade mal vor ... Moment ... vier Stunden haben wir eine weitere Leiche dieser Geldautomatenbande aufgefunden. Zwischen dem Selbstmord des Investmentbankers, von dem Sie heute Morgen gelesen haben, und dieser Bande besteht nach heutigen Erkenntnissen kein ...«

»Herr Ziether«, fiel Middelberg ihm ins Wort. »Das mag ja alles sein, aber warum erfahre ich dann nichts?«

Weil du im Urlaub bist und uns in Ruhe lassen sollst, dachte Ziether, riss sich aber zusammen. »Wir haben erst gestern Nachmittag eine zeitlich befristete Telefonüberwachung für den Geschäftsführer der Bank und die Witwe des toten Bankangestellten einrichten können. Der Oberstaatsanwalt ist im Bilde. Ich muss mich jetzt wirklich um den Toten von heute Nacht kümmern, Herr Middelberg. Tut mir leid.« Damit legte er kommentarlos auf. *Dieser Idiot*, dachte er.

Britts Telefon hatte in der Zwischenzeit mehrfach geklingelt. Ziether wollte schon aufstehen und sich die Liste der entgangenen Anrufe ansehen, unterließ es aber. Seine Kollegin musste ja jeden Moment hier eintreffen.

Das Klingeln ihres Handys riss Bredehorst aus ihren Gedanken. Aber es war nicht ihr Kollege, sondern Dr. Schmalberg.

»Doktor?«

»Frau Hauptkommissarin. Würden Sie bitte bei mir in der Rechtsmedizin vorbeischauen?«

Es lag etwas ungewohnt Dringliches in Schmalbergs Stimme.

»Jetzt?«

Deutlich vernahm sie ein Aufseufzen des Doktors. »Ja, jetzt. Sonst hätte ich nicht schon zweimal bei Ihnen im Büro angerufen.«

Schmalberg hatte bereits die Leichen von Kai Stanz und Simon Hartkamp in den Sektionsraum geschoben und deren Oberkörper abgedeckt. Er winkte Bredehorst zu sich heran, die überrascht feststellte, dass beide Leichname auf dem Bauch lagen. »Hier! Schauen Sie mal!« Er wies auf den Haaransatz im Nacken von Kai Stanz.

Bredehorst beugte sich zu dem grauen Körper herab, der bereits die Kälte der Kühlkammer ausstrahlte, und sah eine kleine sternförmige, graue Narbe direkt am Haaransatz des Toten.

»Und jetzt hier!« Schmalberg war an den zweiten Sektionstisch herangetreten und wies auf eine Stelle am Hinterkopf des Toten, direkt zwischen dem rechten Ohrläppchen und dem Ohransatz. »Auch hier eine sternförmige Wundnarbe, sehen Sie?«

Bredehorst beugte sich folgsam vor und sah genau hin. Irritiert fragte sie: »Wer ist das?«, und wies dabei auf Stanz' Leichnam.

»Ach so …« Der Doktor wirkte jetzt leicht konsterniert. »Sie wissen ja noch gar nicht … Das ist Kai Stanz, ein junger Mann, den der Journalist Paul Harnstorn gestern Nacht vor seiner Haustür gefunden hat, in seinem eigenen Auto! Der Tote ist vermutlich durch einen gewaltsam herbeigeführten Genickbruch ums Leben gekommen. Der Leiche hat man diese weiße Maske aufgesetzt.«

»Ein Mitglied der Maskenbande?«

»Vermutlich ja. Jedenfalls habe ich die Leiche untersucht, und dabei ist mir diese Stelle aufgefallen. Und dann habe ich mir den toten Hartkamp noch einmal angesehen. Ich habe die beiden Stellen, zugegebenermaßen, erst gar nicht gesehen, aber dann … und hier …« Schmalberg holte vom Fußende des Rolltischs eine nierenförmige

Metallschale. »Das war bei dem toten Banker unter der Haut. Bei Kai Stanz hat man das kleine Ding wohl post mortem entfernt.« In der Metallschale lag ein lanzettförmiges, nur wenige Millimeter großes, glänzendes Metallstück. Schmalberg reichte Bredehorst ein Vergrößerungsglas.

Sie betrachtete den kleinen Gegenstand genau. Das war kein Metallsplitter, der von einer Nadel oder einem Metallstift abgebrochen und unter der Haut stecken geblieben war. Das Stäbchen war perfekt geformt und schien aus mehreren Einzelteilen zusammengesetzt zu sein. Ganz klein war eine Schrift aufgedruckt, eine Nummer, kaum zu erkennen.

»Sehen Sie das?«, fragte Schmalberg. »Ich habe den Fremdkörper und den Aufdruck darauf im Mikroskop vergrößert und abfotografiert.« Er reichte ihr eine Fotografie, auf der das kleine Metallstück enorm vergrößert war. Deutlich war eine Zeichenfolge aus Ziffern und Buchstaben zu erkennen.

»Was ist das?«

»Das müssen Sie wohl die Kollegen vom KD fragen«, konstatierte Schmalberg. »Auf jeden Fall muss ich den toten Hartkamp noch einmal genau unter die Lupe nehmen.« Er räusperte sich. »Dass ich das übersehen habe! Gut, der Haaransatz sitzt ziemlich tief, aber trotzdem ...« Das Ganze war Schmalberg sichtlich peinlich. »Ich werde mir die beiden Leichen noch einmal ansehen. Wenn aber beide gleichartige Fremdkörper unter der Haut getragen haben ...«

»Dann haben sie mehr miteinander zu tun, als wir bisher dachten. Ein toter Bankräuber und ein Investmentbanker ... Derjenige, der bei Stanz dieses Mini-Ding entfernt hat, muss auch genau gewusst haben, wonach und wo er suchen musste«, dachte sie laut.

»Das ist übrigens noch nicht alles.«

»Ja?«

»Kai Stanz hat am Kopf, zwischen dem Os parietale und dem Os occipitale«, Schmalberg zeigte auf den Hinterkopf des Toten, »ein ausgeprägtes Hämatom, etwa zwei, drei Tage alt, so wie es aussieht.«

»Also hat er sich kräftig den Kopf gestoßen oder ...«

»Oder er ist niedergeschlagen worden, genau.«

Bredehorst fuhr beim Kriminaltechnischen Dienst vorbei und traf direkt auf Piet Wieczorek, der bereits im weißen Kittel und mit Einmalhandschuhen bewaffnet in seinem Labor herumwuselte.

»Hallo Piet«, rief sie.

»Oh, hallo Britt. Moment ...« Wieczorek setzte sich wieder an das große Mikroskop, das an der Wand seines Büros zum Laborraum stand, wobei der Unterschied zwischen den Räumen für einen Außenstehenden nicht wirklich auszumachen war. »Hm«, meinte er. »Also doch.«

Britt wartete ab, bis er aufstand und sich ihr zuwandte. Währenddessen sah sie sich in dem geordneten Chaos um. Überall lagen zu untersuchende Gegenstände herum oder waren noch in Plastiktüten verpackt. Aber irgendwie hatte das auch alles eine eigene Ordnung. Sie musste lächeln. Wenn Piet Wieczorek erst mal an einer Sache dran war, dann war er so auf die Untersuchung fixiert, dass man ihn nicht ansprechen konnte, bevor er das, was er da tat, abgeschlossen hatte.

»Ich hatte an der Maske des ersten Toten eine spezifische Gummierung festgestellt, die als Verstärkung für die Löcher eingebracht worden ist, durch die das Halteband gezogen wird. Das haben die wohl gemacht, damit der Gummizug die Maskenlöcher nicht so schnell einreißen lässt. Und dasselbe Material findet sich auch an der Maske des zweiten Toten. Also liegt nahe, dass die Masken von ein und derselben Person so präpariert worden sind.«

»Der zweite Tote. Von heute Nacht? Ich war schon bei Schmalberg. Der junge Mann aus Harnstorns Auto.«

Wieczorek nickte. »Aber was führt dich denn zu mir? Das ist ja ein eher seltener Besuch.«

»Hier. Schau mal.« Sie reichte ihm das Foto und die Plastiktüte mit dem kleinen Metallstift. Piet betrachtete die Fotografie, dann nahm er auch den kleinen Gegenstand in Augenschein. »Ein merkwürdiges Ding. Woher hast du das? Schmalberg?«

Bredehorst erzählte ihm die ganze Story und konnte sehen, wie es in Piets Kopf anfing zu rattern.

»Das ist ja ein Ding«, meinte er nur. »Ich habe da eine Vermutung. Aber die muss ich erst überprüfen.« Damit wandte er sich ab. »Ach«, meinte er noch. »Fährst du jetzt ins Büro?«

Bredehorst nickte.

»Dann richte Ralf doch bitte aus, dass der Fachmann vom LKA sich heute weiter mit Martin Dreyers PC-Festplatten befassen wird. Er hat eine Idee, wie wir den Code endlich knacken können. Wenn das geklappt hat, melde ich mich.«

Was wussten der- oder diejenigen, die es geschafft hatten, ihr das Girokonto und ihr Geld zu nehmen, noch von ihr? Als Anna-Laura die Tragweite dieses Gedankens bewusst wurde, spürte sie Panik in sich aufsteigen. MADDEX, LeOn und Zonk, wie sollte, wie konnte sie die anderen warnen?

Fieberhaft dachte sie nach. Wenn sie sich auf der Plattform anmeldete, auch wenn sie einen bisher sicheren Zugang wählte, würde sie ihre Verfolger dann nicht direkt zu den anderen führen? So lange, wie sie nicht mehr herausfand darüber, was ihre Verfolger schon wussten, durfte sie kein Risiko eingehen.

Auf einmal fühlte sie sich schrecklich allein. Es dauerte lange, bis sie entschlossen die Tränen wegdrückte und sich auf den Weg machte. Zu Susanne zurück konnte sie nicht. In ihrem Portemonnaie hatte sie noch 53 Euro 47. Immerhin. Damit konnte sie erst mal den Tag überstehen, vielleicht auch mehrere Tage, wenn sie erst mal woanders untergetaucht war. Aber sie musste Susanne eine Nachricht hinterlassen. Einen Zettel im Briefkasten? Das musste vorerst genügen.

Anna-Laura versuchte strukturiert vorzugehen, einen Plan zu entwickeln. Das gab ihr Halt. Zielstrebig steuerte sie das kleine Internet-Café an. Sie hatte eine Flat-Karte, die nur im Abrechnungssystem des Betreibers registriert war. Da war noch genug drauf, um ein paar Dinge im Netz zu recherchieren.

Das Café war um diese Zeit menschenleer. Sie setzte sich an einen Eckplatz gegenüber dem Eingang, sodass sie selbst nicht gut zu sehen war, die Tür aber im Blick hatte. Der junge Mann hinter dem Tresen schaltete ihren PC frei, und sie konnte loslegen.

Als Erstes rief sie ihren Facebook-Account auf. Vielleicht konnte sie da eine kryptische Nachricht posten, um die anderen zu warnen. Die Verbindung war heute wieder sauschlecht. Es dauerte ewig, bis ihr Facebook-Profil endlich aufging. Aber was war das? 275 neue Nachrichten und über 500 Aktionen ihrer Freunde? Ganz oben auf der Seite war ein Video platziert. Was war das denn? Anna-Laura traute ihren Augen nicht. Eine nackte Frau und ein Mann. Die Frau. Das Gesicht. *Das bin ja ich!* Die beiden machten in ekelerregender Weise rum. Man konnte alles sehen. Alles! Und die Frau hatte ihr Gesicht. Am Ende des kurzen, abstoßenden Clips erschien eine Schrift. *So liebe ich es. Besorgst du es mir?* Dann erschien eine Telefonnummer. *030/...* Von ihrem Festnetzanschluss, zuhause, bei ihrer Mutter!

Anna-Laura war fassungslos. Sie konnte keinen klaren Gedanken mehr greifen. Da waren nur noch Wut und Ohnmacht. Mit halbem Auge nahm sie die Zahl der Kommentare wahr, 117 Kommentare und die Zahlen stiegen stetig an. Von *Igitt* und *Wie eklig bist du denn drauf?* bis *Echt geil!* und *Wahnsinn! Weiter so!* 50 User hatten den Hardcore-Porno geteilt.

Sie schluckte und spürte die Hitze in ihrem Gesicht. Ihre Augen füllten sich mit Tränen, Tränen der Wut und der Scham. *Das bin nicht ich! Welches Schwein hat diesen gefakten Film da reingestellt?*

Ihre Hände verkrallten sich an der Tischplatte. Dann holte sie tief Luft. Die Zahl ihrer Freunde war von über 500 auf 197 geschrumpft. Fast alle, die den Film gesehen hatten, hatten ihr die Freundschaft gekündigt. Dafür hatte sie jetzt Hunderte neue Anfragen, allesamt von Männern, die sie nicht kannte und auch nicht kennenlernen wollte. Und die Zahl stieg immer noch an. Während sie noch mit ihren widerstreitenden Gefühlen zu kämpfen hatte, schloss sich ihre Facebook-Seite. In breiten Lettern erschien die Nachricht: *Dieser Account ist derzeit nicht verfügbar und aufgrund unpassender Inhalte gesperrt.*

Sie stand auf, noch immer den Blick starr auf den Bildschirm gerichtet. Irgendwie bekam sie ihre Karte mit dem Restguthaben zurück und verließ das Internet-Café. Wie betäubt lief sie durch die Straßen, unfähig, das Geschehene in eine gedankliche Form zu bringen, mit der sie hätte irgendwie umgehen können. Das war zu viel! Einfach zu viel.

Sie fand sich vor einem Münzfernsprecher wieder, einem der wenigen noch verbliebenen öffentlichen Telefone, erneut vor der Post, wo das Drama des heutigen Tages seinen Anfang genommen hatte. Sie warf eine Münze ein und wählte die Nummer ihrer Mutter zuhause. Besetzt. Na klar. Da riefen doch jetzt all diese gestörten Typen an. Sie hängte den Hörer ein, nahm die Münze aus dem Schacht und sackte auf den Treppenstufen in sich zusammen. Wenn ihre Mutter jetzt an den Apparat ging ... Noch war sie ja auf ihrer Arbeitsstelle. Aber der Anrufbeantworter! Da sprachen doch jetzt diese ganzen Idioten drauf! Wenn ihre Mutter den nachher abhörte ... das ging doch nicht! Auf keinen Fall durfte sie das hören! *Aber ich, ich kann doch da nicht hingehen, nirgendwo kann ich hingehen.* Jetzt konnte sie die Tränen nicht mehr zurückhalten. Sie stützte den Kopf in die Arme und ließ ihrer Verzweiflung freien Lauf.

Als Britt Bredehorst in ihrem gemeinsamen Büro auftauchte, fand sie ihren Kollegen brütend vor seinem Notebook vor. Er hatte Kopfhörer auf, aber der Bildschirm seines PCs war schwarz. Nicht nur, dass sie es selbst schwer genug hatte mit ihrem pubertierenden Sohn, den alltäglichen kleinen Kämpfen und seiner Schulunlust, ihrer eigenen Gefühlswelt, die seit dem Parisaufenthalt ziemlich durcheinander war, nein, jetzt auch noch ihr Kollege. Konnte der nicht einmal, nur ein einziges Mal auch für sie da und stark sein? Warum um alles in der Welt war das so schwer?

Sie hatte wohl länger so dagestanden, ganz in ihre Gedankenwelt versunken. Erst jetzt schreckte sie hoch. Ralf hatte sie angesprochen.

»Was?«

»Ich sagte: Hallo Britt. Schön, dass du da bist. Es gibt eine Menge nicht unbedingt guter Nachrichten, aber ich ...«, Er hatte die Kopfhörer abgenommen und war aufgestanden, stand jetzt direkt neben ihr. »Ich war dir in letzter Zeit nicht gerade eine Stütze. Viel ist da schief gelaufen zwischen uns, nein, bei mir. Das tut mir leid.«

Dieser ernste Blick, mit dem er sie ansah. Es war unvernünftig und schwach, aber Britt konnte nicht anders und ließ sich einfach in seine Arme fallen.

Eine Weile standen die beiden einfach nur so da. Ziether fielen nicht die richtigen Worte ein. Er spürte nur ihren weichen Körper und schwankte zwischen fürsorglicher Zuneigung und erotischer Aufgeregtheit. Britt. Er kannte ihren Körper nur zu gut, auch wenn er dieses Gefühl bis jetzt erfolgreich verdrängt hatte.

Britt schwieg. Sie ließ sich halten und spürte die Erleichterung, die er ihr gab, indem sie sich einfach nur anlehnen und fallen lassen konnte. Nur keine Worte jetzt, nichts, was diesen Moment zerstören würde.

Ihr Telefon klingelte. Sie versuchte das enervierende Geräusch zu ignorieren, schaffte es aber nicht. Der Augenblick der Nähe löste sich auf.

»Bredehorst«, meldete sie sich.

»Piet hier. Das ist ja ein Ding! Eine echte Räuberpistole sozusagen.«
Piets Stimme überschlug sich fast vor Begeisterung. »Dieses kleine
Teil mit dem Nummernaufdruck. Im Netz habe ich nichts darüber
gefunden, aber der Kollege vom LKA hat sich an eine Schulung über
moderne elektronische Warenverfolgungssysteme erinnert. Das Ding
ist ein Minisender, den die Amis an Schweinen und anderen Groß-
säugern getestet haben. Kommt von der Army. Mit diesen Sendern
könnte man die Position jedes Einzelnen einer Eingreiftruppe bei
einem Einsatz im Feindgebiet orten und so besser koordinieren. Du
musst nur in nächster Nähe einen Sendeverstärker haben, um den
Empfang sicherzustellen.«

»Ein Minisender?«

»Ja. Wenn du zum Beispiel eine Drohne mit der entsprechenden
Software und einem Signalverstärker hast ...«

»Dann kannst du die gechipte Person jederzeit überall orten. Das
ist ja gruselig.«

»Ja, irgendwie Science-Fiction. Geht aber heute schon, wenn man
über die entsprechenden Mittel verfügt.«

Bredehorst war wieder voll auf den Fall fokussiert, als sie das
Gespräch beendet hatte. Die perfekte Überwachung. Jederzeit und
überall. Ein Horrorszenario wie aus einem Science-Fiction-Film und
doch schon heute Realität.

»Das heißt, wenn du irgendeinem diesen Minisender verpasst, kannst
du jederzeit den Standort bestimmen, wo diese Person sich aufhält.«
Bredehorst war immer noch etwas konsterniert.

»Übers Handy geht das ja auch. Du kannst ein Handy so aktivieren,
dass dein Standort sogar dann abrufbar ist, wenn du das Gerät ausgeschaltet hast. Solange der Akku noch Saft hat und deine Smart-
card sich noch am vorgesehenen Steckplatz befindet.« Nachdenklich
rieb Ziether sich über die Stirn. »Mit der entsprechenden Spy-Soft-

ware macht dir jeder Hacker aus deinem Smartphone ein Aufnahmegerät, das die Gespräche im Raum, in dem du dich befindest, an einen externen Empfänger überträgt.«

Bredehorst blickte nachdenklich auf die Pinnwand. »Handys kann man abstellen und weglegen, einen im Körper eingepflanzten Sender aber nicht. Aber bei Simon Hartkamp haben sie vergessen, den Sender zu entfernen. Oder sie hatten keine Gelegenheit dazu. Kai Stanz hatte auch eine frische, sternförmige Wundnarbe, fast an derselben Stelle.« Bredehorst kaute auf ihrem Kuli herum. »Zwei mutmaßliche Mitglieder der Bande sind tot. Der Banker hatte auch damit zu tun ... Wie findet unser Täter seine Opfer, stellt die Zusammenhänge her?«

»Darüber habe ich heute Morgen schon lange nachgedacht, bin aber zu keinem Ergebnis gekommen. Wo ist die Verbindung?« Ziether war neben Bredehorst vor die Tafel getreten. Mit einem Seitenblick stellte er fest, dass Britt immer noch den Kuli zwischen den Zähnen hatte.

»Ist was?« Sie wandte sich ihrem Kollegen zu.

Ziether musste den Blick abwenden und überging die Frage geflissentlich. »Die Verbindung. Wo liegt die Verbindung?«

Bis mittags waren sie bei ihren Nachforschungen doch ein gutes Stück vorangekommen. Die niedersächsischen Kollegen hatten sich gemeldet und von ihrem unerquicklichen Besuch bei den Eltern von Kai Stanz berichtet. Dessen Elternhaus war eine Doppelhaushälfte, moderner Klinkerbau in einer Einfamilienhaussiedlung in Achim, sein schulischer Werdegang mit Abitur auf dem Gymnasium in der Innenstadt ... Es gab absolut nichts Auffälliges zu berichten. Die Eltern waren schon auf dem Weg nach Berlin und würden am Nachmittag hier eintreffen.

»Ha!«

Britts Ausruf schreckte Ziether aus seinen Gedanken.

»Hier. Kai Stanz war auch als BWL-Student eingeschrieben, genau wie Martin Dreyer. Zwar erst im dritten Semester, aber dafür hat er sich gleich in der Fachschaft der Studierenden engagiert und er hat zusätzlich Kurse in Informatik belegt.«

Da war sie, die Verbindung. »Okay. Dann sehen wir uns jetzt mal seine Studentenbude an.«

Kai Stanz hatte mitten in der Stadt gewohnt, in einer kleinen Zwei-Zimmer-Wohnung im vierten Stock eines Berliner Mietshauses. Fast direkt vor dem Hauseingang fuhren quietschend die S-Bahnen um die Kurve, der S-Bahnhof Hackescher Markt war nur ein paar Hundert Meter entfernt.

Bredehorst und Ziether hatten sich die Wohnung vom Hausmeisterdienst öffnen lassen. Dann standen sie in dem kleinen Flur. Britt, die vor ihrem Kollegen eingetreten war, stoppte abrupt. »Hier!« Sie wies auf den verrutschten Teppich, ein schmaler Läufer, der Wellen geworfen hatte, eine Teppichecke war umgeschlagen. Sie wagte sich drei, vier Schritte vor und blickte in das erste Zimmer: der Wohn- und Arbeitsbereich. Der Fußboden war bedeckt mit dem Inhalt aus Schubladen und Schränken, das beige Sofa aufgeschlitzt. Sie griff zum Handy und rief den KD an.

Die beiden Beamten zogen noch im Flur die Schuhüberzieher und Gummihandschuhe an. Vorsichtig bewegten sie sich durch die Wohnung, immer darauf bedacht, möglichst keine Spuren zu verwischen. Zum Glück standen die Türen offen.

Ziether war vorsichtig ins Wohnzimmer getreten, während Bredehorst sich das Schlafzimmer vorgenommen hatte. In der kleinen Küche trafen sie wieder zusammen. »Was für ein Chaos«, meinte Ziether. »Da ist alles durchwühlt und durcheinandergeworfen worden.«

Bredehorst nickte. »Das Schlafzimmer sieht auch nicht besser aus.«

»Auf dem Schreibtisch im Wohnzimmer stand wohl mal ein Laptop. Die Kabel sind noch da. Im Schlafzimmer war auch nichts, oder?«

Bredehorst schüttelte den Kopf. »Nichts.«

Anschließend warteten sie im Hausflur, bis Wieczorek mit seinen Leuten anrückte, informierten ihn, dass in der Wohnung ein Laptop gewesen sein musste, und ließen den KD erst mal seine Arbeit machen.

»Einen Kaffee?«

Bredehorst nickte.

Ein paar Häuser weiter war eine Bäckerei. Von hier war es nicht mehr weit bis zu den Hackeschen Höfen. Ziether bestellte zwei Cappuccino, und dann standen sie da, in der nach dem ersten morgendlichen Ansturm nur von wenigen Kunden besuchten Bäckerei.

Er suchte einen neuen Anfang. »Du«, meinte er, während er seine Tasse umrührte, »brauchst du irgendwas von mir?«

Seine Kollegin blickte auf. Die Falte auf ihrer Stirn trat deutlich hervor. »Und wenn Kai Stanz den Täter in der Wohnung überrascht hat? Der hat ihn dann niedergeschlagen und ihm diesen Sender eingepflanzt, am Kopf, der sowieso brummte. Und dann haben der oder die Täter den Laptop mitgenommen ...«

Ziether seufzte innerlich auf. Na gut, dann eben nicht. »Ja, so könnte es gewesen sein. Aber warum dann noch der Mord, zwei Tage später? Wenn er den Einbrecher gekannt hat, hätte der ihn doch gleich erledigen können.«

»Vielleicht hat der Täter ihn nicht mehr gebraucht.«

Als sie zur Wohnung zurückgekehrt waren, war das Team vom KD immer noch dabei, Spuren zu sichern und das Chaos in der Wohnung zu durchwühlen.

Piet Wieczorek schüttelte gleich den Kopf. »Also der Laptop im Arbeitszimmer ist definitiv nicht mehr hier. Wir haben da auch Blutspuren gefunden. Die Spurenlage deutet darauf hin, dass jemand direkt vor dem Schreibtisch niedergeschlagen worden ist. Die ganze Wohnung ist völlig durchwühlt worden. Aber wenn ihr mich fragt, das sieht nicht danach aus, als ob die Schubladen und Schränke systematisch durchsucht worden sind. Für mich wirkt das so, als wollte der Täter eben diesen Eindruck erwecken.«

»Hm.« Ziether zog die Stirn kraus. »Du meinst, der Täter hatte vielleicht schon gefunden, was er gesucht hat, und dann die Wohnung auf den Kopf gestellt, um den Eindruck eines Einbruchdiebstahls hervorzurufen, nur völlig überzogen?«

Wieczorek nickte. »Genau. Das Ganze sieht aus wie eine Inszenierung, um vom eigentlichen Geschehen abzulenken.«

Nachdenklich fuhren Bredehorst und Ziether zurück ins Büro. Auf der Fahrt klingelte Bredehorsts Handy. Es war der Gerichtsmediziner, der grußlos mitteilte: »Die chemischen Analysen sind noch nicht ganz durch, aber eins steht schon mal fest. Stanz wurde vor seinem Tod ein Drogencocktail verabreicht, der ihn völlig außer Gefecht gesetzt haben muss. Spuren von LSD haben wir schon gefunden, aber auch THC und ein Barbiturat.«

»Eine psychedelische Droge?«

»So könnte man das nennen, ja. Stanz war nicht mehr Herr seiner Sinne, aber womöglich ansprechbar. Ich bin mir sicher, dass es eine Form der psychischen Folter gewesen ist, der er ausgeliefert war. Ihm wurde ein Drogencocktail gespritzt, der mit einer Trägersubstanz, Natriumchlorid- oder Glukose, die Blutschranke im Gehirn überwunden hat. Einfache Osmose.« Der Gerichtsmediziner machte eine Pause.

Bredehorst sah den hageren Mittvierziger vor sich, wie er angesichts des jungen Toten den Kopf schüttelte. Fassungslos über diese junge, ausgelöschte Leben. Nach all den Jahren – immer noch. Ein Gefühl der Verzweiflung über die Welt, das der Doktor nur zu gerne hinter seiner zur Schau gestellten, steten Geschäftigkeit verbarg.

Er räusperte sich. »So wie die Lunge aussieht, mit der Ansammlung von Wasser und den verkrampften Bronchien, hat er dabei unter erheblicher Atemnot gelitten.«

»Angst zu ersticken. Eine Wasserfolter?«

»Nein, jedenfalls nicht wie beim Waterboarding. In der Lunge hat sich körpereigenes Wasser gesammelt, eine Nebenwirkung der Drogenzuführung. Aber Angst zu ersticken, ja. Davon muss man ausgehen.«

»Und dann hat man ihm das Genick gebrochen.«

»Das war die Todesursache, ja.«

Ziether sah seine Kollegin fragend an. Bredehorst gab ihm Dr. Schmalbergs Einschätzung wieder. Er hörte ihr zu, aber dann blickte er nur noch starr nach vorn. Etwas drängte sich ihm auf, wurde aus seinem Unterbewusstsein hochgespült, ohne dass er sich dagegen zu wehren vermochte. Ein Zimmer, Vorhänge, Licht, kein dunkler, Gefahr ausstrahlender Raum, sodass er zu spät gewahr wurde, was hier mitschwang, in seine Gedanken drängte, Bilder, Bilder im hellen Licht eines Nachmittags, Bilder der schlimmsten Art.

Die Wirkung der Spritze war wirklich beeindruckend. Wenn man die Dosierung richtig einschätzte, war der Widerstand unmittelbar gebrochen, weil die Trägersubstanz die Blutschranke im Gehirn mühelos überwand und das Wirkstoffkonzentrat direkt an die betreffenden Synapsen beförderte. Mirko hatte die blöde Maske abgenommen – endlich! Die rotfeucht juckende Reaktion seiner Gesichtshaut hätte er auch keinen Moment länger ausgehalten.

Kais Pupillen hatten sich erst geweitet. Jetzt flatterten seine halb geschlossenen Lider, und die Augen hatten sich unnatürlich nach oben verdreht. Kais Kopf lief rot an. Er würgte, zuckte ekstatisch vor und zurück, und die Schnappatmung setzte ein. Die Lungenfunktion war herabgesetzt, eine durchaus erwünschte Nebenwirkung des Präparats.

Kais Kopf lag unter Wasser. Alles schien in einem roten Nebel zu liegen. Er konnte nicht klar sehen. Aber er bekam einfach keine Luft mehr. Er versuchte den Kopf anzuheben, um an die Oberfläche zu gelangen, sein Körper bäumte sich auf und seine Lungen brannten. Aber wo war oben? Er hatte keine Orientierung mehr, trieb rettungslos in dem roten Wasserbassin. Er mühte sich, seinen Körper zu drehen, aber der reagierte nicht mehr. Kai schnappte nach Luft. Da war ja Luft, aber nicht genug! Panik erfasste ihn. Luft! Luft!

»Kai? Kannst du mich hören?«

Laut dröhnte die fremde Stimme in seinen Ohren. Sie schien von weit her zu kommen und war doch zugleich in seinem Kopf. Kai konnte nicht antworten. Das Atmen fiel ihm so schwer. Es tat so weh!

»Kai? Beruhige dich. Wenn du ganz langsam Luft holst, geht es besser.«
Kai versuchte sich zu beruhigen, aber der Schmerz in seiner Brust brachte ihn fast um.

»So ist es gut, Kai«, dröhnte die hallende Stimme durchs Wasser und in seinem Kopf. »Jetzt buchstabiere mir das Codewort für dein Notebook, und dann fällt dir das Atmen wieder leicht. Kein Schmerz mehr, Kai. Versprochen.«

Kai war so schlecht. Sein Kopf schmerzte. »Sauerstoff. Ich brauche Sauerstoff«, stieß er, unterbrochen von kurzen Atemstößen, hervor.

»Das Codewort, Kai.«

Codewort, Codewort, Luft, bitte, bitte – Luft! Kai versuchte sich zu erinnern. Dann fing er an zu buchstabieren ...

»Ralf?«

Ziether spürte eine warme Hand auf seinem Arm. Mühsam tauchte er aus den Bildern auf, die ihn in etwas Fremdes, Böses, zutiefst Erschreckendes hinabgezogen hatten. Unwillkürlich fasste er sich an den Hals. Er sah Britts Gesicht neben sich. Das Auto. Es fuhr nicht mehr. Sie standen am Straßenrand. Wo bin ich? »Was machen wir hier?«

»Wir waren auf dem Weg ins Zentrum, zum Polizeipräsidium. Du ... du warst auf einmal wie weggetreten. Waren ... waren es wieder diese Bilder?«

»Es war so hell, schien so friedlich. Ich habe es nicht kommen sehen ...« Ziether blickte in das vertraute Gesicht neben sich und sah die Besorgnis darin. Eine Träne, die sich den Weg über Britts Wange suchte. Er wischte sanft darüber, spürte die Feuchtigkeit an seiner Hand. Er war hier, hier neben ihr.

»Was hast du gesehen, Ralf?«

»Kai Stanz. Er hat dem anderen, der ihn unter Drogen gesetzt hat, den Code verraten, den Code für sein Notebook. Kai Stanz ist tot.«

»Ich weiß. Ich habe seine Leiche gesehen. Und du weißt es auch.«

Ziether nickte. Noch immer spürte er diese Atemnot, den überall schmerzenden Körper. »Fahr mich ins Büro, bitte, in unser Büro.«

Was für ein Scheißtag! Ziether rührte missmutig in seinem Espresso. Kai Stanz' Eltern. Natürlich. Die hatte er nach dem Erlebnis auf der Autofahrt völlig vergessen. Jetzt saß er hier, Britt ihm gegenüber, und spürte nichts mehr. Einfach nichts. In seinem Kopf hatte sich ein betäubendes Gefühl festgesetzt. Er hatte auch keine Worte, um diese Leere zu beschreiben. Auch Bredehorst schwieg.

Die Szene in der Leichenhalle der Rechtsmedizin saß beiden noch in den Knochen. Da half alle Professionalität nichts, wenn man danebenstehen und miterleben musste, wie aus einem gut situierten, schon leicht ergrauten Ehepaar zwei in sich zusammengebrochene Gestalten wurden, für deren Schmerz es keine Heilung gab und auch in Zukunft nicht geben würde. Das Ehepaar Stanz aus der niedersächsischen Kleinstadt, bis eben noch ein ganz normales, bürgerliches Leben, der Sohn studierte in Berlin – und jetzt? In einem einzigen Augenblick der Erkenntnis war alles weg. Verloren. Kaputt. Sie hatten die beiden vom Kommissariat zum Institut gefahren und unterwegs ein paar Informationen erhalten. Nach Aussage seiner Eltern war Kai ein stiller, völlig unauffälliger junger Mann gewesen. Über etwaige Kontakte nach Berlin vor dem Studium hatten sie keine Kenntnis. Für radikale Gruppen hatte sich Kai nie interessiert. Wie ein unbeschriebenes Blatt Papier wirkte ihr Sohn nach ihrem Bericht, normal, nichtssagend, untadelig. Dann, im Obduktionsraum, war die Mutter an der Stahlbahre zusammengebrochen, und der Vater hatte seine Frau nicht zu stützen vermocht. Es war eine dieser Situationen, in denen Ziether seinen Job hasste. Selbst seine Kollegin hatte sich der sichtbaren, tiefen Verzweiflung der Eltern nicht entziehen können und sich wegdrehen müssen, damit man die Tränen nicht sah, die sie sich aus ihrem Gesicht wischte.

Sie hatten die Eltern des Toten zu ihrem Hotel gefahren. Der Vater hätte auch kein Fahrzeug mehr führen können. Morgen wollten sie noch einmal mit ihnen sprechen. Und die Wohnung ihres Sohnes sehen.

Jetzt, der Abend hatte mit seiner sternlosen Schwärze längst vom Berliner Nachthimmel Besitz ergriffen, war Ziether fix und fertig. Es hatte ihn einige Mühe gekostet, Britt davon zu überzeugen, dass sie ihn wirklich allein lassen konnte. Schließlich war sie gegangen. Er saß noch eine Weile bewegungslos auf seinem Schreibtischstuhl, bis er sich aufraffen konnte, aufzustehen.

Er war schon auf dem Heimweg, als sein Handy klingelte und ihn aus seinen depressiven Gedanken riss. Wieczorek war dran.

»Ralf? Bist du schon auf dem Weg nach Hause? Wir haben die Festplatte geknackt.«

Ziether brauchte eine halbe Stunde, um sich durch überfüllte U-Bahnstationen und Züge bis zum Kriminaltechnischen Dienst in Moabit durchzuschlagen. Ein feiner Nieselregen hatte eingesetzt. Auf den Straßen staute sich der abendliche Pendlerverkehr, und Fußgänger hasteten bemützt und beschirmt auf dem Weg in ihre beheizten Wohnungen an ihm vorbei. Feierabend. Ralf wäre jetzt auch gern woanders gewesen, als durch den kalten Regen zu laufen. Nicht zuhause. Er hätte nach so einem Tag gern Sabine wiedergesehen – einfach nur ihr Gesicht sehen, einen heißen Tee trinken. Abschalten. Missmutig verwarf er den Gedanken.

Das große Gelände des KD mit dem alten Ziegelgebäude und der daneben liegenden, etwas zurückgesetzten Leichtbauhalle zur Begutachtung von Fahrzeugen und anderen großen Objekten lag im Dunkel. Der hohe Metallzaun mit dem Schiebetor war verschlossen. Nur im Hauseingang und in Wieczoreks Büro brannte noch Licht.

Ziethers Laune änderte sich schlagartig, als Wieczorek ihm seine neuesten Erkenntnisse präsentierte. Fasziniert starrte er auf den großen Bildschirm, über den in schier endloser Folge grün leuchtende Zahlenkolonnen wanderten.

Piet Wieczorek strahlte übers ganze Gesicht. »War nicht leicht, diesen hochkomplexen Code zu knacken. Aber der Kollege vom LKA hatte da eine ganz feine Software. Wir mussten das Programm zwei Tage lang durchlaufen lassen, bis der Zugangscode endlich entschlüsselt war. Frag mich nicht, woher die Software stammt. Das hat er auch nicht gesagt.«

Also ein illegales Programm aus dem Dunstkreis der Geheimdienste, dachte Ziether. »Aber woher hatte Dreyer dann dieses Codierprogramm?«

»Das kriegst du im Darknet, wenn du genug Geld dafür hinlegst. Mit dem Programm kannst du die Codierung ganz individuell gestalten, indem du verschiedene Parameter veränderst. So dauert es selbst mit einem Decodierprogramm unheimlich lange, bis du den Code herauskriegst. Außer du hast einen Supercomputer zur Verfügung mit enormen Rechnerkapazitäten, der jede Sekunde zig Millionen Rechenoperationen macht.«

Ziether war näher an den Bildschirm herangetreten. »Und was sind das für Zahlen?«

»Das sind die aktuellen Kursentwicklungen an verschiedenen Börsen, die im Zehntelsekundentakt hier reinkommen. Funktioniert natürlich nur mit einer hohen Downloadrate aus dem Internet. Das hier ist gerade die NYMEX, die Mercantile Exchange in New York, die weltgrößte Warenterminbörse. Und das«, Wieczorek klickte mit der Maus, »sind die Grafiken dazu.« Jetzt erschienen bunte Diagramme, auf denen sich einzelne Balken stetig leicht hoben oder senkten. »Das ist zwar hoch professionell wie in einem Broker-Büro, nur darum geht es gar nicht. Ich vermute mal, dass Dreyer und Co. als BWL-Studenten mit diesem geklauten Programm angefangen haben, als sie sich für Börsenkurse und das Bankgewerbe zu interessieren begannen. Das Entscheidende liegt nämlich versteckt hinter dieser Oberfläche.« Wieczorek bewegte die Maus ganz in die linke obere Ecke des Bildschirms und drückte zweimal auf die rechte Maustaste. Der Monitor wurde schwarz. »Das ist extra so eingerichtet worden, damit nicht jeder darauf kommt.« Nach ein paar Sekunden erschien in der Mitte ein viereckiger Button mit dem Text *Das Programm reagiert nicht. Bitte starten Sie den PC neu.*

Ziether sah seinen Kollegen fragend an.

»Jetzt können wir uns erst mal einen Kaffee holen. Ich habe x-mal da draufgeklickt und es dann einmal einfach vergessen. Nach exakt fünf Minuten geht es von selbst weiter.«

Als sich beide wieder, bewaffnet mit ihren Kaffeebechern, vor den Bildschirm gesetzt hatten, löste sich der Button gerade in einem grauen Wirbel auf, und es erschien wieder eine schwarze Oberfläche, die mit Zahlen übersät war.

»Das sind die Primzahlen von eins bis etwa 20 Milliarden, also Zahlen, die nur durch eins und sich selbst teilbar sind. Wir konnten noch nicht nachvollziehen, welche Funktion sie haben, aber hier ...« Wieczorek klickte am oberen Bildschirmrand in einer ganzen Reihe von roten X-Symbolen auf das erste X. Jetzt erschien eine mit griechischen Buchstaben und mathematischen Symbolen gespickte lange Formel. »Die Primzahlen werden wohl bei der Berechnung dieser komplexen Formel verwendet. Die Platzhalter stehen alle für bestimmte Werte, die automatisch aus irgendwelchen externen Datenbanken generiert werden. Zum Beispiel dieses Ypsilon.« Er klickte auf das Symbol im ersten Teil der Formel, und sofort füllte die sich mit anderen Zahlen und warf eine Spalte mit Werten aus, die mit einem Minuszeichen versehen waren. »Das ist die aktuelle Weltpreisentwicklung für Weizen je Tonne, oben steht die Veränderung des aktuellen Wertes, und je weiter du in der Spalte nach unten gehst, desto weiter liegen die tendenziellen Werte in der Zukunft. Diese Werte beziehen sich auf die Warenterminbörse in London. Die ganzen griechischen Symbole sind Berechnungsparameter. Wir haben nicht alle rausgekriegt, aber es gibt einen Anhang mit einer Liste. Da werden die meisten aufgeführt.« Wieczorek war jetzt ganz in seinem Element. Er bediente wieder die Maus, und es erschien eine Tabelle, die den griechischen Symbolen Begriffe zuordnete.

Ziether las: *vorauss. Ertrag Suidamerika, vorauss. Ertrag Suidamerika + El Nino, Faktor für besondere Wetterereignisse, Schädlingsbefall, Trockenheitsindex, Verlust Anbaufläche d. bes. Ereignisse ...* und vieles mehr. Darunter standen dieselben Begriffe für andere Kontinente, USA, Asia, Europe, Australia, Russia.

»Dies ist wie gesagt nur eine Seite. Ich hab keine Ahnung, woher Dreyer das hatte, aber das Programm ist übers Netz mit zig Datenbanken verknüpft und sicherlich nicht frei erhältlich.«

»Darknet?«

Wieczorek schüttelte den Kopf. »Geklaut ist es sicher, aber zugleich hoch speziell. Das geht ja noch weiter. Dahinter liegen noch Formeln für Stahl, Kaffee und so weiter.«

Ziether war beeindruckt. Was hatte Martin Dreyer da bloß getrieben? An der Börse spekuliert?

»Wir dachten, das wäre schon alles. Beeindruckend genug, fand ich. Aber das erklärt ja nicht die Verbindung zum Geldautomatenraub. Und dann haben wir das hier gefunden.«

Das Beste hatte sich Piet als bis zum Schluss aufgehoben. Ziethers Gesicht überzog ein unwillkürliches Grinsen.

Wieder klickte sein Kollege zweimal mit der rechten Maustaste. Der Bildschirm wurde erneut schwarz, und es erschien in der Mitte ein Totenkopfsymbol mit dem Signet *Brothers in Arms*.

»Aber das ist doch ...«

»Genau. Das Symbol, was auftauchte, nachdem die Seite der Maskenbande gehackt worden war. Und jetzt pass mal auf.«

Der Totenkopf wurde blass und verschwand, es erschien die Seite einer großen Privatbank. Oben das Symbol der Bank und darunter ... das waren kleine fortlaufende Befehlszeilen in einer Programmiersprache!

»Was ist das? Die gehackte Seite der Bank, deren Geldautomaten die Bande ausgeraubt hat?«

Piet Wieczorek schüttelte wieder nur den Kopf. Sein Gesicht verriet, dass es ihm sichtlich Vergnügen bereitete, vorzuführen, was er herausgefunden hatte. »Das hier ist die Lösung, zumindest was den Zugriff auf die Geldautomaten betrifft. Das ist keine gehackte Seite. Jemand hat sich die Administratorenrechte besorgt und dann die internen Programmierungsseiten der Bankzentrale gespiegelt.«

»Wie – gespiegelt?«

»Was du da siehst, passiert gerade in der EDV-Zentrale der Bank. Eine Übertragung in Echtzeit sozusagen. Jemand hat sich da reingehackt, diese Kopie der Originalvorgänge auf einen anderen Server geholt und sich dann spurlos wieder aus dem Banksystem verabschiedet. Offenbar hat das keiner in der EDV bemerkt. Und jetzt kann unser Hacker in Echtzeit nachvollziehen, was die EDV-Abteilung der Bank gerade treibt.«

»Und die wissen gar nicht, dass alles, was sie da eingeben, woanders mitgelesen wird. Das heißt, wenn sie die Passwörter für ihre Geldautomaten und so weiter ändern, kann unser Hacker das locker nachvollziehen und entsprechend reagieren.«

»Stimmt. Die ändern auf Grund der Geldautomatenraube den Zugangscode für die Automatenwartung ...«

»Und unsere Bande kann in aller Seelenruhe den neuen Code verwenden, um weiterzumachen.« Ziether schüttelte ungläubig den Kopf. »Das bedeutet, dass Martin Dreyer wirklich Mitglied der Bande war. Das Totenkopfsymbol heißt aber dann doch wohl, dass er oder seine Kumpane den Zugang zum internen Programm der Bank von diesen *Brothers in Arms* geklaut haben, die wiederum deren Seite gehackt haben und nun womöglich die Mitglieder der Bande verfolgen und jeden, den sie enttarnt haben, umbringen.«

Es war schon spät, aber Ralf Ziether war hellwach, als er sich vom KD auf den Weg nach Hause machte. Ohne diese Gewalttaten hätte die Bande sicherlich immer weiter gemacht. Aber jetzt waren sie selbst zu Verfolgten geworden.

8

Als Susanne Schell gegen Mittag zu Hause eintraf, kam ihr ihre Wohnung seltsam still und wie verlassen vor. Sie schaute in das kleine Gästezimmer und sah, dass Anna-Lauras Sachen noch da waren. Aber ihre Umhängetasche an der Garderobe fehlte. Sie war wohl weggegangen. *Ich war nicht fair zu ihr*, dachte sie. *Wir sind doch Freundinnen.* Dass sie mit Martin ins Bett gegangen war, war ein großer Fehler gewesen. Vielleicht hatte sie ihrer ach so klugen Freundin auch nur eins auswischen wollen. Alkoholisiert, aus einer Laune heraus, die sie normalerweise niemals zugelassen hätte, das war der Drang gewesen, ihr einmal zu zeigen, dass sie besser, attraktiver war und ihr sogar den Freund ausspannen konnte … Sie seufzte. Aber heute Morgen, das war echt blöd gewesen von ihr, jetzt, wo Anna sie doch brauchte.

Unruhig lief Susanne durch ihre Wohnung. Sie machte sich Sorgen, große Sorgen. Wo steckte Anna denn bloß? Worauf hatte sich ihre Freundin da bloß eingelassen. Die Zeitungen berichteten über diese Bande und sie musste sich verstecken, konnte nicht mehr nach Hause. Und Martin? Martin war tot. Irgendein Unbekannter hatte ihn umgebracht, weil auch er zu diesen Bankräubern gehört hatte. Anna-Laura war in Gefahr. Sie musste ihr helfen. Auch wenn sie sich selbst damit in Gefahr brachte. Das bedeutete doch Freundschaft, dass man dann da war, wenn einen der andere brauchte. Oder nicht?

»Mama?«

»Anna-Laura? Kind … wo …«

»Mama. Ich kann nicht lange sprechen. Ich ... hör den AB nicht ab, wenn du nach Hause kommst. Bitte! Bitte lösch das sofort! Du musst unbedingt alles löschen, bitte! Ich ... ich muss weg. Ich melde mich, sobald es geht.«

»Aber Anna!«

Ein Schluchzen war zu hören. »Hab dich lieb, Mama.« Aufgelegt. Ihre Tochter hatte einfach aufgelegt. Helen Schneyder spürte, wie Panik in ihr aufstieg. Was war da los? Wo war Anna? Sie musste doch irgendetwas tun!

Der Dicke war nicht zufrieden mit dem Ergebnis. Missmutig sah er die mehrseitige Bildschirmansicht durch, fünf Seiten, Dateien ohne Ende, aber das, was er suchte, war nicht dabei. Er blickt auf die Adressdatei. 500 Namen, 500 persönliche Angaben mit den aktuellen Adressen in Berlin. Na gut. Er aktivierte das Programm, und die Adressen wurden automatisch in die Suchmaske gezogen. Er klickt auf *Crawler aktivieren*, und der PC begann zu arbeiten. Nervös tippte er die Daumen seiner zusammengefalteten Hände aneinander. Es würde ja nur ein, zwei Minuten dauern, vielleicht auch etwas länger. Die Verbindung zum Rechenzentrum stand jedenfalls. Er klickte auf das Feld *connected* und gab die Namen Martin Dreyer und Kai Stanz ein. Da kam schon das Ergebnis. Anna Schneyder, Susanne Schell und Josh Myers. Nachdenklich rieb er sich über das glatt rasierte Kinn. Anna, das war klar, da waren sie dran. Er klickte auf Susanne Schell, und der Name Martin Dreyer poppte auf. Ach ja, die Jugendfreundin der Schneyder, die sich mit Dreyer eingelassen hatte. Josh Myers, US-Amerikaner, Informatiker, jetzt BWL-Student in Berlin. Na gut. Um den sollte sich Mirko noch einmal kümmern.

Nachdenklich saß Ralf Ziether vor seinem Notebook. Zweimal hatte er schon persönlich bei Anna Schneyder vor verschlossener Tür gestanden, einmal eine Streife vorbei schicken lassen. Nichts. Die Mutter hatten sie auch zu erreichen versucht, zu Hause und in der Bank, wo sie arbeitete. Und ausgerechnet heute hatte sich Frau Schneyder krankgemeldet, ging aber auch zu Hause nicht ans Telefon.

Bredehorst war bei der Wirtschaftsabteilung. Der junge Mitarbeiter dort, Meyer hieß der wohl, hatte von Wieczorek die Programmdateien aus Dreyers PC erhalten. Vielleicht konnte der ja herausfinden, von wo diese Broker-Systeme stammten und was es mit der gespiegelten Seite der Bank auf sich hatte. Die Frage war ja auch, ob dies die einzige Version war oder ob noch jemand anderer Zugriff auf die Software hatte. Neue Überfälle waren bisher ausgeblieben, wohl auch aufgrund des großen Drucks, unter dem die Bande stand, und wegen der Toten. Aber Ziether war unwohl bei dem Gedanken, damit wäre dem kriminellen Treiben der verbliebenen Mitglieder ein Ende gesetzt. Im Gegenteil. Wenn die jetzt untertauchen mussten, brauchten sie doch erst recht Geld. Viel Geld.

Es klopfte. Ziether rief: »Herein.« Es war das Ehepaar Stanz. Schlecht sahen sie aus. Kein Wunder, dachte er, als er sich erhob, um sie zu begrüßen. Sie hatten sicherlich keine gute Nacht hinter sich. Er bat die beiden, in der kleinen Sitzecke Platz zu nehmen. Wortlos stellte er ihnen eine Flasche Wasser und ein paar Gläser hin. Dann begann er möglichst einfühlsam seinen Fragenkatalog abzuarbeiten. Aber dabei kam auch heute nichts heraus. Das passte doch nicht zusammen. So sehr Ziether sich auch abmühte, mit immer neuen Fragen mehr über das Vorleben von Kai Stanz herauszubekommen – für die Eltern war es einfach unvorstellbar, dass ihr Sohn irgendetwas mit den kriminellen Machenschaften dieser maskierten Bande zu tun haben könnte. Allein die Fragen danach und möglichen Kontakten in Berlin vor seinem Studium erschienen den beiden als pure Provokation. Dass man ihren Sohn getötet und ihm diese Maske aufgesetzt hatte, das alles musste doch die Tat eines Irren sein, eines kranken Hirns, dem ihr Sohn irgendwie über den Weg gelaufen war. An diesem Punkt des Gesprächs stockte es. Erst als Ziether wieder auf das heimische Umfeld des jungen Mannes zu sprechen kam, ging es langsam und stockend wieder weiter. Aber da war nichts, einfach nichts. Erst ganz am Ende, quasi in einem Nebensatz, als er die beiden zu den Internetaktivitäten ihres Sohnes befragte, als der noch in Achim gewohnt hatte, bekam er den ersten Hinweis, mit dem er vielleicht etwas anfangen konnte.

»Die jungen Leute heute haben da ja andere Möglichkeiten und gehen mit dem Internet und diesen Apps ganz selbstverständlich um«, meinte Stanz' Mutter und sah Ziether aus ihren rot geränderten Augen an. »Natürlich hat Kai sich damit beschäftigt. Er ist ja in das Internet gewissermaßen hineingewachsen.«

»Wie hat sich das geäußert? Hat er einen eigenen PC gehabt und sich damit viel beschäftigt?«

»Ja, zunächst gab es diese Schülerplattform seiner Klasse und später eine Klassen-App. Solche Videospiele hat er auch gespielt. Aber das hielt sich in Grenzen.«

»Wir haben ihn da nicht kontrolliert, ehrlich gesagt«, schaltete sich der Vater ein. »Aber so ab der zwölften Klasse etwa, da hat er schon manchmal auch nachts gespielt, weil seine Kumpels, die er da traf, saßen ja wer weiß wo überall, selbst in den USA. Wir haben das nur daran gemerkt, weil er morgens so müde und kaum aus dem Bett zu kriegen war.«

»Wie oft kam das vor?«

Der Vater sah zu seiner Frau hinüber. »Also recht regelmäßig am Wochenende und in der Woche, na ja, so alle zwei, drei Wochen würde ich sagen.«

»Und was hat er da gemacht?«

Die Eltern zuckten mit den Schultern. »Gesagt hat er, dass es was mit Wirtschaftsentwicklung und Börsen macht, und ab und an hat er auch so ein Ballerspiel mit diesen Internetbekanntschaften gespielt. Aber darüber gesprochen hat er eigentlich kaum.«

»Der PC, den er benutzt hat, haben Sie den noch?«

Der Vater nickte. »Klar. Der steht bei uns zuhause, in seinem Zimmer. Zum Studium war ja so ein Laptop praktischer, meinte er, und das fanden wir auch. Da hat er den PC zuhause gelassen.«

Ziether ließ sich die Zusage geben, dass die niedersächsischen Kollegen den Computer ausleihen und nach Berlin schicken durften. Dann rief er die Bereitschaft an und ließ die Eltern zur Wohnung ihres Sohnes bringen, nicht ohne sie vorzuwarnen, dass dort jemand eingebrochen war und alles auf den Kopf gestellt hatte.

Der PC und die vagen Aussagen der Eltern. Dort konnte eine Lösung liegen.

Eine Nachbarin der Familie Stanz hatte einen Hausschlüssel und würde die Polizisten ins Haus lassen. Ziether konnte es kaum erwarten, bis sich der KD mit dem PC befasst hatte.

Die Eltern des Toten waren bereits auf dem Weg zu dessen Wohnung, als Bredehorst im Büro auftauchte. Es war schon fast Mittag, stellte Ziether bei einem Blick auf seine Armbanduhr fest. Abgehetzt sah sie aus.

»Nikki ist krank. Tut mir leid, aber erst hat er sich übergeben müssen und dann sind wir zum Arzt. Er hat Fieber und sich irgendwas eingefangen. Darum bin ich so spät.« Bredehorst schnaufte sichtlich, als sie ihre Jacke auf den Garderobenständer hängte.

Ziether stand auf, machte ihr erst mal einen Kaffee und setzte sie über das Gespräch mit Stanz' Eltern ins Bild. Während er anschließend die niedersächsischen Kollegen der Polizeiinspektion Verden/Osterholz informierte und darum bat, dass sie möglichst schnell den PC in Achim sicherstellten, hatte sich Bredehorst schon den Kopfhörer aufgesetzt und war ganz hinter ihrem Notebook verschwunden.

Ziether wollte seine Kollegin gerade ansprechen, um mit ihr die nächsten Schritte zu klären, sie hob aber abwehrend die Hand, klickte mit der Maus, schob den einen Kopfhörer von ihrer rechten

Ohrmuschel und meinte: »Das musst du dir mal anhören! Die Witwe von Simon Hartkamp hat Dr. Mörker angerufen, gestern Abend um halb sieben.«

Ziether zog fragend eine Augenbraue hoch, dann setzte er sich aber an sein Notebook und rief im Aufnahmemodul den entsprechenden Mitschnitt auf.

»Herr Dr. Mörker? Hartkamp, Frauke Hartkamp hier.
»Frau Hartkamp. Was kann ich für Sie tun? Wie geht es Ihnen?«
»Mein Mann hat mir so einiges erzählt über ihre Geschäfte und seine Rolle dabei. Mit wem sonst hätte er auch darüber sprechen sollen? Sie hatten ihn ja zum Schweigen verpflichtet.«
»Entschuldigen Sie, Frau Hartkamp. Aber wovon sprechen Sie bitte?«
»Sie wissen ganz genau, wovon ich spreche. Simon hat alles so gemacht, wie Sie es wollten, er hat die Drecksarbeit gemacht ...«
»Aber Frau Hartkamp. Ich muss doch sehr bitten. Ihr Mann war ...«
»Die Drecksarbeit, jawohl. Und nun ist er tot.«
»Das tut mir aufrichtig leid, aber diese Behauptung ...«
»Ich habe Beweise. Simon hat alle Transaktionen aufgezeichnet, nachvollziehbar aufgezeichnet. Ihm war das von Anfang an nicht geheuer. Und nun ...«
»Aber Frau Hartkamp, ich bitte Sie! Was reden Sie denn da? Ihr Mann war eigenverantwortlicher ...«
Frauke Hartkamps Stimme überschlug sich. »Sie wissen ganz genau, was ich meine. Eigenverantwortlich. Von wegen! Ich werde das öffentlich machen, diese ganze Schweinerei.«

Aufgelegt. Dr. Mörker hatte aufgelegt. Britt sah fragend zu ihrem Kollegen herüber. »Aufgezeichnet, nachvollziehbar aufgezeichnet...«.

»Wir sollten bei beiden noch einmal nachbohren, ohne preiszugeben, dass wir sie abgehört haben«, ergänzte Ziether. »Entweder hat der Mörker wirklich Dreck am Stecken und die Frau Hartkamp hat tatsächlich was gegen ihn in der Hand ...«

»Dann hat sie sich mit diesem Telefonat selbst in Gefahr gebracht«, ergänzte Bredehorst.

»Oder aber, sie steckt ja noch in der Trauerphase und versucht den Verlust des Mannes und seinen gewaltsamen Tod zu verkraften ...«

»Und sucht jetzt irgendeinen Schuldigen.«

»Ich denke, wir statten ihr zuerst einen Besuch ab.« Ziether rieb sich nachdenklich über die Stirn. Dann stand er auf und griff nach seiner Jacke.

»Oh, warte mal.« Britt wandte sich wieder Ihrem Notebook zu und aktivierte die Lautsprecher. Ziether musste zu ihr gehen, um bei dem leise gestellten Wiedergabemodus etwas zu verstehen. Er drängte sich neben sie und spürte ihren warmen Körper. Bredehorst beugte sich vor und aktivierte die Wiedergabe, rückte aber nicht zur Seite.

»Ja hallo? Ich bin's.« Das war wieder Dr. Mörker, eindeutig. Aber wo rief er an? Ziether sah auf die Anschlussdaten. Frankfurt. Oder Offenbach?

»Sie sollten mich doch nicht telefonisch kontaktieren.«

»Es gibt ein Problem, glaube ich.« Mörker holte hörbar Luft. *»Und überhaupt, diese Summen, die sind viel zu hoch. Wie soll ich ...«*

»Ich melde mich.« Ein Klicken.

»Aufgelegt, einfach aufgelegt«, hörten sie noch Dr. Mörkers Stimme. Dann war die Verbindung tot.

»Los! Zu Niemann. Wir müssen für Dr. Mörker eine Überwachung beantragen. Ich will wissen, was er so treibt, wenn er nicht in seinem schicken Büro sitzt.« Der kurze Moment der Nähe zerstob. Ralf Ziethers Jagdinstinkt war geweckt.

»Und dann nehmen wir uns noch einmal Frau Hartkamp vor«, sekundierte Bredehorst und griff sich ihre Jacke.

Frauke Hartkamp war nicht wenig überrascht, als die beiden Hauptkommissare vor ihrem Bungalow standen. Sie kam selbst zur Tür und öffnete. »Die Kripo? Gibt es … gibt es etwas Neues?«

»Dürfen wir reinkommen?« Ziether betrat mit Bredehorst im Schlepptau den edel gefliesten Flur.

Frau Hartkamp ging voran und bat die beiden Beamten in den weitläufigen Wohnbereich. »Darf ich Ihnen etwas anbieten? Tee? Kaffee? Meine Tochter ist gerade nicht da. Sie leistet mir vorübergehend Gesellschaft.«

»Nein danke. Machen Sie sich keine Umstände.«

»Aber was führt Sie zu mir?« Die Witwe hatte sich den beiden Beamten gegenübergesetzt und fixierte Ziether mit ihren dunklen Augen. Müde sah sie aus. Tiefe Ringe unter geröteten Augen waren deutliche Zeichen für ihre Trauer und wenig Schlaf.

Bredehorst sah sich in dem weitläufigen Wohnzimmer um. Glänzendes Parkett, einige dicke Perserteppiche, moderne Kunst an den Wänden, zwei Skulpturen … Der Blick durch die großen Fenster in den gepflegten Garten: Der Rasen sah aus wie frisch aus dem Gartencenter, ein einheitlich grüner, dichter Teppich. Das alles wirkte einfach nur perfekt, zu perfekt.

Ziether erwiderte den Blick und spürte, wie in ihm etwas anklang, der dunkle Ton einer Glocke, der angeschlagen wurde. Irgendetwas war da, etwas, das er nicht greifen konnte, das von dieser Frau ausging und in ihm einen Widerhall fand.

»Frauke! Frauke!« Von fern hörte sie die Stimme der Mutter, aber das kleine, bezopfte Mädchen kicherte in sich hinein. Sie musste sich die Hand vor den Mund halten, um sich ja nicht zu verraten. Sie war nicht weit in das kleine Wäldchen gelaufen, eigentlich durfte sie ja allein auch gar nicht in den Wald, ein bisschen unheimlich war das schon. Aber gleich, gleich würde sie aufstehen und sich zu erkennen geben. Da würde die Mutter, die sich jetzt um sie sorgte, aber schauen.

War da nicht ein Geräusch gewesen? Zu spät realisierte sie, dass da etwas war, ganz nah, unmittelbar in ihrem Rücken. Eine starke Hand griff sie von hinten, presste sich wie eine Schraubzwinge auf ihren Mund, eine Handschuhhand, stinkend, eine nasse Handschuhhand. Frauke wollte schreien, beißen, um sich schlagen, aber sie war wie erstarrt.

Als ich mit von Brombeerranken zerrissener Strumpfhose, verdreckt und mit der alles beherrschenden Angst, die mich betäubte, nach einer Stunde aus dem Wald nach Hause wankte, war mein Leben zerstört. Für immer. Bis heute kann ich nicht darüber sprechen, was dort in dem Wäldchen mit mir geschah. Meine Eltern sahen ja, was los war, nahmen mich sofort in den Arm. Meine Mutter weinte so sehr, dass ihre Tränen meine Haare nässten, aber ich, ich hatte keine Tränen. Der Besuch beim Kinderarzt. Grauenvoll. Was passierte mit mir? Was wollten all diese Erwachsenen von mir, der Arzt, die Polizistin, meine Eltern? Ich konnte keine sachdienlichen Hinweise geben, das noch einmal erzählen, die stinkend nasse Handschuhhand, sie presste sich von außen gegen meinen Mund, und all das andere war und blieb unaussprechlich. Ob ich das einzige Opfer gewesen bin? Ich weiß es nicht. Gekriegt haben sie ihn nie, dieses Schwein. Mir stand immer nur vor Augen, dass ich sein Opfer geworden war. Ich. Ich allein. Ich war und blieb wie versteinert – in der Folge ein verändertes, ein stilles, ängstliches Kind. Nie mehr ging ich in den Garten. Bis heute ist der Wald, jede etwas größere Ansammlung von Bäumen, für mich der reinste Horror. Märchen habe ich fortan gehasst, Naturfilme über den Wald, Krimis kann ich nicht sehen, brauche ich auch nicht. Wer braucht das schon?

Ich war ein zurückgezogenes Kind, auch als Mädchen, still, fleißig, doch nie bei den Belustigungen der anderen wirklich präsent. Jungs blieben mir fremd. Ich fürchtete sie, besonders die mit den tiefen Stimmen und großen Hände. Aber ich wurde eine gute Beobachterin. In den ganzen Jahren meiner Jugend trainierte ich, die Schwachstellen der anderen zu entdecken und sie bloßzulegen, wenn es mich überkam, eine Eigenschaft, die einem kaum viele dauerhafte Freundschaften verschafft. Bis Simon kam, bis ich Simon kennenlernte. Er war anders, ließ mir Zeit und ließ nicht locker, so oft ich ihn auch abgewiesen und verletzt hatte.

Er war und ist der Einzige, der verstand, wie existenziell es für mich
war, ihm bis auf den Grund zu gehen, bis es nicht mehr zum Aushalten
war, meine Biestigkeit, weil ich nur so - immer wieder - überprüfen
konnte, ob die Beziehung hielt, ob sie mich trägt. So blieben wir zusam-
men, haben geheiratet und sogar zwei Töchter bekommen. Er war der-
jenige, der mich gehalten hat. Und jetzt? Was mache ich jetzt?

Frauke Hartkamp saß ganz in ihre Gedanken versunken da. Ziether
spürte, dass da etwas war, das über den Tod ihres Mannes hinaus-
reichte, etwas Unaussprechliches.

Bredehorst räusperte sich. »Ralf?«

Ziether schüttelte die Gedankenbilder ab. Frau Hartkamp sah ihn
mit einem merkwürdigen Blick an, ihre Lippen umspielte ein Lächeln,
das in eklatantem Widerspruch stand zu Trauer und Schmerz, die
ihre Augen ausstrahlten. Was hatte Britt da eben gefragt? Ach so. Ob
sie denn jetzt nähere Angaben zum Aufgabenbereich ihres Mannes
machen könne. Er sah zu seiner Kollegin hinüber, deren Stirnfalte
wieder deutlich zu sehen war, und signalisierte ihr, dass er okay war.

»Und es gab keine Schwierigkeiten mit der Bank? Frau Hartkamp,
entschuldigen Sie, aber es muss doch einen Grund geben für ...«

Frau Hartkamp hob abwehrend die Hand. Es war ihr deutlich anzusehen, wie schwer es ihr fiel, über den Tod ihres Mannes zu sprechen.
»Ich ...«, begann sie, »... ich weiß ja nichts Genaues. Simon hat nie viel
erzählt über seine Arbeit, aber in letzter Zeit, also in den letzten zwei
Monaten ... Wir sind doch erst vor einem halben Jahr in unseren
Bungalow gezogen, alles konnten wir finanzieren, auch mit seinen
Boni und abgesichert mit seinem Aktienpaket, aber dann ... Er war so
unruhig, schlief schlecht, aber sagte nichts.« Frau Hartkamp holte
tief Luft. »Irgendwann habe ich ihn zur Rede gestellt. In der Bank war
irgendetwas anders als vorher, etwas war nicht in Ordnung. Er wollte nicht sagen, was, aber es bedrückte ihn. Er hat doch immer gesagt,
er kriegt das hin, ich solle mir keine Sorgen machen.«

»Und Ihr Haus? Das ist nicht belastet?«, schaltete sich Ziether ein.

»Wie gesagt, wir haben es nur zum Teil finanzieren müssen. Durch unser Eigenkapital sind die Konditionen ziemlich gut. Ich habe mich nie um die Finanzen gekümmert, das hat doch alles Simon gemacht. Ich ... ich muss mir jetzt erst mal einen Überblick verschaffen. Ich ... ich weiß gar nicht, wo ich anfangen soll.«

»Frau Hartkamp.« Ziether sah ihr jetzt direkt in die Augen. »Wir haben aus ermittlungstechnischen Gründen das Telefon von Dr. Mörker abgehört. Sie haben ihn gestern Abend angerufen. Da hörte sich das alles aber ganz anders an. Was wissen Sie über die Geschäfte, die ihr Mann für seinen Chef ausgeführt hat. Hat Simon Ihnen irgendwelche Unterlagen hinterlassen?«

Frauke Hartkamp biss die Lippen zusammen. Sie hielt Ziethers Blick stand und schwieg.

»Das ist kein Spiel, Frau Hartkamp.«

»Mein Mann ist tot, Herr Kommissar. Er war immer für mich da. Auf ihn konnte ich mich immer verlassen.« Ihr Blick war ernst – ernst und voller Trauer. »Und jetzt ist er tot, auf eine unaussprechliche Weise ums Leben gekommen. Ich weiß nichts über diese Geschäfte, ich weiß nur, dass ihn seine Arbeit in den letzten Monaten immer mehr belastet hat.« Frau Hartkamp holte hörbar Luft. Die Trauer stand ihr jetzt deutlich ins Gesicht geschrieben. »Ich möchte, dass Sie jetzt gehen. Ich kann nicht mehr ... und mehr habe ich Ihnen auch nicht zu sagen.«

Als sie zu ihrem Auto gingen, stellte Britt ihren Kollegen zur Rede. »Ich dachte, wir wollten nicht offenlegen, dass wir die beiden abgehört haben. Glaubst Du, das war hilfreich?«

Ziether zuckte mit den Schultern. »Ich hatte gehofft, Frau Hartkamp so aus der Reserve locken zu können.«

Bredehorsts Stirnfalte zeichnete sich deutlich ab. Zufrieden stellte sie seine Antwort nicht.

»Und? Was hältst du von Frau Hartkamps Aussage?«, fragte sie ihren Kollegen, als sie sich wieder auf die Rückfahrt nach Berlin-Mitte machten.

»Ich weiß nicht, ihre Trauer war echt. Aber sie weiß mehr, als sie uns erzählt hat. Das steht doch wohl fest. Vielleicht hat ihr Mann ihr doch irgendwelche Unterlagen über Ungereimtheiten in der Bank dagelassen.«

»Hm. Das könnte ich mir auch gut vorstellen. Ein Aktienpaket als Absicherung ... möglicherweise liegt da der Grund für ihr Telefonat mit Dr. Mörker. Die Kurse sind ja zuletzt ziemlich in den Keller gegangen.« Bredehorst musste sich auf den dichter werdenden Verkehr konzentrieren, nachdem sie sich auf den Berliner Ring eingefädelt hatte. Jetzt kam der Verkehr auch fast noch ganz zum Erliegen, es ging nur noch im Schritttempo vorwärts. Gerne hätte sie Ralf gefragt, was zu Beginn ihres Gespräches mit Frau Hartkamp mit ihm los gewesen war, als er wieder völlig abtauchte. Warum sagte er eigentlich nichts? Musste sie ihm denn alles aus der Nase ziehen?

Ziethers Handy klingelte. »Ja, Piet? Was gibt's?« Ziether hörte aufmerksam zu. »Nein! Das glaube ich nicht. Das kann doch nicht wahr sein ... Ja, wir kommen sofort vorbei«, beendete er das Gespräch und meinte an Bredehorst gewandt: »Nach Moabit. Wir müssen zum KD nach Moabit.«

Der Eingangsbereich des historischen Ziegelbaus war mit Trassierband versperrt, links und rechts von zwei Streifenwagen eingerahmt. Uniformierte Kollegen hatten den Bürgersteig abgesperrt.

Bredehorst parkte den Wagen vor dem Zufahrtstor, und die beiden Beamten betraten das Gebäude des KD durch den Hintereingang. Im Hausflur zum Vordereingang war die Spurensicherung schon im Einsatz, und in Wieczoreks Büro trafen sie ihren Kollegen und weitere Männer in den typischen weißen Overalls.

Der Chef des KD war sichtlich angefressen. »Die Festplatten sind weg, sämtliche Schubladen durchwühlt, alle Schlösser aufgebrochen. Selbst in meinem PC fehlt die Festplatte. Die waren echt gründlich!« Dreyers Dateien. Gestohlen. Ziether blickte ungläubig in das Chaos. »Damit sind auch die Sicherungskopien von Dreyers Festplatten weg«, stellte er fest. Er biss die Zähne zusammen und unterdrückte einen Fluch.

Wieczorek war wirklich erschüttert. Das war nicht zu übersehen. Mit hochrotem Kopf und Schweißperlen auf seiner Glatze stand er in dem Durcheinander seines Büros. »Die Täter wussten genau, wonach sie suchen. Die ganze EDV ist im Arsch. Alles kaputt oder geklaut.«

»Die Alarmanlage?«, fragte Bredehorst.

»Die sind hier reinmarschiert und haben alle Alarmsysteme ausgeschaltet. Einfach so. Die wussten ganz genau, wo sie welchen Code eingeben mussten.«

Der Serverraum bot ein schreckliches Bild. Die Kabelverbindungen waren abgerissen, und die Festplatten lagen zerschlagen auf dem Boden. Das Chaos war perfekt. Ein Schaden, der nicht zu reparieren war.

Damit erledigte sich wohl auch die Frage, ob sie den Hackerangriff, der die Alarmsysteme lahmgelegt und den Zugang zum Innersten des KD freigemacht hatte, irgendwie würden nachvollziehen können.

Stefan Kappler sah blass aus. Die letzten Tage und Nächte hatten ihm erheblich zugesetzt. Warum hatten sie ihn so lange von seinen geliebten Bildschirmen und den summenden Prozessoren seiner Welt ausgeschlossen? So sehr er sich auch seinen Kopf zermartert hatte, er konnte es nicht begreifen. Alles war doch gut gewesen. Alles in der richtigen Ordnung. Diese lang anhaltende Störung seiner gradlinigen Struktur – wieder hatte dieses unkontrollierte Muskelzucken angefangen, ein psychogener Tremor, der mit einem anfangs kaum wahrnehmbaren, sich dann aber immer mehr steigernden Kopfschütteln einsetzte, einer zitternden Bewegung, die von seinem Kinn auszugehen schien, seinen ganzen Kopf erfasste und in einen zwanghaften Rhythmus versetzte, sich so heftig steigernd, dass sich seine innere Farbwelt bereits rosa gefärbt hatte. Die Bewegung war schnell seinen Hals abwärts gewandert, hatte sich in einem unkontrollierten Zittern fortgesetzt, das durch seinen Körper gefahren und zuerst die Knie, dann die Hände und dann seine Beine und Arme erfasst hatte. Er war kurz davor gewesen, eine scharfe Klinge zu suchen, um seine Außenhaut wieder unter Kontrolle zu bringen, als die Nachricht gekommen war – in letzter Sekunde.

Noch mit leichten Endzuckungen und dem Drang, den Kopf weiter in der rollierenden Bewegung zu halten, saß er jetzt endlich wieder vor den Bildschirmen, auf deren schwarzem Grund die grün illuminierten Zahlenkolonnen ihre vertikalen Bahnen zogen.

Langsam beruhigte er sich. Noch traute etwas in ihm dieser Normalität nicht, noch sah er sich außerstande, sich den logischen Herausforderungen des Schachspiels zu stellen. Dafür hatte er in den letzten Tagen zu viel Energie verloren. Stefan Kappler sammelte und fokussierte sich. Als er bereit war, öffnete er die Nachricht und loggte sich ein in das immerwährende Spiel der Zahlen. Kurse, die stiegen oder fielen, farbige Balken, die wuchsen und schrumpften. Nur kurz erlaubte er seiner Zunge, seine Lippen zu befeuchten, dann begann er zu tippen. Es galt, eine große Zahl auf sinkende Kurse zu setzen und dafür Vorbereitungen zu treffen, den richtigen Moment abzupassen.

»Also, dass es unser Unbekannter war, oder wohl besser eine Gruppe, die hinter ihm steht oder zu der er gehört, die sich Martin Dreyers Festplatten bedient hat, ist ja wohl klar.« Ziether war immer noch ziemlich angefressen. »Immer sind die uns einen Schritt voraus!«

Bredehorst nickte. Es war erschreckend, dass sie den Aktivitäten, die diese Gruppe ausführte, immer nur hinterherliefen, nur reagierten, nicht einmal selbst das Heft des Handelns in der Hand hielten. »Komm, lass uns noch einmal alles durchgehen. Es muss doch einen Ansatzpunkt geben, an dem wir weiterkommen. Was ist mit der Software für diese Sender?«

Ziether zuckte mit den Schultern. »Ich hoffe, da kriegen wir bald-mal eine Rückmeldung vom LKA.«

Auch wenn die Laune der beiden ziemlich im Keller war, verbissen sie sich noch einmal in den Fall. Am Ende hatten Sie eine ziemlich umfangreiche Liste von Fragen und *to do*-Punkten erstellt.

Bredehorst tippte nachdenklich den Kuli an ihre Oberlippe. »Also die Telefonüberwachung verlängern. Da stelle ich Niemann ein paar Unterlagen zusammen, vor allem die zwei Gesprächsmitschnitte von Frauke Hartkamp mit Dr. Mörker und dessen Gespräch mit dem Unbekannten. Eine kurze Zusammenfassung schicke ich auch per E-Mail an Staatsanwalt Middelberg. Eine Beschattung der beiden werden wir wohl nicht genehmigt kriegen.« Sie seufzte.

»Ich gebe die Fahndung nach Anna-Laura Schneyder raus, klemm mich noch mal hinter die niedersächsischen Kollegen wegen des PCs von Stanz und bitte Piet trotz des Chaos in seinem Laden, dass er den LKA-Mann noch mal auf diese Sender anspricht.«

Bredehorst nickte. »Ich …« Ein Klopfen an der Tür unterbrach sie und sie rief: »Herein!«

Herr und Frau Stanz betraten das Büro. Frau Stanz sah müde aus, und der Gesichtsausdruck ihres Mannes spiegelte deutlich, wie belastend die Situation für die beiden sein musste. »Wer … wer tut so etwas?« Frau Stanz war den Tränen nahe. »Die ganze Wohnung. Alles kaputt und durcheinander.« Sie schüttelte den Kopf.

Ziether sprang schnell auf und half ihr, auf seinem Stuhl Platz zu nehmen. Frau Stanz war sichtlich am Ende ihrer Kräfte.

»Wir … wir haben die Wohnung kaum wiedererkannt, so wie es da aussieht. Das alles ist doch völlig unbegreiflich. Wir … wann wird …

der Körper unseres Sohnes denn freigegeben?«, fragte der Vater mit stockender Stimme. »Wir möchten unseren Jungen gerne beerdigen.«

Bredehorst griff wie automatisch zum Telefon und wählte die Nummer der Rechtsmedizin. Zum Glück war sofort ein Mitarbeiter Schmalbergs dran und erläuterte ihr, dass die Laboruntersuchungen fast abgeschlossen waren und der Tote am morgigen Nachmittag freigegeben werden könne. »Morgen Nachmittag«, sagte sie an das Ehepaar gewandt.

»Dann können wir uns um die Überführung kümmern. Ein guter Bekannter von mir ist … er ist Bestatter.«

Ziether fürchtete, Stanz' Vater würde auch gleich zusammenbrechen. Schnell schob Britt ihm ihren Stuhl zu und holte zwei Gläser Wasser.

Als das Ehepaar gegangen war, riss Bredehorst eins der Fenster auf. Sie brauchte dringend frische Luft. Ziether stellte sich wortlos neben sie. Schweigend blickten sie auf die Baumkronen der alten Eichen und das Stückchen Himmel darüber. Wie automatisch legte Ziether seinen Arm um ihre Schultern, und Bredehorst ließ es geschehen.

»Zigarette?«, fragte sie schließlich, drehte sich weg, ohne eine Antwort abzuwarten, und zog ein Päckchen aus ihrer Schublade. »Ich weiß, du rauchst auch nicht mehr. Aber für Notfälle.« Sie zündete eine Zigarette an und blies den Rauch aus dem Fenster. Mit einem Seufzen reichte sie den Glimmstängel an ihren Kollegen weiter. »Weißt du noch, unser erstes Zusammentreffen, morgens um vier Uhr am Fundort von Hildegard Terner?«

Schweigend sog Ziether den Rauch ein und blies ihn aus dem Fenster. Er musste husten, holte Luft, räusperte sich. »Du standst draußen und hast geraucht. Ist das jetzt vier Jahre her? Eine Ewigkeit.«

»Fünf, Ralf, fünf.« Sie griff nach der Zigarette, und ihre Fingerspitzen berührten Ziethers Hand. »Ich hätte nicht mit dir ins Bett gehen sollen. Das war ein Fehler. Nicht dass ich es nicht gewollt hätte, aber es hat alles so kompliziert gemacht.«

»Hm.«

Ziether sah seine Kollegin an, aber Britt hatte ihr Gesicht weggedreht. Geräuschvoll blies sie den Rauch aus, der in einer langen Fahne zum Fenster aufstieg, sich kräuselte und auflöste. »Ich ... ich hatte eine Affäre in Paris. Aber auch das hat nicht hingehauen, also ist nichts von Dauer, meine ich. Ich werde wohl eine einsame alte Schachtel werden.«

Ziether schluckte und sah Bredehorst von der Seite an. Da war keine kritische Stirnfalte, aber ihr Gesichtsausdruck ... ihre Augen waren feucht. Er drehte sich zu ihr um, zog die Zigarette aus ihrer Hand und nahm sie in den Arm. »Ich ...«, begann er, seinen Kopf in ihren Haaren verborgen. »Ich habe auch eine Affäre, sozusagen. Ganz frisch. Aber ich weiß auch nicht ...«

Es klopfte an der Tür. Ziether wich zurück und sah in Bredehorst fragendes Gesicht. Aber das musste jetzt warten. Er wusste eh nicht, was er zu Sabine und sich sagen sollte. Bredehorst wischte sich übers Gesicht, das feucht und leicht gerötet war.

Ziether warf die Zigarette aus dem Fenster. »Herein!«

Eine Frau in einer dunkelblauen Business-Kombination mit einem mittellangen Rock trat ein, um die fünfzig, dezent geschminkt. Ihr Gesicht wirkte, trotz der Schminke, besorgt.

»Hast du's, Frankie?« Herb schloss die Tür des Serverraumes und schlenderte zu dem jungen Mann hinüber, der angestrengt auf den Bildschirm vor sich starte.

Der hob abwehrend die Hand. »Moment noch ... okay, Mann! Wir sind drin!«

Auf dem Bildschirm erschien eine Zimmeransicht, der Eingang eines spartanisch eingerichteten Raumes, ein Büro, in dessen halb geöffneter Tür eine ältere Frau mit einer blauen Jacke über einer weißen Bluse stand.

»Moment, der Ton. Voilà!«

»Mein Name ist Schneyder, Helen Schneyder. Bin ich hier richtig bei Hauptkommissar Ziether?«

Frankie schlug sich feixend auf die Oberschenkel. »Und?«

Auch Herb grinste breit. »War doch gar nicht so schwer, oder?«

»Die haben da mehrere hundert IP-Adressen. Ich dachte erst, wie soll ich da die richtige finden? Aber, die sind so typisch deutsch, preußische Beamte eben.« Er lachte und kriegte sich fast nicht mehr ein. »Die Buchhaltung rechnet für jeden Mitarbeiter eine EDV-Pauschale ab, und so haben sie natürlich eine Liste mit sämtlichen Namen der Beschäftigten und den zugeordneten IP-Adressen. Das ist doch unfassbar, oder? Alles sauber auf dem Server abgelegt.«

Die Frau trat jetzt, als sie um den Schreibtisch herumging, aus dem Bild, nun blickten sie wieder auf die geschlossene Tür, aber der Ton war klar und deutlich zu hören.

»Schade, dass ich das Notebook nicht von hier aus ansteuern und drehen kann«, lachte Frankie.

»Pscht! Sei doch mal leise!« Herb war jetzt voll konzentriert. Sie hörten, wie sich mehrere Personen auf Sessel außerhalb ihres Sichtfeldes setzten.

»Nein danke, kein Wasser, machen Sie sich keine Umstände. Ich mache mir große Sorgen um meine Tochter. Sie ist seit Tagen schon nicht nach Hause gekommen und dann heute dieser Anruf bei mir – in der Bank.«

Ziether sah Bredehorst an; die zog eine Augenbraue hoch. »Was hat sie denn gesagt, Ihre Tochter?«

»Sie war ganz hektisch und meinte, ich solle unbedingt meinen AB löschen, nicht abhören, sondern sofort löschen. Und dass es ihr gut ginge, sie sich aber erst mal nicht mehr melden könne.« Frau Schneyder tupfte sich mit einem Taschentuch die Augen. »Ich bin dann sofort nach Hause. Natürlich habe ich den AB angestellt, der war ja voller Anrufe. Aber dann ...« Sie schluchzte auf und presste das Taschentuch erst an den Mund und dann in ihrer Faust zusammen, dass die Knöchel weiß hervortraten. »Das waren alles Anrufe völlig fremder Männer, eklige, fiese Anrufe, anzüglich mit eindeutigen Angeboten. Schrecklich!« Ihr Gesicht hatte sich gerötet und sie schüttelte sich. »Nach dem dritten Anruf habe ich den AB abgestellt. Das ... das war nicht zu ertragen. Ich weiß ja nicht woher, Anna-Laura hat doch mit solchen Typen nichts zu tun.«

»Sie haben keine Erklärung und ...«

»Natürlich nicht!«, unterbrach Frau Schneyder den Hauptkommissar mit einer ungeahnten Vehemenz. »Entschuldigen Sie. Vielleicht könnte ich jetzt doch ein Glas Wasser ...«

Ziether nickte und stand auf.

»Was glauben Sie denn, warum Ihre Tochter nicht mehr nach Hause kommen kann?«, fragte Bredehorst.

Frau Schneyder zuckte mit den Schultern. »Ich weiß es nicht, wirklich nicht. Aber angefangen hat es mit Martins Tod. Danach war Anna-Laura nicht mehr dieselbe. Ich habe auch mit ihr gesprochen, weil das so schrecklich war, dieser Mord. Aber sie ... sie war traurig, nein, erschüttert, richtig erschüttert war sie, nur irgendwie habe ich sie nicht mehr erreicht.«

Ziether kam zurück und stellte die Wassergläser auf den Tisch. »War sie denn noch mit Martin Dreyer zusammen?«

Helen Schneyder nickte. »Eigentlich war das ja vorbei, nachdem Martin mit ihrer besten Freundin ins Bett gegangen war, aber dann hatten sich die beiden doch wieder angenähert.«

»Ihre beste Freundin? Haben Sie den Namen und die Adresse?«

»Susanne Schell. Die wohnt jetzt, glaube ich, in Friedrichshain. Die Adresse habe ich nicht parat, aber ...«

»Erzählen Sie doch bitte weiter. Anna-Laura war nach Martin Dreyers Tod verändert, dann ist sie seit mehreren Tagen nicht mehr nach Hause gekommen. Seit wann denn?«

Helen Schneyder überlegte. »Montag. Montagabend war sie nicht mehr da. Sonst kommt sie immer gegen sechs Uhr von der Uni.«

»Mit wem war Anna-Laura denn noch befreundet oder regelmäßig zusammen? Auch mit Kai Stanz?«

»Ach der Kai! Der war auch ein paar Mal bei uns, auch ein BWL-Student. Ich glaube, der war ein bisschen in Anna verliebt, aber eher so ein stiller, introvertierter Typ, ganz anders als Martin.«

Ziether schluckte. Das war sie, die direkte Verbindung.

»Wer gehörte denn noch so dazu, zu Annas Clique?«

»Warum fragen Sie das alles? Ich meine, man hat mir gesagt, dass Sie den Mord an Martin Dreyer bearbeiten und mich zu Ihnen geschickt, als ich die Vermisstenanzeige aufgeben wollte.« Frau Schneyder war jetzt sichtlich erregt.

»Beruhigen Sie sich, Frau Schneyder. Wir suchen Ihre Tochter als Zeugin in diesem Fall und wollten gerade eine Fahndung nach ihr herausgeben, weil wir sie seit Tagen nicht erreichen können.«

»Fahndung? Was heißt denn das? Man fahndet doch nicht nach Zeugen, oder? Was geht hier vor, ich meine, meine Tochter hat doch mit Martins Tod nichts zu tun!«

Bredehorst übernahm die Befragung. »Frau Schneyder, Ihre Tochter war mit Martin Dreyer und Kai Stanz befreundet. Nicht nur Martin wurde ermordet. Kai Stanz wurde letzte Nacht auch tot aufgefunden.«

»Was?«

»Wir wissen noch nicht, wie das alles zusammenhängt, aber womöglich ist Ihre Tochter in Gefahr. Wir brauchen jetzt Ihre Hilfe, um Anna-Laura zu finden.«

Ziether tigerte nervös durch den Raum. Wenn Frau Schneyder jetzt noch mehr Namen aus Annas Freundes- und Studentenkreis nannte, vielleicht konnten sie dann endlich diesem Unbekannten einen Schritt voraus sein. Auf seinem unruhigen Weg klappte er im Vorbeigehen seinen Laptop zu.

»Scheiße, Mann!« Frankie hämmerte hektisch auf der Tastatur herum. »Das Ding fährt runter!«

»Mann!« Herb war hinter ihn getreten und starrte fassungslos auf dem schwarzen Bildschirm.

»Das gibt's doch nicht. Ich komme nicht wieder rein!«

»Und das Handy? Kannst du das Handy aktivieren?«

»Ja, Mann, aber das dauert.«

Susanne Schell und Josh Myers. Anna-Lauras beste Freundin und ein US-amerikanischer Austauschstudent, gut aussehend, ein Sonnyboy.

Nachdenklich stand Ziether vor der Pinnwand, nachdem Frau Schneyder gegangen war. Zum Glück hatten sie die bei ihrem Eintreten abgehängt. Nicht ausdenken, wenn sie auch noch die Bilder der Toten und ihre Aufzeichnungen dazu gesehen hätte. Bredehorst suchte gerade die Adressen der beiden heraus. Womöglich war Anna-Laura bei ihrer Freundin oder diesem Ami untergekommen. Aber das alles ließ ja nur einen Schluss zu: Sie selbst war Teil dieser Bande oder stand deren Mitgliedern zumindest sehr nahe. Eigentlich unglaublich, eine Gruppe junger Studenten, die sich in das Sicherheitssystem einer Großbank hackt und diese gefährlichen Raubzüge begeht. Warum hatten sie nicht irgendwelche Konten manipuliert und Geld zu ausländischen Banken transferiert? Stattdessen diese Masken. Er wurde nicht wirklich schlau daraus.

»Ich hab sie!« Bredehorst riss Ziether aus seinen Gedanken. Sie sprang auf und schnappte sich ihre Jacke.

Susanne Schell war nicht wirklich überrascht, als die beiden Polizeibeamten plötzlich vor ihrer Tür standen. Ohne weitere Fragen zu stellen, bat sie Bredehorst und Ziether in ihre Wohnung und ließ sie in der kleinen Küche Platz nehmen.

»Hier haben wir noch gesessen, heute Morgen, Anna und ich.«

»Sie war also hier. Wann denn? Und wo ist sie jetzt?« Anstelle einer Antwort drückte die Studentin Ziether einen verknickten Zettel in die Hand. Ganz bei sich war die junge Frau augenscheinlich nicht. Ziether las die offensichtlich in großer Eile hingeworfenen Zeilen. Britt sah ihm über die Schulter: *Liebe Susanne, ich muss leider weg. Dringend. Tut mir leid, melde mich sobald möglich. Sei bitte wachsam!*

»Wann ...«

»Der lag heute Nachmittag in meinem Briefkasten, als ich von der Uni nach Hause gekommen bin.«

»Und wohin könnte sie gegangen sein?«

Susanne zuckte mit den Schultern. »Ihre Sachen sind alle noch da, nur die Jacke und die Tasche fehlen.«

Von Friedrichshain fuhren sie weiter in den Wedding. Hier also, in einer Wohnstraße mit mehrstöckigen Mietshäusern aus den 50er Jahren und dicken alten Linden als Alleebäumen, lebte dieser Myers. Sie fanden das Klingelschild, er wohnte im fünften Stock, hatten aber keinen Erfolg. Bredehorst rief Niemann an, schilderte kurz die Sachlage und ließ sich bestätigen, dass aufgrund der neuen Erkenntnisse Gefahr im Verzuge war. Bevor ein Mitarbeiter des KD aus Moabit hier sein würde, angesichts des Chaos, das dort herrschte, entschlossen sie sich, selbst zu handeln. Bredehorst klingelte in einem der oberen Stockwerke und antwortete der Frauenstimme, die sich im Lautsprecher meldete: »Eine Zeitungssendung für Myers. Ich muss nur an den Briefkasten.«

Der Summer ertönte, und sie traten in den gefliesten Vorflur. Sie warteten eine Weile.

»Wo hast du geklingelt?«, fragte Ziether.

»Ganz oben.«

Er nickte. »Okay, dann mal los.«

Es gab einen engen Fahrstuhl neben den Kellereingang. Ziether zog die Tür auf, sie drängten sich in die enge Kabine, und er drückte auf die Fünf. »Warum hast du eigentlich nicht gesagt, dass wir von der Kripo sind?«, fragte er.

»Es war so ein Impuls. Polizei. Das macht die Leute doch gleich neugierig.«

»Na, dann wollen wir mal hoffen, dass die Dame aus dem sechsten Stock nicht zu neugierig ist.«

Ohne weitere Störung gelangten sie zu Myers Wohnungstür. Ziether zog das kleine Etui mit dem Spezialwerkzeug hervor, das Piet Wieczorek ihm vor langer Zeit gegeben und bis heute nicht wieder eingefordert hatte. Er setzte den kleinen Hohlstift in der Maschine ein, schob das Vordere Ende in das Schlüsselloch und ließ mit sanftem Druck die Position der Stifte im Schloss herunterdrücken, einen nach dem anderen. »Nicht abgeschlossen«, flüsterte er.

Sie traten in den kleinen Flur, der sich sofort zu einem Appartement hin öffnete, einem Wohn-Schlafbereich mit einer kleinen Pantry linker Hand. Ziether wies auf die leeren Garderobenhaken im Flur. In dem großen Zimmer, dessen Fenster über die Straße auf die oberen Stockwerke der gegenüberliegenden Häuserzeile wiesen, unterbrochen von den breiten Baumkronen der Allee, fiel ihm sofort die Sauberkeit auf. Kein Glas, keine Tasse stand herum, Zimmerpflanzen fehlten völlig, das Bett stand unbenutzt unter einer breiten Überdecke an der rechten Wand.

Bredehorst ging zur kleinen Pantry hinüber. Die Spüle, sauber, der Kühlschrank, leer. »Hier ist schon lange niemand mehr gewesen«, meinte sie.

»Oder Mr. Myers hat hier sauber aufgeräumt und sämtliche persönlichen Lebenszeichen beseitigt. Aber warum? Hat er überhaupt je hier gewohnt?«

Im Badezimmer – dieselbe klinische Sauberkeit.

Ziether trat auf den kleinen Balkon und war überrascht. In einer angeschlagenen Keramikschale lagen ein paar Zigarettenstummel. Er ließ die Stummel in einen Plastikbeutel fallen. Hoffentlich hatte

Myers die auch geraucht. »Was wissen wir eigentlich über diesen Kerl?«

Bredehorst zuckte mit den Schultern. »Vielleicht sollten wir mal bei der Hochschulverwaltung nachfragen. Irgendetwas müssen die ja an Dokumenten vorliegen haben.«

»Oder der Vermieter. Vielleicht kann der den jungen Mann ja beschreiben. Der hat doch sicher auch eine unterschriebene Kopie des Mietvertrages.«

Die Sachbearbeiterin im Sekretariat der Humboldt-Universität war zum Glück sehr kooperativ und zeigte den beiden Beamten die eingescannten Anmeldeunterlagen von Josh Myers. Frau Schneyder hatte recht gehabt, das Foto zeigte einen jugendlich wirkenden, gebräunten Lockenkopf, der dem Klischee eines durchtrainierten Sonnyboys von einem der Surfstrände der Westküste der USA sehr nahekam. Nur die Haare waren braun, nicht blond. Geboren in Sacramento, war der Mittzwanziger von einer Universität des Staates Washington für ein Jahr nach Berlin gekommen und hatte bereits das erste Semester hinter sich gebracht. Als Ziether betonte, der junge Mann werde dringend als Zeuge gesucht und sei verschwunden, holte die Mitarbeiterin sogar die Handakte und ließ ihn das Foto des Nordamerikaners abfotografieren.

Wieder im Büro, ließen sie sofort nach Anna-Laura Schneyder und Josh Myers fahnden.

9

Irgendwann hatte sich Anna-Laura aufgerafft und war einfach losgelaufen, ziellos, desorientiert, ihr ansonsten so strukturierter Kopf hatte einfach abgeschaltet. Vor einem türkischen Kiosk war sie stehen geblieben, weil ihre Augen etwas wahrgenommen hatten, das zunächst nicht in ihrem Denken anzukommen schien. Es dauerte einen Moment, dann erwachte sie aus ihrer Trance und schlug erschrocken die Hand vor den Mund. Vor dem Kiosk stand ein Verkaufsmünzer der BILD und darüber, auf dem Aufsteller, gab ihr der Aufmacher der Zeitung einen Schlag ins Gesicht, der sie taumeln ließ. *Die Mitglieder der Maskenbande* stand da in breiten Lettern, darunter Fotos, Porträtaufnahmen von Martin, Kai, von Josh und ihr selbst. Das fünfte Foto zeigte nur einen grauen Umriss, und die Bilder von Martin und Kai waren rot durchgestrichen.

Sie brauchte einen Moment, um diesen Schlag zu verdauen, gerne hätte sie das Blatt gekauft, um zu lesen, welche Informationen in dem weiteren Bericht standen, aber ihr Gesicht! Das war ihr Gesicht! Jeder auf der Straße würde sie jetzt erkennen. Wie sollte sie sich jetzt noch verstecken, wo untertauchen? Erschrocken sah sie sich um. Da, die Frau mit dem Kinderwagen auf der anderen Straßenseite, hatte sie nicht zu ihr herübergeschaut? Der Radfahrer, der an ihr vorbeifuhr, hatte er sie nicht angestarrt? Der Paketbote, der gerade zu seinem Fahrzeug zurückkehrte, er hatte ein Handy am Ohr, rief der jetzt die Polizei?

Anna-Laura zog ihre Kapuze ins Gesicht und beeilte sich, wegzukommen. Nur weg von hier. Irgendwohin, wo sie nicht auffiel, untertauchen konnte, aber wo war das? Hastig überquerte sie die Straße und bog in die nächste Wohnstraße ein. Hinter ihr löste sich ein stämmiger, mittelalter Mann mit krausen schwarzen Haaren aus einem der Hauseingänge, in den er sich zurückgezogen hatte, und folgte ihr.

»Hast du das Foto?«

»Klar, das Handy ist aktiviert«, feixte Frankie. Auch wenn sie im Büro nicht mehr alles mitbekommen hatten, jetzt waren sie wieder im Spiel.

»Müssen wir uns Sorgen machen wegen Myers?« Herb sah nachdenklich auf das Foto, das Frankie auf den Bildschirm gezogen hatte. »Wenn da was schiefgeht ...«

»Nee, nee. Wird schon, wird schon«, beschwichtigte Frankie seinen Kollegen.

Herb gähnte ausgiebig. Scheiße, dass sie jetzt hier nicht wegkonnten. Aber der Job musste erst zu Ende gebracht werden, erfolgreich zu Ende gebracht werden, etwas anderes kam gar nicht in Frage. Also hieß es dranbleiben und sich in Geduld üben. »Du weißt, dass ich meinen Kopf dafür hinhalten muss, nicht du.«

»Jaja, schon klar.« Herbs Äußerung war keine Frage, sondern eine Feststellung. Dass der, wenn es schwierig zu werden schien, immer den Boss raushängen lassen musste. Wer machte hier eigentlich die ganze Arbeit? Frankie sparte sich eine Erwiderung und konzentrierte sich lieber auf seine Daten.

Bredehorst verabschiedete sich, sie hatte noch einen Termin in der Schule wegen Nikki. Worum es ging, sagte sie nicht.

Vielleicht hätte Ziether nachfragen sollen, aber er war mit seinen Gedanken immer noch bei ihrem Fall. Er grübelte darüber nach, warum die Wohnung des jungen Mannes so völlig unbewohnt gewirkt hatte und fand darauf keine Antwort. Schließlich raffte er sich auf und fuhr direkt zum KD, die Zigarettenstummel abgeben. Außerdem interessierte es ihn brennend, wie die Lage dort war und ob Piet schon irgendetwas zu den Einbrechern herausgefunden hatte, die seinen Arbeitsplatz so auf den Kopf gestellt hatten.

Er fand Wieczorek in verständlicherweise schlechter Stimmung vor. Sein Büro war wieder halbwegs aufgeräumt, aber der Serverraum war bis auf weiteres nicht zu benutzen, und sie hatten weder eine der zerstörten Festplatten auch nur ansatzweise wieder herstellen noch irgendwelche verwertbaren Spuren sicherstellen können. Das Ganze war ziemlich frustrierend. Ziether reichte seinem Kollegen den Plastikbeutel mit der Bitte um eine Auswertung möglicher Spuren. Vielleicht hatten sie ja Glück und konnten einen genetischen Fingerabdruck sichern, entweder von Myers oder auch von jemand anderem, der auf dem Balkon geraucht hatte.

Der Leiter des Kriminaltechnischen Dienstes verbreitete allerdings eine so schlechte Laune, dass Ziether sich lieber bald wieder verzog. Auf dem Heimweg fuhr er direkt in die Rush Hour hinein. Lieber hätte er sich in eine der überfüllten U- oder S-Bahnen gequetscht, als hier im Stau zu stehen, aber dafür war es nun zu spät. Kurzentschlossen änderte er die Richtung und fuhr, wenn auch hier im Stopp-and-Go, zurück zum Kommissariat. Dort öffnete er die Schranke und stellte den Wagen auf dem Parkplatz ab. Es wurde schon dunkel. Ob er Sabine anrufen sollte? Er hatte sich wirklich rar gemacht, und ein bisschen Abwechslung, Gespräche über andere Themen, so etwas wie ein bisschen Privatleben wäre nicht schlecht, dachte er und musste lächeln. Er wählte ihre Nummer und freute sich, als sie ran ging. Sie klang auch kein bisschen verärgert, weil er sich nicht schon früher gemeldet hatte.

»Ich koche gerade«, meinte sie. »Wenn du noch eine Flasche Weißwein mitbringst, freu ich mich, aber bitte einen trockenen.«

Ziethers Laune besserte sich schlagartig. Gern sagte er zu. Als er den Parkplatz verließ und noch ganz in Gedanken in Richtung der

U-Bahnstation rechts abbog, stand da plötzlich diese junge Frau vor ihm. Er stutzte und war sofort hellwach. Die schmale Person trug eine Kapuze bis weit in die Stirn gezogen, sodass er ihr Gesicht erst nicht erkennen konnte.

»Hauptkommissar Ziether?« Die Gestalt zog die Kapuze zurück, und da erkannte er sie.

»Frau Schneyder?«

Sie nickte.

»Woher … wie haben Sie mich gefunden?«

»Es war nicht so schwer, Sie zu finden, aber wohl ein Glücksfall, dass ich Sie hier antreffe um diese Zeit.«

»Ich … wir haben nach Ihnen gesucht. Ihre Mutter macht sich übrigens große Sorgen.«

War das ein Schatten, der über ihr Gesicht huschte? »Ich weiß, aber ich kann meine Mutter nicht in Gefahr bringen, nicht da mit reinziehen.«

»So wie Susanne Schell?«

Wieder nickte Anna-Laura. »Ich habe nicht viel Zeit. Ich muss mich verstecken, eigentlich muss ich ganz weg von hier, irgendwohin.«

»Wo Sie keiner kennt?«

Anna-Laura nickte und sah zu Boden. Als sie wieder hochblickte, waren ihre Augen feucht. »Ich brauche ein Versteck und … Ihre Hilfe.« Sie sah sich um, so als würden sie beobachtet werden. »Jetzt, wo mein Foto in der Zeitung war … ich weiß gar nicht, woher die das haben, ich weiß nicht, wohin.«

»Ihr Foto? In der Zeitung?« Die junge Frau war ziemlich am Ende, das war deutlich zu sehen. Aber welches Foto meinte sie? In Ziether keimte eine böse Ahnung auf.

»Heute Morgen. Auf der Titelseite der BILD! Haben Sie die Zeitung noch nicht gesehen?« Die junge Frau rang sichtlich um Fassung.

»Nein. Aber darüber sprechen wir später. Jetzt kommen Sie erst mal mit.« Ziether wandte sich um, machte einen Schritt in Richtung Haupteingang des Präsidiums.

»Keine Zelle.« Anna-Laura war einen Schritt zurückgewichen.

Ziether war klar, wenn er jetzt einen falschen Schritt machte, einen Fehler, wäre die Situation vorbei, verloren und Anna-Laura weg.

»Das ist mir zu unsicher und ...«

»Sie könnten nicht mehr entscheiden, ob Sie bleiben oder gehen.«

»Hm.« Anna-Laura hatte sich rückwärts weiter von Ziether weg-bewegt. Jetzt war der Abstand für einen schnellen Zugriff schon fast zu groß.

»Gut.« Ziether seufzte. »Ich mache Ihnen einen anderen Vorschlag. Sie kommen mit mir, zu mir nach Hause. Das ist strikt gegen jede Vorschrift, aber etwas anderes fällt mir gerade nicht ein, ehrlich gesagt.« Er wartete einen Moment, dann drehte er sich um und machte die ersten ein, zwei Schritte in Richtung Parkplatz. Wenn Anna-Laura Schneyder nicht mitkam, sondern sich umdrehte und weglief, würde er sie wohl kaum noch einholen können. Doch er nahm wahr, wie die junge Frau ihm auf den Parkplatz folgte. Schließ-lich stieg sie auch in seinen Wagen ein. Ziether startete, verließ den Parkplatz und machte sich auf den Weg nach Hause. In seinem Kopf überschlugen sich die Gedanken. Anna-Laura saß neben ihm und hatte die Hände in ihrem Schoß ineinander verkrampft. Sie schwieg. *Na, dass du im Moment so richtig Probleme hast, sieht man, ist aber auch kaum verwunderlich,* dachte Ziether. Heute Morgen, er hatte die Zeitung doch gesehen. Da war kein Bericht über die Bande gewe-sen, jedenfalls nicht auf der Titelseite. Im Innenteil? Hatte Harnstorn doch wieder einen Artikel losgelassen und jetzt sogar irgendwelche Fotos veröffentlicht? Zuzutrauen war es ihm.

Der Kleintransporter, der mit abgestelltem Motor auf der anderen Straßenseite stand, wurde gestartet. Nur mit Standlicht wendete er und hielt kurz neben der Ausfahrt des Parkplatzes am Polizeiprä-sidium an, erst dann schaltete er das Fahrlicht an und folgte dem vor ihm fahrenden Wagen in gebührendem Abstand.

Diesmal fand Ralf wirklich einen freien Parkplatz in seiner Straße, auch ohne den unbedeckten Boden einer Baumscheibe der schon altersschwachen Platane am Straßenrand mit belegen zu müssen. Früher hatte das keine Sau interessiert, aber mittlerweile … Erst letzte Woche hatte eine Frau mit Kinderwagen neben seinem Wagen angehalten und ihn darauf hingewiesen, dass er Rücksicht auf die Stadtbäume nehmen müsse, als er mit einem Vorderrad auf dem festgefahrenen Boden stehen geblieben war. Die stünden doch schon genug unter Stress. Er hatte geschwiegen und seinen Wagen wenigstens ein paar Zentimeter zurückgesetzt und dabei vermutlich mit seinen Abgasen dem Baum weit mehr geschadet, aber lieber geschwiegen. Sein Stress interessierte auch niemanden, so als Kripobeamter in der Stadt.

Anna-Laura Schneyder folgte ihm durchs Treppenhaus in seine Wohnung. Er bat sie herein und wies auf Wohn- und Badezimmer. »Soll ich uns vielleicht erst mal einen Tee machen?« Während Anna-Laura sich in der Wohnung umsah, ging er in die Küche, Teewasser aufsetzen.

Sie kam ihm nach, hatte ihre Jacke abgelegt und sagte: »Ich möchte nicht aufdringlich sein, aber darf ich bei Ihnen vielleicht duschen?«

Ziether brummte so was wie eine Zustimmung. »Aber erst hätte ich ein paar Fragen«, meinte er und ergänzte auf ihren Blick hin: »Na ja, ein wenig kennenlernen sollten wir uns schon, wenn Sie hier vorübergehend ihr Quartier aufschlagen.«

Im Wohnzimmer setzten sie sich gegenüber. Er schenkte Tee ein und meinte: »Ich kann ja mal anfangen. Wir suchen Sie als Zeugin, weil Martin Dreyer und Kai Stanz, mit denen Sie befreundet waren, gewaltsam …«

»Kai auch!?«, unterbrach sie ihn.

»Ja. Letzte Nacht.«

Anna-Laura war sichtlich erschüttert. »Darum«, schluchzte sie, »darum waren die Bilder durchgestrichen in der Zeitung, die von Martin und Kai.«

Ziether musste sich zusammennehmen. Er schluckte und fragte: »In der BILD, heute? Entschuldigen Sie, aber ich habe die Zeitung doch heute Morgen selbst ...«

»Sonderausgabe. Sonderausgabe stand darüber!« Anna-Laura sprach mit ungeahnter Vehemenz, ihr Blick, tränennass, war jetzt wütend.

Ziether nickte. Dann hatte die Redaktion noch einmal eine Sonderausgabe nachgeschoben. Aber selbst wenn, auch diese musste ja am frühen Morgen gedruckt worden sein. Der Unbekannte hatte es also fertiggebracht, dass die Zeitung sich für eine solche Hetzjagd hergab.

»Moment!« Er rief auf seinem Handy die Internetseite der BILD auf. Die neue Titelstory war nicht zu übersehen, mit übergroßen Lettern, der Bildergalerie und der Aufforderung, Informationen zu den Gesuchten an die Zeitung zu geben. Das übertrat sämtliche Grenzen von Presserecht und Rechtsstaatlichkeit. Das war ein Aufruf zur Denunziation, zur Hetzjagd. Er sah die junge Frau an und meinte: »Das habe ich noch nicht gesehen. Es tut mir leid. Wann haben Sie Kai denn zum letzten Mal gesehen?«

»Gestern, gestern Mittag erst. Ich war ja bei einer Freundin untergekommen in Friedrichshain, und auf einmal stand er da, wollte mit mir reden. Er war überfallen worden, zuhause, und seitdem irrte er wohl durch die Stadt.«

»Ja, mit Susanne Schell haben wir schon gesprochen.«

»Wie ... wie ist er denn ...«

»Man hat ihn wohl unter Drogen gesetzt, ihm das Genick gebrochen und ihm dann eine dieser Masken aufgesetzt.«

»O Gott! Kai!«

Die junge Frau schlug die Hand vor den Mund. Tränen sammelten sich in ihren Augen. Sie drehte ihr Gesicht weg, aber Ziether sah trotzdem, wie ihr Kopf zuckte, und hörte ihr Aufschluchzen.

»Es tut mir leid, dass Sie es jetzt so von mir erfahren müssen. Aber wir stellen uns natürlich die Frage, in welcher Beziehung Sie zu diesen Leuten stehen, die die Geldautomaten ausräumen. Ich glaube, dass

Sie auch in Gefahr sind, darum habe ich Ihnen auch angeboten, dass Sie erst mal mit zu mir kommen können.«

Sie wandte sich ihm wieder zu, mit gerötetem Gesicht, tränennass. Ihre Stimme klang gepresst, aber langsam fing sie sich wieder.

»Ich ... wir haben einen großen Fehler gemacht, als wir mit dieser Sache angefangen haben. Ich bin sonst immer so strukturiert und überlege zweimal, was ich tu, aber ...«

»Da haben Sie mitgemacht und sind dann aus der ganzen Sache, wie sie es nennen, nicht mehr rausgekommen.«

Anna-Laura nickte.

Ziether wählte jetzt seine Worte mit Bedacht. Anna-Laura Schneyder hatte angefangen zu reden. Jetzt nur kein falsches Wort! »Wer gehörte denn noch dazu? Josh Myers? Und wer ist Ihnen auf die Schliche gekommen und verfolgt Sie und die anderen Mitglieder ihrer Gruppe?«

»Josh war eigentlich der treibende Faktor bei der ganzen Sache. Wer hinter uns her ist, weiß ich nicht. Ich habe überhaupt keine Ahnung.« Anna-Laura schlug die Hände vors Gesicht. Sie war sichtlich am Ende.

»Na, na, na. Nun sind Sie ja erst mal in Sicherheit. Wollen Sie jetzt vielleicht duschen gehen?« Auf ihr Nicken hin stand Ziether auf, holte ihr ein großes Badehandtuch und seinen Bademantel. »Hab ich nach der letzten Reinigung noch nicht wieder getragen. Nehmen Sie ruhig.«

Als Anna-Laura im Bad verschwunden war, zückte er sein Handy und wählte Bredehorsts Nummer. Aber sie ging nicht ran. Weder an ihr Handy noch an ihren Privatanschluss. Schließlich hinterließ er ihr eine kurze Nachricht auf dem AB, dass Anna-Laura Schneyder bei ihm zuhause sei und sie morgen über alles Weitere sprechen konnten. Dann saß er nachdenklich auf der kleinen Couch.

Er hörte das Wasser im Badezimmer rauschen. Grübelnd rieb er über sein unrasiertes Kinn. Anna-Laura war der Schlüssel, da war er sicher. Vielleicht würden sie jetzt der Lösung des Falls näherkommen.

Das Telefon klingelte. Britt, dachte er und nahm das Gespräch an.

»Hallo Britt. Ich hatte schon versucht ...«

»Ralf?«

Das war nicht Britt.

»Oh, du bist noch zu Hause?«, fragte Sabine. »Wann kommst du denn? Falls du meinst, du müsstest dich noch für mich schick machen, ich nehme dich auch so.« Sie lachte.

Die Tür zum Badezimmer öffnete sich und Anna-Laura rief: »Das hat gutgetan. Der Bademantel passt mir ganz gut. Endlich fühle ich mich wieder sauber.«

»Du bist nicht allein.«

»Nein, äh ja, das kann ich dir gerade nicht erklären. Ich ...«

»Nicht erklären. Dein Bademantel. Ich glaube, ich verstehe.«

»Nein, das verstehst du ganz falsch. Es ist ganz anders. Es ist dienstlich.«

»Dienstlich.«

»Ja, dienstlich. Entschuldige, dass ich dich nicht angerufen habe.« Aufgelegt. Sabine hatte einfach aufgelegt.

»Oh, Sie haben telefoniert. Tut mir leid, wenn ich ...«

»Schon gut. Es ist nichts.« Ziether starrte auf den Telefonhörer. Sabine, die hatte er ganz vergessen. Was würde sie jetzt denken? Aber was hätte er sagen sollen? Er wählte ihre Nummer und hörte das Freizeichen, aber es ging niemand ran. Mit einem Seufzen legte er das Telefon auf den kleinen Wohnzimmertisch.

Anna-Laura stand jetzt vor ihm, in seinem Bademantel mit dem Handtuch auf dem Kopf. Sie sah noch so jung aus, hätte glatt seine Tochter sein können. »Ich würde gerne, wenn es nicht zu viele Umstände macht, etwas essen. Ich habe richtig Hunger.«

Ziether stand auf und ging in die Küche, Anna-Laura folgte ihm.

»Ich weiß nicht, was ich noch da habe, aber etwas Toast, vielleicht ein wenig Käse im Kühlschrank, Margarine und Marmelade. Also viel ist es nicht, aber wir können gucken, was wir noch alles finden, und Tee trinken.«

Während er Wasser aufsetzte, suchte Anna-Laura im Kühlschrank und im Brotkorb alles Mögliche zusammen. Ziether war nicht ganz bei der Sache, das Telefonat mit Sabine hing ihm immer noch nach. Anna-Laura deckte für sie beide den kleinen Küchentisch.

Ziether überlegte hin und her. Ob er kurz zu Sabine gehen sollte? Aber konnte er Anna-Laura denn allein lassen? Nein, entschied er. Mit Sabine würde er später sprechen und ihr alles erklären.

Schweigend saßen sie in seiner kleinen Küche, aßen und tranken Tee. Ziether wollte Anna-Laura nicht schon wieder mit seinen Fragen löchern. Und andere Themen hatten sie nicht.

»Ich ...« Anna-Lauras Blick sah traurig aus.

Ziether legte den Kopf leicht schief. Die junge Frau hatte momentan ein schweres Los. Jetzt waren schon zwei ihrer Freunde gewaltsam ums Leben gekommen.

Sie räusperte sich. »Meine Mutter ...«, setzte sie an. Dabei sammelten sich wieder Tränen in ihren Augen. Sie schluckte hart und blickte auf ihren Teller.

»Ich habe sie kennengelernt.« Er nickte ihr zu.

»Diese Arbeit in der Bank. Ich habe das ja von klein auf mitgekriegt. Als Kind dachte ich, was für ein toller Job. Mama gibt anderen Leuten Geld, dann können die Häuser bauen oder mit ihren Kindern in den Urlaub fahren. Als ich etwas älter war, habe ich dann nachgefragt. Sie war nicht glücklich damit, mit ihrer Arbeit. Die Realität ist ja eine andere. Sie muss bestimmte Vorgaben erfüllen, die alle paar Wochen wechseln. Verträge verkaufen, Versicherungen. So was halt.«

»War das auch eine Motivation für Ihr BWL-Studium?«

Anna-Laura nickte. »Vielleicht war der Beruf meiner Mutter daran nicht ganz unschuldig.« Zum ersten Mal huschte ein Lächeln über ihr Gesicht. »Zahlen, Geldflüsse, Verträge. Ich wollte das verstehen. Aber das Studium hat meine Zweifel an diesem ganzen monetären System eher noch verstärkt. Der Zusammenhang von Geld und Macht, diese Abhängigkeiten, dass die Menschen damit gefesselt werden an

Erwerbsarbeit, Einkommen, dass sie Kredite aufnehmen, um sich etwas leisten zu können, dann kommen irgendwelche Versicherungen, um die Kredite abzusichern, die wieder Beiträge kosten, und das alles nur, um ihre monatlichen Raten bedienen zu können. Dieses System selbst ist der Fehler, verstehen Sie? Wir sind verantwortlich dafür, für Abhängigkeit, Hunger, Ausbeutung. Wir alle.«

Es klingelte. Vielleicht endlich Britt, dachte er und stand auf. Dann könnte er sie mit Anna-Laura kurz allein lassen und … Er öffnete die Tür, aber es war nicht Britt.

»Hallo Sabine.« Automatisch trat er einen Schritt zur Seite und ließ sie eintreten.

»Hab ich mich blöd benommen?«, fragte sie. »Aber wir sind verabredet und du meldest dich nicht. Und dann kannst du nicht kommen wegen einer Frau in deiner Wohnung, die deinen Bademantel trägt. Ich glaube, ich habe ein Recht auf eine Erklärung.«

Ziether ging durch den kleinen Flur in die Küche. »Das ist Frau Schneyder. Sie ist eine Zeugin und wird bedroht. Eigentlich sollte sie nicht hier sein, aber eine bessere Lösung haben wir beide nicht gefunden.«

»Hallo.«

»Hallo. Ich heiße Sabine.« Ein Mädchen, dachte sie. Ein junges Mädchen. In Ralfs Bademantel und darunter ganz offensichtlich nichts. Der Gedanke gab ihr einen Stich.

Da war dieses Geräusch gewesen, etwas, das nicht in die Situation passte, aber Ziether hatte nicht darauf geachtet. Er war zu sehr damit beschäftigt, das Missverständnis zu klären und Sabine zu zeigen, dass es ein Zusammenspiel gewisser Umstände gewesen war, die dazu geführt hatten, dass hier eine junge Frau halb nackt in seinem Bademantel in seiner Küche saß – etwas, das nicht normal war, als normal beziehungsweise harmlos zu erklären.

»Ralf!« Sabines Ausruf änderte alles.

Ein stämmiger Mann mit schwarzer Skihaube stand plötzlich neben ihr und hielt ihr eine Pistole an den Hals.

»Und, hast du Antoine mal wieder geschrieben?« Britt versuchte so neutral wie möglich zu klingen. Richard hatte keine neuen Nachrichten mehr geschickt. Sie wusste ja selbst, dass es blödsinnig war, noch länger der Zeit in Paris nachzutrauern, aber etwas in ihr hielt daran fest, wollte diese unerfüllbare Hoffnung nicht loslassen. Sehnsucht. Es war die Sehnsucht nach Liebe, Anerkennung, Zweisamkeit. Unwillkürlich seufzte sie auf.

»Nö. Ich hab's ja nicht so mit Französisch.« Die Worte kamen leidlich verständlich aus Nikkis vollem Mund. »Soll ich?«

»Nein. Du sollst gar nichts. Ich dachte nur.«

»Ach Mama. Antoine hat auf meine letzte Nachricht auch noch nicht reagiert. Ich glaube, er mag eben so wenig Deutsch lernen wie ich Französisch.«

Britt sah ihren Jungen an. Schön, so zusammen am Abendbrottisch zu sitzen. Wenigstens die Mahlzeiten gemeinsam einnehmen, das hatte sie eingefordert. Sonst bekam sie ihn ja überhaupt nicht mehr zu sehen. Irgendwann war auch das vorbei. Der Gedanke versetzte ihr einen Stich. Sie blickte auf das Display ihres Handys. Eine Nachricht. Ralf. Die junge Frau, nach der sie gesucht hatten, sie war bei ihm, in seiner Wohnung. »Tut mir leid, Nikki, ich muss noch mal weg.«

»Is' schon okay«, kam die mümmelige Antwort.

Sie griff nach ihrer Jacke und verließ die Wohnung. Britt wollte gerade bei Regina Müller klingeln und fragen, ob sie auf Nikki ein Auge haben würde, als die Tür schon geöffnet wurde.

»Britt! Ich wollte grade zu dir. Hast du die Meldung im Internet schon gesehen?«

»Welche Meldung?«

»Ihr bearbeitet doch diesen Fall mit den Bankräubern.«

Britt war Regina durch den Flur ins Wohnzimmer gefolgt und nickte. Schon von der Tür aus konnte sie auf dem Bildschirm die

Fotos erkennen. Es war eine Reihe Porträtaufnahmen. *Die Mitglieder der Maskenbande* stand da fett gedruckt über den Bildern. Sie erkannte Martin Dreyer, Kai Stanz, Anna-Laura Schneyder ... und das musste Josh Myers sein, offensichtlich ein Jugendfoto von ihm. Auf dem fünften Bild war nur eine graue Silhouette abgebildet mit einem dicken Fragezeichen in Gesichtshöhe. Die Bilder von Dreyer und Stanz waren rot durchgestrichen. *Wer kann Angaben zu den übrigen Mittätern machen? Wir bleiben dran!* stand darunter.

Mehrfach hatte sie Ralfs Handynummer gewählt, aber der war nicht rangegangen. Jetzt machte sie sich ernsthaft Sorgen. Was war denn da los? Sie beeilte sich. In ihrem Kopf überschlugen sich die Gedanken. Die Bilder in der Zeitung. Harnstorn! Das war doch wieder dieser Schmierenjournalist, ließ Bilder, die er von dem Unbekannten erhalten hatte, unhinterfragt in die Zeitung setzen. Rufmord war das! Und Behinderung der Polizeiarbeit. Na, den würde sie sich noch kaufen! Diesmal würde er um ein Strafverfahren nicht herumkommen. Dafür würde sie sorgen.

Aber Ralf. Warum ging er nicht an sein Handy, verdammt! Sie bog in seine Straße ein, parkte den Wagen in zweiter Reihe, stieg aus und drückte noch einmal die Wahlwiederholung. Es klingelte. Wieso ... Da, an der einen Baumscheibe vor ihr, leuchtete und klingelte das Handy. Sie hob es auf, rannte über den Bürgersteig und stieß die Haustür auf. Gott sei Dank, dachte sie, als sie Ziether sah, der neben einer Frau kniete, die auf einer der Treppenstufen saß. Aber das war nicht Frau Schneyder.

»Ralf!«, stieß sie hervor. Er blickte kurz auf, und sie sah das Gesicht der Frau, kreideweiß, verheult, sie stand sichtlich unter Schock. »Was ist ...«

»Sie haben Frau Schneyder ... aus meiner Wohnung geholt. So ein kräftiger Typ mit Skimaske. Frau Meiring«, er wies mit dem Kopf auf die Frau neben sich, »hat er die Waffe an den Kopf gehalten. Ich konnte nichts tun.«

Britt beugte sich zu den beiden hinab und berührte die Frau leicht am Arm. Die blickte sie zwar an, schien sie aber gar nicht wahrzunehmen. »Dein Handy, lag draußen.« Sie rief über den Notruf einen Krankenwagen. »Der Krankenwagen ist unterwegs. Ich habe niemanden mehr gesehen auf der Straße.«

Das Display auf Ziethers Handy leuchtete auf. Britt blickte auf die Nachricht und zog irritiert eine Augenbraue hoch. »Hier. Schau mal.« Sie reichte das Handy an ihren Kollegen weiter.

Der zog die Stirn kraus. »Das sind Koordinaten. Darunter steht: *Geplanter Aufenthaltsort Schneyder.* Woher?« Aber die Nummer des Absenders war unterdrückt. Ziether richtete sich auf. »Sabine? Wir müssen los, denjenigen kriegen, der dich bedroht und das Mädchen entführt hat. Der Krankenwagen ist gleich da. Kommst du klar?« Und an Britt gewandt meinte er: »Ruf das Einsatzkommando.«

Sabine Meiring nickte langsam.

Von draußen konnten sie das Martinshorn hören. Britt verließ das Treppenhaus und winkte die Sanitäter heran. »Schockzustand nach einer Gewalttat. Wir müssen los! Der Täter hat noch eine zweite Person in seiner Gewalt.«

Der Notarzt und ein Sanitäter betraten den Flur. Jetzt kam endlich auch Ralf heraus. Britt war schon zu ihrem Wagen gelaufen und vor dem Mietshaus vorgefahren.

Ihr Entführer hatte, als er sie in den großen Kofferraum des Pickups bugsiert hatte, die Gesichtsmaske bis zur Stirn hochgezogen. Mit Abscheu hatte sie sein rot verschwitztes Gesicht sehen können, südländisch hatte er ausgesehen. Und brutal. Dann hatte er die Klappe knallend zugeschlagen, den Wagen gestartet und war mit ihr schier endlos durch die Stadt gefahren. Im Kofferraum hatten ein paar Decken gelegen, trotzdem war Anna-Laura bei jedem Bremsen, Anfahren und Abbiegen hin und her geschleudert worden. Dann hatte er sie endlich da rausgeholt und in diese heruntergekommene Halle gebracht. Jetzt stand sie mit zitternden Knien in einer großen, leergeräumten Werkhalle. Ganz hinten, an der Seite, standen zwei Stühle, auf dem einen saß ein feister Typ im Anzug und musterte sie intensiv.

Ihr Entführer hatte ihr wortlos einen Trainingsanzug zugeworfen und war durch die schmale Metalltür verschwunden, durch die er sie auch herein bugsiert hatte. Anna-Laura blieb mit dem fremden Mann allein in der kahlen Halle. Sie hatte sich umgedreht und zuerst die Hose angezogen, bevor sie den Bademantel fallen gelassen hatte, um auch die Jacke überzustreifen. Dabei hatte sie das Gefühl gehabt, der Dicke hätte ihren Rücken mit seinen Blicken durchbohrt. Der Mann sah sie jetzt an, wies auf den Stuhl, erhob sich und marschierte vor ihr auf und ab. Dann ließ er sich in den anderen Stuhl fallen, das einzige weitere Möbelstück in der kalten Halle. Die ausgelatschten Schlappen, die man ihr gegeben hatte, hatte sie nicht anziehen wollen. Jetzt stellte sie ihre nackten Füße darauf. Der grau gestrichene Betonboden war einfach zu kalt.

»Anna-Laura Schneyder. So lernen wir uns kennen. Du willst sicher wissen, wer ich bin und warum du hier bist. Das erste tut nichts zur Sache und den Rest wirst du gleich erfahren.« Der Dicke machte eine Pause und blies den Rauch seiner Zigarre in die kalte Luft.

Anna-Laura zitterte. Sie war erschöpft und hatte Hunger. Trotzdem fühlte es sich so an, als müsse sie gleich kotzen. Sie konnte keinen klaren Gedanken mehr fassen.

»Zwei deiner Freunde sind tot. Die anderen auf der Flucht. Nur du bist jetzt hier. Ganz allein du.« Er sah Anna-Laura durchdringend an.

Sie senkte den Blick.

»Hat es Spaß gemacht, die Banken zu überfallen und das Geld an irgendwelche obskuren Projekte zu verteilen? Anonym natürlich. Ich weiß. Aber ...« Jetzt beugte er sich vor, und Anna-Laura fror unter seinem kalten Blick. »Das war kein Spiel. Auch nicht, dass ihr das Broker-Programm geklaut habt. Wer hat das für euch besorgt? Josh?«

Sie versuchte diesen kalten Augen standzuhalten, musste aber doch den Blick abwenden.

»Dachte ich's mir doch.« Er lehnte sich wieder zurück und aschte seine Zigarre ab. »Aber den Algorithmus für euren Hackerangriff. Den hast du doch entwickelt. Stimmt's? Wie hast du das gemacht? Wenn du redest, kommst du aus der Geschichte vielleicht noch heil heraus.«

Anna-Laura fröstelte immer noch. Stinkender Zigarrenrauch auf nüchternen Magen. Ihr Körper hielt sie in einer krampfartigen Anspannung fest. »Was wollen Sie von mir?«, brachte sie mit heiserer Stimme heraus. Sie räusperte sich, strich mit der Zunge über ihre spröden Lippen und bekam einen Hustenanfall.

Der Mann stand auf. Mit der stinkenden Zigarre in der Hand ging er an eine der Seitenwände der Halle. Erst jetzt sah Anna-Laura, dass dort einsam ein Waschbecken hing. Sie hörte, wie er den Wasserhahn quietschend aufdrehte und ein bullernder Wasserstrahl in das Becken platschte. Dann kam er zurück, stellte sich vor sie hin und ging in die Hocke. »Wenn du endlich den Mund aufmachst, gibt's auch Wasser«, grinste er sie an und blies den stinkenden Zigarrenqualm in ihre Richtung.

Kein Wasser. Nicht mal das. Anna-Laura unterdrückte ihr Zittern und die Übelkeit, die der Zigarrenqualm bei ihr auslöste. Mit einem Mal war sie eiskalt. Kein Wasser. Wenn sie redete, dem Dicken alles sagte, dann würde er wieder diesen brutalen Typen rufen und dann würde sie diese kalte Halle nicht mehr lebend verlassen. Das stand ihr jetzt klar vor Augen. *Hinhalten. Du musst ihn hinhalten*, dachte sie.

Bredehorst hatte das Blaulicht aufs Dach gesetzt und Gas gegeben. Sie rasten durch die Dunkelheit raus nach Lichtenberg. Ziether verursachte der rasante Fahrstil seiner Kollegin Übelkeit und so manche Schrecksekunde. Zum Glück bremsten die anderen Fahrzeuge, wenn Britt fast ungebremst über die nächste große Kreuzung bretterte. Aber sie hatte ja recht. Der Entführer hatte gut zehn Minuten Vorsprung. Mindestens. Ziether hatte die junge Frau Schneyder ja nur kurz kennengelernt. So fertig wie sie gewesen war, wie lange würde sie einem brutalen Entführer standhalten, der …

»Ich glaube, Anna-Laura Schneyder ist der Schlüssel zu allem.« Ziether wurde bei dem harten Bremsmanöver seiner Kollegin erst nach vorne und dann unsanft in den Sitz zurückgeworfen und, als sie mit angestrengt nach vorn gerichtetem Blick den Kleinlaster umkurvte, der mitten auf der Kreuzung stehen geblieben war, zur Seite geschleudert. Er holte hörbar Luft. »Ich meine, sonst hätte er sie doch gleich erledigt. Wie die anderen. Aber auch Dreyer und Stanz haben sie erst mal ausgequetscht, bevor sie sterben mussten. Hoffentlich hält die Kleine durch und wir kommen nicht zu spät.«

Von seiner Kollegin war nur ein zustimmendes Brummen zu hören, das ganz tief aus ihrem Bauch zu kommen schien. Gleichzeitig spürte er die Beschleunigung, als sie das Gaspedal durchtrat.

Ziether fühlte sich ziemlich am Ende, als sie etwa fünfzig Meter vor dem Grundstück anhielten. Zugleich war sein Adrenalinspiegel so hoch, dass er hätte aus dem Auto springen und einfach losrennen können. Sich mühsam zur Ruhe zwingend stieg er aus und ging mit Britt das kurze Stück auf die Halle zu, die dunkel und verlassen vor ihnen lag. Ein hoher Maschendrahtzaun, ein ungepflegter, unbeleuchteter Vorplatz, dessen Pflasterung von Unkraut und Wurzeln an verschiedenen Stellen hochgehoben worden war, und dahinter eine kleine Lagerhalle. Noch im Wagen hatte der Einsatzleiter des SEKs sich gemeldet. Sie hatten das Objekt erreicht. Jetzt sahen sie die Männer, die neben dem schmalen Viereck einer Stahltür links des breiten Rolltores standen. »Zugriff«, flüsterte Ziether in sein Handy.

Auf einmal stand der grobschlächtige Typ wieder in der Halle neben dem dicken Mann und flüsterte ihm etwas ins Ohr.

»Oh. Schade, dass wir unser kleines Gespräch woanders fortsetzen müssen.« Er stand auf und sagte mit lauter, veränderter Stimme, die Anna-Laura aufschrecken ließ: »Los! Komm!« Und an den anderen Mann gewandt: »Mirko!« Dabei wies er auf sie. Mirko kam auf sie zu, fasste sie grob am Arm und schleifte sie mit. Anna-Laura wollte sich wehren, aber sofort verstärkte sich der Griff an ihrem Arm zu einem schraubstockartigen Schmerz. »Ja, ja, schon gut«, stieß sie hervor und gab ihren Widerstand auf. Von draußen hörte sie ein lautes Motorengeräusch, rhythmisch und irgendwie flappend. Als Mirko die kleine Tür aufstieß, drangen aus der Dunkelheit kleine bunte Lichter, ein ohrenbetäubender Lärm und ein unerwartet harter Windstoß auf sie ein. Ein Hubschrauber! Da! Nur wenige Meter entfernt stand tatsächlich ein Hubschrauber. Der Pilot zeigte den gereckten Daumen. Die Seitentür wurde geöffnet, und ein anderer Mann zerrte Anna-Laura in den Innenraum. Als sie auf dem Boden aufschlug, weil sie so schnell keinen Halt gefunden hatte, sah sie noch die Handbewegung und hörte das dumpfe Plopp! Sie blickte, sich langsam aufrichtend, zurück und sah das Loch in Mirkos Stirn, sein fassungsloses Gesicht, das Blut, während er zu Boden stürzte. Der Dicke hob abwehrend die Hand, aber der Mann im Hubschrauber zog einfach die Tür zu und dann ... dann hoben sie ab.

Die Männer des Einsatzkommandos hatten die Stahltür aufgebrochen und waren, Ziether und Bredehorst im Schlepptau, durch den kleinen Vorflur in die Leichtbauhalle gestürmt. Ein infernalischer Lärm hatte plötzlich eingesetzt. Die Halle war hell erleuchtet, Ziether registrierte den laufenden Wasserhahn, bloß war hier keine Menschenseele weit und breit. Aber durch die nur halb geschlossene Tür an der Rückseite er Halle dröhnte der Lärm eines startenden Hubschraubers. Die Männer stürzten auf die schmale Tür zu. Als Ziether hindurchtrat, sah er, wie der Hubschrauber etwa zehn, zwölf Meter über ihnen abdrehte und sich in heftiger Schräglage von ihnen entfernte. Sein Blick fiel auf den Boden. Dort lagen zwei Männer. Einer rührte sich noch und wurde sofort von zwei Männern des Einsatzkommandos überwältigt und mit Handfesseln verschnürt. Der andere Mann aber bewegte sich nicht mehr. Im Licht der Kopflampen eines Polizeibeamten glänzte rund um seinen Kopf eine dunkelschwarze Blutlache.

Anna-Laura stand sichtlich unter Schock. Als der Hubschrauber beschleunigte, würgte sie erst und musste sich dann übergeben. Der fremde Mann, der ihr gegenübersaß, reichte ihr gerade noch rechtzeitig eine Tüte. Ihr Magen drehte sich um, und ihr ganzer Körper rebellierte schmerzhaft gegen die Überlastung der letzten Stunden. Ihr wurde schwindlig bei diesem Karussellgefühl. Sie würgte erneut, dann versuchte sie, ihren stoßweisen Atem zu verlangsamen, um nicht ohnmächtig zu werden. Ihr Kopf schmerzte, aber sie zwang sich, ihre Gedanken zu ordnen.

Der Mann berührte sie leicht an der Schulter, und erschrocken zuckte sie zurück. »Anna-Laura?« Wie automatisch nickte sie und sah den drahtigen Typen mit großen Augen an. »You are safe. Sie sind in Sicherheit«, meinte er mit eindeutig amerikanischem Akzent. Er wandte sich zum Piloten um und klopfte dem auf die Schulter. Der hob den Daumen. Er zückte sein Handy, tippte darauf und rief: »The package is on the way.«

Das Einsatzteam der Berliner Polizei konnte dem seitlich abkippenden Hubschrauber, der rasch an Höhe gewann, nur tatenlos nachblicken. Wütend ballte Ziether seine Faust. Eine sinnlose Geste, selbst wenn die Hubschrauberbesatzung diese noch hätte sehen können, wovon nicht auszugehen war, da nur aus dem schmalen Viereck des Hallenausgangs ein rechteckiger Lichtschein in die zunehmende Dunkelheit fiel.

Die SEKler hatten den Gefesselten hochgerissen. »Wo ist Anna-Laura?«, herrschte er ihn an. Der wies nur mit dem Kopf nach oben. Bredehorst stand mit gezücktem Handy abseits und telefonierte mit der Zentrale. »Fragt mal bei der Flugsicherung in Schönefeld nach, welche Hubschrauberflüge im Großraum Berlin heute Abend genehmigt worden sind. Und schickt den KD los ... ja. Dr. Schmalberg habe ich schon erreicht.«

Ziether stand immer noch ziemlich unter Strom, als sie zurück ins Präsidium fuhren. Vor Ort hatten sie sich noch einmal umgesehen, aber nichts weiter Auffälliges entdecken können. Die Halle war bis auf die Sitzmöbel leer und machte einen grundgereinigten Eindruck. Es war fraglich, was Piet Wieczorek mit seinen Leuten hier noch finden würde.

Der Festgenommene hieß Florian Meierdierks und nannte sich unabhängiger Finanz- und Anlageberater, wohnhaft in Berlin. Jetzt saß er in einem der Vernehmungsräume. Den Toten, Mirko Koscielnicz, checkte Bredehorst noch in der Polizeidatenbank POLIKS, während Ziether sich diesen Anlageberater vornahm.

Meierdierks war auffällig gesprächig. Nachdem Ziether die Vernehmungsdaten ins Mikrofon des Aufnahmegerätes gesprochen und den Finanzberater über seine Rechte aufgeklärt hatte, redete der wie ein Wasserfall. »Ich habe mit dem Toten, diesem Mirko nichts zu tun. Ogottogott.« Er stützte seinen Kopf in beide Hände. Die Erinnerung an die Szene hinter der Halle in Lichtenberg machte ihm sichtlich zu schaffen. »Auch nicht mit dieser Anna-Laura Schneyder ...«, fuhr er fort. »Ich bin Anlageberater. Ich ... ich wurde zu dieser Halle bestellt, und da war dann dieser Mirko mit der jungen Frau. Die beiden habe ich nie zuvor gesehen.«

Meierdierks schwitzte sichtlich. Ziether betrachtete sein Gesicht eingehend. Meierdierks hatte Angst. Oder er war ein guter Schauspieler. »Ist es nicht ungewöhnlich für einen Anlageberater, um diese Zeit in eine Lagerhalle gerufen zu werden? Wer hat Sie dort hinbestellt und warum? Wen sollten Sie dort treffen?«

»Ich habe eine ganze Reihe Kunden, die, nun ja ... mein Geschäft beruht ja auch auf Verschwiegenheit, und manche meiner Kunden legen darauf einen besonderen Wert. Darum habe ich mir auch nichts dabei gedacht. Herr Wakowiak aus Frankfurt fungiert oft als Vermittler für solvente Kunden. Der hat mich heute Nachmittag angerufen und für heute Abend dorthin bestellt. Ich sollte dort einen neuen Kunden treffen für ein Erstgespräch. Aber als ich dort ankam ... Die Tür zur Halle war offen, aber da war niemand. Und dann kamen dieser Mirko und die junge Frau auf einmal da reingestürmt.«

Die Tür ging auf, Bredehorst schaute herein und winkte Ziether zu sich. Der unterbrach die Vernehmung. »Sie sollten sich gut überlegen, ob Sie nicht doch langsam mal die Wahrheit sagen, anstatt uns hier irgendwelche Märchen aufzutischen«, meinte er zu Meierdierks, bevor er den Raum verließ.

»Hast du schon was?«, fragte er seine Kollegin.

»Ja, ich glaube, ich habe unseren Flug gefunden«, meinte Bredehorst. »Aber nicht nur das. Dieser Mirko Koscielnicz ist schon mal ein ganz falscher Fuffziger, der Pass ist gefälscht. Ich nehme an, dass er für unsere Unbekannten gearbeitet hat, quasi als Mann fürs Grobe. Piet macht gerade einen Abgleich der Fingerabdrücke. Dann wissen wir hoffentlich mehr.« Sie blickte auf den großen Computerausdruck in ihrer Hand. »Hubschrauberflüge gab es natürlich jede

Menge. Neben den Anmeldungen der Notfallhubschrauber einiger Kliniken, ADAC, Polizei, einige Rundflüge mit Touristen ... die Liste ist ziemlich lang. Aber ein einzelner Flug ist auf jeden Fall auffällig: die US-Botschaft hat einen Flug angemeldet von der Botschaft zum Flughafen. Aber kurz nach dem Start ist die Maschine vom Radar der Flugsicherung verschwunden. Für ganze zwanzig Minuten. Dann war sie wieder da, aber nicht auf der normalen Route, und der Pilot hat auch keine Angaben zu möglichen Abweichungen gemacht. Es könnte also sein ...«

»... dass die Amis einen Abstecher nach Lichtenberg gemacht haben, um Anna-Laura Schneyder an Bord zu nehmen.«

Bredehorst nickte. »Das Zeitfenster von zwanzig Minuten ist dafür allemal ausreichend. Es fragt sich bloß, woher sie wussten, dass die junge Frau um genau diese Zeit dort in der Lagerhalle sein wird.«

»Die CIA.«

»Das denke ich auch.«

»Die Brandenburger Kollegen haben übrigens für den fraglichen Zeitpunkt den Überfall auf die Besatzung eines Hubschraubers auf einem kleinen Brandenburger Sportflugplatz gemeldet. Von dort aus sollte ein gecharterter Flug nach Berlin stattfinden. Der Auftragnehmer hat im Vorfeld bar bezahlt und falsche Personalien angegeben. Aber dann wurden der Pilot und sein Co. direkt vor dem Start von zwei maskierten Männern überfallen und in einer Fliegerbaracke gefesselt. Der Charterflug hat dann nicht stattgefunden. Das dürfte wohl unser Flug gewesen sein.«

»Also haben die Entführer von Anna-Laura Schneyder den gecharterten Flug verhindert und sind stattdessen mit ihrem eigenen Hubschrauber in Lichtenberg aufgetaucht. Die wussten genau, wozu der Hubschrauberflug dienen sollte, und haben ihnen Anna-Laura weggeschnappt ...«

Bredehorst nickte. »Und ohne mit der Wimper zu zucken haben die den Koscielnicz geradezu liquidiert und uns Meierdierks überlassen.«

»Das stinkt doch geradezu nach einer geheimdienstlichen Kommandoaktion.«

»Erst der Myers, der US-amerikanische Austauschstudent, der spurlos verschwunden ist, dann diese professionelle Entführung und ein kaltblütiger Mord.«

»Es fragt sich bloß, woher die Amis wussten, dass die junge Frau um genau diese Zeit dort in der Lagerhalle sein wird.« Ziether rieb sich nachdenklich über sein Kinn. »Das macht die Ermittlungen nicht gerade einfacher. Wenn das eine Geheimoperation war, warum auch immer, werden die uns kaum erzählen, warum sie Frau Schneyder da rausgeholt haben.« Er drehte sich zur Tür. »Wenn du was über diesen Koscielnicz hast ...«

Bredehorst nickte. »Dann melde ich mich sofort.«

»Ach. Und vielleicht findest du was über einen Frankfurter Anwalt namens Wakowiak heraus.«

Zurück im Vernehmungsraum setzte sich Ziether und schaltete das Mikro wieder an.

»Ich möchte jetzt doch meinen Anwalt sprechen«, meinte sein Gegenüber.

Ziether unterdrückte ein Seufzen. »In diesem Moment ist Frau Schneyder in der Hand von uns nicht bekannten Entführern. Womöglich ist sie in Lebensgefahr. Zwei junge Menschen wurden schon umgebracht und ein Banker offenbar in den Tod getrieben. Denken Sie nicht auch, es wäre an der Zeit, zu kooperieren? Sie stecken da ganz tief drin. Oder glauben Sie etwa selbst daran, dass Sie zu dieser Lagerhalle gerufen wurden, ohne eine Ahnung davon zu haben, dass dieser Koscielnicz mit Frau Schneyder da auftauchen wird?« Er musterte Meierdierks. Vielleicht würde er doch reden, um seinen Kopf aus der Schlinge zu ziehen.

Die Zeit verrann. Wenn die Amis Anna-Laura Schneyder entführt hatten, war sie sicherlich noch am Leben, sonst hätten sie nicht nur Mirko, sondern auch sie gleich mit erschossen. So gesehen war die Zeit auf seiner Seite. Und Meierdierks? Der kam jetzt schon ins Schwitzen.

In diesem Moment wurde die Tür aufgerissen. Schon wieder eine Störung, dachte Ziether. Aber vielleicht hatte Bredehorst ja ... Weiter kam er nicht in seinen Gedanken. Zwei Männer betraten den Raum, der Ältere im grauen Anzug, der andere mit Jeans und Lederjacke. Kein Anwalt, dachte er noch und dann blieb ihm der Mund offenstehen.

»Seiters, BKA. Das ist mein Kollege Schulze, Abteilung Organisierte Kriminalität. Der Generalbundesanwalt hat das Verfahren an sich gezogen. Bandenmäßiger Betrug zum Schaden der Bundesrepublik Deutschland in mehreren schweren Fällen verbunden mit den Offizialdelikten zweifacher Mord, Entführung, Freiheitsberaubung, Anstiftung zum Mord und so weiter«

Der Anzugträger überreichte Ziether den entsprechenden Beschluss. »Wir übernehmen den Tatverdächtigen und führen die Vernehmung in den Räumen des Berliner Landeskriminalamtes weiter. Sämtliche Ermittlungsakten, Spurenauswertungen etc. sind uns zu übergeben. Ich gehe von Ihrem Einverständnis aus und setze auf Ihre vollumfängliche Kooperation.«

Bredehorst war gerade noch hinzugekommen, Oberstaatsanwalt Niemann im Schlepptau, als die beiden BKA-Männer Meierdierks in Handfesseln aus dem Vernehmungszimmer geführt hatten. Es gab noch einen kurzen Wortwechsel mit Niemann im Flur, aber Ziether hörte gar nicht mehr hin. Wut und Ohnmacht, zwei Gefühle lagen in ihm im Widerstreit. Ihm brummte der Schädel, und er ballte die Fäuste, aber dann schien sämtliche Energie, die er noch aufgebracht hatte, aufgebraucht zu sein und ihn erfasste eine alles überlagernde Müdigkeit. Mit einem Mal war alles so unfassbar sinnlos.

10

Ralf Ziether hatte sich krankgemeldet. Eine tiefe innere Erschöpfung hatte sich in ihm breit gemacht. Müde, antriebslos und voller schlechter Gedanken schlurfte er in seiner Wohnung herum, ohne sich zu irgendetwas aufraffen zu können. Doch, einmal hatte er Sabine angerufen. Aber da war nur der AB dran gewesen mit der Nachricht, dass Frau Meiring bis auf weiteres verreist sei. Nach dem Piepton hatte er keine Nachricht aufs Band gesprochen. Ihm hatten einfach die richtigen Worte gefehlt.

Jedenfalls hatte seine Kollegin die Aktenübergabe ans BKA allein machen müssen und sich auch noch mit Staatsanwalt Middelberg auseinandergesetzt, der sich, aus seinem Wanderurlaub zurück, ziemlich angestellt hatte, weil seine Abteilung nun leer ausgehen würde, während das BKA bereits die ersten, wenn auch vagen Ermittlungserfolge verkündete. Angeblich handelte es sich bei der kriminellen Vereinigung, die die Börsenkurse manipuliert und auf sinkende oder steigende Kurse hohe Wetten abgeschlossen hatte, um eine gemeinsame Aktion russischer und amerikanischer Milliardäre, die sich in einem geheimen Club zusammengeschlossen hatten. Mehr erfuhr die Öffentlichkeit aus ermittlungstaktischen Gründen aber nicht.

Nach drei Tagen Höhlenleben zwischen Bett und Küche klingelte es an Ziethers Wohnungstür. Es war Britt, die mit einem Strauß frischer Wiesenblumen dastand und ihn anlächelte. »Ich dachte, ich hole dich ab. Du willst doch sicher dabei sein, wenn wir einen der Mittäter dieser Finanzmanipulanten vernehmen, oder?«

Ziether musste, zum ersten Mal seit Tagen, unwillkürlich grinsen. Er sah den kritischen Blick seiner Kollegin und blickte auf sein Outfit: Schlafanzug und Bademantel. »Ich kann eben noch duschen?«

Im Präsidium trafen sie auf Jan Meyer vom Betrugsdezernat, der im Flur vor einem der Vernehmungsräume auf sie wartete. »Kommen Sie«, winkte er die beiden in den Nebenraum mit dem großen Spiegel.

Im Vernehmungszimmer sahen sie einen jungen Mann, der unbeweglich auf einem der drei Stühle am Vernehmungstisch saß und mit leerem Blick genau in ihre Richtung starrte.

»Das ist Stefan Kappler. Die Kollegen vom BKA hatten mich informiert, dass sie ein geheimes Büro dieser Bande hochnehmen wollen, und quasi um Amtshilfe gebeten. Ich bin schon ein paar Mal hinzugezogen worden, gerade wenn es bei Betrugsdelikten um irgendeine Spezialsoftware ging. Aber diesmal konnte ich nicht viel helfen. Das war ein Raum – vollgestopft mit Bildschirmen und einem Extra-Server. Davor saß dieser Typ, Stefan Kappler. Die Monitore waren voller Zahlen und Grafiken, aber kaum waren wir drin, gingen sämtliche Bildschirme aus.«

»Und wie kommen wir zu der Ehre, dass wir diesen Kappler vernehmen dürfen?«

»Herbert Beyer vom BKA hat gestern angerufen. Wir sollen die Verbindung dieser internationalen Bande zu unseren Bankräubern noch einmal überprüfen. Dafür lässt uns das Bundeskriminalamt an seinem Wissen partizipieren, hat er gesagt. Nicht ohne einen ironischen Unterton. Denen geht bei der Dimension ihrer Ermittlungen wohl der Arsch ziemlich auf Grundeis, soll ich dir ausrichten. Und du sollst ihn bald mal anrufen«, ergänzte Bredehorst.

Auch wenn Ziether das alles überhaupt nicht passte, musste er unwillkürlich grinsen. »Und? Hat dieser Kappler schon was gesagt?«

Meyer seufzte und rieb sich die Augen unter der dicken Hornbrille. »Bis jetzt kein Wort, leider. Seitdem er hier ist, muckst der sich nicht ein Stück. Komischer Typ.«

Das sagst ausgerechnet du, selbst ein Nerd, dachte Ziether belustigt, sagte aber nur: »Na denn«, und marschierte in den Vernehmungsraum.

Stefan Kappler schien vom Eintreten des Hauptkommissars keine Notiz zu nehmen, saß, äußerlich ungerührt, völlig regungslos da. Irgendwie nicht wirklich anwesend, dachte Ziether.

»Herr Kappler, Stefan Kappler?«, fing er an, aber sein Gegenüber reagierte nicht.

Kapplers Blick war starr auf einen Punkt an der Wand hinter dem Hauptkommissar gerichtet. Ziether erhob sich und wischte mit der Hand durch dessen Blickrichtung. Keine Reaktion.

Kein Rot, keine Verletzung der Außenhaut, keine Störung. Alles ist in Ordnung. Alles ist richtig. Kein Rot. Keine Störung ... Stefan Kappler hatte sich ganz in sein Inneres zurückgezogen, der einzige Weg, der ihm blieb, um die Anderwelt und das Schmerzrot auszusperren. Aber hier, hier war er sicher. Dreihundert Schachpartien warteten in den Schubfächern darauf, nachgespielt zu werden. Dreihundert Schachpartien, die er in ihrem Ablauf variieren konnte. Dreihundert Möglichkeiten, die Struktur aufrechtzuerhalten, sich zu befestigen gegen die Anderwelt, bis ... *Nicht daran denken. Es ist alles in Ordnung. Es ist alles richtig.* Stefan Kappler war weg, weit weg, an einem Ort, wo ihn niemand finden konnte. Fast hätte er sich ein Lächeln erlaubt. Aber es blieb nur ein mikrosekundenlanges Zucken des Mundwinkels. Unsichtbar für die anderen. Unsichtbar. Das war er.

Stinksauer war Ralf Ziether aus dem Vernehmungsraum in sein Büro gestürmt. Das nannten die vom Bundeskriminalamt also Zusammenarbeit. Er schnaubte vor Wut. Der war doch völlig weggetreten, dieser Kerl im Vernehmungszimmer. Vermutlich hatten sie mit dem einfach nichts anfangen können und da freundlicherweise an die Kollegen von der Berliner Kripo gedacht. Na danke!

Bredehorst konnte einen belustigten Ausdruck in ihrem Gesicht nicht unterdrücken, während Ziether wie ein schwer zu bändigendes Wildtier durch das Büro stampfte. *Männer*, dachte sie. Einfach zu viel Testosteron.

Ziethers Blick traf ihren, kurz leuchtete die Wut darin auf, so als ob er die jetzt an ihr auslassen wollte. Dann setzte er ein gequältes Grinsen auf. »So ein Scheiß! Und dafür holst du mich aus meiner Wohnung?«

»Deiner Wohnhöhle, wolltest du sagen. Kaffee?«

Sie stand auf und begann am Espressoautomaten herumzuhantieren. Ziether blieb neben ihr stehen, Britt versperrte den Weg zu seinem Stuhl. Außerdem wollte er sich gar nicht setzen! Er ballte die Fäuste, aber dann, als Britt einen Schritt zur Seite machte, auf ihn zu, um den alten Kaffee aus dem Filter zu klopfen – der Abstand zwischen ihnen betrug wohl zehn, fünfzehn Zentimeter – spürte Ziether eine warme Woge, die von ihr auszugehen schien und ihn traf, völlig unvorbereitet traf. War es dasselbe Parfum, das sie damals aufgelegt hatte, als sie an der antiquierten Musikbox gestanden hatten und schließlich in wortloser Übereinstimmung in ihrer Wohnung gelandet waren, in ihrem Bett? Fast hätte er sich ihr zugewandt, seinen Kopf an ihr Haar gelegt und diesen Duft aufgesogen … Seine Hände, er zog sie zurück, räusperte sich und trat zwei Schritte zur Seite. »Und? Was machen wir nun?«

Bredehorst reichte ihm das Espresso-Tässchen. Dabei berührten sich ihre Fingerspitzen. Ralf durchzuckte ein erotischer Impuls. Er schluckte, wich ihrem Blick aus und brachte nur ein gepresstes »Danke« heraus.

Bredehorst trat mit ihrer Tasse in der Hand an die Pinnwand. »Ich war nicht ganz untätig in den letzten Tagen. Außerdem hat Herbert Beyer mir ein paar Informationen gegeben.« Sie lächelte, während sie die Tasse anhob und einen Schluck heißen Espresso nahm. »Dieser Meierdierks, das ist ein ganz fauler Apfel. Sie haben ihn beim BKA ganz schön in die Mangel genommen. Als sie ihm mit der Mittäterschaft bei den Morden gekommen sind, hat er ziemlich schnell angefangen zu reden. Also …« Sie drehte sich zur Pinnwand. Ziether war neben sie getreten und sah sich das Diagramm der mit Pfeilen verbundenen Namen an. »Verantwortlich für die Morde, wie übrigens auch für die Erschütterungen an den Börsen, ist wohl eine geheime Gruppe von US-Milliardären und russischen Oligarchen, die mit der Manipulation von Kursen und hoch riskanten Wetten auf fallende oder sinkende Kurse unglaublich viel Kohle scheffeln. Mit negativen Wirtschaftsmeldungen, Kursmanipulationen, Bestechung und so weiter. Das Geschäft läuft völlig im Verborgenen ab und geht auf Kosten ...«

»... der Banken und der nicht eingeweihten Anleger.«

»Stimmt. Die einen gewinnen Hunderte von Millionen Dollar und die anderen ...«

»Die verlieren Geld, Einkommen, Sicherheit.«

Bredehorst nickte. »Ein ziemlich perverses Spiel. Dreh- und Angelpunkt in Deutschland scheint dieser Rechtsanwalt aus Frankfurt zu sein, Wakowiak. Nach außen hat der wohl nur eine schlecht laufende Klitsche als Kanzlei, lebt aber auf verdächtig großem Fuß. Florian Meierdierks ist da bloß ein kleiner Fisch, einer der Helfershelfer, der nicht viel weiß, ein Wasserträger sozusagen, aber als Kontaktmann zu gut betuchten Bürgern in Berlin nicht unwichtig. Peinlicherweise hat Meierdierks bei Wakowiak eine Liste gesehen, auf der einige der laut Forbes reichsten Männer der Welt aufgeführt waren. Anscheinend alles Mitglieder dieser Gruppe.«

»Die es einen Scheiß interessiert, was sie mit ihren Machenschaften auf der Welt anrichten. Hauptsache die Kohle stimmt!«

Wieder nickte seine Kollegin. »Und? Wer, meinst du, gehört da aus Russland dazu?«

Ziether zog die Stirn kraus. »Doch nicht ...«

»Leider doch. Dein spezieller Freund Chardowsky.«

Ziether ballte erneut die Fäuste und biss die Zähne zusammen. Nikolai Chardowsky, der russische Oligarch, der mit allem handelte, was Geld einbrachte. Drogen, jungen Mädchen, Waffen. Aber der war doch für Jahre im Knast verschwunden!

Bredehorst schien seine Gedanken lesen zu können. »Wenn du denkst, dass der noch im deutschen Zuchthaus sitzt, irrst du dich.

Obwohl er wohl auch von dort seine Geschäfte fortgeführt hat, ist er seit gut sechs Wochen wieder bei Mütterchen Russland. Die Moskauer Staatsanwaltschaft hatte ein Auslieferungsersuchen aufgrund eines Verfahrens wegen Steuerhinterziehung gestellt. Und dem ist entsprochen worden. Wenn du wissen willst, ob er in Moskau wirklich im Gefängnis sitzt und nicht auf irgendeiner Datscha ...« Sie zuckte mit den Schultern.

Ziether verzog das Gesicht und schlug sich mit der Faust in die Hand. Nikolai Chardowsky frei. Das durfte doch nicht wahr sein!

»Jedenfalls«, fuhr Bredehorst fort, »hatten wir mit unserer Vermutung, dass sich da ein Geheimdienst eingemischt hat, nicht unrecht. Nach Herbert Beyers Aussage scheint die CIA an der Sache dran zu sein. Vermutlich war Josh Myers, der spurlos verschwunden ist, einer ihrer Agenten, der hier diese Hackerbande unter hochbegabten BWL-Studenten aufgezogen hat, um diesen klandestinen Milliardärsclub aus der Reserve zu locken.«

»Was zwei der jungen Menschen das Leben gekostet hat.« Ziether schnaubte. Er konnte sich immer noch nicht beruhigen. Erst Chardowsky und nun die CIA, die junge Leute benutzte und wie Köder auslegte, um die dicken Raubfische anzulocken. »Und Anna-Laura?«

»Auch spurlos verschwunden.«

Ziether nickte böse. Vor seinem inneren Auge sah er sie, die junge Frau in seiner Küche, in seinem Bademantel. Wo war sie da reingeraten? Seine Gedanken drifteten ab. Er sah die Bilder – Anna-Laura, die den Tisch deckte, Sabine, dann plötzlich der bullige Typ mit der Skimaske, der seine Waffe Sabine an den Hals drückte. Da waren sie wieder, seine Wut und seine Ohnmacht. Wie erstarrt hatte er dagestanden, nichts tun können ...

»Ralf?«

Ziether tauchte wieder auf aus diesem Film, der ihn weiter durch seine Träume begleiten würde. Seine Schultern waren resigniert zusammengesackt.

Eine sanfte Berührung am Arm, der Geruch von Britts Parfum.

Ziether spürte seine Kollegin, die nun dicht neben ihm stand, und seufzte auf. Mit rauer Stimme fragte er: »Und? Haben wir sonst noch irgendwas, wo wir ansetzen können?« Mit einem Mal war sie wieder da, diese lähmende Müdigkeit. Er hatte das Gefühl, ihm würde der Boden unter den Füßen weggezogen. Er ließ sich auf Bredehorsts Stuhl fallen.

»Die Kollegen vom KD haben den PC von Kai Stanz analysiert.«

Ziether sah seine Kollegin fragend an.

»Aus seinem Elternhaus in Achim.«

Er nickte müde.

Bredehorst nahm ihm seine Espressotasse aus der Hand, ging hinüber zur Kaffeemaschine und hantierte daran herum, schlug den alten Kaffee aus dem Filter und setzte die Maschine wieder in Gang. Sie seufzte. »Ich glaube, so viel Kaffee, wie du brauchst, haben wir gar nicht mehr.« Dabei sah sie lächelnd über ihre Schulter.

Ziether rieb sich mit beiden Händen durchs Gesicht, hievte sich aus ihrem Stuhl hoch und riss das Fenster auf. Nein, er würde jetzt nicht schlapp machen! Auch wenn ihm das, was seine Kollegin ihm da offenbarte, wirklich nicht gefiel, gar nicht gefiel.

Er holte tief Luft und riss sich zusammen.

»Also. Aus den Dateien und dem E-Mail-Verkehr geht eindeutig hervor, dass Kai Stanz vor Antritt des Studiums in Berlin bereits über die Fachschaft Kontakt zu Martin Dreyer gehabt hatte. Dreyer wurde ihm sogar als Scout für die Orientierungswoche an der Uni zugeteilt. So haben die beiden sich wohl kennengelernt.«

»Und dann kam Anna-Laura, Martins Freundin, hinzu.«

Bredehorst stellte ihrem Kollegen eine neue Tasse heißen Espresso aufs Fensterbrett, direkt vor die Nase.

In die kühle Luft, die Ziether auf seinem Gesicht spürte, mischte sich der Kaffeeduft. »Danke.« Er nahm einen Schluck und spürte das bittere Brennen im Gaumen. »Und irgendwann gesellte sich dann dieser Myers zu den beiden, ein CIA-Agent, getarnt als BWL-Austauschstudent.«

Bredehorst wiegte den Kopf hin und her, hob ihr Tässchen an und sog den Kaffeeduft ein. »Ob er von Anfang an schon für die CIA gearbeitet hat, wissen wir nicht. Vielleicht haben sie ihn auch erst angeheuert, als sie mitbekommen haben, dass da eine von irgendwelchen Gerechtigkeitsidealen beseelte Gruppe entstand, die über ein hohes Maß an Intelligenz und Fähigkeiten verfügte.«

»So wie Anna-Laura, die Mathematikerin.«

»Und dann haben sie über Myers der Gruppe zunächst mal dieses Börsenprogramm zugespielt und abgewartet, was die damit anstellen und wohin sich ihre Diskussionen entwickeln.«

Ziether blickte über die Baumkronen, die noch immer dichtes, grünes Laub trugen, das im leichten Wind raschelte, sich mit dem Rauschen des Verkehrs vermischte. »Ganz schön pervers, findest du nicht? Was mit den jungen Leuten geschehen würde, das war denen schnurzpiepegal.«

Bredehorst folgte seinem Blick, sah den sich im Wind bewegenden Blättern und leicht schwankenden Ästen zu und schwieg.

»Hier ist unser vorläufiger Bericht, Dr. Mörker.« Mit sichtlichem Unbehagen legte einer der beiden Männer, die in Dr. Mörkers Büro vor seinem massiven Eichenholzschreibtisch Platz genommen hatten, den dünnen Hefter auf den blanken Schreibtisch.

Dr. Mörker versuchte die Fassung zu wahren. In seinem Kopf überschlugen sich die Gedanken. War doch klar, dass das nicht gut gehen würde. Von Anfang an war das doch abzusehen gewesen. Die Bilanz zu manipulieren und über seine Kunden undeklarierte Gelder ins Bankensystem einzuschleusen. Die Innenrevision. Sie waren ihm doch draufgekommen. Das musste ja früher oder später passieren. Und er hatte auch noch diesen kompromittierenden Vertrag unterzeichnet. Niemals hätte er sich dafür hergeben dürfen. Niemals! Aber hatte er eine andere Chance gehabt? Er musste es Christiane sagen. Bevor alles über ihm zusammenschlug und ihn hinabziehen würde in einen Strudel aus öffentlicher Demütigung und Häme. Ihr alles erklären. Und die Kinder. Die teuren Studiengebühren in der Schweiz und den USA. Alles aus. Aus und vorbei.

Wie durch einen Filter hörte er einen der Männer sagen: »Sie haben bis heute Abend Zeit, um dazu Stellung zu nehmen.«

»Ihren Account können Sie natürlich nicht mehr nutzen, aber das können Sie sicherlich auch handschriftlich«, ergänzte der andere.

»Falls Sie die gegen Sie erhobenen Vorwürfe nicht rückhaltlos aufklären können, werden wir unverzüglich Anzeige erstatten.« Die beiden Männer in den grauen Anzügen erhoben sich.

Mörker nickte unmerklich. Dann war er allein. Mit der einen Hand stupste er an den schmalen Hefter. Sein Todesurteil. Er brauchte die Unterlagen erst gar nicht zu lesen. Es war vorbei. Einfach vorbei. Sein Blick fiel auf das Telefon. Was sollte er bloß sagen? Das würde sie ihm niemals verzeihen.

Draußen war die Dämmerung bereits der Dunkelheit gewichen. Mörker stand auf und ging hinüber an das große Panoramafenster. Jedenfalls würde er sich nicht am Fenster aufhängen wie Hartkamp. Sein Mund verzog sich zu einem gequälten Grinsen. Diese Fenster waren nicht zu öffnen. Dafür gab es schließlich eine Klimaanlage. Er sah unten die roten Lichter der Autokolonnen. Pendler. Männer und Frauen, die von der Arbeit kamen, sich durch die Staus der Rush Hour quälten, nach Hause, zu ihren Familien. Was für ein Irrsinn an Alltäglichkeit. Und er? Er hatte diesen Wahnsinn auch mitgemacht, über Jahrzehnte. Stunden seines kostbaren Daseins im nicht enden wollenden Stopp-and-Go-Verkehr verbracht, sich jeden Tag wieder in die Mühle der Bank begeben, Verträge abgeschlossen, die seine Kunden auf Jahrzehnte knebelten und auf Wohl und Wehe an die Bank fesselten, sinnlose Meetings mit groß projizierten Grafiken und den Ansagen für immer neue Geschäftsmodelle hinter sich gebracht, die tödliche Langeweile einer fetten Spinne im Netz, die immer neue Klebefäden auslegte, um die Lebenskraft ihrer Kunden an sich zu binden: Kredite, Überziehungskredite, Kreditausfallversicherungen, Ratenkaufverträge, Risikolebensversicherungen, Aktienpakete ... tausend Möglichkeiten, die Spinnenfäden, die die Menschen mit ihrem Herzen, dem, was sie meinten sich leisten können zu müssen, an ihr Netz fesselte. Er sah weiter dem ruhelosen Verkehr da unten zu und schüttelte müde den Kopf. Das alles war für ihn hier nun zu Ende. Und es war kein gutes Ende.

Unwillkürlich seufzte er auf. Jetzt stand er hier. Allein. Das ameisenartig wuselige Getriebe des Tagesgeschäfts in der Bankzentrale war längst zum Erliegen gekommen. Auch Frau Krause, seine Vorzimmerdame war sicherlich längst auf dem Weg nach Hause. Nach Hause ... Er hatte immer noch nicht angerufen, fiel ihm ein. Was sollte er bloß sagen? Und dann? Nach Hause. Dieses Zuhause, das es eben noch gegeben hatte, es existierte nicht mehr.

Vernehmlich klopfte es an der Tür. War Frau Krause doch noch da? Mörker drehte sich um. Die breite Doppeltür öffnete sich, und herein kam ... Frauke Hartkamp. Wie kam die denn hierher?

»Guten Abend, Herr Dr. Mörker.« Frauke Hartkamp schloss die Tür hinter sich. »Mein Besuch kommt wohl etwas überraschend.«

Mörker löste sich aus seiner Erstarrung. »Ich ... mit Ihnen hatte ich nicht gerechnet, das stimmt. Wir haben doch keinen Termin, oder?«, versuchte er seine Fassung wieder zu gewinnen.

Frauke Hartkamp lächelte. Ein merkwürdiges Lächeln, fand er. Irgendwie ... mitleidig? Ja, so schien es. Mitleidig.

»Ich hielt es für notwendig, dass wir uns persönlich unterhalten. Seit unserem letzten Telefonat haben Sie es ja nicht für nötig befunden, noch einmal mit mir in Kontakt zu treten.« Frau Hartkamp stand jetzt mitten im Raum und blickte sich um. »Ein schönes Büro haben Sie hier. Ja wirklich.« Sie nickte. »Wirklich repräsentativ.«

Mörker hatte sich instinktiv hinter seinen massiven Schreibtisch begeben. Jetzt sah sie ihn direkt an. »Das will man natürlich nicht aufgeben. Was zählt da schon ein Mitarbeiter, den man in den Tod getrieben hat.«

»Frau Hartkamp!« Mörker hatte seine Stimme wiedergefunden. »Das … das ist eine unglaubliche Anschuldigung. Ich muss Sie wirklich bitten, zu gehen. Bitte verlassen Sie auf der Stelle mein Büro! Wie sind Sie überhaupt hier hereinge… «

»Tststs.« Frau Hartkamp war jetzt direkt an den Schreibtisch herangetreten. Ihr Blick fixierte ihn. Auf einmal hatte sie eine Waffe in der Hand, eine Pistole, und richtete sie auf ihn. »Schweigen Sie!«, herrschte sie ihn an. »Dass Sie selbstgefällig und eitel sind, wusste ich schon. Das hat mir Simon oft genug vorgebetet, solange, bis ich es nicht mehr hören konnte. Aber dass Sie scheinheilig und verlogen sind und sogar ein Mörder …« Ihre Stimme war schrill geworden. Schrill und laut. Die Waffe in ihrer Hand zitterte jetzt, und der schmale Lauf wanderte vor seinem Körper hin und her. »Hier! Sehen Sie selbst. Da bin ich ja gespannt, wie Sie sich da rauswinden wollen.« Sie hielt ihm das Display ihres Handys am ausgestreckten Arm vors Gesicht und holte hörbar Luft. »Die Aufnahme hat Simon mir geschickt, kurz bevor er starb – sterben musste.«

Mörker sah die Waffe vor sich, Frau Hartkamps Finger am Abzug. Er sah sich außerstande irgendetwas zu tun. Das Display des Handys zog seinen Blick an. Ein abendlich von Lampen erhellter Raum, unverkennbar Hartkamps Büro. Und dann er selbst, heftig gestikulierend und schreiend. Wie hatte Hartkamp diese Aufnahme gemacht, diesen Film? Warum hatte er nichts davon bemerkt? Der aufgeklappte Laptop. Er hatte ihn nur zugeklappt und mitgenommen. Im Keller entsorgt …

»Dafür werden Sie sich verantworten müssen. Allein Sie, Hartkamp! Wie konnten Sie nur so weit gehen!« Dr. Mörker war laut geworden. Er schrie Simon Hartkamp so laut an, dass Speichel aus seinem Mund stob. Jetzt stand er direkt neben seinem Mitarbeiter.

Hartkamp war aufgestanden. Seine Stimme war leise, aber klar, irgendwie unaufgeregt, so als würden die emotionalen Anwürfe seines Chefs ihn gar nicht erreichen. »Ich habe nur auf Ihre Anweisung hin …«

»Papperlapapp!« Mörker fuchtelte mit dem ausgestreckten Zeigefinger vor Hartkamps Gesicht herum. »Sie haben diesem Wakowiak und seinen Investoren blind vertraut. Nichts nachgeprüft, einfach blind vertraut. Sie sind für die Investments verantwortlich. Sie allein! Das wird Folgen haben. Sie ...« Mörkers Stimme überschlug sich fast. »Sie werden jetzt gehen und dieses Büro nicht mehr betreten. Nie mehr betreten. Ich werde Sie zur Verantwortung ziehen! Sie ... Sie ...«

Hartkamp nahm ein Blatt Papier von seinem Schreibtisch und hielt es Mörker hin. »Hier. Ihre letzten Anweisungen. Entgegen meiner Bedenken musste ich auf den Zug aufspringen, auf steigende Kurse setzen, bis es zu spät war.«

Mörker blickte kurz auf das Blatt Papier, auf dem Hartkamp in seiner säuberlichen, gestelzten Schrift die letzten Telefonate mit Mörker protokolliert hatte. Er schien überrascht, dann aber lachte er auf. »Das wird ihren Kopf auch nicht retten. Haben Sie nicht gerade erst dieses schicke Häuschen gekauft? Im Brandenburgischen? Na, das ist dann ja auch vorbei.« Er sah Hartkamp böse an. »Jemand wird für den Schaden den Kopf hinhalten müssen. Und das werde nicht ich sein, Hartkamp.« Mit hochrotem Kopf riss er das Papier aus dessen Hand und knüllte es zusammen. »Wie wollen Sie das Ihrer Frau erklären?« Jetzt sah Hartkamp ihn wütend an. Mörkers Blick veränderte sich. In der Hand hielt er jetzt einen kleinen, glattschwarzen Gegenstand. »Los. Zum Fenster! Das wollen wir doch mal sehen, wer hier die Verantwortung tragen wird!«

Mörker trat aus dem Bild. Man sah nur noch das erleuchtete Büro und hörte ein einzelnes Auto unten auf der Straße, als das Fenster geöffnet wurde. Mörkers Stimme: »Da. Schön andrücken, damit es hält!«

Dr. Mörker wandte den Blick ab. Auf dem Display war sowieso nichts mehr zu sehen, aber dafür sah er jetzt Simon Hartkamp vor sich, wie er aus dem Fenster geklettert war.

Ungelenk, hilflos stand er mit den Schuhen auf dem schmalen Fenstersims. Er hatte ihn gezwungen, den Kleber an der Glasscheibe und seiner Krawatte aufzutragen und anzudrücken. Hartkamps

Gesichtsausdruck. So blickte also ein Mensch, für den es keinen Ausweg mehr gab. Verzweifelt, hoffnungslos, resigniert. Diese Augen. Niemals würde er sie vergessen. Hartkamp sah ihn an und dann … ließ er sich plötzlich fallen. Mörker wandte sich schnell ab, hörte dieses unterdrückte Stöhnen und Schnaufen, diese überlauten Geräusche, die sein Anzugstoff machte, als Hartkamp damit an der Glasscheibe herumschlug, das Klackern der Schuhe an der Außenwand. Ohne sich noch einmal umzudrehen, rannte er aus Hartkamps Büro.

Mörker konnte diese Bilder nicht abschütteln. Erst Frauke Hartkamps Stimme holte ihn zurück, zurück in sein Büro. Er sah sie an, verständnislos. Was hatte sie gesagt? Er hatte sie nicht verstanden. Aber das war jetzt auch völlig unerheblich. Was immer Frau Hartkamp von ihm wollte, erwartete, Mörker spürte, nein, er wusste, er war am Ende seines Weges angekommen. Eine wortlose Leere breitete sich in ihm aus. *So ist das also, wenn alles, wirklich alles vorbei ist*, dachte er.

»Los, rüber ans Fenster!« Frauke Hartkamp fuchtelte mit der Pistole vor ihm herum.

Mörker bewegte sich nicht. Er blieb einfach stehen. Unwillkürlich musste er grinsen. Alte, längst vergessene Bilder tauchten in ihm auf. Schwarzweiß-Bilder aus alten Edgar-Wallace-Filmen mit Blacky Fuchsberger und der Flickenschildt. Immer wieder hatten der Kriminalbeamte oder ein bewaffneter Täter seine Opfer mit dieser zuckenden Bewegung des Pistolenlaufs in eine bestimmte Richtung dirigiert. Und die Angesprochenen waren dieser Bewegung gefolgt, immer gefolgt. Dr. Mörker hatte keine Lust mehr, irgendjemandem zu folgen. Sein ganzes Leben lang war er irgendwelchen Anordnungen und Vorgaben gefolgt. Gut gefahren war er mit seiner Folgsamkeit. Sie hatte ihm Ansehen und Wohlstand beschert. Aber jetzt, jetzt galt das nicht mehr. Sollte ihn die Hartkamp doch erschießen. Aber dann hier, hinter seinem Schreibtisch.

»Was ist?«, herrschte sie ihn an.

»Ich werde hier stehen bleiben und Ihnen etwas über Ihren Mann erzählen, etwas, das Sie nicht gern hören werden. Dann können Sie mich ja erschießen.« Die Hand mit der Waffe stockte mitten in der Bewegung. Jetzt war der Lauf auf ihn gerichtet.

In Mörkers Gesicht trat ein Lächeln. Eine innere Ruhe breitete sich in ihm aus. »Ihr Mann …«, er sah ihr jetzt direkt ins Gesicht, »was hat er Ihnen eigentlich erzählt? Über seine Finanzen, woher das ganze Geld kam für die teuren Urlaube in Asien und Amerika, über das Haus? Boni, Aktienpakte zu Vorzugspreisen?«

Frauke Hartkamp stockte der Atem. Was sollte das? Was wollte dieser Mörder ihr damit sagen. Aufhören sollte er. »Hören Sie auf! Ich will es nicht hören! All ihre Ausflüchte und Lügen!«

»Ich habe Ihren Mann in den Tod getrieben. Das stimmt. Das ist meine Schuld. Das gebe ich zu. Diese Nacht, in der er gestorben ist, werde ich niemals vergessen … und mir niemals verzeihen. Ihr Mann war ein Zocker, ein Süchtiger. Ich habe es nicht sehen wollen, diese Nächte, die er vor dem Computer zugebracht hat. Er hat mit einem hohen Einsatz gespielt, immer. Mit dem Geld der Bank, dem seiner Kunden und seinem eigenen. Die Einsätze wurden immer höher und, wenn er verlor, immer riskanter, und er hat wahrlich viel Geld verbrannt, aber dann musste er sofort die Verluste ausgleichen, ein noch höheres Risiko eingehen …«

»Hören Sie auf!« Frauke Hartkamp presste die Hände auf ihre Ohren und hielt die kleine Pistole dabei immer noch umklammert.

»Nächtelang war er hier. Zuletzt war er doch kaum noch zuhause, oder? Hat Sie das nicht stutzig gemacht?«

Frauke Hartkamp standen Tränen in den Augen, Tränen der Wut auf diesen hochnäsigen, so selbstsicheren Banker, der Ihren Mann auf dem Gewissen hatte, und Tränen der Verzweiflung. Simon, er hatte sich so verändert in den letzten Monaten. Sie hatte ihn kaum noch gesehen. Und wenn, dann war sie erschrocken gewesen über die sichtbare Veränderung ihres Mannes. Wo war er geblieben, der Simon, den sie gekannt hatte, der zuverlässige, liebevolle, ihr zugewandte Mann?

»Und dann kam dieser Frankfurter Anwalt ins Spiel. Wakowiak. Im Schlepptau eines Berliner Anlageberaters.« Mörker hing seinen Gedanken nach, sprach mehr zu sich selbst. »Meierdierks. Florian Meierdierks, so hieß er. Ihr Mann ließ sich mit diesen Leuten ein, reichen internationalen Investoren. Was kümmerte die ein kleiner Investmentbanker in Berlin? Es ging nur ums Geld. Sofortige Rendite. Das schnelle Geld durch aberwitzige Wetten auf fallende oder steigende Kurse. Ein Ritt auf der Rasierklinge zum Schaden der Bank.«

»Ruhe! Halten Sie endlich den Mund!«

Der Lauf der Pistole in Frauke Hartkamps Hand zuckte bedrohlich über Dr. Mörkers Körper.

»Schießen Sie ruhig, Frau Hartkamp. Das ändert nichts an den Tatsachen. Dieselben Leute halten sich jetzt an mich. Ich bin ihnen ausgeliefert.« Dr. Mörker lächelte schief. »Aber die Innenrevision ist Ihrem Mann und mir längst auf die Schliche gekommen. Es ist vorbei.«

Frauke Hartkamp hatte den Finger am Abzug. Sie sah in dieses lächelnde Gesicht. Diese überhebliche Selbstgefälligkeit, man sollte sie ihm aus dem Gesicht schießen. Er war der Mörder Ihres Mannes. Er war verantwortlich für all das! Er allein!

Missmutig kaute Ralf Ziether auf den Fingernägeln seiner rechten Hand herum. Das war nicht seine Art, wirklich nicht, aber dieser Fall, er war und blieb halb gar, nicht Fisch, nicht Fleisch. Und das wurmte ihn. Unendlich. Dass die Bande der jungen Studenten aufgeflogen war, war ja nicht Verdienst der Berliner Kripo gewesen. Und dass sie aufgeflogen waren, hatte zwei ihrer Mitglieder das Leben gekostet, zumindest das der beiden, von denen sie Kenntnis hatten. Und dass er Anna-Laura Schneyder nicht hatte schützen können. Das wurmte ihn am meisten. Und nun? Vermutlich war sie von den CIA-Agenten außer Landes gebracht worden und wurde jetzt von einem der US-amerikanischen Geheimdienste ausgequetscht. Noch war sie also wohl am Leben. Zumindest solange, wie man sie brauchte. Was ihm noch viel bitterer aufstieß, war die Tatsache, dass sie diejenigen, die in großem Stil Börsenkurse manipuliert und kaum vorstellbare Summen damit verdient hatten und immer noch buchstäblich in Geld schwammen, dass sie diese aalglatten und skrupellosen Verbrecher nicht hatten dingfest machen können. Bis heute nicht. Ein geheimer Zusammenschluss von einflussreichen Milliardären aus Russland und den USA und womöglich auch Deutschland.

Chardowsky. Allein der Name bereitete ihm körperliche Übelkeit. Statt in einer Berliner Justizvollzugsanstalt lebte der jetzt wohl unbehelligt in Russland, mit staatlicher Unterstützung von Putins Gnaden. Diese Männer waren verantwortlich für den Tod der jungen Studenten. Aber darüber hinaus noch weit mehr für Hunger und Elend in weiten Teilen der Welt, wo ganze Staaten unter hohen Zinsen und Schuldenlasten ächzten und wo die Menschen nicht mal sauberes Wasser hatten und hungerten. Ralf Ziether haderte mit den Grenzen, die sein Job ihm setzte, an die er trotz allem Engagement stieß. Was war ein Einbruch in eine Bank gegen die Gründung einer Bank? Hatte das nicht Bertolt Brecht schon damals diesen Gangster in der »Dreigroschenoper« sagen lassen? Ziether gab den Satz in sein Handy ein und fand das Zitat. *Was ist ein Dietrich gegen eine Aktie? Was ist ein Einbruch in eine Bank gegen die Gründung einer Bank? Was ist die Ermordung eines Mannes gegen die Anstellung eines Mannes?* Brecht, Dreigroschenoper, 1928. Diese Aussage galt wohl noch immer. So saß er grübelnd und grummelnd vor dem längst erkalteten Kaffee in seiner Küche.

Das Klingeln seines Handys riss ihn aus seinen Gedanken. Es war die Zentrale. Der diensthabende Beamte teilte ihm mit, eine Frauke Hartkamp habe den Notruf gewählt und darauf bestanden, ihn zu sprechen. Man habe sie schließlich dazu bewegen können, mitzuteilen, wo sie sich befand und was sie von Hauptkommissar Ziether wollte. Sie war in einem Bankgebäude, im Büro des Bankdirektors

Dr. Mörker, und sie bestand darauf, dass er persönlich vorbeikäme, es handele sich um die Aufklärung des Mordes an ihrem Mann. »Sollen wir einen Wagen hinschicken?«

»Hm. Im Bankgebäude. Um diese Zeit«, dachte Ziether laut und sagte: »Ja, schicken Sie einen Wagen hin. Ich mache mich auch sofort auf den Weg. Der zuständige Sicherheitsdienst muss informiert werden, dass er den Zugang öffnet und die Alarmanlage ausstellt. Aber gehen Sie noch nicht rein. Ich bin gleich da.« Während er den Beamten instruierte, hatte Ziether seine Jacke schon halb angezogen. Beim Rausgehen wählte er Bredehorsts Nummer.

Im erleuchteten Glasportal der Bank spiegelte sich das Blaulicht des Streifenwagens, der den Bürgersteig blockierte. Ziether hatte seinen Wagen in der zweiten Reihe geparkt und traf vorm Eingang, wo bereits ein Streifenpolizist mit einem Mann in einer dunkelblauen Security-Uniform wartete, auf seine Kollegin.

»Los. Gehen wir rein.« Er nickte dem Mann vom Sicherheitsdienst zu.

Im Eingangsbereich der Bank löste die grelle Deckenbeleuchtung schlagartig die Notbeleuchtung ab. Der Uniformierte trat hinter die Schalter in der offen gestalteten Beratungszone und tippte auf dem Display an der Wand den Sicherheitscode ein. »Die Alarmanlage ist jetzt ausgeschaltet«, rief er den Beamten zu.

Ein weiterer Streifenwagen fuhr draußen vor, und Ziether wies den uniformierten Kollegen an, den Eingangsbereich abzusperren und zu sichern, während er mit Bredehorst einen der Fahrstühle betrat.

Britt drückte auf die Fünf, und der Fahrstuhl setzte sich in Bewegung. Ziether rieb sich nervös die Hände. Er hatte das unbestimmte Gefühl, dass sie zu spät kamen. Es konnte ihm nicht schnell genug gehen. Als die Tür aufglitt, hasteten sie einen der zwei Gänge entlang, in dessen Richtung ein Schild zum Vorstand und zur Geschäftsleitung wies. Die breite Doppeltür am Ende des Flures stand offen.

Beide hatten ihre Waffen gezogen, Ziether sah links neben der Tür das Schild *Dr. Mörker*, dann traten sie ein. Vor einem breiten Schreibtisch stand Frauke Hartkamp, sie hielt eine schmale, schwarze Pistole in der Hand, den Lauf nach unten gerichtet, und zeigte auf Ziethers Ansprache überhaupt keine Reaktion. Bredehorst war mit drei, vier Schritten bei ihr und nahm ihr die Waffe aus der Hand. Dann blickte sie über die Schulter zu ihrem Kollegen und zeigte auf die Wand hinter dem Schreibtisch. Als Ziether näherkam, sah er den breiten Blutfleck in Höhe der Rückenlehne des schwarzen Bürostuhls, der etwas seitlich versetzt hinter dem Schreibtisch stand. Während seine Kollegin Frau Hartkamp mit Handfesseln versah, trat er neben den Schreibtisch und sah sofort, dass für Dr. Mörker, der dort vor der Wand lag, jede Hilfe zu spät kam.

Ziether und Bredehorst saßen im Foyer der Bank an einem der Beratungstische. Irgendjemand hatte ihnen Kaffee auf den glatten Holztresen gestellt. Aber beide hatten die Pappbecher nicht einmal angerührt. Polizeibeamte und die Männer des Kriminaltechnischen Dienstes in ihren weißen Overalls wuselten über den schwarz gemaserten Marmorboden zwischen dem Eingang und den Fahrstühlen hin und her. Dr. Schmalberg war schon wieder ins Institut gefahren, und zwei Männer trugen einen grauen Transportsarg an ihnen vorbei.

Piet Wieczorek trat an den Tisch heran, zog sich die weiße Kapuze seines Schutzanzuges vom Kopf und stieß Bredehorst an. »Hier. Schau mal, was Frau Hartkamp auf ihrem Handy gespeichert hatte.« Er hielt das Display seinen Kollegen direkt vor die Nase.

Bredehorst löste sich als Erste aus ihrer Erstarrung und stieß Ziether in die Seite.

Vor dem abgesperrten Eingangsbereich der Bank hatten sich die ersten Schaulustigen gesammelt. Selbst der Verkehr auf der Hauptverkehrsstraße kam ins Stocken, weil immer wieder Autofahrer das Tempo verlangsamten, um genauer sehen zu können, was vor der Bank los war. Die Schutzpolizei hatte zwei Beamte abgestellt, die die Autofahrer zur Weiterfahrt aufforderten und die redlich Mühe hatten, den Verkehrsfluss wiederherzustellen.

Ziether sog die kalte Luft des frühen Morgens ein. Zumindest wussten sie jetzt, dass Doktor Mörker seinen Mitarbeiter nicht nur in den Tod getrieben, sondern ihn zum Suizid gezwungen hatte. Dass der nun selbst ermordet worden war, anstatt seiner gerechten Strafe entgegenzusehen ... das war doch alles zum Kotzen, fand er. Er sah zu seiner Kollegin hinüber, die müde in die leicht dämmerige, nur vom Licht des erhellten Bankfoyers durchschnittene Dunkelheit blickte. »Ich fahre erst mal nach Hause«, meinte Britt lakonisch. »Treffen wir uns im Büro, so gegen neun?«

Ziether nickte und ging, die Hände in den Jackentaschen vergraben, zu seinem Auto. Seine gesenkte Kopfhaltung und der angespannte Rücken drückten deutlich genug aus, was er empfand.

11

Ralf Ziether spürte nur noch diese bleierne Müdigkeit, die all seine Gefühle und Gedanken verdrängte. Selbst die kleine Espressotasse anzuheben und an den Mund zu führen, schien ihm eine zu große Anstrengung zu sein. Britt hatte ihm den kleinen Kaffee hingestellt. Müde sah er zu ihr herüber. Auch sie schien immer noch gezeichnet von den Ereignissen der letzten Nacht. Ohne es zu registrieren, hatte er die Tasse doch angehoben und spürte die Bitterkeit des schwarzen Suds in der Mundhöhle.

Er hörte seine Kollegin aufseufzen. »Dr. Mörker«, meinte sie. »Vielleicht wäre er derjenige gewesen, der uns an diese Spekulantengruppe herangeführt hätte. Dieser Wakowiak lässt sich ja auch zu keinerlei Äußerungen hinreißen ...«

Ziether nickte müde. *Die Kleinen hängt man, die Großen lässt man laufen*, dachte er. Das Klingeln seines Telefons riss ihn aus seinen trübsinnigen Gedanken.

Der Anrufer war Herbert Beyer vom BKA.

»Mensch, Herbert, was gibt's?«

»Dass man dich mal im Büro am Telefon erwischt, ist ja auch 'ne Seltenheit«, knurrte Beyer. »Dass das BKA sich eingeschaltet hat, ist nicht auf meinem Mist gewachsen, aber sei froh, dass ihr nur noch diese Berliner Studentengruppe am Hals habt. International sieht die Sache ziemlich düster aus. Der Generalbundesanwalt und selbst der Innenminister kommen mit ihren Anfragen an die US-Regierung kein Stück weiter. Da wird aus irgendwelchen nationalen Interessen gemauert, was das Zeug hält. Na ja, und die Geschichte mit unserem russischen Oligarchen ist dir ja auch bekannt, oder?«

Ziether seufzte hörbar auf. »Wie konntet ihr im Fall Chardowsky bloß mit den Russen kooperieren? Das Risiko, dass die ihn dort aus irgendwelchen fadenscheinigen Gründen aus der Haft entlassen, war doch für jeden erkennbar.«

»Tja, keine Ahnung, warum man dem Auslieferungsersuchen stattgegeben hat, auch das wurde bei uns von ganz oben entschieden. Jetzt sieht man wieder, verhängte Strafen im Ausland zählen für einen einflussreichen russischen Magnaten und Freund von Putin nicht, wenn der erst mal auf russischem Boden ist. Na, jedenfalls kommen wir in dem Fall nirgendwo ein Stück weiter. Dieser Frankfurter Anwalt Wakowiak und der Meierdierks, beide schweigen beharrlich. Und jetzt noch der Tod von Mörker. Die Stimmung hier im Hause ist gerade auf einem Tiefpunkt, wie du dir sicher vorstellen kannst.«

Ziether ließ ein zustimmendes Grummeln hören. »Ich kann auch nicht behaupten, dass wir hier mit unseren Ermittlungen besonders zufrieden sind. Zwei der jungen Studenten sind tot, Dr. Mörker erschossen und weder von Myers noch von Anna-Laura Schneyder eine Spur. Das stinkt doch zum Himmel.«

Ziether hörte Beyers zustimmendes Knurren.

»Mit einem Hubschrauber der US-Botschaft«, fuhr er fort.

»Ich sag dir jetzt mal, was im BKA kolportiert wird. Aber von mir hast du das nicht!«

»Na nun mach schon!«

»Dein Hubschrauber ist einmal wohl auf dem Radar aufgetaucht, weil er da gar nicht so tief fliegen kann, ohne dass die Sicherheitsbehörden etwas mitkriegen und sofort Alarm schlagen.«

»Wo?«

»Unmittelbar im Bereich zwischen Potsdamer Platz, Reichstag und Brandenburger Tor – und dass zu einem Zeitpunkt, wo er längst am Flughafen hätte sein sollen. So als wäre der Pilot auf halbem Wege noch einmal umgekehrt.«

»Die amerikanische Botschaft! Hatte der Pilot vergessen, die Kaffeemaschine abzustellen, und wollte noch mal nachsehen?« Ziethers Stimme triefte geradezu vor Zynismus.

»Vermutlich. Aber die Amis mauern. Selbst auf höchster Ebene gibt es keine Auskünfte zu dem Vorgang. Aber es ist wohl davon auszugehen, dass Anna-Laura Schneyder sich nicht mehr auf deutschem Hoheitsgebiet befindet.«

»Verdammter Mist! Weißt du, ich denke immer mehr, dass die Bezeichnung BRD eine ganz andere Bedeutung hat …«

Ralf Ziether war richtig sauer, das konnte Herbert Beyer deutlich hören. Kein Wunder. Da arbeitete man wochenlang mit höchster Intensität, um eine Mordserie aufzuklären und die Hintergründe aufzudecken, und dann wurde man einfach abgehängt. Er sprach seine Gedanken aber nicht aus, stattdessen fragte er: »Was denn?«

»Bananenrepublik Deutschland.« Ziether ließ ein heiseres Lachen hören.

»Ich kann deinen Ärger gut verstehen, gerade wenn ich mitkriege, was bei uns so los ist, aber …«

»Lass gut sein, Herbert. Sag mir lieber, was du noch Positives für mich hast.«

»Na ja. Positiv?«, nahm Beyer den Faden wieder auf. »Was Myers angeht, ist der sicherlich schon außer Landes. Bei der Schneyder bin ich mir nicht so sicher, aber bei den Amis stoßen wir da auf Granit. Der Generalbundesanwalt schäumt. Du hast ja mitgekriegt, wie sensibel die Börsen reagieren. Also, wenn er nicht bald Ergebnisse liefert … jedenfalls wackelt sein Stuhl bedenklich.«

Ziether rieb sich nachdenklich sein unrasiertes Kinn, eine Erinnerung an die letzte Nacht. Es tat gut, mit Beyer zu sprechen. Der nahm kein Blatt vor den Mund und vertrug auch ein offenes Wort. »Aber sag mal, dieser Kappler, was habt ihr uns da denn für eine Type zur Befragung geschickt? Mit dem war ja überhaupt gar nichts anzufangen.«

Beyer lachte auf. »Stefan Kappler. Ja, der ist echt ein ganz spezieller Fall, wohl ein Autist, aber mit einem unglaublichen mathematischen Talent. Den haben wir in einem von Meierdierks betriebenen Büro angetroffen. Obwohl … Büro ist nicht der richtige Ausdruck, eher eine Art Kommandozentrale, vollgestopft mit Bildschirmen und Software zur weltweiten Börsenentwicklung. Da hat er gesessen und irgendwelche komplexen Buchungsvorgänge vorbereitet und durchgeführt. Unsere Wirtschaftsleute gehen davon aus, dass es sich um horrende Schwarzgeldsummen, aber auch um milliardenschwere Fondseinlagen gehandelt hat. Diese Geldströme werden in Sekundenschnelle weltweit durchgeschleust, erst auf die Cayman-Inseln, dann Sekunden später irgendwo in eine Briefkastenfirma auf Jamaika, von dort nach Guernsey oder sonst wo. Jedenfalls haben wir das Büro versiegelt und den jungen Mann mitgenommen. Bloß geredet hat der mit uns nicht ein Wort. Allerdings, als er in einem unserer Büroräume das Reiseschachspiel eines Kollegen gesehen hat, war er kaum von dort wegzubewegen. Das halbe BKA hat schon mit ihm Schach gespielt, er konnte kaum genug kriegen davon. Der hat jede Partie gewonnen. Ich fürchte, unsere Schachfähigkeiten haben ihn schließlich eher gelangweilt.« Beyer lachte heiser auf.

»Und dann habt ihr ihn zu uns geschickt. Dabei ist dann genauso wenig rausgekommen.«

»Jedenfalls mussten wir ihn freilassen. Meierdierks hat das Büro gemietet, in dem Kappler gesessen hat, und besitzt auch eine Lizenz für dieses komplexe Börsenanalyseprogramm. So haben wir Kappler wieder in sein Büro verfrachtet, und da ist er anscheinend zufrieden. Die Beamten, die ihn da abgeliefert haben, haben ihm eine Weile zugesehen, aber er hat, als er erst mal wieder vor seinen Bildschirmen saß, von denen überhaupt keine Notiz mehr genommen.«

»Dieses Börsenprogramm. So etwas hatte Myers auch der Studentengruppe besorgt. Ein hochkomplexes Programm war das. Da wurden im Sekundentakt Kursänderungen und die Preisentwicklung zum Beispiel bei Kaffee, Weizen und so weiter angezeigt.«

»Genau so was. Das ist auf dem Markt außerhalb von Brokerkreisen gar nicht zu kriegen. Und die jungen BWLer hatten das von Myers?«

»Nicht nur zum Studium, Myers hat das Programm wohl bewusst in die Gruppe gegeben, vermutlich, um die Diskussionen weiter zu radikalisieren. Durch die Zerstörung der Festplatten im KD können wir deren Version aber nicht mehr vorweisen und mit der von Meierdierks vergleichen. Und befragen können wir dazu ja auch niemanden mehr.«

»Hm. Die CIA hätte sich sicherlich nie für diese Gruppe junger Studenten interessiert, wenn man sie nicht für ganz andere Zwecke hätte instrumentalisieren können.«

»Um diese reichen Spekulanten aus der Reserve zu locken! Nur darum ging es ja wohl dabei. Und, was ist mit Meierdierks?«

»Den mussten wir auch wieder laufen lassen. Es war ihm nichts nachzuweisen. Dieser Mirko Koscielnicz, den er angeblich erst in dieser Lagerhalle getroffen haben will, dessen Pass war gefälscht. Die Kollegen vom Sonderdezernat für Bandenkriminalität halten ihn für einen europaweit agierenden Profikiller, der während des Balkankriegs in einer Sondereinheit ausgebildet worden ist und in ganz Europa Auftragsmorde begangen haben soll. Aber von dem gibt es nicht mal Fingerabdrücke bei Interpol. Sie haben dort zwar den Hinweis auf einen jungen Soldaten, einen Serben, der im Bosnienkrieg gefallen sein soll. Der hat aber überhaupt keine Spuren hinterlassen. Nicht mal irgendwelche Jugendfotos sind aufzufinden. Alle persönlichen Indizien, wie Fotos, Schriftproben und so weiter existieren nicht. Und aktuell wissen wir ja nicht mal, wo dieser Kerl während seines Berlinaufenthalts untergekommen ist. Jedenfalls ist derzeit nur noch Wakowiak bei uns in Gewahrsam. Wenn wir da nicht bald mehr vorweisen können ...«

So sehr sich Ralf Ziether auch über den Kontakt zu Herbert Beyer freute, aber das heutige Telefonat empfand er als äußerst unbefriedigend. Nichts stieß ihm mehr auf als eine Ermittlung, die zu keinem greifbaren Ergebnis führte.

Während er wieder in trübsinnige Gedanken versank, klopfte es an der Tür, und ohne ein *Herein* abzuwarten, stürmte Jan Meyer vom

Betrugsdezernat in den Raum, direkt auf Bredehorsts Schreibtisch zu. »Hallo! Ich habe gute Neuigkeiten«, sprudelte es aus dem jungen Mann heraus. Erst dann wurde er gewahr, dass auch Ziether anwesend war. »Oh, Herr Hauptkommissar, Sie sind ja auch da. Also Sie beide …« Er fingerte aufgeregt an der dicken Hornbrille herum. »Wie schön. Also wir haben ihn. Ich meine, wir haben ein weiteres Mitglied der Maskenbande enttarnt! Der Mann ist schon auf dem Weg hierher zum Verhör.«

»Wen haben Sie?« Ziether war mit einem Mal hellwach.

»Ich konnte im Darknet die Kommunikationsplattform, auf der sich die Mitglieder getroffen haben, aktivieren und die alten Gesprächsprotokolle – die wurden nicht gelöscht!« Er zog den schmalen Hefter unter seiner Achsel hervor und legte ihn auf Bredehorsts Schreibtisch. »Wir hatten doch diese Sicherheitsfirma in Verdacht, die die Geldautomaten wartet, dass da einer der Mitarbeiter bei denen mitmischt. Und wir konnten eine IP-Adresse verifizieren. Der Tarnname ist Zonk, aber das Handy, von dem aus kommuniziert wurde, gehört Andreas Zerfleider, der ist Vorarbeiter bei der Firma und verfügt über einen Zugang und das Passwort für die Geldautomatensoftware.«

»Was? Zeigen Sie mal her!« Ziether war aufgesprungen und beugte sich über die Papiere.

»Dieser Zerfleider hatte wohl Geldprobleme wegen seiner Spielsucht. Er ist vor etwa einem Jahr festgenommen worden, als eine illegale Pokerrunde in irgendeinem Hinterzimmer aufgeflogen ist. Dabei konnten mehrere der Zocker entkommen, darunter soll laut Zeugenaussagen auch ein junger US-Amerikaner gewesen sein.«

»Josh Myers.«

»Vermutlich, ja. Der Unbekannte soll Zerfleider zehntausend Euro geliehen haben, die der aber gleich wieder verzockt hat.«

Ziether blätterte die Unterlagen durch. »Das würde bedeuten, Zerfleider stand in Myers Schuld. Wer hat denn diesen digitalen Treffpunkt ausfindig und die ganzen Recherchen gemacht?«

Meyer strahlte und schien um einen halben Meter zu wachsen. Bredehorst und Ziether starrten ihn an, und er sank wieder in sich zusammen, nahm die Brille in die eine Hand und rieb sich mit der andern die Stirn. »Es war nicht ganz einfach, aber wenn man weiß, wo man suchen muss ...«

Ziether klopfte Meyer lobend auf die Schulter. »Gut gemacht! Vielleicht kommen wir so ja wieder weiter.«

Eine raue Stimme durchbrach mit ihrem aggressiven Unterton die freudige Stimmung. »Ah, da sind Sie ja beide!«

Staatsanwalt Middelberg. Ausgerechnet der!

»Na? Sitzen Sie bereits an Ihren unbefriedigenden Abschluss-berichten? Gescheitert sind Sie, auf ganzer Linie gescheitert! Und das BKA heimst nun die Lorbeeren ein.«

Die drei Kripo-Beamten wandten sich dem Staatsanwalt zu.

»Oder gibt es irgendetwas, das Sie mir als positives Ermittlungs-ergebnis präsentieren können? Nicht? Also genauso, wie ich be-fürchtet habe, nein, wie ich es mir gedacht habe!«

Ein Uniformierter trat in den Türrahmen. »Der vorzuführende Verdächtige ist jetzt da. Sollen wir ihn ins Vernehmungszimmer I bringen?«

Ziether nickte. Anstelle einer Erwiderung auf die Anwürfe des Staatsanwaltes meinte er mit aufgesetzter Heiterkeit: »Herr Staats-anwalt. Ich freue mich auch, Sie zu sehen. Gerne können Sie der Vernehmung eines mutmaßlichen Mitglieds der Geldautomaten-knacker durch die Glasscheibe beiwohnen«, und ließ Middelberg einfach stehen. Bredehorst konnte ein Grinsen nicht unterdrücken und folgte ihm mit dem etwas konsterniert wirkenden Meyer im Schlepptau.

Der Verdächtige, ein Mittvierziger mit dünnem braunem Haar, durch das sich die ersten grauen Strähnen zogen, saß auf der der Tür zugewandten Seite des schmalen Vernehmungstisches und klopfte nervös mit den Fingern auf der Tischplatte herum. Kaum hatten Ziether, Bredehorst und Meyer den Raum betreten und der Uniformierte die Tür hinter sich geschlossen, sprang er schon auf. »Ich protestiere aufs Schärfste gegen meine Behandlung. Mich direkt von der Arbeit hierher zu holen, mit einem Streifenwagen – vor aller Augen! Ich arbeite in einer Sicherheitsfirma. Was meinen Sie, was mein Chef jetzt von mir denkt?«

Bredehorst schaltete das Aufnahmegerät an und meinte ungerührt: »Vernehmung von Andreas Zerfleider, anwesend die Kriminalbeamten Britt Bredehorst, Ralf Ziether und Jan Meyer.«

»Bitte setzen Sie sich wieder hin, Herr Zerfleider, oder sollte ich Sie besser Zonk nennen?« Ziether fixierte den Verdächtigen, der erst wütend aufgerichtet stehen blieb, dann mit an der Tischplatte gekrampften Händen auf den Stuhl zurücksank. »Ja, Herr Zerfleider. Sie sind nicht ohne Grund hier. Ihnen wird vorgeworfen, Ihren Mittätern bei der Ausraubung von Geldautomaten in fünf nachgewiesenen Fällen behilflich gewesen zu sein. In diesem Moment untersuchen wir die Bewegungen auf Ihren Bankkonten. Sie hatten Schulden. Immer wieder Schulden. Da musste ein Ausweg her.«

»Das dürfen Sie nicht. Meine Bank ... die dürfen Ihnen gar keine Auskunft geben. Das ist Rufschädigung! Und was soll das – Zonk? Wer soll das sein?«

Ziether seufzte hörbar auf. Zerfleider hatte sich also für den Angriffsmodus entschieden. Na gut, dachte er. Die zur Schau gestellte Erregung war entweder gut gespielt oder .... Er lehnte sich zurück und überließ dem jungen Kollegen das Wort.

»Sie haben über dieses Handy«, Meyer hielt eine Plastiktüte mit Zerfleiders Telefon hoch, »Kontakt mit Ihren Mittätern über eine Plattform im Darknet gehalten. Das haben wir ausgelesen und können es gerichtsfest nachweisen. Sie hatten Zugang zur Software, mit der die Geldautomaten der betroffenen Bankfilialen betrieben und gewartet werden, und Kenntnis der jeweiligen Zugangsberechtigungen. Wie sonst bringt man die Geldautomaten einer Bankfiliale dazu, zu einem festgelegten Zeitpunkt ihren gesamten eingespeisten Inhalt auf einmal auszuwerfen?«

»Keine Ahnung! Wie soll ich das wissen?« Zerfleiders Replik wirkte jetzt schon etwas fahriger.

Ziether sah, wie ihm der Schweiß ausbrach und sich seine Gesichtszüge verändert hatten. Es wurde eng für den Verdächtigen, spürbar eng, denn sie kamen dem Kern der Sache ganz offensichtlich näher. Ziether blätterte ungerührt in dem kleinen Handordner. Auch seine Kollegen schwiegen. Er reichte Bredehorst den schmalen Hefter, den Finger auf eine der Seiten gelegt.

Seine Kollegin las die Zeilen und ergriff nun das Wort. »Ihre Frau. Sie hat Sie vor gut einem Jahr verlassen. Sie waren mit den Raten für Ihr gemeinsames Haus im Rückstand. Sie konnten die monatlichen Beträge nicht mehr aufbringen, obwohl Sie nicht schlecht verdienen. Haben Sie beim Pokern so viel Geld verloren und versucht, es mit einem noch höheren Risiko zurückzugewinnen? Die Bank hat Ihnen damals eine Stundung gewährt. Trotzdem hat Ihre Frau Sie verlassen. Da ist doch eine Welt für Sie zusammengebrochen, oder?«

»Lassen Sie meine Frau aus dem Spiel!« Zerfleider blickte Bredehorst böse an.

»Wenn wir Ihre Frau jetzt fragen würden, was würde sie zu Ihrer Trennung damals sagen? Dass sie es nicht mehr ausgehalten hat, diese Lügen, diese Ausflüchte, warum schon wieder das Bankkonto überzogen war und wo Sie in den Nächten gewesen sind? Hatten Sie ihr versprochen, damit aufzuhören, dass es nie wieder vorkommt und dann ...«

»Hören Sie auf damit!« Zerfleider war aufgesprungen und schien sich auf Bredehorst stürzen zu wollen. Wut verzerrte sein Gesicht. Bredehorst wich etwas zurück und machte sich abwehrbereit, aber ihr Gegenüber stoppte mitten in der Bewegung und sackte zurück auf seinen Stuhl. Der wunde Punkt. Bredehorst hatte seine verletzliche Stelle getroffen, die Trennung seiner Frau von ihm.

Zerfleider hatte den Blick gesenkt. »Lassen Sie Lydia da raus«, meinte er mit leiser Stimme. »Sie hat doch damit nichts zu tun.« Ohne aufzublicken fuhr er fort. »Dieser Amerikaner. Ich dachte, ich gewinne, ich gewinne alles zurück. Der Ami hat mir Geld geliehen, aber ich hatte Pech. Dann hat er mich gezwungen, mitzumachen. Ich habe monatelang keine Karten mehr angefasst, konnte unser Konto wieder ausgleichen, aber Lydia, sie hat mir nicht geglaubt. Sie ist nicht zu mir zurückgekommen.« Zerfleider hielt den Kopf weiter gesenkt. Seine Stimme war mit jedem Satz leiser geworden.

Ziether hatte sein Handy aus der Hosentasche gezogen und das Foto von Josh Myers aufgerufen, das er im Sekretariat der Humboldt-Universität abfotografiert hatte. »Ist das der Mann, der Sie da mit reingezogen hat?«

Zerfleider hob den Kopf und nickte müde. »Ja, das ist der Kerl.«

Jan Meyer schaltete sich ein. »Sie haben die Seite des internen Sicherheitssystems der Bank gespiegelt und wussten so zu jeder Zeit, was dort vorging, ob Kennwörter geändert oder weitere Sicherungs-maßnahmen ergriffen wurden. Wie haben Sie das bewerkstelligt und wie die Geldautomaten dazu gebracht, zu einer bestimmten Zeit in einer bestimmten Filiale ihren gesamten Inhalt auszuschütten?«

»Das habe ich nicht gemacht!« Zerfleiders Wut war wieder da, flaute aber sofort wieder ab. »Ich … Sie müssen sich das so vorstellen: Das interne Datensystem der Bank und die Geldautomaten in den Fili-alen, das sind zwei getrennte Systeme, wie zwei elektrische Schalt-kreise, die auf unterschiedliche Sicherungen geschaltet sind. Die Geldautomaten haben Zugang zum internen Banknetz nur über eine Schnittstelle, damit können Auszahlungen, Einzahlungen in den Kontobewegungen in der Datenbank der Bank abgebildet werden. Eine dieser Studentinnen, die hat mir einen Stick mit einer dem Banksystem angepassten Systemsoftware gegeben, die habe ich über einen der Geldautomaten bei Wartungsarbeiten aufgespielt.«

»Ein Trojaner?«

Zerfleider nickte. »Damit konnten sie für ein paar Sekunden die Administratorenrechte übernehmen. Diesen Moment hat das Pro-gramm genutzt, um die interne Sicherungsseite auf einem externen Server zu spiegeln. Das fiel überhaupt nicht auf. Eine kurze Irritation im System, ein Bildschirmflackern, mehr war das nicht. Aber von da an konnten sie Anweisungen an die Bankomaten einer Filiale geben, ihren Inhalt kontrolliert auszuwerfen.«

Meyer nickte zufrieden. »Dieses Programm, haben Sie das noch?« Er zippelte wieder an seiner Hornbrille. Ziether sah deutlich, dass Meyer eine ganz eigene Art von Jagdtrieb erfasst hatte.

Zerfleider schüttelte den Kopf. »Den Stick hat die junge Frau wieder an sich genommen.«

Ziether schaltete sich ein. »Wie hieß sie denn?«

»Ich habe sie nur einmal gesehen. Sie nannten sie BarBe.«

»Sie haben eben gesagt, *sie* konnten die Bankseite spiegeln und *sie* haben die Bankautomaten angewiesen. Wer sind *die*?«

»Dieser Ami, er nannte sich MADDEX, aber das wissen Sie ja wohl schon, er führte diese Gruppe an, zumeist Studenten, glaube ich. Ich habe nur den Zugang hergestellt, verstehen Sie!« Zerfleider war wieder laut geworden.

»Und kassiert, wie ich annehme.«

»Ja, ich hab Geld genommen. Zehn Prozent jedes Mal. Aber bei jedem Überfall, den die Gruppe verübt hat, habe ich Blut und Wasser geschwitzt. Das ist es nicht wert, habe ich mir gesagt. Das Risiko ist zu groß. Irgendwann kommt die Polizei dir drauf und … Lydia ist ja auch nicht zu mir zurückgekommen.«

Mehr war aus Andreas Zerfleider nicht herauszuholen. Er wusste auch nicht, wo die großen Bargeldsummen, die seine Mittäter bei ihren Überfällen erbeutet hatten, abgeblieben waren. Er selbst hatte das Geld zuhause gebunkert, daraus alle Barzahlungen getätigt, die monatlich so angefallen waren, bis sein Girokonto wieder im Plus gewesen war. Aber wenigstens hatte er gestanden und die Berliner Kripo konnte – endlich – einen Ermittlungserfolg vorweisen.

Zufrieden grinsend verließ Ziether den Verhörraum und schlenderte über den Flur in sein Büro. Aus dem Beobachtungsraum kam der Staatsanwalt und blickte grimmig. Bevor der aber den Mund zu einer herablassenden Bemerkung öffnen konnte, war der Hauptkommissar schon an ihm vorbei, wobei er es nicht unterlassen konnte, ihn anzugrinsen. Middelberg rauschte ab und stieß dabei fast mit Bredehorst und dem jungen Meyer zusammen.

Ziethers gute Laune hielt nicht lange an. Grübelnd saß er in seinem Büro und hing seinen Gedanken nach. Mit der letzten Vernehmung waren sie wohl auch an das Ende ihrer Ermittlungen gekommen. Wozu gab es Interpol und die zumindest nach außen immer wieder geäußerten Bestrebungen der Regierenden, der international operierenden Kriminalität einen Riegel vorzuschieben, wenn die dafür notwendige multilaterale Zusammenarbeit immer wieder an irgendwelchen nationalen Interessen scheiterte?

Wortlos stellte ihm seine Kollegin eine Tasse heißen Espresso vor die Nase. Der Kaffeeduft zog ihn zurück aus seinen Grübeleien in die Realität ihres Büros. Ziether sah zu, wie Bredehorst mit ihrer Tasse auf die andere Seite ihres zusammengestellten Doppelschreibtisches ging, dabei nahm er neben dem Kaffeearoma auch den Duft ihres Parfums wahr.

»Na, was denkst du?« Britt sah ihn über den Rand ihrer Tasse an.

»Ich frage mich heute ja nicht zum ersten Mal, warum wir das alles machen. Es ist so deprimierend, finde ich.«

»Dass wir immer nur die Kleinen erwischen oder die, die sowieso schon am Rand stehen ...«

Ziether nickte. »Wenn selbst das BKA und der Generalbundesanwalt da nicht weiterkommen, das ist doch frustrierend.«

Bredehorst blies nachdenklich in die kleine Tasse, sah zu, wie der braune Sud kleine Wellen schlug, andere Farbnuancen in schmalen Schlieren auftauchten und wieder zu Boden sanken. Nachdenklich meinte sie: »Die Hartkamp hatte gegen Dr. Mörker zwar dieses Video in der Hand, was ihn letztlich das Leben gekostet hat, aber nichts in Bezug auf die Börsenmanipulationen und Schwarzgeldgeschäfte, die ihr Mann und Mörker getrieben haben.« Sie zögerte einen Moment. Ziether sah, dass sie nachdachte. Dann fuhr sie fort: »Nikki ist heute Morgen auf Klassenfahrt gefahren, für eine Woche. Nicht dass ich mich um weitere Überstunden reißen würde, aber was hältst du davon, wenn wir uns diesen Meierdierks noch einmal genauer anschauen? Wenn wir da was finden und ihn zum Reden bringen ...«

Es war das erste Mal seit Langem, dass sich auf dem Gesicht ihres Kollegen dieses vertraute Lächeln breit machte.

Das Büro, das Florian Meierdierks angemietet hatte, lag in einer dieser stupiden, nichtssagenden Betonburgen, in einem mehrstöckigen Bürogebäude, dessen Eingang man vom gegenüberliegenden Parkstreifen aus gut im Blick behalten konnte. Zwei Fenster im ersten Stock, hinter denen noch Licht brannte, ließen vermuten, dass jemand anwesend war.

Bredehorst hatte sich die zweite Schicht ausgebeten, war aber noch mit zwei Bechern Kaffee und etwas Kuchen neben dem Zivilfahrzeug aufgekreuzt, das Ziether sich bei der Fahrbereitschaft ausgeliehen hatte. Jetzt saßen sie in dem breiten Fond hinter den abgedunkelten Scheiben und tranken Kaffee aus den politisch korrekten, wiederverwendbaren Metallbechern, die sie mitgebracht hatte.

»Und?«, fragte sie. »Ist Kappler drin?«

Ziether nickte mit vollem Mund. Er schluckte. »Seit gut einer Stunde. Allein.« Er sah auf seine Armbanduhr. Fünfzehn Uhr. »Also, Autist ist ja nicht gleich Autist, manche leben ganz in ihrer eigenen Welt, fast unerreichbar von außen. Und die meisten haben Probleme, mit Emotionen umzugehen. Anderen aber merkt man diese Störung oder Besonderheit kaum an. Von denen haben viele dann spezielle Talente oder Fähigkeiten, zum Beispiel Mathematik, so wie Stefan Kappler.«

»Stimmt. Eine Freundin von mir war mal mit jemandem zusammen, der auch so … so getickt hat. Der konnte mit Ironie oder mit der Gesichtsmimik seines Gegenübers nichts anfangen, konnte das einfach nicht lesen, aber er wusste alle wichtigen Daten der deutschen Geschichte auswendig, Geburts- und Todestage berühmter Politiker, wann war welches Ereignis und so. Selbst die Wochentage an bestimmten Daten der letzten hundert Jahre, also dass der 12. März 1985 ein Montag war oder so. Das hat er gewusst.«

»Und? War es ein Montag?«

Bredehorst grinste. »Keine Ahnung!«

»Stefan Kappler ist jedenfalls irgendwie von Mathematik besessen und ein absoluter Schach-Crack. Um auf den Autismus zurückzukommen. Viele dieser Menschen benötigen eine feste Struktur, die sich möglichst nicht ändern darf. Sonst kommt ihr ganzes System in Wanken. Stand so bei Wikipedia. Das erklärt vielleicht, warum er im Präsidium kein Wort gesprochen hat.«

»Hm.« Bredehorst hatte den Blick wieder nach draußen gewandt und stieß ihren Kollegen an. »Das ist doch Meierdierks!«

Ziether hob den Kopf und sah noch, wie der Anlageberater im Hauseingang verschwand. »Los, komm! Vielleicht können wir vor der Tür zum Büro etwas lauschen!«

Florian Meierdierks war schlecht gelaunt und ausgesprochen unzufrieden. Dieser Wakowiak, der ließ ihn womöglich einfach hängen! Wer hatte denn das Büro angemietet, eingerichtet und diesen Verrückten besorgt, dessen unglaubliche mathematischen Fähigkeiten nutzbar gemacht? Er war es gewesen. Er allein. Erst die Berliner Kripo und dann das Bundeskriminalamt. Das Bundeskriminalamt! Das musste man sich erst mal auf der Zunge zergehen lassen. Selbst wenn er bei der ganzen Sache ungeschoren davonkommen sollte, da würde doch immer etwas kleben bleiben. Was hatte dieser miese Anwalt gemeint? Er hätte doch genug Kohle gescheffelt, nun müsse er dafür auch einen Teil des Risikos tragen, vor allem die Schnauze halten. Was war denn das für ein Ton? Allein, dass er sich mit diesem Jugoslawen hatte abgeben müssen – und dann diese Aktion mit der Kleinen. Dieser Mirko war zwar jetzt tot und würde nicht mehr reden können, aber diese Szene in Lichtenberg, wie der Kerl aus dem Hubschrauber heraus Mirko in den Kopf geschossen hatte, diese Bilder würde er sein Lebtag nicht mehr loswerden. Es musste Schluss sein mit diesem ganzen Scheiß! Schluss!

Energisch stampfte Meierdierks durchs Treppenhaus, kam vor der Tür der Büroräume an und schloss sie auf.

Als Bredehorst und Ziether vor der Tür zu den von Meierdierks angemieteten Büroräumen ankamen, hörten sie schon von drinnen, dass dort laut gesprochen, ja fast geschrien wurde.

Ziether beugte sich näher an die Tür heran und hörte deutlich, wie eine tiefe Männerstimme brüllte: »Nein! Damit ist jetzt Schluss! Sie fahren jetzt die gesamte Anlage herunter, sonst tue ich es!« Irgend jemand erwiderte etwas Unverständliches, Ziether konnte es nicht verstehen. Etwas krachte und fiel auf den Boden. Dann hörte Ziether den Schrei. War das ein Mensch, der da schrie? Es klang so laut und hoch wie von einem Tier in absoluter Raserei, und die beiden Beamten zuckten erschrocken zurück. Jetzt schrie die Männerstimme, mindestens eine Oktave höher, laut um Hilfe.

Ziether warf Bredehorst nur einen Blick zu, aber die hatte schon Schwung geholt und sich mit der rechten Schulter krachend gegen die Eingangstür geworfen. Britt wurde zurückgeschleudert, gab einen überraschten Schmerzenslaut von sich und rieb sich die Schulter. Ziether fingerte hektisch den Dietrichsatz aus seiner Jackentasche, den Piet ihm gegeben hatte. Es dauerte scheinbar ewig, bis er das Schloss öffnen konnte, während von drinnen weiter Geschrei und Gepolter zu ihnen ins Treppenhaus drang. Endlich schwang die

Tür auf. Mit immer noch schmerzverzerrtem Gesicht stürzte Bredehorst in den ersten Büroraum, und Ziether sah, wie Stefan Kappler völlig außer sich auf dem am Boden liegenden Meierdierks saß und dessen Kopf mit Wucht auf den Boden schlug. Bredehorst schubste mit dem Fuß einen zersplitterten Monitor beiseite und nahm Kappler mit ihren Armen in den Schwitzkasten, dabei stöhnte sie vor Schmerz und Anstrengung laut auf. Ziether war mit zwei, drei Schritten bei ihr und bog Kapplers Hände zur Seite, um dessen Griff um Meierdierks Hals zu lösen. Nur mit Mühe gelang es ihnen, Kappler von dem am Boden Liegenden wegzuziehen und mit Handschellen gefesselt an der Heizung zu sichern.

Schwer atmend standen die beiden Beamten zwischen Kappler und dem Anlageberater, der, immer noch benommen, am Boden lag, aber mit einer Handbewegung zu verstehen gegeben hatte, dass es ihm schon besser ginge und er keinen Arzt benötige. Aber so ganz bei sich war Meierdierks noch nicht. Ziether hatte ihm seine zusammengerollte Jacke unter den Kopf geschoben und sah nun zu seiner Kollegin hinüber, deren blonde Locken ihr schweißfeucht und verwuschelt ins Gesicht hingen. Sie rieb sich die rechte Schulter und holte tief Luft.

»Der hat alles kaputt gemacht, alles kaputt gemacht.« Ziether sah erstaunt zu Stefan Kappler hinüber, der sich mit einer quäkenden Stimme von seinem Platz auf dem Fußboden zu Wort meldete. Es war das erste Mal, dass er überhaupt dessen Stimme hörte, in der immer noch ein gutes Stück emotionaler Erregung mitschwang.

Bredehorst wandte sich um. »Wie? Kaputtgemacht? Was hat Florian Meierdierks getan?«

Kappler, der seine an die Heizung gefesselten Hände nicht bewegen konnte, nickte zum Schreibtisch hinüber. »Der Laptop! Ich weiß, was der gemacht hat.«

Bredehorst griff sich das Notebook, und Ziether trat an den am Boden Sitzenden heran und löste dessen rechte Hand aus der Handfessel. Das Notebook war noch angeschaltet, und Kappler begann sofort, auf der Tastatur herumzutippen. Auf dem Bildschirm erschienen Bilder, eine verwackelte Ansicht einer Straßenkreuzung aus der Luft, die nun scharf gestellt wurde. Unten sah man einen schwarzen Kleintransporter, durch dessen rechtes Seitenfenster ein Notebook zu erkennen war, oben am Dachholm steckte eine Antenne.

Mirko Koscielnicz saß auf der Rückbank und ließ seine Fingerknochen knacken. Der Dicke vor ihm war auf den Beifahrersitz hinübergerutscht und richtete die Antenne am Dachholm aus, während er die Verbindung zur Drohne auf dem kleinen Bildschirm überprüfte.

Florian Meierdierks war ganz in die Feinjustierung der Technik vertieft, sein Jagdinstinkt, ein ganz neues Gefühl, das ihn ein Stück weit berauschte, hatte ihn erfasst. Auf dem Bildschirm war jetzt deutlich Kai Stanz zu erkennen, der eine junge Frau mitten auf dem breiten Bürgersteig angehalten hatte und sich nun mit ihr unterhielt. Die Gesichtserkennung war eindeutig. Das System bestätigte seine Vermutung, als er ihr Gesicht heranzoomte. Das war sie, Anna-Laura Schneyder. Meierdierks beobachtete die beiden jungen Leute, bis sie sich trennten und in entgegengesetzter Richtung auseinander gingen.

»Los, Mirko! Das ist sie. Bring mir die Frau. Um Stanz kümmern wir uns später.«

Jetzt konnte man im Beifahrerfenster deutlich das schüttere Haar und die obere Gesichtshälfte von Florian Meierdierks erkennen. Die hintere Tür des Wagens ging auf, und Mirko Koscielnicz wuchtete sich aus dem Auto und folgte der jungen Frau mit einigem Abstand in die rechts liegende Wohnstraße.

Noch ganz von den Bildern gefangen, schnalzte Ziether mit der Zunge. Er hatte nicht zu hoffen gewagt, dass sie mit Bredehorsts Vorschlag Erfolg haben würden. Das, was er da sah, übertraf sämtliche Erwartungen. Er warf seiner Kollegin einen anerkennenden

Blick zu. Aus den Augenwinkeln nahm er die Bewegung wahr und sah wie Meierdierks sich hochwuchtete und mit zwei, drei Schritten an der beschädigten Tür war, diese zur Seite stieß und ins Treppenhaus stürzte.

»Sicher den Film!«, rief er Bredehorst zu und startete durch.

Der Dicke bewegte sich mit einer erstaunlichen Geschwindigkeit, Ziether musste schon zwei, drei Stufen überspringen, um den Abstand nicht noch größer werden zu lassen. »Halt! Bleiben Sie stehen!«, schrie er. Jetzt hatte der die Haustür erreicht, aufgestoßen und war hinaus, Ziether noch gut fünf, sechs Schritte hinter ihm. Meierdierks überquerte den Bürgersteig und rannte auf die Straße. Ziether nahm den Sportwagen aus dem Augenwinkel wahr, er schrie noch »Halt!«, aber da war Meierdierks bereits vom Bürgersteig herunter, wurde von dem silbergrauen Wagen erfasst und durch die Luft geschleudert.

Die Unfallstelle war abgesperrt, das Blaulicht des Krankenwagens warf flackernde Blitze auf die Fenster der Häuser auf beiden Seiten der Straße.

Ziether saß in einem Mannschaftswagen der Schutzpolizei, den Kaffeebecher hatte er nicht mal angerührt. Jetzt, wo der Adrenalinschub nachgelassen hatte, spürte er nichts mehr, nichts außer einer bleiernen Müdigkeit. Immer wieder sah er dieses Bild vor sich, Meierdierks, wie er durch die Luft geschleudert wurde. Er machte sich Vorwürfe. Warum hatte er dem Mann keine Handschellen angelegt? Ein unverzeihliches Versäumnis, das lernten die Jungspunde doch schon in der Ausbildung und es wurde ihnen wieder und wieder eingebläut: Fremd- und Eigensicherung, eine dieser Routinen, die man selbst im Schlaf herbeten und im Dienst immer beherrschen musste.

Die Schiebetür ging auf und Bredehorst schaute herein; sie duckte sich, stieg ein und setzte sich ihm gegenüber. »Meierdierks hat eine schwere Gehirnerschütterung und einige Prellungen davongetragen. Aber er kommt durch, sagt der Arzt.«

Ziether nickte nur müde.

»Nun mach dir keine Vorwürfe. Ich habe ja auch nicht daran gedacht ...«

Er sah seine Kollegin an, und Bredehorst erschrak, als sie den resignierten Ausdruck in seinem Blick sah. »Wie kann man das vergessen? So was ist mir noch nie passiert! Der Fluchtversuch, der Unfall, das ist allein meine Schuld.«

Bredehorst griff nach seiner Hand, und Ziether ließ es zu. »Nein, Ralf. Wir beide haben vergessen, ihm Handfesseln anzulegen.«

Am nächsten Morgen saßen die Beamten wieder in ihrem Büro. Beide hatten keine gute Nacht hinter sich. Ziether, der vor lauter Grübelei und Selbstvorwürfen nicht hatte einschlafen können, und Bredehorst, die aus lauter Sorge um ihren Kollegen auch keinen Schlaf finden konnte. Entsprechend gedrückt war ihre Stimmung.

Bredehorst fuhr ihr Notebook hoch. Wortlos stellte Ziether ihr einen Espresso hin. Als er sich wegdrehte, ergriff sie seinen Arm. »Hier, sieh mal die Mail von Jan Meyer!«

Ziether blickte ihr über die Schulter.

»Meyer hat wohl doch einen Jagdinstinkt. Er hat bei einigen alternativen Initiativen auf den Busch geklopft. Ein Arche-Hof im Brandenburgischen und eine Klima-Initiative am Prenzlberg haben ihm Briefumschläge mit mehreren Tausend Euro ausgehändigt.«

»Beute aus den Banküberfällen.«

»Stimmt genau«, nickte seine Kollegin. »Viel wird von dem geraubten Geld wohl nicht wieder auftauchen, aber jetzt wissen wir, wie sie zumindest einen Teil des Geldes verteilt haben.«

Das Telefon klingelte und Ziether nahm ab. Es war Herbert Beyer vom BKA. »Na, das nenne ich ja mal einen erfolgreichen Einsatz.

Der Film ist erstklassig. Außerdem haben unsere Techniker auf dem Notebook ein Spy-Programm gefunden, damit hat Meierdierks irre viele, auch eigentlich geschützte Daten über einzelne Mitglieder der Maskenbande ausspioniert. Damit haben wir ihn am Haken. Und Wakowiak, der ja seine Geschäftsbeziehung zu Meierdierks zugegeben hat, darf noch eine Weile auf Staatskosten bei uns in U-Haft bleiben. Tolle Arbeit von euch. Richte das bitte auch Bredehorst aus.«

Ziether hatte sich alle Mühe gegeben, vor Beyer seine deprimierte Stimmung zu verbergen, was ihm aber nicht ganz gelungen war. Er hatte sich damit herausgeredet, dass er einfach übermüdet sei.

»Das kenne ich. Wenn man einen Fall abgeschlossen hat, dann ist auf einmal die ganze Anspannung und Energie weg. Na, dann erholt euch mal schön beim Berichte Schreiben.«

Ziether hatte den Hörer gerade aufgelegt, als die Bürotür aufflog und der Staatsanwalt schwungvoll hereinrauschte.

»Ohne mein Wissen haben Sie diesen Meierdierks beschattet. Diese unmöglichen Eskapaden bin ich ja von Ihnen schon gewohnt, Herr Hauptkommissar, aber dass Sie dabei die Grundregeln polizeilichen Handelns vernachlässigt haben, das lasse ich Ihnen nicht durchgehen. Das wird Konsequenzen haben, drauf können Sie sich verlassen.« Die letzten Worte hatte Middelberg mit hochrotem Kopf ausgestoßen und mit dem Finger vor Ziethers Gesicht herumgefuchtelt. Der konnte sehen, wie der Staatsanwalt wütend kleine Speicheltropfen ausstieß. Anstatt sich aufzuregen, spürte Ziether nur Abscheu und Ekel. Außerdem war er viel zu müde, um dem Staatsanwalt eine entsprechende Replik zu geben.

Sein Telefon klingelte erneut, und ohne Middelberg weiter Beachtung zu schenken, nahm der den Anruf entgegen. Es war Herbert Beyer. Schon wieder.

»Bist du gerade schwer beschäftigt?« Beyer klang aufgekratzt. Aber bevor Ziether antworten konnte, fuhr der schon fort: »Ich habe gerade den Durchsuchungsbeschluss für die Redaktionsräume von

Harnstorns Käseblatt reinbekommen. Wir fahren jetzt gleich los. Ich dachte mir, ihr wollt vielleicht dabei sein.«

»Klar. Habt ihr den Typen endlich am Haken?«

»Das kann man wohl sagen, auf Harnstorn kommt ein saftiges Strafverfahren zu. Jetzt geht's nur noch darum, was sein Chef über dessen Kapriolen wusste, dann ist der gleich mit dran.«

»Okay. Wir fahren sofort los!« Ziether war schon aufgesprungen und gab Bredehorst einen Wink. »Herr Staatsanwalt. Leider habe ich keine Zeit. Das BKA …« Mehr belustigt als ernsthaft entschuldigend zuckte er mit den Schultern und drängte, Bredehorst im Schlepptau, an dem verdatterten Staatsanwalt vorbei.

In den Redaktionsräumen des großen Boulevardblattes überwogen die Uniformierten, die Harnstorns Schreibtisch durchsuchten und sich in der EDV sämtliche E-Mails und Dateien, an denen der Journalist gearbeitet hatte, auf elektronische Speichermedien übertragen ließen. Harnstorns Notebook und Handy wurden beschlagnahmt, und ein BKA-Beamter studierte, nachdem der Journalist mit seinem Passwort herausgerückt war, den E-Mailverkehr mit dem Chefredakteur.

Die beiden Kripobeamten standen mitten im Gang am Kaffeeautomaten, registrierten die Aufgeregtheit der anwesenden Mitarbeiter der Lokalredaktion, die das Polizeigeschehen beobachteten und mehr oder minder offen fotografierten. Oberstaatsanwalt Niemann, der die Aktion leitete, stand unaufgeregt mit Harnstorn und dem Chefredakteur zusammen, die sich – der eine wild gestikulierend, der andere mit dem Handy am Ohr eine Rechtsanwaltskanzlei konsultierend – mit Niemann über die Angemessenheit des Polizeieinsatzes stritten.

Ziethers Gedanken schweiften ab zu dem erstaunten Gesichtsausdruck des Pförtners, als sie in Mannschaftsstärke im Foyer angerückt waren und ein Beamter den Telefonhörer, den er bereits abgenommen hatte, einfach wieder auf die Gabel gedrückt hatte. Und zu dem ungläubigen Gesicht Harnstorns, den sie an seinem Arbeitsplatz überrascht und ihn sofort dazu genötigt hatten, die Finger von der Tastatur zu nehmen. Niemann hatte dem Chefredakteur, der herbeigeeilt war, den richterlichen Durchsuchungsbeschluss unter die Nase gehalten und deutlich gemacht, dass Strafvereitelung nach § 258 StGB, die Verletzung des polizeilichen Ermittlungsmonopols zur Gefahrenabwehr und der Verstoß gegen die Bildrechte der auf den verschiedenen Kanälen der Zeitung veröffentlichten Fotos, keineswegs Kavaliersdelikte waren. Jetzt nahmen zwei der Beamten Harnstorn in die Mitte und führten ihn zum Verhör ab, und der Chefredakteur rang die Hände.

»Ich darf Ihnen auch gleich eine Vorladung zur weiteren Klärung des Sachverhaltes überreichen. Morgen früh um neun Uhr im Präsidium.«

Später, als Britt und Ralf wieder in ihrem Büro saßen und anfingen, ihre Berichte zu schreiben, ließ Ziether die vergangenen Wochen noch einmal vor seinem inneren Auge vorbeiziehen. Der von ihm mitverschuldete Unfall Florian Meierdierks drückte ihn schwer, auch dass sie die Morde nicht hatten verhindern können, nagte an ihm. Was hatte Beyer im Foyer des Zeitungsgebäudes noch zu ihm gesagt? *Wir haben unseren Teil erfüllt. Jetzt sind der Generalbundesanwalt und die Justiz am Zuge.* War das so? Zeigte das Ende der Ermittlungen ihm mal wieder schmerzhaft seine Grenzen auf?

Bevor Ziether weiter in trüben Gedanken versank, stand er auf, ging an Bredehorst vorbei, die mit dem Kuli im Mund konzentriert vor ihrem Bildschirm saß, hinüber zur Pinnwand, wo er die Fotos und Notizen abnahm.

Plötzlich stand Britt neben ihm. Er hatte sie gar nicht aufstehen hören. Er roch ihr Parfum, ihre Locken berührten seine Schulter. Schweigend stand sie dort, nahm ihm die Fotos aus der Hand und legte sie zu einem Stapel auf ihrem Schreibtisch zusammen. Als alle

Fotos und Papiere abgenommen waren, drehte er sich um, wollte nach dem Schwamm greifen, um die Tafel abzuwischen, da stand sie ganz dicht vor ihm. Britt sah ihn an und entzündete eine der zwei Zigaretten, die sie in der Hand hielt, reichte ihm die angerauchte, trat einen Schritt zurück und riss das Fenster auf. Schweigend standen sie nebeneinander. Unter den grauen Wolken des Berliner Stadthimmels zog eine einsame Möwe vorbei. Ralf Ziether blickte ihr durch den dünnen Rauchfaden seiner Zigarette nach, bis sie irgendwo über Spandau verschwand.

Am Abend saß Ziether müde in seiner Küche. In der Spüle stapelte sich das schmutzige Geschirr, in der Glaskanne erkaltete der abgestandene Kaffee, aber er konnte sich zu nichts aufraffen. Da klingelte es an der Tür.

»Sabine?« Ein Lächeln zeigte sich in seinem Gesicht. Er machte den Weg frei und ging voraus in die kleine Küche und setzte sich.

Sabine Meiring blieb in der Tür stehen. Sie lehnte sich an den Türrahmen. Mit einem traurigen Ausdruck im Gesicht musterte sie ihn. »Ralf. Ich brauche erst mal Abstand. Seit diesem Überfall in deiner Wohnung ... ich kann das so nicht. Ich ...«

»Aber Sabine. Wir können doch ...«

»Nein, Ralf. Wir können da nichts reden oder klären. Ich ...« Sabine krallte sich am Türrahmen fest. Wie verletzlich sie aussah. »Ich habe immer noch Albträume.«

Ralf wollte aufstehen und sie in den Arm nehmen. Aber sie hob abwehrend die Hand. »Ich brauche Zeit. Zeit, ohne eine Verpflichtung, ohne ein Vielleicht. Zeit allein.«

Ralf sackte auf seinem Stuhl zusammen und nickte. Zeit ohne ein Vielleicht, ohne eine Verpflichtung. Er seufzte auf. Sabine hatte Tränen in den Augen. Sie nickte ihm zu, drehte sich um und ging. Er hörte noch, wie die Tür ins Schloss schnappte, und blickte auf die

Schmutzflecke auf der karierten Plastikdecke auf seinem Küchentisch. Auf einmal war er müde, so unendlich müde.

Epilog

Vier Monate war es jetzt her, dass Anna-Laura spurlos verschwunden war. Seitdem hatte Helen nichts mehr von ihrer Tochter gehört. Ob auch sie ermordet worden war und irgendwo, an einem unbekannten Ort, verscharrt ...?

Helen biss die Zähne zusammen und drängte den Gedanken weg. Die Hoffnung nicht aufgeben! *Du darfst die Hoffnung nicht aufgeben,* gemahnte sie sich selbst. Aber in ihren Augen sammelten sich die ersten Tränen. Montagnachmittag. Das Wochenende allein in der Wohnung war schon kaum auszuhalten, seitdem Anna-Laura nicht mehr da war. Die Stille in der Wohnung lastete wie ein Mühlstein auf ihr. Nachts schreckte sie immer wieder auf, weil sie meinte, ein Geräusch gehört zu haben, den Schlüssel in der Tür, Schritte im Flur, ja sogar Anna-Lauras Stimme in der Küche. Aber da war niemand. Schon gar nicht ihre Tochter. Montags, wenn die Bank mittags schloss, vermied sie es, sich in der Wohnung aufzuhalten, trieb sich in Mitte, Kreuzberg oder dem Wedding herum, lief ziellos durch die Straßen, sah junge Mütter mit Kinderwagen, verliebte Pärchen, junge Frauen, die völlig sorglos ihren Alltäglichkeiten nachgingen, und sah sie doch nicht, spürte den aufwallenden Schmerz von Verlust und Einsamkeit. Abends, wenn sie zurück in ihre Wohnung kam, schlug die lähmende Leere über ihr zusammen, und sie hätte nicht einmal sagen können, wo sie den Nachmittag verbracht, was sie gesehen hatte.

Heute war wieder Montag. Am Wochenende hatte sie sich zu nichts aufraffen können. Die Küche stand voller Geschirr, die Wäsche war nicht gemacht. Diese Antriebslosigkeit ... In der Bank, da riss sie sich zusammen, die Kollegen halfen ihr und die Beratungsgespräche mit

Kunden lenkten sie ab. Aber hier? Hier war einfach nichts. Keine Ablenkung. Nichts. Nur Stille. Leere.

Es klingelte an der Tür. Helen Schneyder tappte langsam durch den kleinen Flur und blickte durch den Türspion. Da stand ein Mann, mittelgroß, Kurzhaarschnitt. Sie öffnete die Tür.

»Frau Helen Schneyder?«

Sie nickte.

Der Mann zückte einen Ausweis. »Herb Miller von der US-amerikanischen Botschaft in Berlin. Entschuldigen Sie meinen unangekündigten Besuch.«

Von der Botschaft? Helen Schneyder stutzte. Man las und hörte ja so viel. Vielleicht war das eine neue kriminelle Masche, um in ihre Wohnung zu kommen. Reflexartig wollte sie die Tür zuschlagen.

»Es geht um Anna-Laura, Ihre Tochter.«

Sie zog die halb geschlossene Tür wieder auf. »Anna-Laura?« Ihre Stimme war rau, haltlos.

»Darf ich vielleicht reinkommen?«

Helen gab den Weg frei und ging voraus ins Wohnzimmer.

»Wie gesagt, entschuldigen Sie, aber wir wollten Sie privat informieren und nicht in der Bank. Ihre Tochter. Sie ist am Leben. Und wohlauf.«

Frau Schneyder musste sich setzen. »Am Leben. Wohlauf«, wiederholte sie und spürte schon wieder Tränen aufsteigen. »Ihren Ausweis. Darf ich den noch mal sehen?«

Der Mann zückte erneut seinen Ausweis. Sie nahm ihn, ihre Hand zitterte, als sie den Namen noch einmal las; sie drehte den Plastikausweis in der Hand. Dann gab sie ihn dem Mann zurück.

»Ihre Tochter ist in den USA, und sie möchte Sie gerne sehen. Sie hat Sie so lange nicht gesehen.«

»In den USA? Warum in den USA?« Helen Schneyder sah sich außerstande, diese Information bewusst zu verarbeiten.

»Was ich Ihnen jetzt mitteile, dürfen Sie niemandem erzählen. Wirklich niemandem.« Er zog einen Umschlag aus der Tasche. »Hier sind Flugtickets und ein Touristenvisum. Der Flug hin geht nächste Woche. Der Rückflug ist noch offen.« Er legte den Umschlag auf den Tisch. »Normalerweise machen wir so was nicht, aber in diesem Fall ... Ihre Tochter arbeitet jetzt in den USA, aber unter einem anderen Namen.«

Helen Schneyder verstand immer noch nicht, was hier passierte. Mit zitternden Fingern öffnete sie den Umschlag: Flugtickets nach New York. »Aber warum? Ein anderer Name?«

Herb Miller seufzte. Wie sollte er das erklären? »Sie hatte mit dieser Bande zu tun. Sie erinnern sich?«

Helen Schneyder nickte.

»In gewisser Weise war sie sogar ein führender Kopf von ihnen. Sie ist eine exzellente Mathematikerin. Aber hier konnte sie nicht bleiben. Sie arbeitet jetzt für uns. Mehr darf ich Ihnen nicht sagen.«

Helen Schneyder schluckte. *Sie arbeitet jetzt für uns.* Ein anderer Name. Konnte hier nicht bleiben. Geheimdienst. NSA oder so was. »O Gott!« Sie schlug die Hände vors Gesicht.

»Frau Schneyder. Beruhigen Sie sich. Anna-Laura will Sie sehen!«

»Wie ... wie heißt sie denn jetzt?«

»Snipes. Laureen Snipes.«

Der Amerikaner gab ihr noch eine Nummer, an die sie sich wenden könne, falls sie erst später in die USA fliegen konnte und falls sie noch Fragen hätte. Helen Schneyder nahm gar nicht alles wahr, was er ihr erzählte, aber ihre Gedanken überschlugen sich. Anna-Laura. Sie lebt!

Als er ging, drehte sich Mister Miller im Flur noch einmal zu ihr um. »Kein Wort zu niemandem. Dieser Besuch hat nie stattgefunden. Sie wollen Anna-Laura doch wiedersehen, nicht wahr?«

STEPHAN LEENEN, Jahrgang 1958, ist Germanist und promovierter Historiker. Sein beruflicher Lebensweg ist wohl so vielschichtig wie seine Romane: Leiter eines Windmühlenmuseums, freiberuflicher Dozent oder Geschäftsführer einer Stadtmarketinggesellschaft. Sein geisteswissenschaftliches Studium schloss er mit einer Magisterarbeit über das Liedgut der SA ab und promovierte in Bremen über die Untergrundarbeit der KPD in der Weimarer Schutzpolizei. Die dafür erforderlichen Quellenstudien führten ihn just in der Wendezeit nach Berlin, wo er täglich zwischen einer Kreuzberger WG, die ihn aufgenommen hatte, und Berlin-Ost pendelte, da sämtliche Akten zur Geschichte der KPD im Institut für Marxismus-Leninismus beim Zentralkomitee der SED am Rosa-Luxemburg-Platz zusammengetragen waren. Damals muss seine Liebe zu Berlin geweckt worden sein, zu einer Stadt, die sich in ihren Umbrüchen wohl immer wieder neu erfindet.

Heute stellt er sich den vielfältigen Herausforderungen bei der Erarbeitung und Umsetzung von Konzepten im Sektor der ›freiwilligen Leistungen‹ in einer Kleinstadt in Norddeutschland. Das Schreiben begleitet ihn seit vielen Jahren, ein Prozess, der aus seinem Alltag nicht mehr wegzudenken ist. »Dreckiges Geld« ist sein fünfter Berlin-Krimi in der SPREENEBEL-Reihe um die beiden Berliner Mordermittler Britt Bredehorst und Ralf Ziether … und erneut versteht es Leenen, ein aktuelles Thema mit einer spannenden Kriminalstory zu verknüpfen.

Da ihn seine beruflichen Aufgaben immer wieder mal nach Berlin führen, nutzt er zwangsläufig jede Gelegenheit zu Recherchen vor Ort. Mit U- und S-Bahn durch Berlin zu rattern, den Leuten aufs Maul zu schauen und nach ungewöhnlichen Ecken für seine Romanszenen zu suchen, ist ihm dabei ein besonderes Vergnügen.

Stephan Leenen hat drei Kinder und lebt in Bremen.

SPREENEBEL

Krimis entlang des blauen Bandes

Begleiten Sie Kriminalhauptkommissar Ralf Ziether und seine Kollegin, Kriminalhauptkommissarin Britt Bredehorst, bei ihren Ermittlungen in den Straßen der deutschen Hauptstadt.

Genau wie im vorliegendem 5. Fall, »Dreckiges Geld«, geht es auch in den anderen Büchern um brisante Fälle mit Aktualität und zeitgeschichtlichem Bezug. Erleben Sie mit Ziether und Bredehorst, wie der Beruf auf das Privatleben Einfluss nimmt – was Kollegialität bedeutet – und wer ihre Arbeit unterstützt ... und vor allem: wer sie behindert.

Blutroter Wahn – Ziethers erster Fall:

Politik, Drogen, Prostitution und Mord
ISBN: 978-3-744836-26-5

Missbrauchte Seelen – Ziethers zweiter Fall:

Korruption, Sport, Menschenhandel, Kolonialgeschichte
ISBN: 978-3-744836-29-6

Der Fluch des IKARUS – Ziethers dritter Fall:

Militär, Geheimdienst, Unfall – Selbstmord oder Mord?
ISBN: 978-3-744836-99-9

Der Tibeter – Ziethers vierter Fall:

Leichenteile, wilde Geier und die Spur nach Tibet
ISBN: 978-3-752895-28-5

Alle Bücher sind auch als eBook erhältlich.